MATTHIAS P. GIBERT

Zeitbombe

ALPTRAUM FREIHEIT Rüdiger Bornmann hat mehr als 21 Jahre wegen Mordes im Gefängnis gesessen, weil er seine Frau umgebracht haben soll. Nach seiner Freilassung bezieht er eine kleine Wohnung in Kassel. Wie alle freigelassenen Sicherungsverwahrten wird er rund um die Uhr von Polizeibeamten observiert.

Drei Monate später überfährt ein ICE zwischen Kassel und Fulda einen Mitarbeiter der Kripo Kassel. Der tragische Vorfall wird als Suizid zu den Akten gelegt. 14 Tage später der nächste Tote. Erneut ein Polizeibeamter, wieder von einem Zug getötet. Hauptkommissar Paul Lenz beginnt an der Selbstmordvariante zu zweifeln und nimmt die Ermittlungen auf. Dabei stößt er auch auf den Fall Bornmann, den man im Polizeipräsidium Kassel nur höchst ungern wieder aufgerollt sehen würde.

Lenz gräbt trotz massiver Behinderungen aus den eigenen Reihen die alten Akten aus und stellt fest, dass die Sachlage damals nicht so eindeutig war, wie es die Beteiligten heute darstellen …

Matthias P. Gibert, 1960 in Königstein im Taunus geboren, ist verheiratet und lebt als freier Schriftsteller in Kassel. »Zeitbombe« ist der achte Kriminalroman seiner überaus erfolgreichen Serie um den Kasseler Hauptkommissar Paul Lenz.

Bisherige Veröffentlichungen im Gmeiner-Verlag:
Rechtsdruck (2011)
Schmuddelkinder (2010)
Bullenhitze (2010)
Eiszeit (2009)
Zirkusluft (2009)
Kammerflimmern (2008)
Nervenflattern (2007)

MATTHIAS P. GIBERT

Zeitbombe

Lenz' achter Fall

GMEINER Original

Besuchen Sie uns im Internet:
www.gmeiner-verlag.de

Im Ehnried 5, 88605 Meßkirch
Telefon 07575/2095-0
info@gmeiner-verlag.de

2. Auflage 2011

Lektorat: Claudia Senghaas, Kirchardt
Herstellung: Christoph Neubert
Umschlaggestaltung: U.O.R.G. Lutz Eberle, Stuttgart
unter Verwendung eines Fotos von: © demarco – Fotolia.com
Druck: Bercker Graphischer Betrieb GmbH & Co. KG, Kevelaer
Printed in Germany
ISBN 978-3-8392-1202-8

Personen und Handlung sind frei erfunden.
Ähnlichkeiten mit lebenden oder toten Personen
sind rein zufällig und nicht beabsichtigt.

1

14. März 2011

Rüdiger Bornmann packte die letzten Utensilien in seinen alten Koffer, klappte den Deckel nach unten und ließ die beiden Schnappverschlüsse einrasten. Der Mann mit den langen, grauen Haaren, der an diesem Tag seinen 52. Geburtstag hätte feiern können, sah sich noch einmal emotionslos um und hob dann den Koffer von der Pritsche.

»Bist du fertig, Rüdiger?«, hörte er eine Stimme in seinem Rücken.

Ein kurzes Nicken, ein weiterer 360-Grad-Blick.

»Ja, ich bin so weit.«

Horst Kohler, der Uniformierte, der mit einem dicken Schlüsselbund in der Hand dastand, trat zur Seite.

»Du weißt, dass ich dich nicht rauslassen würde.«

Bornmann sah ihn müde an.

»Da kann ich ja froh sein, dass du nichts zu sagen hast, Schließer«, erwiderte er und humpelte, auf seinen Stock gestützt, auf Kohler zu.

»Ja, leider.«

Bornmann wollte an ihm vorbei auf den Gang treten, blieb jedoch noch einmal stehen und sah Kohler fest in die Augen.

»Ich weiß, dass du mir misstraust, aber das juckt mich nicht im Geringsten. Es ist mir nämlich scheißegal, was du von mir hältst.«

Seine Augen bewegten sich ein paar Millimeter nach oben.

»Siehst du, Horst, wir sind beide alt geworden hier drin.

Wir sind alt geworden, unsere Haare sind grau und dünner geworden, und wenn wir in den Spiegel schauen, fragen wir uns, wo die ganzen Jahre geblieben sind. Der Unterschied ist, dass du jeden Abend nach Hause gegangen bist, zu deiner Frau und den Kindern, wohingegen ich mich seit 21 Jahren, vier Monaten und sechs Tagen nicht aus diesem Bunker hinausbewegen durfte. Du bist einmal im Jahr in Urlaub gefahren, ich musste meine Reisen auf den St. Nimmerleinstag verschieben. Aber nun ist es so weit, ab jetzt will ich dich nie mehr sehen, und wenn, dann bei einem Bier in einer gemütlichen Kneipe.«

»Ich will kein Bier mit dir trinken, Rüdiger. Wenn ich mir etwas wünschen dürfte, würdest du nie mehr einen Tag in Freiheit verbringen, aber du hast es eben ganz treffend beschrieben: ich habe halt in dieser Beziehung nichts zu sagen.«

»Gott sei Dank!«, murmelte Bornmann und trat auf den Flur.

»Wir sehen uns wieder, Rüdiger«, erwiderte der Justizbeamte ebenso leise.

»Das kann wohl sein, Schließer, aber wenn du das wirklich willst, musst du mich dereinst mal in der Hölle besuchen.«

»Nein«, widersprach Kohler, während er die Zellentür ins Schloss fallen ließ. »Wir sehen uns wieder, weil ich weiß, dass du erneut hier landen wirst.«

*

Keine fünf Minuten nach dem Abschied von Horst Kohler humpelte Rüdiger Bornmann neben einem anderen Justizbeamten her auf eine Bürotür zu. Mit der Linken stützte er sich auf den Stock, in der Rechten hielt er seinen Koffer.

»Herein!«, kam es von der anderen Seite, nachdem er leise und vorsichtig angeklopft hatte.

»Guten Morgen, Frau Direktor«, begrüßte er die Frau hinter dem kleinen Schreibtisch.

»Auch Ihnen einen guten Morgen, Herr Bornmann«, erwiderte sie freundlich. »Kommen Sie doch rein und nehmen Sie Platz.«

Bornmann stellte seinen Koffer neben der Tür ab und humpelte umständlich auf Julia Heinemann, die Leiterin der Justizvollzugsanstalt Kassel I, zu.

»Wie geht es Ihnen?«, wollte sie wissen.

»Na ja, es war schon schlechter. Aber in Anbetracht dessen, was ich heute erleben werde, will ich mich nicht beklagen.«

Die etwa 45-jährige Frau lehnte sich in ihrem Stuhl zurück und fixierte ihr Gegenüber ein paar Sekunden.

»Ich muss Ihnen sicher nicht noch einmal erklären, dass, sobald Sie die Anstalt verlassen haben, jeder einzelne Ihrer Schritte von Polizisten überwacht wird. Tag und Nacht.«

»Das weiß ich, Frau Direktor«, erwiderte Bornmann mit dem Anflug eines Lächelns, »und ich bin darüber auch alles andere als böse. Obwohl …«

Er zögerte und hob den Stock, der die ganze Zeit in seiner linken Hand geruht hatte.

»Obwohl Sie diesen Job auch ein paar Ausgediente, Gehbehinderte erledigen lassen könnten.«

»Wegen Ihrer Behinderung?«

»Natürlich wegen meiner Behinderung.«

Die Frau ließ sich wieder nach vorn fallen.

»Sie wissen, dass mir das mit Ihrer Behinderung persönlich überaus leidtut, Herr Bornmann. Die ganze Sache damals ist so unglücklich gelaufen, dass …«

Sie brach ab.

»Lassen Sie mal, Frau Direktor. Wenn es nicht in dieser Situation gekommen wäre, dann bestimmt in einer anderen. Sie müssen sich keine Vorwürfe machen, ganz bestimmt nicht.«

»Danke, aber so was kann man leider nicht an der Garderobe abgeben. Das werde ich für den Rest meines Lebens mit mir herumtragen müssen.«

Bornmann schüttelte den Kopf.

»Das ist Quatsch, und das wissen Sie auch. Also, lassen wir es einfach dabei, dass es eine Verkettung unglücklicher Umstände war, und gut.«

»Wenn Sie es so wollen … Wo werden Sie als Erstes hingehen, wenn Sie draußen sind?«

»Darüber habe ich mir auch schon Gedanken gemacht, aber eingefallen ist mir nichts. Vermutlich werde ich meine Schwester besuchen, ein paar Tage bei ihr verbringen und danach weitersehen. Sorgen, dass mir etwas passiert, sollte ich mir wegen der Einheiten, die mich bewachen, ja keine machen müssen.«

»Nein, da haben Sie recht. Lebt Ihre Schwester in Kassel?«

Er nickte.

»Ja. Und immer noch in der gleichen Wohnung wie damals, die aber leider zu klein ist, um dauerhaft bei ihr unterzukommen.«

»Aber wenn ich richtig informiert bin, sind Sie nie von ihr besucht worden?«

Wieder ein Nicken.

»Das war besser so. Ihr Mann mochte mich nicht sonderlich.«

»Hat sich das geändert?«

»Er ist letzten Monat gestorben.«

»Ach so, dann …«

»Schon gut«, entgegnete er. »Ich konnte ihn auch nicht leiden.«

Das Thema war der Frau offenbar peinlich, denn sie kam ansatzlos auf etwas anderes zu sprechen.

»Sie müssen sich ein Konto einrichten, Herr Bornmann, damit wir Ihnen Ihr Geld überweisen können. Immerhin sind es …«

Sie öffnete den Deckel einer Akte auf dem Schreibtisch und blätterte darin.

»… mehr als 13.000 Euro.«

»13.000 Euro für 21 Jahre, vier Monate und sechs Tage. Das dürfte auch nach heutigen Maßstäben kein guter Stundenlohn sein.«

»Ich kann«, räusperte sich seine Gesprächspartnerin, »Sie gut verstehen. Ich kann verstehen, dass Sie verbittert sind über das deutsche Rechtssystem, das Ihnen nach Verbüßung Ihrer Haftstrafe die Sicherungsverwahrung aufgebürdet hat, aber das soll und darf nicht dazu führen, dass Sie erneut straffällig werden. Und das ist keine Forderung, denn ich habe ab heute nichts mehr von Ihnen einzufordern, sondern eine Bitte. Ich bitte Sie, nicht mehr straffällig zu werden, Herr Bornmann, obwohl ich weiß, wie viel Wut auf das Rechtssystem Sie mit sich herumtragen.«

»Nehmen Sie es nicht persönlich, Frau Direktor, aber so schön war's hier drin auch nicht, dass ich unbedingt wiederkommen will.«

Damit stand er unbeholfen auf und griff nach seinem Koffer.

»Wenn Sie nichts mehr auf dem Herzen haben, würde ich dann gehen.«

»Ja, nein«, erwiderte die Direktorin der Kasseler Justizvollzugsanstalt. »Ich will Sie auf gar keinen Fall aufhalten.«

Sie stand auf, kam um den Schreibtisch herum und drückte ihm herzlich die linke Hand mit dem Stock darin.

»Alles Gute für Sie, Herr Bornmann, was immer Sie auch planen.«

»Danke, Frau Direktor.«

Er lächelte sie kurz an und ging langsam, auf seinen Stock gestützt, Richtung Tür. Dann jedoch drehte er sich noch einmal zu ihr um.

»Muss ich damit rechnen, dass mich am Tor eine Horde von Journalisten empfängt?«

»Nein. Wir haben, so gut es ging, den Termin geheim gehalten.«

»Gut.«

Ein paar Minuten später öffnete sich die schwere Stahltür im Tor der Haftanstalt und entließ Rüdiger Bornmann in die Freiheit. Der Mann blinzelte in die Sonne und atmete tief ein, gerade so, als wäre die Luft auf dieser Seite des Tores eine andere als auf der Seite, von der er kam. Sein Blick kreuzte sich mit dem eines Mannes, der in einem VW-Passat auf der gegenüberliegenden Straßenseite saß und ihn anstarrte. Dann humpelte Rüdiger Bornmann Richtung Innenstadt davon.

2

Ein paar Monate später

»Maria, hast du mein dunkelblaues Sakko gesehen?«, rief Hauptkommissar Paul Lenz, der Leiter der Kasseler Mordkommission, in Richtung Schlafzimmer, wo seine Freundin, ebenso ratlos wie unentschlossen, vor mehr als zwei Regalmetern Blusen stand.

»Hab ich in die Reinigung gebracht«, murmelte sie.

»Was sagst du?«, kam es aus der Küche zurück, wo der Polizist vor der Espressomaschine stand und auf das Durchlaufen des braunen Muntermachers wartete.

Maria tauchte hinter ihm auf, griff ihm unter den Achseln durch und kraulte seine Brusthaare.

»Das hatte einen Fleck auf dem Rücken, deshalb habe ich es zusammen mit ein paar von meinen Sachen in die Reinigung gegeben. Nimm doch das dunkelbraune, das gefällt mir ohnehin viel besser.«

Lenz drehte sich um und zog sie heran.

»Damit du mich damit durch die Tür verschwinden siehst …«

Maria presste sich an ihn und schloss die Augen.

»Genau. Nur, damit ich dich durch die Tür verschwinden sehen kann. Gibt es an diesem stinknormalen Freitag etwas Besonderes, oder warum willst du dich so schick machen?«

»Ludger, mein Chef, geht demnächst in den Ruhestand und heute findet seine Abschiedsfeier statt. Da will ich nicht rumlaufen wie ein Landstreicher.«

»Das ist überaus löblich, Paul«, erwiderte sie.

»Na, denn«, gab Lenz grinsend zurück, stoppte den Espresso und fuhr mit seiner Hand unter ihr Top.

*

Zwei Stunden später standen der Kommissar und sein engster Mitarbeiter, der junge Oberkommissar Thilo Hain, in einer Ecke der Kantine des Polizeipräsidiums und lauschten den Worten eines Staatssekretärs aus dem Innenministerium, der das Lebenswerk und die Leistungen des scheidenden Kriminalrats in den höchsten Tönen lobte. Ludger Brandt saß, eingerahmt vom Polizeipräsidenten Bartholdy auf der linken Seite und seiner Frau Irma auf der rechten, in der Mitte der ersten Reihe.

»Und so lassen Sie mich sagen, dass die Pensionierung von Ludger Brandt eine riesige Lücke im Polizeipräsidium Nordhessen hinterlassen wird. Diese zu schließen, bedarf größter Anstrengungen und einer gehörigen Portion …«

»Was heißen dürfte, dass sie immer noch keinen Nachfolger für ihn gefunden haben«, mutmaßte Hain.

»Was mich auch gewundert hätte«, murrte Lenz. »Wer will diesen Scheißjob denn schon machen? Du vielleicht?«

»Jeden Tag und lieber heute als morgen. Sich nie mehr mit den bösen Jungs auf der Straße rumärgern müssen, dazu noch eine echt geile Besoldungsstufe? Wenn Sie mich gefragt hätten, wäre die Suche beendet gewesen.«

»Na, da können wir ja froh sein, dass deine Kompetenzen dafür nicht gereicht haben.«

»Ach ja«, fuhr der Oberkommissar ungerührt fort, »und

ich müsste mich auch nicht mehr mit dir und deinen Marotten herumplagen, was mein Leben sicher nicht unattraktiver machen würde.«

Lenz bedachte ihn mit einem bösen Blick.

»Als ob du dich beschweren könntest.«

Hain gab ihm einen Stups mit dem Finger.

»Sei nicht beleidigt, ich mach nur Spaß. Aber mal ganz im Ernst, hättest du den Job nicht genommen?«

Der Hauptkommissar winkte ab.

»Das ist was für Sesselfurzer. Außerdem hat mich wirklich niemand ins Spiel gebracht, was mich allerdings keinen Deut wundert. Ich bin leider weder Mitglied in der einen noch in der anderen bestimmenden Partei, was einer Ausschlussklausel ziemlich nahekommt.«

»Da gebe ich dir recht. Wobei Ludger die Sache mit dem Sesselfurzer sicher nicht so gern hören würde.«

Lenz warf einen Blick in die illustre Runde vor ihnen und wandte sich Richtung Ausgang.

»Ich gehe zu Uwe einen Kaffee trinken. Kommst du mit?«

»Ich hab schon befürchtet, du würdest gar nicht mehr fragen.«

Uwe Wagner, Pressesprecher des Polizeipräsidiums Nordhessen und Freund der beiden, saß mit einer Tasse Kaffee in der Hand hinter seinem Schreibtisch und las in einer Lokalpostille.

»Moin, die Herren. Na, schon genug von den Lobhudeleien der Gäste aus Wiesbaden?«

»Worauf du einen lassen kannst«, erwiderte Lenz.

»Kriegen wir auch einen?«, fragte Hain mit Blick auf das Heißgetränk, nachdem sie sich gesetzt hatten.

»Ihr wisst doch, wo er steht«, gab Wagner leicht mürrisch zurück.

»Was ist denn mit dir los? Ist was über deine Leber gekrochen?«

Wagner legte die Zeitung zur Seite, stellte die Kaffeetasse daneben und sah seinem jungen Kollegen dabei zu, wie er zwei Becher mit der braunen Brühe befüllte. Dann legte er die Beine über die Kante des Schreibtischs.

»Wisst ihr, wer die Nachfolge des allseits geschätzten Kriminalrats Ludger Brandt antreten soll?«

»Darüber«, grinste Lenz, »haben wir uns gerade unterhalten. Aber wir sind, um ehrlich zu sein, völlig ahnungslos.«

Der Pressemann schloss die Augen und atmete schwer ein und wieder aus.

»Der Mann, der es wird, ist definitiv Franz Zwick«, ließ er schließlich wissen.

Lenz und Hain sahen sich irritiert an.

»Der Zwick?«, echote Hain. »Och nöö, bitte nicht der.«

»Das wäre der Super-GAU«, bestätigte Lenz.

Wagner sah seinen Freund mitleidig an.

»Damit kommst du der Sache schon verdammt nah, mein lieber Paul. Franz Zwick wäre wirklich der Super-GAU. Aber er wird leider nicht zu verhindern sein, weil er einfach das richtige Parteibuch für die Beförderung mitbringt. Nicht wirklich qualifiziert, aber von der Parteizugehörigkeit genau der Richtige. Manchmal kann ich nicht so schnell kotzen, wie mir schlecht ist.«

»Wo hast du das denn her? Und wie sicher ist die Information?«

Wieder lehnte sich Wagner zurück.

»Meine Quelle sitzt in Wiesbaden erste Reihe Mitte. Glaubt es oder lasst es, aber es wird so kommen.«

Franz Zwick, ein in Österreich geborener 52-jähriger, in Scheidung lebender Vater zweier Kinder, war im gesamten Präsidium etwa so beliebt wie eine Pilzinfektion im Genitalbereich. Der Mann hatte eine schleimige, anbiedernde Art bei Vorgesetzten, gegenüber Kollegen der niedrigeren Dienstgrade hingegen war er arrogant und kalt wie eine Hundeschnauze. Außerdem mischte er sich in jeden noch so unbedeutenden Vorgang ein und wusste alles besser.

»Grundsätzlich seid ihr von dieser Personalie natürlich deutlich stärker betroffen als ich«, fuhr Wagner fort. »Aber natürlich hätte auch ich mir einen Ansprechpartner gewünscht, den ich ein klein wenig besser leiden kann.«

Er machte eine kurze Pause.

»Mit Ludger war die Zusammenarbeit zum Teil wirklich schwierig, natürlich auch, weil ich mit ihm persönlich nie richtig warm geworden bin, aber im Vergleich zu dem, was mich mit Zwick verbindet, war Ludger noch eine Traumbesetzung.«

»Das hatte ich gar nicht so richtig auf dem Schirm, dass du und Ludger euch nicht grün gewesen seid«, zeigte Hain sich erstaunt.

»Es war ja auch nicht unmöglich, mit ihm zu arbeiten, aber er hat schon die eine oder andere blöde Marotte.«

»Wer wüsste das besser als wir«, zuckte Lenz mit den Schultern. »Und jetzt ist er pensionsreif und weiß ab nächster Woche nicht mehr, was er alles mit seiner Zeit anfangen soll.«

»Weißt du das oder vermutest du es?«

»Ich habe«, erklärte Lenz seinem Kollegen hinter dem Schreibtisch, »vor ein paar Monaten mal länger mit ihm gesprochen, dabei hat er es mir erzählt. Und er hat weiterhin gesagt, dass er sich so richtig fürchtet vor dem Morgen, an dem er zum ersten Mal nicht mehr ins Büro muss.«

»Das hätte ich nicht gedacht«, erwiderte Wagner erstaunt.

»Ja«, meinte Lenz, »man kann den Leuten immer nur bis vor den Kopf sehen, aber nicht hinein. Franz Zwick allerdings müsste wirklich nicht sein Nachfolger werden.«

Damit trank er seinen Kaffee aus und schob die leere Tasse auf den Schreibtisch.

»Gibt es nichts Neues, das unsere Laune etwas heben würde?«, wollte er von Wagner wissen.

Der Pressesprecher deutete auf einen Stapel Blätter vor sich.

»Da, das ist die kriminelle Ausbeute der vergangenen Nacht, schaut es euch halt an. Ob sich darunter etwas befindet, was eure Laune befeuern würde, vermag ich nicht zu sagen, weil ich es mir noch nicht angesehen habe. Was Größeres ist auf jeden Fall nicht dabei, das wüsste ich.«

Hain winkte ab.

»Wenn nichts von Bedeutung dabei ist, interessiert es uns auf keinen Fall.«

»Aha«, machte Wagner.

»Wenn ihr beiden Strauchdiebe was Gescheites arbeiten wollt, unterstützt ihr am besten die Kollegen, die auf die entlassenen Sicherungsverwahrten aufpassen müssen. Die sind mit ihren Kapazitäten nämlich weit jenseits der Quetschkante.«

»Hab ich auch schon von gehört«, bestätigte der junge Oberkommissar. »Warum lassen sie die Kerle auch raus?«

»Weil nach einem Urteil des Europäischen Gerichtshofs für Menschenrechte«, klärte Wagner ihn auf, »die nachträglich verfügte Sicherungsverwahrung nicht legal ist. Deshalb laufen diese Männer jetzt frei in der Gegend herum.«

Er schüttelte den Kopf.

»Wobei, frei ist ja nun was anderes. Sie werden nämlich rund um die Uhr von mindestens einem Zweierteam observiert.«

»Wie viele sind es denn?«

»In unserem Einzugsbereich haben wir vier, und damit sehen wir noch ganz gut aus. Im Bereich des Präsidiums Stuttgart zum Beispiel sind es elf, und dieser Arbeitsaufwand ist für die armen Schweine da unten einfach nicht mehr zu regeln.«

»Könnte man das nicht mit einer elektronischen Fußfessel in den Griff kriegen?«, wollte Lenz wissen.

»In den Griff würde man das Problem damit vielleicht kriegen, aber auch das ist nicht legal. Es würde nur funktionieren, wenn sich die Betroffenen damit einverstanden erklären würden, das Ding 24 Stunden am Tag zu tragen. Und dazu war meines Wissens bisher keiner bereit.«

»Was für eine Scheiße«, konstatierte Hain und schenkte sich noch etwas Kaffee nach.

»Das ist wohl wahr. Aber es gibt im Augenblick tatsächlich keine Alternative, als den Jungs permanent auf den Füßen zu stehen. Ich will auch nicht, dass sich einer von denen an meinen Töchtern vergreift.«

Er winkte ab.

»Aber da könnt ihr ja gar nicht mitreden. Entweder sind eure Kinder schon erwachsen, so wie bei dir, Paul, oder sie stecken noch in der Röhre, wie bei Thilo.«

Wagner spielte offensichtlich auf den Umstand an, dass Hain in den nächsten Tagen zum ersten Mal Vater werden würde.

»Lass mich da raus«, knurrte Lenz, »ich habe alles getan, um die Rentenversicherung nicht im Regen stehen zu lassen; und dass meine Kinder schon erwachsen sind, dafür kann ich nichts. Aber ich kann dich gut verstehen, ich wollte nämlich auch nicht, dass mein Kind einem Sexualstraftäter in die Hände fällt.«

»Sind die Freigelassenen alle wegen Sexualdelikten im Knast gewesen?«, hakte Hain nach.

Wagner schüttelte erneut den Kopf.

»Nein. Manchmal wurde die nachträgliche Sicherungsverwahrung auch in Fällen von Mord, Totschlag oder schwerem Raub angeordnet. Aber die überwiegende Mehrzahl bezieht sich auf Sexualstraftaten.«

»Wieso …«

Weiter kam Lenz, der Wagner noch etwas fragen wollte, nicht, weil sein Telefon klingelte.

»Lenz«, meldete er sich.

Am anderen Ende erklang die Stimme von Rolf-Werner Gecks, dem ältesten Mitarbeiter in seinem Team.

»Moin, Paul. Wo steckst du denn? Du bist doch garantiert nicht mehr auf Ludgers Abschiedsfete, oder?«

»Nein, Thilo und ich haben vor einer Weile das Handtuch geworfen und nehmen gerade bei Uwe einen Kaffee.«

»Das hätte ich mir denken können. Wenn du damit fertig bist, komm doch mal bei mir vorbei. Ich hätte da was auf der Pfanne, bei dem du mir vielleicht helfen könntest.«

»Worum geht's denn?«, wollte Lenz wissen.

»Das erzähle ich dir, wenn du hier angekommen bist, und nicht am Telefon. Bis gleich dann.«

Der Leiter der Mordkommission sah ein paar Augenblicke lang irritiert in die Runde und steckte das Telefon zurück in die Tasche.

»RW hat schlechte Laune, glaube ich«, ließ er seine Freunde wissen.

»Was wollte er denn?«

»Das beliebt er mir zu sagen, wenn ich ihm gegenübersitze.«

Hain verzog das Gesicht.

»Der gute RW wird auf seine alten Tage so langsam richtig schrullig.«

Lenz winkte ab.

»Lass mal, Thilo, wir können froh sein, dass er da ist. So manchmal sind seine Kontakte und Verbindungen wirklich Gold wert. Und auch sonst möchte ich ihn nicht missen, auch wenn er manchmal ein bisschen merkwürdig ist.«

Er stand auf und wandte sich zur Tür.

»Kommst du mit?«

»Nein, auf ›RW gestresst‹ hab ich jetzt keinen Bock. Ich geh mal gerade rüber in die Stadt und schaue, ob der Kinderwagen, den wir bestellt haben, schon angekommen ist.«

»Dann sehen wir uns später in meinem Büro.«

Lenz verabschiedete sich von seinen Kollegen und stand kurze Zeit später in Gecks' Büro.

»Hallo, RW. Was gibt es denn so Wichtiges?«

»Hallo, Paul. Setz dich doch erst mal.«

Lenz zog sich einen Stuhl heran, ließ sich hineinfallen und sah seinen Kollegen erwartungsvoll an. Der räusperte sich und holte tief Luft.

»Sicher steckt gar nichts dahinter, aber der Sache nachgehen sollten wir besser schon.«

»Äh, RW«, warf Lenz ein, »vielleicht solltest du mir zuerst erklären, um welche Sache es geht.«

Der altgediente Polizist hinter dem Schreibtisch rutschte nervös in seinem Stuhl hin und her.

»Ich hatte vor ein paar Minuten einen Anruf. Von der Frau eines Kollegen.«

»Und …?«

Gecks zögerte.

»Das ist eine längere Geschichte, Paul. Und sie ist nicht ganz ohne Pikanterie.«

Lenz beugte sich nach vorn und legte dabei die Stirn in Falten.

»Also, entweder spuckst du jetzt aus, was du auf dem Herzen hast, RW, oder du schweigst für alle Zeiten. So, wie du es im Moment anstellst, geht es jedenfalls nicht.«

»Ja, das sehe ich ein. Aber es fällt mir wirklich nicht leicht, über die Hintergründe der Sache zu sprechen.«

»Gut, fangen wir eben mit den Vordergründen an. Wer hat dich angerufen?«

»Britta Schneider.«

»Müsste man die kennen?«

Gecks schüttelte den Kopf.

»Nein, muss man nicht unbedingt. Sie ist die Frau von Norbert Schneider, dem Kollegen von K34.«

»Wasserpfeifen-Nobby?«

Lenz hatte zwar noch nie engeren Kontakt mit Hauptkommissar Norbert Schneider vom Rauschgiftdezernat gehabt, aber er kannte natürlich die vielen Geschichten, die man sich über den Polizisten erzählte. Unter anderem die, dass er ein leidenschaftlicher Wasserpfeifensammler war.

»Ja, Wasserpfeifen-Nobby.«

»Und was wollte die Frau von Wasserpfeifen-Nobby von dir?«

»Sie hat mich um einen Gefallen gebeten«, druckste Gecks herum.

Nun wurde es Lenz zu blöd.

»Mensch, RW, nun mach mich nicht irre und lass dir nicht jedes Wort einzeln aus der Nase ziehen. Was will die Frau von dir? Und warum will sie es gerade von dir?

Kennst du sie so gut, seid ihr verwandt oder was zum Teufel ist es?«

Gecks ließ ein paar Sekunden verstreichen, ehe er zu einer Antwort ansetzte.

»Britta und ich kennen uns wirklich ganz gut. Um es genau zu sagen, eigentlich viel zu gut.«

In Lenz wich der Ärger über das merkwürdige Verhalten seines Kollegen und wurde durch eine unterschwellig aufkeimende Neugier ersetzt.

»Also, da sind wir doch schon mal einen entscheidenden Schritt weiter«, bemerkte er trocken. »Aber du willst mir jetzt nicht erzählen, dass du was mit der Frau hast, oder?«

»Doch, das will ich.«

Kurze Pause. Dann die überraschte und mit erhobener Stimme vorgetragene Replik.

»Du hast was mit der Frau eines Kollegen?«

Gecks sah Lenz mit schief gelegtem Kopf an.

»Jemand wie du, der mit der Ehefrau unseres OB zusammenlebt, sollte sich da besser jegliche moralische Bewertung verkneifen, was meinst du?«

»Auf jeden Fall hab ich es nicht moralisch gemeint, auch wenn es bei dir vielleicht so angekommen ist. Ich habe ausschließlich meine Überraschung zum Ausdruck bringen wollen. Wie lange geht das denn schon mit euch?«

»Mehr als zehn Jahre.«

Nun musste Lenz schlucken.

»Meine Fresse, RW, das ist ja völlig irre. Und bis jetzt ist euch niemand auf die Schliche gekommen?«

»Nein, niemand. Zumindest wüsste ich es nicht. Aber seit heute Morgen bin ich mir nicht mehr so ganz sicher. Wasserpfeifen-Nobby ist nämlich verschwunden.«

»Wie, verschwunden?«

»Na, verschwunden. Kann man denn so oder so verschwinden?«

»Gut, gut«, beschwichtigte Lenz seinen Kollegen.

»Also, gestern Abend um kurz nach acht klingelt bei Schneiders das Telefon. Britta nimmt das Gespräch entgegen. Am anderen Ende der Leitung ist ein Kerl, der mit Norbert sprechen will. Sie gibt an ihn weiter und geht wieder an ihre Nähmaschine zurück. Keine zwei Minuten später steht ihr Mann vor ihr, aber er ist völlig neben der Spur. Kreidebleich sei er gewesen, hat sie mir erzählt, und richtiggehend gezittert habe er. Natürlich hat sie sich mächtig erschrocken, weil sie sofort gedacht hat, dass die Sache mit ihr und mir aufgeflogen sei, aber davon hat Nobby nichts erwähnt. Nur, dass er noch mal los müsse und in einer Stunde wieder zu Hause sei. Das war's, seitdem hat sie nichts mehr von ihm gehört.«

»Mobiltelefon?«

»Mailbox.«

»Ist er zur Arbeit gekommen?«

»Nein, aber das musste er auch nicht, weil er Urlaub hat.«

»Freunde?«

»Hat er nicht viele, aber die wenigen hat sie alle angerufen; keiner hat was von ihm gehört.«

Lenz fing an zu grinsen.

»Vielleicht hat er es ja so gemacht wie seine Frau und liegt mit irgendeinem netten Schneckchen in der Kiste?«

»Das würde ich ausschließen. So was passt nicht zu ihm.«

»Dann könnte er ihr tatsächlich abhanden gekommen sein. Will sie eine Vermisstenanzeige aufgeben?«

»Im Augenblick nicht. Sie hat mich gefragt, ob es möglich wäre, diskret nach ihm zu suchen.«

»Dass so was nicht geht«, erwiderte Lenz nun wieder mit dem nötigen Ernst, »weißt du doch genauso gut wie ich. Entweder wir suchen mit Mann und Maus nach ihm oder wir warten in aller Ruhe darauf, dass er wieder zu Hause auftaucht. In der Mitte geht da nun mal gar nichts.«

»Genau das habe ich ihr auch gesagt, aber sie macht sich ernsthaft Sorgen um ihn, weil das, wie gesagt, überhaupt nicht seine Art ist.«

»Hat sie Angst, dass er sich was angetan haben könnte?«

»Keine Ahnung, danach wollte ich sie nicht fragen.«

Lenz legte die Stirn in Falten.

»Und deine Britta hat keine Idee, wer dieser ominöse Anrufer gewesen sein könnte?«

»Nein, keine. Sie sagt, sie hätte die Stimme noch nie in ihrem Leben gehört.«

»Hm, das klingt alles schon ziemlich merkwürdig, RW. Wasserpfeifen-Nobby kriegt einen späten Anruf, der ihn offenbar reichlich verwirrt, verlässt danach das Haus und kommt nicht wieder. Wollte er sich mit dem Anrufer treffen?«

»Auch darüber konnte Britta keine Aussage treffen, weil ihr Gatte es ihr einfach nicht erzählt hat. Aber warum sollte er sonst noch mal raus?«

»Klingt logisch.«

»Ja, das tut es.«

Gecks strich sich mit der Innenfläche der rechten Hand über den Hals.

»Und je länger ich darüber nachdenke, desto weniger Sorgen mache ich mir. Vielleicht ist es ja wirklich so, dass Britta und ich aufgeflogen sind und irgendjemand es Norbert gesteckt hat. Danach hat er sich besoffen und liegt jetzt in irgendeinem Hotelzimmer und schläft seinen Rausch aus.«

»Was würde das denn für dich bedeuten, wenn ihr beide aufgeflogen wärt? Vögelst du nur mit ihr, oder ist da mehr dran?«

Lenz' Kollege schloss die Augen und dachte eine Weile nach.

»Nein, das geht über eine reine Bettgeschichte weit hinaus. Wenn ich nur daran denke, wie sie für mich da war, als der Krebs sich bei mir eingenistet hatte. Das war der Wahnsinn. An manchen Tagen war sie drei Mal im Krankenhaus und hat sich an mein Bett gesetzt.«

Gecks sprach von seiner Prostatakrebserkrankung vor etwas mehr als einem Jahr.

»Sie hätte ihn auch schon längst verlassen, wenn nicht seine schwer pflegebedürftige Mutter bei ihnen im Haus leben würde. Britta kümmert sich um die alte Frau und will das auch nicht aufgeben. Und sie sagt, dass es ihrer Schwiegermutter das Herz brechen würde, wenn sie Nobby verließe, was ich durchaus verstehen kann.«

»Dann wartet ihr also schon so viele Jahre darauf, dass sich die Sache biologisch lösen wird?«

»Schon, ja.«

Lenz sinnierte kurz über seine eigene Geschichte nach und wie sehr er es sich jahrelang gewünscht hatte, mit Maria leben zu können.

»Wie oft seht ihr euch denn?«

»Ziemlich oft. Nobby sammelt nicht nur Wasserpfeifen, er ist auch ein leidenschaftlicher Angler, was bei der Planung des Ehebruchs einiges vereinfacht.«

»Das glaube ich gern«, erwiderte Lenz mit einem süffisanten Grinsen.

»Was lachst du?«

»Na ja, ich dachte gerade so, dass einer, der Wasserpfeifen sammelt und leidenschaftlicher Angler ist, schon nicht unter die Räder kommt. Auch wenn er beim Rauschgiftdezernat arbeitet.«

»Der ist doch ein reiner Schreibtischhengst. Einen echten Dealer hat er sicher schon seit Jahren nicht mehr zu Gesicht gekriegt.«

Lenz sah auf seine Armbanduhr und stand danach auf.

»Mehr als warten können wir im Augenblick nicht tun, das siehst du ja selbst, also gehe ich rüber in mein Büro und mach noch ein bisschen Schreibkram, bevor ich mich ins wohlverdiente Wochenende stürze. Halt mich auf dem Laufenden, wie eure Geschichte weitergeht, ja? Und für euch beide viel Glück.«

Damit drehte er sich um und wandte sich zur Tür.

»Paul?«, kam es hinter seinem Rücken.

Der Hauptkommissar drehte sich um und sah seinen Kollegen gespannt an.

»Ja, RW?«

»Das, was ich dir gerade erzählt habe, bleibt doch unter uns?«

»Versprochen.«

»Auch nicht Thilo?«

»Ehrenwort, auch nicht Thilo.«

»Gut«, bestätigte Gecks erleichtert. »Weißt du übrigens schon, wer Ludgers Nachfolger wird?«

Lenz schüttelte den Kopf. »Uwe hat mir vorhin erzählt, dass der Zwick bei der Nachfolgefrage dick im Geschäft sein soll. Aber das kann und will ich mir beim besten Willen nicht vorstellen.«

»Es stimmt aber«, entgegnete sein Kollege. »Franz Zwick wird der Nachfolger von Ludger Brandt.«

Lenz sah ihn irritiert an.

»Du sagst das so, als wäre es schon beschlossene Sache.«

»Ist es.«

»Du bist ganz sicher?«

»Hundertprozentig.«

Lenz verließ kopfschüttelnd und ohne weiteren Gruß das Büro.

»Warum weiß hier eigentlich jeder immer deutlich mehr als ich«, mäkelte er, während er auf den Flur trat.

3

»Ich liebe den Freitag«, frohlockte Thilo Hain und zog sich sein leichtes Leinensakko über.

»Und ich erst«, stimmte Lenz ihm nach einem Blick auf die Uhr über der Tür in seinem Büro zu.

»Wenn weder Mord noch Totschlag passieren«, fuhr der Hauptkommissar fort, »was wir natürlich alle hoffen, sehen wir uns am Montagmorgen in alter Frische wieder. Vielleicht ist dann auch schon offiziell, dass Franz Zwick Ludgers Nachfolger wird.«

»Möge der Himmel uns davor bewahren«, erwiderte Hain, nickte kurz mit dem Kopf und verließ den Raum, um das Wochenende zu beginnen. Lenz blieb noch ein paar Minuten länger, um einen längst überfälligen Bericht zu Ende zu bringen, und machte im Anschluss ebenfalls Feierabend.

Auf dem Nachhauseweg hielt er kurz an einem Blumenladen an, besorgte ein Dutzend Rosen der Sorte, die Maria am liebsten mochte, und setzte dann seinen Weg fort. Um kurz vor 14 Uhr betrat er die Wohnung in Wilhelmshöhe, versorgte die Blumen und legte sich im Anschluss in die Hängematte auf der Terrasse, die er für die große Liebe seines Lebens hatte anbringen müssen. Keine zwei Minuten später war er eingeschlafen.

*

Etwas Kaltes auf seiner Brust vertrieb den Traum, an den er sich schon im Aufwachen nur noch bruchstückhaft erinnern konnte, und ließ ihn mit dem linken Auge blinzeln.

»Hallo, Maria«, murmelte er verschlafen.

»Hi, Paul. Wie lange liegst du schon hier draußen in der Hängematte, die du doch so unnötig fandest?«

Der Polizist warf einen Blick auf seine Uhr, konnte jedoch nichts erkennen.

»Halb vier«, klärte sie ihn auf.

»Dann …«

»Lass sein, es ist nicht wichtig. Viel wichtiger ist, dass es dir gut geht. Und am allerwichtigsten ist, dass du mir immer noch meine Lieblingsrosen schenkst. Vielen Dank dafür.«

»Gern geschehen«, krächzte er, bevor er sich aufzurichten versuchte, was in der Hängematte nicht einfach zu bewerkstelligen war.

»Aber es gibt nichts Besonderes, das ich vielleicht vergessen haben könnte?«, forschte Maria vorsichtig nach.

»Nein. Einfach so.«

»Schön. Obwohl …«

»Ja?«

Sie streifte ihre offenen Schuhe ab und ließ sich neben ihn in die Stoffbahn gleiten. Obwohl die beiden das schon öfter praktiziert hatten, war Lenz nie ganz wohl dabei, weil er befürchtete, dass die Haken in den Wänden der enormen Belastung dauerhaft nicht gewachsen sein würden.

»Entspann dich, das geht schon«, sprudelte es vergnügt aus ihr heraus.

»Wenn du es sagst … Und was war das für ein ›obwohl‹ eben?«

Maria fing an zu lächeln, schmiegte sich eng an ihn und streichelte sanft seinen Rücken.

»Willst du das wirklich wissen? Es könnte sein, dass es dir Angst macht.«

Der Polizist hob eine Augenbraue.

»Angst? Ich? Du vergisst wohl, dass ich Bulle bin und eine Knarre habe. Also, raus damit!«

»Ich war nach der Arbeit beim Anwalt. Wenn alles normal läuft, werde ich in zwei Monaten eine ebenso geschiedene wie glückliche und heiratswillige Frau sein.«

Sie beugte sich in der engen Hängematte ein paar Zentimeter zurück und sah ihn ernst an.

»Das klang jetzt komisch, oder?«

»Was? Dass du bald sowohl geschieden als auch heiratswillig sein wirst?«

»Ja.«

Lenz holte tief Luft.

»Wird das am Ende ein Antrag?«

»Bist du meschugge?«, fauchte sie mit gespielter Empörung. »Wenn hier jemand einen Antrag macht, dann doch wohl du mir, ganz so, wie es sich gehört.«

Lenz tat so, als hätte er ihren Vorwurf nicht gehört.

»Warum hast du mir nichts von dem Termin beim Anwalt erzählt?«

»Das war nicht böse gemeint, ich habe es nur einfach in dem Trubel der letzten Tage und der neuen Ausstellung vergessen.«

Maria hatte vor etwa einem halben Jahr in einer Kunstgalerie angefangen und sich dem Job mit Haut und Haaren verschrieben.

Der Polizist sah sie lange an, streichelte ihre Haare und küsste sie dann auf den Mund.

»Stimmt, du warst in den letzten Wochen ziemlich beschäftigt, und es macht gar nichts, dass ich nichts von dem Termin gewusst habe. Viel wichtiger ist aber, dass du den ganzen Mist endlich hinter dir hast.«

»Das finde ich auch. Ich kann es kaum noch aushalten, bis ich endlich das Urteil in der Hand halte. Und du hast recht, ich habe in den letzten Wochen wirklich viel gearbeitet, aber es macht mir halt so viel Spaß. Bettina, meine Chefin, gibt mir das Gefühl, mich zu brauchen und meinen Rat zu schätzen, was nach den vielen Jahren als Anhängsel an der Seite eines Politikers eine unglaublich schöne Erfahrung ist.«

»Ich brauche dich auch.«

»Das weiß ich, und das macht mich unendlich glücklich.«

Über das Gesicht des Kommissars huschte ein Lächeln.

»Und du willst mich so schnell wie möglich heiraten?«

Eine längere Pause.

»Ja, das will ich. Macht es dir Angst?«

»Nein, ganz und gar nicht. Ich freu mich drauf.«

Die beiden verbrachten den Abend mit Freunden in einem Biergarten, genossen den herrlichen Sommerabend und das Gefühl füreinander. Um kurz nach Mitternacht lagen sie im Bett.

»Du hast das heute Nachmittag ernst gemeint, oder?«

Lenz, dem schon die Augen zugefallen waren, zuckte hoch.

»Was denn, Maria?«

»Na, dass du dich darüber freuen würdest, wenn wir heiraten.«

»Ja, klar. Immerhin musste ich ganz schön lange darauf warten, dass du mich endlich fragst.«

»Das stimmt. Und es tut mir leid, dass ich dich so viele Jahre hab warten lassen.«

Er griff im Dunkeln nach ihrer Hand und zog sie zu sich heran.

»Das passt schon, so wie es ist. Alles braucht nun mal seine Zeit, oder wie ging das noch?«

»Ja, genau so ging das.«

*

Der Hauptkommissar fluchte leise, als er die Tür zum Schlafzimmer hinter sich zuzog und nach dem gedämpft surrenden Telefon griff.

»Ja, Lenz«, murmelte er in das Gerät.

»Wer kann dich um diese Uhrzeit schon anrufen außer mir?«, hörte er die fröhliche Stimme von Thilo Hain.

»Warum bist du so gut gelaunt? Hat dir die Lottofee einen Wunsch erfüllt?«

»Nein, leider nicht. Aber die Fee der zum Suizid Bereiten hat mir geflüstert, dass an der Bahnstrecke bei Oberzwehren eines ihrer Schäfchen erfolgreich seinen Aggregatzustand geändert hat.«

»Och, nöö, Thilo. Auf so eine Sauerei hab ich nun wirklich keine Lust.«

»Lust hab ich auch keine, Paul, aber wir müssen trotzdem hin. Wir werden nämlich nicht dafür bezahlt, Lust zu haben, sondern dafür, uns um die nicht ganz koscher aus dem Leben Geschiedenen zu kümmern; und die Person, deren Reste da auf und neben den Gleisen verstreut liegen, ist garantiert nicht an einem Herzinfarkt gestorben. Das sagt zumindest die Kollegin Ritter, die mich gerade aus dem Bett geworfen hat.«

»Ich bin in zehn Minuten unten.«

»Ich auch.«

Selbstmörder, die vor oder unter einem fahrenden Zug ihr Leben beendet hatten, waren Lenz schon immer ein Gräuel gewesen. Meist war die Identifikation der Toten, zumindest wenn es sich um eine schnell fahrende Eisenbahn gehandelt hatte, eine echte Sisyphusarbeit. Von dem unappetitlichen Anblick der Überreste ganz zu schweigen.

Lenz stand zwei Minuten vor Ablauf der avisierten zehn Minuten vor der Tür und starrte auf die andere Straßenseite, Hain kam fünf Minuten später. Im Westen deuteten sich die ersten Vorboten des beginnenden Tages am Horizont an.

»An solchen Tagen hasse ich meinen Job«, begann der Hauptkommissar, nachdem er zu seinem Kollegen in dessen kleines Mazda-Cabriolet gestiegen war und ihn brummelnd begrüßt hatte.

»Hör auf rumzunölen. Vielleicht ist es ja gar nicht so schlimm, wie wir es erwarten.«

»Haha, am Arsch hängt der Hammer, und das weißt du auch ganz genau. Also hör auf, hier einen auf gute Laune am frühen Morgen zu machen.«

Hain antwortete nicht, sondern drosselte die Geschwindigkeit und hielt ein paar Sekunden später in einer Parkbucht an der Wilhelmshöher Allee an.

»Raus!«, sagte er völlig ruhig.

Lenz sah ihn entgeistert an, machte jedoch keine Anstalten, der Anweisung Folge zu leisten.

»Was soll denn das, Thilo? Ich hab's doch …«

»Doch, hast du«, wurde er barsch von seinem Mitarbeiter unterbrochen. »Du steigst in mein Auto und beginnst sofort, dich wie ein Arschloch zu benehmen, und darauf hab ich echt keinen Bock. Steig aus und nimm dir ein Taxi, oder setz dich von mir aus in den Bus, aber lass mich mit deiner miesen Laune in Ruhe. Ich musste mich auch aus dem Bett kämpfen, in welchem außerdem, falls du es vergessen haben solltest, meine hochschwangere Freundin liegt, die ich ganz und gar nicht gern allein gelassen habe. Also, raus aus meinem Wagen.«

So böse hatte der Hauptkommissar seinen Kollegen definitiv noch nie erlebt. Er sah dem jungen Polizisten ins Gesicht und hob entschuldigend die Arme.

»Stimmt, Thilo, und es tut mir wirklich und aufrichtig leid, dass ich mich so mies benommen habe. Bitte verzeih mir.«

»Nein, heute nicht, Paul. Heute will ich nicht.«

»Mensch, Thilo, was soll ich denn machen? Ich entschuldige mich bei dir, und du lässt mich einfach im Regen stehen.«

»Ja, diesmal schon. Du denkst, du kannst dich so mies benehmen und mich wie ein Stück Scheiße behandeln, knautschst dir eine Entschuldigung durch die Zähne, und alles ist wieder in Ordnung.«

Der Oberkommissar fixierte durch die Frontscheibe einen Punkt irgendwo in der Entfernung.

»Aber heute will ich es nicht. Ich hab es endgültig satt, so von dir behandelt zu werden.«

Lenz holte tief Luft und legte dabei die Stirn in Falten.

»Wenn du es wirklich willst, steige ich aus dem Auto, gehe zurück zum Bahnhof und nehme mir ein Taxi. Ich würde es machen, weil ich damit anerkenne, dass du recht hast und ich mich scheiße benommen habe. Aber irgendwie würde mir das schon kindisch vorkommen. Außerdem hab ich keinen Cent in der Tasche.«

»Dann sieh mal zu, wie du zurechtkommst«, erwiderte Hain trotzig, doch an seinem Gesichtsausdruck war zu erkennen, dass seine Wut am Verrauchen war.

»Thiloooo!«

»Scheiß auf dein ›Thilooo‹. Ich will von dir nicht so behandelt werden, basta.«

»Ich verspreche dir, an mir zu arbeiten und mich zu bessern. Ehrenwort.«

»Hör auf mit dieser Ehrenwortscheiße, du weißt, wie ich das hasse.«

»Aber was soll ich denn jetzt noch machen? Mehr Kotau geht doch wohl kaum. Außerdem, was willst du denn den Kollegen vor Ort erzählen? Dass ich mit dem Bus anreise?«

»Die Kollegen sind mir so was von egal. Ich werde ihnen einfach erzählen, dass du dich schlecht benommen hast und ich dich des Autos verweisen musste.«

Während Hain das sagte, musste er grinsen.

»Du willst doch gar nicht, dass ich aussteige, Thilo. Du willst, dass ich nicht so cholerisch bin, und das erreichst du garantiert nicht, wenn du mich jetzt aus dem Wagen wirfst.«

Der junge Oberkommissar griff zum Zündschlüssel und startete den Motor.

»Aber vergiss nicht«, zischte er, »dass du auf Bewährung bist.«

»Ich denk den ganzen Tag dran, versprochen.«

»Und morgen?«

»Auch morgen.«

»Und nächste Woche?«

»Ja, auch in der nächsten Woche werde ich daran denken.«

»Lügner.«

Während Hain das kleine Cabriolet mit ständig an der Grenze der Legalität angesiedelter Geschwindigkeit aus der Stadt herausbewegte, sprachen die beiden Kommissare kein Wort miteinander. Erst als sie am Einkaufszentrum in der

Nähe der Frankfurter Straße vorbeifuhren, brach Lenz das Schweigen.

»Worum genau geht es eigentlich? Weißt du schon mehr als das, was du mir am Telefon erzählt hast?«

Hain schüttelte den Kopf.

»Nein. Die Kommissarin Ritter hat mich angerufen und mir erklärt, dass es einen Toten an der Schnellbahntrasse gäbe und wo die Stelle zu finden sei. Mehr hat sie nicht zu erzählen gewusst. Oder doch, warte: Sie hat noch erwähnt, dass wir besser nichts frühstücken sollten, bevor wir an den Ort des Geschehens fahren, weil es nicht so schön aussehen würde.«

Lenz warf einen Blick auf seine Armbanduhr.

»Ganz schön früh für einen ICE-Unfall.«

»Ich kann mir nicht vorstellen, dass um diese Uhrzeit schon ein ICE auf der Trasse unterwegs war. Vielmehr vermute ich, dass der oder die Tote von einem Güterzug erwischt worden ist.«

»Die fahren auf der gleichen Trasse?«

»Ja, klar. Tagsüber die schnellen, nachts die schweren, so war das schon immer.«

Kurze Zeit später hatten die Polizisten das weiträumig abgesperrte Gelände rund um die nördliche Einfahrt zum Rengershausener Tunnel erreicht. Ein uniformierter Kollege hielt das Trassierband hoch, als die beiden sich dem Schauplatz näherten.

»Hast recht, es war definitiv kein ICE«, bestätigte Lenz anerkennend mit einem Blick auf den stehenden Güterzug. Ein paar Waggons befanden sich außerhalb des Tunnels, der Rest im Dunkel der Unterführung.

»Hallo«, wurden sie von einer jungen Polizistin in blauer Uniform begrüßt.

»Morgen, Frau Ritter«, erwiderte Lenz freundlich.

»Wir hatten ja schon das Vergnügen«, meinte Hain in ihre Richtung.

»Wie stellt sich die Sache denn dar?«, wollte der Hauptkommissar wissen.

»Nach den jetzigen Erkenntnissen handelt es sich um einen Mann. Er lag etwa 20 Meter hinter der Einfahrt zum Tunnel auf den Gleisen. Der Kopf links, die Beine rechts. Der Zugführer hatte, wenn Sie mich fragen, keine Chance, weil er ihn einfach nicht sehen konnte. Er hat sofort eine Notbremsung eingeleitet, aber da war natürlich schon alles zu spät.«

»Identität?«

Sie winkte ab.

»Bis vor ein paar Minuten war der Doc noch dabei, die Überreste zusammenzuklauben, deshalb glaube ich nicht, dass wir dazu in absehbarer Zeit was sagen können. Aber sprechen Sie doch am besten selbst mit Dr. Franz«, erklärte sie und reichte ihm eine Taschenlampe. »Es ist ziemlich dunkel da drinnen, weil der technische Zug noch nicht gekommen ist; bei denen scheint irgendwas schiefgelaufen zu sein. Und die Funzeln an den Wänden können Sie zum Sichten möglicher Spuren vergessen.«

»In Ordnung. Wo ist der Lokführer?«

»Im Klinikum. Der arme Kerl war wirklich völlig durch den Wind.«

»Wer will ihm das verdenken?«

Die beiden Kripobeamten stapften los. Hinter dem Eingang zum Tunnel umfing die beiden der typische Geruch nach Bahnstrecke, irgendwo zwischen Teer und Terpentin angesiedelt.

»Kommen Sie, meine Herren, trauen Sie sich ruhig«, wurden sie von Dr. Franz, dem Rechtsmediziner, empfangen, der etwa auf der Hälfte zwischen Tunneleingang und dem Kopf des Güterzuges im Gleisbett kniete. »Aber ich hoffe inständig, dass Sie noch nichts zu sich genommen haben.«

Lenz schluckte.

»Morgen, Herr Doktor«, begrüßte er den Arzt aus etwa zehn Metern Entfernung.

»Leider habe ich schon was zu mir genommen und keine Lust, es gleich wieder nach oben zu befördern. Erklären Sie uns einfach aus der Distanz, was es bei Ihnen zu sehen gibt.«

Franz hob den Kopf. Im diffusen Licht der Neonröhren an der Tunnelwand erkannten die Polizisten ein Lächeln, das über sein Gesicht huschte.

»Machen Sie es sich nicht so einfach, meine Herren. Nur Mut, ich bin ja bei Ihnen.«

Wieder bewegte sich Lenz' Adamsapfel unkontrolliert nach oben und zurück.

»Wenn Sie meinen …«, murmelte er kaum hörbar.

»Ja, das meine ich wirklich.«

Je näher die Beamten dem Arzt kamen, desto unwohler fühlten sie sich. Leichen gehörten zwar quasi zu ihrem täglichen Brot, doch Opfer von Zugunfällen waren auch in diesem Kontext etwas ganz Spezielles.

»Ach, du Scheiße«, murmelte Hain, als sie auf etwa zwei Meter an den Arzt herangetreten waren, der noch immer auf Knien rutschend mit der Taschenlampe in der Hand zwischen die Räder eines Waggons leuchtete. Neben ihm erkannten die Polizisten zwei abgetrennte, einzeln daliegende blutverschmierte Beine mit rehbraunen Halbschuhen an den Füßen.

»Die beiden Teile des Unterkörpers habe ich schon mal

zusammengesammelt«, murmelte der Mediziner unter dem Gestell hervor. »Und ich kann Ihnen sagen, dass Sie wirklich mein vollstes Mitgefühl in dieser Situation haben, meine Herren.«

Damit zog er den Oberkörper zurück, erhob sich mit einer schnellen Bewegung und reichte Lenz die Hand.

»Wenn der Suizid, und davon gehe ich hier einfach mal zu einhundert Prozent aus, so klar ist, sollte man wirklich darauf verzichten, Menschen wie Ihnen den Tag auf so saublöde Weise zu verderben«, erklärte er.

»Ganz meine Rede«, gab Hain leise zurück und warf einen Blick in Richtung der Lok.

»Wenn hier die Beine liegen, Herr Doktor, und Sie sich unter dem Waggon vermutlich mit dem Mittelteil beschäftigen, dann fehlt eigentlich nur noch eins«, bemerkte der junge Kommissar mit belegter Stimme.

Franz deutete auf eine Stelle hinter dem alten, rostroten Waggon.

»Wenn Sie den Kopf meinen, der liegt vermutlich auf der gleichen Höhe, auf der ich die Beine gefunden habe, etwa 60 Meter Richtung Tunnelausgang. Wollen Sie mich ein wenig unterstützen und nach ihm suchen?«

Die Kripoleute hoben in einer synchronen Bewegung die Arme.

»Nein, lassen Sie mal. Das muss nun wirklich nicht sein.«

»Habe ich mir gedacht.«

»Und Sie meinen, dass wir es mit einem Selbstmörder zu tun haben?«

»Mit an Sicherheit grenzender Wahrscheinlichkeit, ja. Ich habe die Handgelenke untersucht, oder besser das, was davon übrig geblieben ist, und es erscheint mir sicher, dass er nicht gefesselt gewesen ist, was ich als relativ eindeutiges Zeichen für einen Freitod ansehen würde.«

»Wohl wahr.«

Lenz stand etwas unschlüssig neben dem Arzt und trippelte von einem Fuß auf den anderen.

»Meinen Sie, wir sind hier noch vonnöten, Herr Doktor? Immerhin können wir so gar nichts tun im Augenblick. Wenn es Ihnen recht wäre, würden wir ins Klinikum fahren und uns mit dem Lokführer unterhalten.«

Dr. Franz nickte aufmunternd.

»Ja, meinen Segen haben Sie, und meinen Bericht kriegen Sie auf den Schreibtisch, sobald wir seine restlichen Einzelteile zusammengeklaubt haben und ich im Institut einen abschließenden Blick darauf geworfen habe.«

Nach einer kurzen Verabschiedungsgeste ließ er sich wieder auf die Knie fallen und richtete erneut die Taschenlampe zwischen die Räder.

»Das ist schon ein komischer Kauz«, bemerkte Hain, während sie mit schnellen Schritten auf den Ausgang des Tunnels zustrebten.

»Was willst du von einem Rechtsmediziner schon erwarten, Thilo?«

Draußen war es mittlerweile taghell geworden, und mit der Sonne war sofort die Temperatur um ein paar Grade nach oben geklettert. Pia Ritter stand einem Mann im Anzug und einem weiteren, weniger gut gekleideten, gegenüber. Der Schlipsträger gestikulierte wild mit den Armen.

»Gibt's Probleme, Frau Kollegin?«, wollte Hain wissen, als sie die drei erreicht hatten.

»Und ob es Probleme gibt!«, keifte der Mann im Anzug.

»Wir brauchen die Trasse, und zwar sofort.«

»Wer ist wir?«, fragte Lenz ruhig zurück, nachdem er sich und seinen Kollegen vorgestellt hatte.

»Das will ich Ihnen sagen. Wir sind die Deutsche Bahn AG, und wir verlangen, dass die Arbeiten zur Aufklärung des Personenschadens so zügig wie nur möglich vonstatten gehen. In beiden Richtungen stauen sich mittlerweile mehr als ein Dutzend Züge, und mit jeder Minute werden es mehr. Was uns das kostet, brauche ich Ihnen sicher nicht zu erklären. Also, geben Sie ein wenig Gas, meine Herren.«

»Und wer sind Sie?«, wollte Hain von dem zweiten Mann wissen. Wieder übernahm der Mann im Anzug das Reden.

»Das ist der Lokführer, den wir extra aus dem Bett geworfen haben, damit diese Scheiße hier so schnell wie möglich aus der Welt geschafft ist. Sein Kollege scheint einen Schock zu haben.«

In den letzten Worten des Mannes schwang im Unterton unüberhörbar Missbilligung mit.

»Was ja nicht so ganz schwer nachzuvollziehen ist, Herr …?«

»Hartmut Bliesheimer.«

Lenz sah dem Mann fest in die Augen, bevor er weitersprach.

»Wir haben es hier, wie Sie sehr richtig bemerkt haben, mit einem toten Menschen zu tun. Und solange wir nicht ganz genau wissen, wie es zu seinem Tod gekommen ist, bewegt sich keiner Ihrer Züge, und es ist mir egal, ob sie sich bis Frankfurt oder von mir aus auch bis nach München stauen. Wir machen unseren Job, nicht mehr und nicht weniger, und das respektieren Sie gefälligst.«

Damit drehte er sich um, warf in der Bewegung der Polizistin, die ihm mit überaus zufriedenem Gesichtsausdruck zu verstehen gab, dass sie seine Ansage zur Gänze unterstützte, einen kurzen Blick zu und setzte sich in Bewegung. Herr Bliesheimer hingegen war offenbar alles andere als zufrieden.

»Wie jetzt? Wann? Hallo, Herr Kommissar, ich spreche mit Ihnen!«

Lenz reagierte nicht auf das Geschrei des Bahnmitarbeiters, sondern stieg langsam den Bahndamm hinauf und hatte kurze Zeit später den oberhalb liegenden Wirtschaftsweg erreicht.

»Netter Kerl«, meinte Hain, nachdem sie neben dem Mazda-Cabriolet des Oberkommissars angekommen waren.

»Ja, finde ich auch«, bestätigte Lenz, während er seinem Kollegen dabei zusah, wie der die Arretierungen des Stoffverdecks löste und das Gestell nach hinten fallen ließ. Als sie im Auto saßen und Hain gerade den Zündschlüssel umdrehen wollte, hörten sie die Stimme von Pia Ritter, die ihnen etwas zurief.

»Wenn der Unsympath jetzt noch mal Theater macht, schmier ich ihm eine«, fluchte Lenz.

Hain ließ den Arm sinken und blickte über seine Schulter zurück zum Eingang des Tunnels, wo die uniformierte Polizistin winkend neben einem Kollegen stand. Die beiden Bahner hatten sich in den Hintergrund verzogen.

»Sieht aus, als hätten sie etwas gefunden.«

»Geh halt runter und schau es dir an. Ich hab keine Lust mehr, mich mit diesem Blödmann auseinanderzusetzen.«

Hain warf seinem Boss einen Blick zu, der bei Lenz alle Alarmglocken zum Klingen brachte.

»Schon gut, Thilo, ich geh mit.«

Im Näherkommen erkannten sie, dass der Beamte, der neben Pia Ritter stand, etwas in der Hand hielt.

»Was ist das?«, wollte Hain wissen, als sie die beiden erreicht hatten.

Der Uniformierte reichte die Kunststofftüte mit dem Fundstück darin an ihn weiter.

»Sieht aus wie einer unserer Dienstausweise«, fiel dem Oberkommissar dazu ein.

»Es ist einer«, bestätigte der Schutzpolizist.

4

Maria Zeislinger griff noch einmal zu der Espressotasse auf der Anrichte, trank den Rest des starken, ganz leicht bitter schmeckenden Kaffees aus und verließ kurz darauf die Wohnung. Zwei Minuten später stieg sie in die Straßenbahn der Linie 4, freute sich über die wegen der Schulferien vielen freien Plätze, setzte sich und war kurz darauf in ihre Unterlagen vertieft.

Seit einem knappen halben Jahr arbeitete sie nun für und mit Bettina Reichelt, einer Galeriebesitzerin aus der Innenstadt. Vom ersten Augenblick an waren sich die annähernd gleichaltrigen Frauen sympathisch gewesen; so sympathisch, dass die Noch-Ehefrau des Kasseler Oberbürgermeisters Erich Zeislinger vermutlich auch ohne Bezahlung dort angefangen hätte. Lenz bezeichnete das monatliche Salär zwar als besseren Beitrag zu den Fahrkosten, doch das war Maria egal. Sie machte den Job nicht wegen des Geldes, sondern weil er ihr Spaß machte. Unglaublichen Spaß sogar.

In all den Jahren als Frau des OB hatte sie darüber nachgedacht, wieder etwas zu arbeiten, doch ihr Mann war strikt dagegen gewesen.

So etwas habe die Frau des Oberbürgermeisters nicht nötig, waren seine Worte.

Sie hatte sich in den letzten Monaten mehr als einmal gefragt, warum sie sich diese Bevormundung überhaupt hatte gefallen lassen, doch eine plausible Antwort war ihr auch nach langem Überlegen nicht eingefallen.

Nun hielt sie einen Stapel Unterlagen in der Hand, deren Inhalt für sie und die Galerie eine riesengroße Chance bedeuten konnte. Die Documenta-Gesellschaft, Ausrichterin der weltweit größten Ausstellung zeitgenössischer Kunst, die im folgenden Jahr wieder in Kassel stattfinden würde, hatte einen Teil der Galerie als mögliche Präsentationsfläche für einige der bedeutendsten Exponate angefragt. Sofort waren Bettina Reichelt und sie sich einig gewesen, diese Chance mit Freuden anzunehmen, obwohl dieses Engagement eine große zeitliche Belastung bedeutete. Und deshalb würde sie auch diesen Samstagvormittag in der Galerie verbringen.

Während sie in die Pläne und Skizzen vertieft war, die sie und ihre Chefin in der nächsten Woche als fertiges Konzept bei der Documenta-Gesellschaft präsentieren wollten, setzte sich ein Fahrgast in die Reihe vor ihr, von dem die Freundin des Leiters der Kasseler Mordkommission jedoch keine Notiz nahm. Zunächst jedenfalls nicht. Dann jedoch meldeten die Synapsen in ihrem Hirn, dass sie einen altvertrauten Geruch wahrgenommen hatten. Einen Geruch, den die Frau längst abgehakt und hinter sich geglaubt hatte.

»Hallo, Maria.«

Sie hob den Kopf und sah in das aufgedunsene Bluthochdruckgesicht von Erich Zeislinger.

Ein paarmal hatte sie sich gefragt, wie die erste Begegnung unter vier Augen nach der Trennung zwischen ihnen aussehen würde, wenn es denn jemals zu einer käme, und immer hatten diese Gedanken bei ihr zu einer gewissen Unruhe geführt. Nun jedoch, im Angesicht der Situation, war sie erstaunlich ruhig.

»Was willst du denn hier?«

»Ich möchte gern mit dir reden, Liebes. Nur reden.«

»Kein Interesse.«

»Bitte, Maria. Bitte, sprich mit mir. Um der alten Zeiten willen.«

Maria ließ den Kopf wieder sinken und vertiefte sich erneut in ihre Unterlagen.

»Maria?«

»Verschwinde, Erich«, murmelte sie, ohne ihn anzusehen. »Alles, was wir beide noch zu besprechen haben, klären unsere Anwälte; dafür bekommen sie einen Haufen Geld.«

»Aber das ist doch genau der Grund, warum ich mit dir reden will, Liebes. Ich …«

»Wenn du noch einmal Liebes zu mir sagst«, zischte sie ihn verärgert an, »hau ich dir eine runter, Erich. Lass mich einfach in Ruhe und verschwinde.«

»Gut, gut«, erwiderte er beschwichtigend. »Mein Anwalt hat mich gestern angerufen, nicht, und mir klargemacht, dass wir nur noch eine ganz kleine Chance hätten, unsere Ehe zu retten, Maria. Du hast gestern die Scheidungspapiere unterschrieben, deshalb bin ich hier.«

Er sah sich um.

»Deshalb sitze ich dir hier in dieser Straßenbahn gegenüber, obwohl du weißt, wie sehr ich das Bahnfahren hasse, nicht. Ich will einfach noch einmal mit dir darüber reden, warum wir keine Chance mehr haben sollen. Warum unsere Ehe keine Chance mehr haben soll.«

Maria Zeislinger hob den Kopf und sah ihn an, als sei er ein Außerirdischer.

»Wie bekloppt ist das denn, Erich? Was glaubst du, will man erreichen, wenn man Scheidungspapiere unterschreibt? Dass der Typ, von dem man endlich geschieden werden will, einem am nächsten Morgen in der Bahn auflauert?«

»Nein … Ja …«

»Das klingt ein bisschen, als sei dein selten dämlicher Auftritt heute Morgen ziemlich überstürzt und wenig durchdacht zustande gekommen, lieber Erich«, entgegnete Maria süffisant. »Und ich kann dir versichern, dass es über meinen Entschluss, mich von dir scheiden zu lassen, nicht die Bohne zu diskutieren gibt. Vielleicht hast du es vergessen, aber ich lebe mit einem Mann zusammen, mit dem ich über alle Maßen glücklich bin. Viel glücklicher als in den ganzen Jahren mit dir übrigens. Was also sollte mich zurück in deine Arme treiben?«

Zeislinger tat so, als sei ihre bewusste Provokation nicht bei ihm angekommen.

»Ein Polizist, Maria. Der Mann ist ein einfacher Polizist!«

»Und du bist ein Arsch. Dann doch lieber einen Polizisten.«

Damit raffte sie ihre Unterlagen zusammen und stand auf.

»Und wenn du mich noch einmal belästigst, was du im Moment übrigens ganz massiv machst, gehe ich auf der Stelle zu den Kollegen meines zukünftigen Ehemannes und zeig dich an.«

Zeislinger sprang nun ebenfalls von seinem Sitz hoch und baute sich vor ihr auf.

»Maria, komm zur Vernunft. Du und der Polizist, ihr habt einfach keine Zukunft.«

»Nein, Erich, das siehst du völlig falsch«, entgegnete sie völlig ruhig, während sie ihn zur Seite schob und auf die Tür zustrebte. »Wir haben natürlich eine Zukunft, weil wir immerhin seit acht Jahren daran arbeiten.«

Aus Zeislingers Gesicht wich schlagartig jegliche Farbe.

»Acht Jahre? Du lügst, Maria, das glaube ich dir nicht.«

»Glaub es oder lass es, Erich, wen interessiert das schon. Ich weiß es, Paul weiß es, und jetzt weißt du es auch.«

Sie lächelte ihn an.

»Wobei ich glaube, dass diese Information für uns eher mit Freude verbunden ist und für dich mit einer mächtigen Demütigung. Und nun leb von mir aus wohl oder nicht, aber lass uns in Ruhe.«

Immer noch lächelnd, betätigte sie den Knopf, der die Tür öffnete, und trat ins Freie. Dann jedoch drehte sie sich noch einmal um und sah ihn erneut an.

»Und das ist definitiv keine Bitte, Erich.«

5

Lenz griff nach dem Plastikbeutel und hielt ihn ins Licht. Die grüne Karte darin war tatsächlich ein Dienstausweis der Hessischen Polizei.

»Wo haben Sie den gefunden?«, wollte er von seinem uniformierten Kollegen wissen. Der deutete auf eine Stelle hinter dem Güterwagen, etwa 20 Meter entfernt.

»Er lag im Eingang zum Tunnel, drüben auf der anderen Seite.«

»Einfach so?«

»Ja, einfach so, direkt neben den Gleisen.«

Hain streifte Gummihandschuhe über, zog das Dokument mit spitzen Fingern aus der Hülle und begann zu lesen.

»Das ist der Dienstausweis von einem Norbert Schneider.«

Lenz lief ein Schauer über den Rücken.

»Wasserpfeifen-Nobby«, murmelte er.

»Stimmt«, bestätigte sein junger Kollege. »Nobby! Wie kommt denn dessen Dienstausweis hier an den Bahndamm?«

Lenz zog ihn ein paar Schritte zur Seite.

»Darüber sprechen wir später, Thilo. Aber zuerst muss einer von uns noch mal in den Tunnel und zweifelsfrei klären, ob der Tote da drin Wasserpfeifen-Nobby ist oder nicht.«

Hain sah ihn entgeistert an.

»Der Schneider? Der Selbstmörder da drin soll Nobby Schneider sein? Das glaube ich nicht, Paul.«

»Glauben hilft uns in diesem Fall leider keinen Deut weiter, Thilo. Es geht nicht anders, einer von uns muss rein und nachsehen.«

»Aber ich ganz sicher nicht«, erklärte der Oberkommissar

völlig überzeugt. »Das brauche ich mir zu dem Wochenende, an dem ich vermutlich Vater werde, nicht anzutun.«

»Da hast du ohne Zweifel recht. Aber ich hab auch keinen Bock, mir den oberen Rest des Toten anzugucken. Irgendwie fühle ich mich heute gar nicht nach so was.«

»Dann soll halt Dr. Franz nachsehen; dem macht das vermutlich sogar noch Spaß.«

Lenz dachte kurz nach.

»Du meinst also, dass wir zu ihm gehen sollen und ihn bitten, mit Nobbys Dienstausweis in der Hand für uns nachzusehen, ob er der Tote sein könnte? Ist das nicht ein bisschen peinlich, Thilo?«

»Stimmt, das ist es. Aber ich habe keine bessere Idee.«

Wieder dachte der Hauptkommissar nach.

»Scheiß drauf, ich mach es. Es wird schon nicht so schlimm werden.«

Hain nickte.

»Bestimmt nicht, Paul.«

»Ja.«

Wieder eine Pause. Dann ging Hain unvermittelt zurück zu den beiden Kollegen, die noch immer an der gleichen Stelle standen und dem Treiben der Kripoleute skeptisch folgten.

»Wir gehen noch mal rein«, erklärte er ihnen, »und sehen nach, ob es sich bei dem Toten um den Kollegen Schneider handelt.«

Lenz folgte ihm irritiert.

»Ja, scheiß drauf«, brummte der Oberkommissar, als sie sich auf den Weg machten. »Vielleicht bin ich heute Abend schon Vater, dann denke ich bestimmt an was anderes als den Anblick, der uns gleich erwartet.«

*

»Na, was vergessen?«, fragte Dr. Franz, der noch immer auf dem Bahndamm kniete, heiter, als er wahrnahm, dass die beiden Polizisten noch einmal auf ihn zukamen.

»Nein«, gab Hain leise zurück. »Die Kollegen haben einen Dienstausweis gefunden, und wir müssen nun überprüfen, ob der Tote …«

»Was für einen Dienstausweis?«, wurde er von Franz unterbrochen. »Von einem Bahnmitarbeiter?«

Lenz schüttelte den Kopf.

»Nein, es ist der Dienstausweis eines Polizisten. Eines Kollegen von uns.«

»Und Sie meinen …? Das wollen wir uns jetzt aber besser nicht vorstellen, meine Herren.«

Hain mühte sich die Andeutung eines Lächelns ab.

»Trotzdem müssen wir nachsehen, Herr Doktor.«

Franz schwang sich nach oben, kam dabei leicht ins Straucheln und wurde von Hain aufgefangen.

»Klarer Fall von Entkräftung«, grinste der Mediziner und deutete auf das hintere Ende des Waggons, unter dem er gearbeitet hatte.

»Kommen Sie, ich begleite Sie, aber ich muss Sie warnen. Was Sie zu sehen kriegen werden, ist nicht vergnügungssteuerpflichtig.«

Damit drehte er sich um, ging zum Ende des Waggons, stieg auf die alten, verrosteten Stufen, kletterte über die Holzplanken und hatte kurz darauf die andere Seite des Zuges erreicht. Die Polizisten folgten in Respektabstand und mit trockenem Mund.

»Hier«, erklärte der Mediziner ein paar Meter weiter und deutete auf eine weiße Plane, die er mit seiner Taschenlampe anstrahlte. »Wollen Sie selbst anheben, oder soll ich für Sie tätig werden?«

»Nein, nein, machen Sie das ruhig«, erwiderte Lenz leise und trat einen Schritt nach vorn. Dr. Franz griff mit der rechten Hand an das Ende des Tuchs und hob es langsam an. Der Oberkörper, der darunter zum Vorschein kam, war etwa auf Höhe der Brustwarzen stumpf vom Unterkörper abgetrennt worden. Von der ehemals blauen Sommerjacke waren nur noch Fragmente vorhanden. Lenz atmete tief durch und ließ die Augen in Richtung des Kopfes wandern, die Dr. Franz mit der Taschenlampe vorgab.

»Mein Gott«, murmelte Hain im Hintergrund und begann zu würgen. Zuerst verhalten, dann lauter, um sich schließlich wegzudrehen und zu übergeben. Lenz hätte ebenfalls kotzen können, doch er war sich noch nicht einmal sicher, ob es sich bei dem Leichenteil wirklich um einen Überrest des Kollegen Norbert Schneider handelte. Er bat den Mediziner um die Lampe, trat einen weiteren Schritt nach vorn und leuchtete dem Toten direkt ins Gesicht. Das, was er vor sich hatte, war zweifelsfrei das Oberteil von Norbert Schneiders Leiche.

»Er ist es«, ließ er den Arzt wissen und betrachtete für ein paar Sekunden das maskenhafte Gesicht. Dabei drängte sich ihm der Eindruck auf, dass der Kollege vom Rauschgiftdezernat zu seinen Lebzeiten niemals so zufrieden auf ihn gewirkt hatte.

»Jetzt denken Sie bestimmt«, durchbrach Dr. Franz die Stille, »dass er richtig glücklich und zufrieden dreinschaut, so wie er hier liegt?«

Lenz nickte.

»Das ist nicht ungewöhnlich, Herr Lenz. Diesen Gesichtsausdruck findet man bei vielen Menschen, die sich auf diese Weise suizidiert haben.«

Der Hauptkommissar blickte ihn verständnislos an. Franz sah kurz fragend zu dem Tuch in seiner Hand, danach zu Lenz.

»Ja, decken Sie ihn ab. Ich habe alles gesehen, was ich nicht sehen wollte.«

Dr. Franz ließ das Tuch fallen und ging hinüber zu Hain, der, mit einer Hand an der Tunnelwand abgestützt, dastand und den Mund zusammenkniff.

»Geht es wieder, Herr Hain?«, wollte der Mediziner mit ungewöhnlich viel Besorgnis in der Stimme wissen.

»Ja, geht«, presste der Oberkommissar hervor.

Franz wandte sich wieder dem Hauptkommissar zu.

»Das Letzte, was viele der Menschen denken, die sich das Leben nehmen, ist, dass ihr Leid jetzt ein Ende haben wird. Oftmals ist es so, dass sie eigentlich gar nicht sterben wollen, doch der Tod ist für sie leichter zu ertragen als das Schicksal, das sie im Hier erdulden müssen.«

Er sah auf das Tuch vor ihren Füßen.

»Kannten Sie ihn besser?«

»Nein. Wir sind uns manchmal dienstlich über den Weg gelaufen, das war es aber auch schon. Jemanden besser zu kennen, ist was anderes.«

»Vielleicht war er krank?«, sinnierte der Arzt.

»Ja, vielleicht«, erwiderte Lenz und musste dabei an Rolf-Werner Gecks denken, bei dem ein Jahr zuvor Prostatakrebs diagnostiziert worden war und der seit vielen Jahren ein Verhältnis mit der Frau des Mannes hatte, dessen Leben an diesem Morgen im Eingang eines Eisenbahntunnels sein Ende gefunden hatte.

Dr. Franz griff mit entschuldigender Geste nach der Taschenlampe in Lenz' Hand.

»Ich muss noch ein bisschen an seinem Mittelteil arbeiten, bevor ich es bergen kann. Es hat sich nämlich mächtig in der Achse des Waggons verklemmt.«

»Ja, machen Sie nur, Doc. Wir haben jetzt eh was anderes zu tun.«

»Sie fahren zur Witwe?«

Der Polizist nickte.

»Eine Aufgabe, um die ich Sie nicht beneide. Alles Gute dabei.«

Damit machte er sich auf den Rückweg zu dem Waggon, unter dem, wie er es ausgedrückt hatte, das Mittelteil von Norbert Schneider eingeklemmt war.

»Lass uns hier abhauen, Thilo«, forderte Lenz seinen kreidebleichen Kollegen auf.

»Nichts lieber als das.«

*

»An Tagen wie diesen wünsche ich mir, auf meine Großmutter gehört und eine Banklehre gemacht zu haben«, gestand Hain eine knappe Viertelstunde später mit einem Kaffee in der Hand seinem Kollegen. Sie standen an der Theke eines italienischen Eiscafés in einem nahegelegenen Einkaufszentrum und hatten jeder schon zwei doppelte Espressi intus.

»Ja, das kann ich gut verstehen«, stimmte Lenz ihm zu. »Aber es hilft nichts. Wir sind nun mal bei den Bullen gelandet. Und jetzt machen wir uns los und überbringen der Frau von Wasserpfeifen-Nobby die Nachricht vom Tod ihres geliebten Mannes.«

»Nun lass mal den Sarkasmus stecken, Paul«, wurde er von seinem Kollegen gebremst, den er auf der Fahrt über das Gespräch mit Rolf-Werner Gecks informiert hatte.

»Du solltest doch am besten wissen, dass die Liebe manchmal komische Wege geht, bis sie an ihrem Ziel angekommen ist, oder?«

»Wohl wahr. Aber es will mir noch immer nicht in den Kopf, dass ausgerechnet unser RW, der ja nun nicht der große Casanova ist, etwas mit ihr hat; und das auch schon seit so vielen Jahren.«

Hain nippte an seinem Kaffee und legte dabei die Stirn in Falten.

»Meinst du, wir sollten ihn anrufen?«

»Das ist eine gute Idee, Thilo. Machst du das?«

So weit kam es nicht, weil sich in diesem Augenblick das Telefon des Hauptkommissars meldete. Lenz sah auf das Display und schluckte.

»Es ist RW.«

»Dann bleibt es doch an dir hängen«, konstatierte der junge Oberkommissar.

Lenz trat einen Schritt zur Seite und nahm das Gespräch an.

»Hallo, RW«, meldete er sich.

»Moin, Paul. Wo treibst du dich denn rum? Keine Lust auf Arbeit heute?«

»Nein ..., ja ...«, druckste Lenz herum. »Thilo und ich sind im DEZ.«

»Was macht ihr denn im DEZ?«

Stille.

»Bist du noch da, Paul?«

»Ich hätte dich eh angerufen, RW. Es ist nämlich was passiert, worüber wir sprechen müssen.«

»Na, du machst es ja spannend, Junge. Was ist denn so Wichtiges passiert?«

»Wir haben einen Toten am Eingang des Rengershausener Tunnels. Vermutlich Suizid.«

»Ja, und?«

»Es ist Norbert Schneider. Wasserpfeifen-Nobby.«

»Ach, du Scheiße!«, hauchte Gecks ins Telefon. »Bist du sicher, dass er es ist?«

»Ja, er ist es, kein Zweifel. Wir haben ihn identifiziert.«

»Und du meinst wirklich, dass er sich selbst abgeknipst hat?«

»Es gibt keinerlei Anzeichen von Fremdeinwirkung, und auch Dr. Franz ist davon überzeugt, dass er sich selbst umgebracht hat.«

Es entstand wieder eine kleine Pause, ehe Gecks antwortete.

»Meine Fresse, das ist ja ein Ding. Weiß Britta schon davon?«

»Wir wollten gerade zu ihr, aber davor wollte ich noch mit dir telefonieren. Willst du hinkommen?«

Gecks überlegte eine Weile.

»Das wäre gut, ja.«

»Dann los.«

»Gibst du mir einen kleinen Vorsprung?«

»Klar, wenn du mir im Gegenzug ihre Adresse verrätst.«

*

Rolf-Werner Gecks' alter VW-Golf stand schon in der Einfahrt zum Haus der Schneiders. Hain parkte den Mazda auf der gegenüberliegenden Straßenseite und stellte den Motor ab.

»Komische Situation«, meinte er leise.

»Wieso?«

»Na ja, wir haben einen Toten auf den Schienen liegen, und der Geliebte der Frau, also der klassische Verdächtige, ist bei ihr im Haus und steht ihr bei. Wenn wir es nicht mit RW zu tun hätten, würden wir vermutlich ein paar Fragen zu den jeweiligen Alibis stellen.«

»Nun fang mal nicht an zu spinnen, Thilo«, winkte sein Boss ab. »Außerdem blendest du bei deinem kruden Gedanken völlig aus, dass Nobby sich selbst ins Nirvana befördert hat.«

»Ich meinte ja nur«, widersprach Hain etwas zu laut, »dass wir eigentlich froh sein können, dass die Sache so klar ist. Sonst hätten wir einen Haufen Arbeit vor uns und einen neuen Fall auf dem Tisch.«

»Da allerdings gebe ich dir recht.«

Eine halbe Minute später standen die beiden vor der Rauchglasscheibe der Haustür. Im gleichen Moment, in dem Hain den Finger auf den silbernen Klingelknopf legen wollte, wurde die Tür langsam geöffnet und das besorgte Gesicht von Rolf-Werner Gecks sichtbar.

»Kommt rein, Männer.«

»Weiß sie schon Bescheid?«, murmelte Lenz.

Gecks nickte.

»Ich habe es ihr gesagt.«

»Und?«

»Na ja. Sie hat es gefasster aufgenommen, als ich gedacht habe.«

Britta Schneider stand am Fenster im Wohnzimmer und sah hinaus in den gepflegten Garten, als die Polizisten eintraten.

»Das sind meine Kollegen Paul Lenz und Thilo Hain, Britta«, stellte Gecks sie vor.

Die schlanke Frau mit den kurzen, an den Ansätzen ergrauten Haaren drehte sich um, nickte kurz zur Begrüßung und holte tief Luft.

»Die Situation jetzt ist mir absolut peinlich. Und ich hoffe, dass Sie Verständnis dafür haben, dass ich nicht die trauernde Witwe gebe, denn die bin ich nicht. Sorry, dass Norbert das gemacht hat, aber ich kann und will nicht eine Emotion vortäuschen, die nicht da ist. Und wenn ich Rolf-Werner richtig verstanden habe, sind Sie über die Gründe dafür informiert.«

Lenz nickte.

»Ja, das sind wir, Frau Schneider. Trotzdem gibt es ein paar Dinge, die wir Sie fragen müssen; zum Beispiel zu dem Anruf, den Ihr Mann vorgestern Abend erhalten hat.«

»Ja?«

»Sie kannten die Stimme des Anrufers nicht?«

»Nein, ich bin sicher, dass ich sie nie zuvor gehört habe.«

»Und Ihr Mann hat, nachdem das Gespräch zu Ende war, ohne ein weiteres Wort das Haus verlassen?«

Die Frau dachte eine Weile nach.

»Nein, das ist nicht richtig. Er hat mir erklärt, dass er noch mal weg müsse. Auf meine Frage, was denn los sei, meinte er, es handle sich um so etwas wie einen dienstlichen Termin. Genauso hat er es gesagt.«

»Also wollte er sich mit dem Anrufer treffen?«

»Das vermutete ich, ja, aber gesagt hat er es nicht.«

»Die Formulierung, die er gewählt hat, klingt merkwürdig, finde ich«, mischte Hain sich ein.

»Das kann ich nur bestätigen, Herr Hain, aber mein Mann hat sich öfter einmal merkwürdig ausgedrückt.«

»Dann ist er gegangen?«

»Nein, nicht gleich. Er hat sich noch von seiner Mutter, die in der oberen Etage lebt und pflegebedürftig ist, verabschiedet und ihr eine gute Nacht gewünscht. Ich vermute aber, dass meine Schwiegermutter davon nicht viel mitbekommen hat, sie muss nämlich starke Schmerzmittel nehmen.«

»Hatte er Ihnen gegenüber den Eindruck vermittelt, dass er länger wegwollte?«

»Nein, überhaupt nicht.«

»Wo das Treffen mit dem Anrufer stattfinden sollte, hat er nicht erwähnt?«, fragte Hain, der mittlerweile seinen Notizblock in der Hand hielt und mitschrieb.

»Leider nicht. Ich vermutete aber, dass es nicht so weit von unserem Haus entfernt sein könnte, weil er zu Fuß unterwegs war.«

»Er hat nicht den Wagen genommen?«, hakte Lenz überrascht nach.

»Nein. Sein … unser Auto steht in der Garage.«

Lenz zögerte einen Moment, bevor er seine nächste Frage stellte.

»War Ihr Mann krank, Frau Schneider?«

»Wenn Sie damit meinen, ob er körperlich krank gewesen ist, so kann ich das mit Nein beantworten. Er war erst im Frühjahr beim Komplettcheck und nach Aussage seines Arztes kerngesund. Physisch. Auf der psychischen Ebene würde ich das nicht unterschreiben, aber ich bin keine Ärztin.«

Der Hauptkommissar hob irritiert eine Augenbraue.

»Wie meinen Sie das?«

»Norbert ist in den letzten Jahren zunehmend merkwürdiger geworden. Nach meiner festen Überzeugung hätte er längst in eine Therapie gehört, aber es war unmöglich, mit ihm darüber auch nur ein Gespräch zu führen.«

»Worüber?« wollte Hain wissen.

Britta Schneider sah wieder aus dem Fenster. Ihr Blick verlor sich in einem Rosenbeet.

»Zum Beispiel darüber, dass er unter einem Waschzwang

gelitten hat. Die Haut seiner Hände war brüchig wie altes Pergament, weil er sie ständig mit scharfen Reinigungsmitteln gewaschen hat.«

Sie drehte sich um und ließ ihren Arm durch den Raum kreisen.

»Was Sie hier in diesem Raum sehen, ist ein Indiz für eine weitere Zwangsstörung. Alles hat seinen festen Platz, sogar die Fernsehzeitung liegt im rechten Winkel auf der Anrichte. Norbert ist fast irre geworden, wenn sich an dieser Symmetrie auch nur eine Winzigkeit verändert hat.«

»Und er war nicht beim Arzt wegen dieser … dieser Störungen?«, hakte der Oberkommissar nach.

»Nein. Wie ich schon gesagt habe, hat er nicht einmal ein Gespräch darüber geduldet. Für ihn war das alles die Normalität.«

Wieder gab es eine kleine Unterbrechung, bevor Lenz weiterfragte.

»Könnten Sie sich vorstellen, dass ihn diese Störungen zu einem Suizid getrieben haben? Dass er deswegen nicht mehr weiterleben wollte?«

Sie schüttelte resolut den Kopf.

»Nein, das kann ich mir beim besten Willen nicht vorstellen, Herr Lenz. Und zwar deshalb, weil ich denke, dass man einen gewissen Leidensdruck verspüren muss, bevor man aus dem Leben scheiden will, aber den hatte mein Mann ganz offensichtlich nicht. Er hatte sich in seinen Zwängen eingerichtet und lebte ganz gut mit ihnen; im Gegensatz zu seinem Umfeld.«

Lenz überhörte ihren Vorwurf an den toten Gatten nonchalant.

»Was könnte ihn demnach getrieben haben, sich das Leben zu nehmen?«

»Ist das jetzt noch wichtig? Was bringt es den Menschen, die er hier alleingelassen hat, sich mit seinen Motiven auseinanderzusetzen? Was bringt es mir ganz persönlich zu wissen, warum er sich vor den Zug geworfen hat und mit dieser Tat noch einen Unschuldigen belastet hat?«

Wieder blickte sie lange aus dem Fenster.

»Ich will es Ihnen sagen: gar nichts. Nicht das Schwarze unter dem Nagel. Norbert war im Leben ein Egoist, und egoistisch ist er auch aus dem Leben verschwunden. Das ist die Wahrheit. Er ist abgehauen und hat mich mit seiner schwer pflegebedürftigen Mutter hier sitzen gelassen.«

Hain räusperte sich und deutete auf Rolf-Werner Gecks.

»Könnte es einen Zusammenhang geben zwischen seinem Suizid und Ihrer Beziehung zu unserem Kollegen, Frau Schneider?«

Britta Schneider zuckte mit den Schultern. Die Bewegung hatte fast etwas Trotziges.

»Das kann ich Ihnen nicht sagen. Wenn der Anrufer von vorgestern Abend ihm etwas darüber gesagt haben sollte, dann hätte er mich zur Rede stellen können. Das wäre ein Umgang gewesen, mit dem ich etwas hätte anfangen können. Aber so?«

Sie drehte sich den Beamten zu, verschränkte die Arme vor der Brust und lehnte sich mit dem Gesäß an die Fensterbank.

»So macht man das nicht.«

Für ein paar Augenblicke herrschte betretenes Schweigen im Raum.

»Ja«, nahm Lenz den Faden wieder auf, »das wäre zunächst alles, Frau Schneider. Wenn wir noch …«

»Kleinen Moment noch, Paul«, wurde er von seinem jungen Kollegen unterbrochen, der sich an die Frau wandte.

»Ich würde mir gern das Telefon ansehen, mit dem Ihr Mann vorgestern Abend den Anruf entgegengenommen hat. Vielleicht finden wir die Nummer des Anrufers heraus.«

Lenz warf ihm einen anerkennenden Blick zu, während Britta Schneider an ihnen vorbei in den Flur ging, in einem Zimmer auf der rechten Seite verschwand und ein paar Sekunden später mit einem kleinen schwarzen Gerät in der Hand wieder auftauchte.

»Hier, das ist der Apparat.«

Hain griff danach und drückte ein paar Tasten, danach einige weitere. Dann hob er den Kopf und sah die Frau an.

»Alle Speicher des Telefons sind leer«, stellte er erstaunt fest.

»Das kann sein«, erwiderte sie ohne echtes Interesse. »Es ist mir gestern Abend auf den Steinboden draußen im Flur geknallt, dabei sind die Batterien herausgefallen. Vielleicht liegt es daran.«

»Ja, vielleicht«, stimmte der Polizist zu und reichte ihr das Gerät. »Auf jeden Fall ist es nicht mehr möglich, die Nummer des Anrufers zu identifizieren.«

Damit klappte er seinen Notizblock zusammen und steckte ihn in die Innentasche seines Sakkos.

»Wahrscheinlich wird es sich nicht mehr rekonstruieren lassen, wer Ihren Mann angerufen hat, und wie es aussieht, ist es auch gar nicht von großem Interesse für alle Beteiligten. Also, lassen wir es dabei.«

Rolf-Werner Gecks hob den Kopf und funkelte seinen Kollegen mit stechendem Blick an, doch Hain trat ein paar Schritte nach vorn und reichte Britta Schneider die Hand.

»Auf Wiedersehen und alles Gute für Sie«, bemerkte er artig, drehte sich um, verließ den Raum und ein paar Sekunden später das Haus.

»Von mir auch alles Gute, Frau Schneider«, meinte Lenz und verabschiedete sich ebenfalls von der Frau.

»Du bleibst noch?«, fragte er Rolf-Werner Gecks.

»Ja. Und ich würde mir gern den Montag freinehmen, wenn das geht.«

»Klar, RW, kein Problem«, erwiderte sein Boss mit einem aufmunternden Klaps auf die Schulter, bevor auch er das Haus verließ.

»Findest du nicht, dass du ein wenig über das Ziel hinausgeschossen bist?«, fragte Lenz vorsichtig, nachdem er sich zu Hain ins Auto gesetzt hatte. »Immerhin ist sie keine Verdächtige, sondern die Frau eines Kollegen, der sich vor ein paar Stunden vor den Zug geworfen hat.«

Der Oberkommissar machte ein zerknirschtes Gesicht.

»Das habe ich mich, ganz ehrlich, eben auch gefragt. Ich glaube, sie hat meinen Zorn abgekriegt, weil sie so kaltschnäuzig dahergeredet hat.«

»Das war nicht sehr professionell, Thilo.«

»Ich weiß, und es tut mir auch schon ziemlich leid. Aber du erwartest nicht von mir, dass ich jetzt noch mal da reingehe und mich entschuldige, oder?«

Lenz fing an zu grinsen.

»Nein, das erwarte ich nicht von dir. Was ich aber erwarte, ist, dass du es beim nächsten Mal deutlich besser machst.«

Hain lehnte sich in den Sitz zurück und schloss die Augen.

»Angekommen«, meinte er, und es klang tatsächlich ein wenig Reue in seiner Stimme mit.

»Schön. Dann lass uns jetzt zum Präsidium fahren und den Papierkram erledigen; in einer Stunde will ich auf der Terrasse in der Hängematte liegen.«

6

Aus der einen veranschlagten Stunde wurden zwei, weil der Hauptkommissar gleich noch den längst überfälligen Bericht in einem anderen Fall erledigte. Kurz bevor er das Büro verlassen wollte, klingelte sein Mobiltelefon.

»Lenz«, meldete er sich.

»Ich bin's, Maria. Ist alles gut bei dir?«

»Ja, ich bin gerade fertig geworden und will jetzt nach Hause kommen.«

»Bist du im Präsidium?«

»Ja, warum?«

»Weil ich auf dem Weg in die Stadt bin und gern mit dir auf den Markt gehen würde. Was hältst du davon?«

Der Polizist dachte kurz über das Angebot nach. Bisher hatten es die beiden vermieden, sich gemeinsam in der Markthalle zu zeigen, wo, speziell samstags, das Bildungsbürgertum und die besseren Kreise der Stadt ihre Einkäufe erledigten.

»Ich glaube«, schien Maria seine noch immer virulenten Vorbehalte zu erahnen, »dass wir so langsam zu unserer Sache stehen sollten, auch im Epizentrum der Hautevolee.

»Aber wir stehen doch zu unserer Sache, Maria.«

»Gut«, überging sie die nicht zu überhörende Skepsis in seiner Stimme, »dann hole ich dich ab. In zwei Minuten bin ich da.«

Damit klackte es in der Leitung und das Gespräch war beendet.

»Wenn das mal gut geht«, murmelte Lenz.

*

Es war gut gegangen. Enzo, der junge Capo des Marktstandes, der ein paar Monate zuvor Vater geworden war, kannte natürlich die ganze Geschichte um Lenz und seine Freundin, auch, weil er den Polizisten während dessen Solobesuchen immer wieder wegen der neuesten Entwicklungen ausgequetscht hatte. Einzig Erich Zeislinger, sonst in früheren Zeiten eifriger Marktgänger, war, seit Maria den OB verlassen hatte, nicht mehr in der Markthalle aufgetaucht.

»Ciao, Commissario, ciao, Signora Seisselinger«, waren die beiden von dem braun gebrannten und, zumindest nach außen hin, stets gut gelaunten Sizilianer mit Kasseler Wurzeln trotz der Schlange an der Theke laut und überschwänglich begrüßt worden.

Sie hatten gegessen, danach eingekauft und dabei die vielen verstohlenen Blicke der anderen Marktbesucher über sich ergehen lassen. Am Nachmittag, als Maria längst in der Hängematte und Lenz mit einem Buch neben ihr auf dem Boden lag, kam sie noch einmal auf den Morgen zu sprechen.

»War dir die Situation auf dem Markt heute Morgen unangenehm?«

Er schaute von seiner Lektüre auf und schob die Lesebrille in die Stirn.

»Warum?«

»Weil du eine Weile ziemlich angespannt auf mich gewirkt hast.«

Lenz schob das Lesezeichen in die Seiten, die er gerade gelesen hatte, klappte den Deckel des Buches zu, robbte sich unter die Hängematte und begann, durch die Stoffbahn hindurch ihren Bauch zu streicheln.

»Ist das etwa eine adäquate Antwort, Herr Kommissar?«, schnurrte Maria.

»Wenn du so willst, schon.«

»Will ich nicht. Mir wäre eine richtige Antwort lieber.«

Er stoppte seinen Einsatz an ihrem Körper.

»He, das heißt aber nicht, dass du aufhören sollst.«

»Klar war ich nervös, und das weißt du scheinheiliges kleines Monster auch ganz genau. Ich war ebenso nervös wie du, um präzise zu sein.«

»Ich war überhaupt nicht nervös«, protestierte sie mit gekünstelt erhobener Stimme. »Ich habe jeden Augenblick genossen, so, wie ich immer die Augenblicke mit dir genieße. Und scheinheilig ist ein ganz gemeines Attribut, das ich mir nicht so einfach gefallen lassen kann, mein Lieber.«

Lenz schenkte ihrer Erwiderung keinerlei Beachtung, sondern stand in aller Seelenruhe auf, ging auf den Wasserhahn an der Wand zu, griff sich den Schlauch, der daran befestigt war, und richtete die Spitze auf Maria, die sein Treiben mit entspannter Miene verfolgte.

»Das traust du dich niemals«, sprudelte es fröhlich aus ihr heraus. »Dazu fehlt dir der Mumm, mein Lieber, weil du weißt, dass ich dir für so was die …«

Weiter kam sie nicht, weil in diesem Moment Lenz entgegen ihrer festen Überzeugung das Wasser aufgedreht hatte und sie von oben bis unten nass spritzte.

»Du hinterlistiger Mistkerl!«, schnaubte sie, sprang aus der Hängematte und warf sich auf ihn. Keine zwei Minuten später wälzten sie sich nackt auf den warmen und feuchten Fliesen der Terrasse.

Die nächsten beiden ungewöhnlich heißen Sommerwochen waren geprägt von Thilo Hains neuer Rolle als sehr fürsorglichem Vater von Zwillingen. Carla, seine Freundin, hatte einen Jungen und ein Mädchen entbunden, was den

Freund und Kollegen von Lenz in einen wahren Freudentaumel versetzt hatte.

Die sterblichen Überreste von Norbert Schneider waren seit ein paar Tagen unter der Erde. Rolf-Werner Gecks hatte sich Urlaub genommen, um, natürlich inkognito, mit der Witwe ein paar Tage in die Ferien zu fahren. Der Suizid des Kripobeamten hatte, obwohl das mediale Sommerloch riesig war, nur zu sehr verhaltenen Reaktionen in der nordhessischen Presse geführt. Es gab einen Kommentar des Chefredakteurs der Lokalpostille, in dem er die Belastung von Polizisten insgesamt thematisierte, doch darüber hinaus war man schnell zur Tagesordnung übergegangen.

Lenz und Hain mühten sich unterdessen mit einem russischen Erpresser ab, der einem Landsmann und Telefonboutiquebetreiber ihrer Meinung nach den Laden angezündet hatte. Dann, am definitiv heißesten Tag im Juli 2011, hatte er nach zermürbenden Verhören endlich den Mund aufgemacht und die Taten in allen Einzelheiten gestanden. Das Ganze wurde garniert von ständigen Reibereien mit Kriminalrat Franz Zwick, der sich, seit er die Nachfolge von Ludger Brandt angetreten hatte, wann immer es ihm die Zeit erlaubte, in die Arbeit seiner Beamten einmischte.

»Mein Gott, was für eine Maloche wegen so einem Eierdieb«, fasste Hain ihre Bemühungen wegen des Russen zusammen, als sie nach dem erfolgreichen Abschluss des Falles in seinem Büro saßen, und gähnte dabei herzhaft.

»Na, sind das die ersten Auswirkungen deiner Vaterschaft?«, wollte Lenz mehr scherzhaft wissen.

Sein Kollege schüttelte den Kopf.

»Nein, die Zwillinge haben die Nacht fast durchgeschlafen. Ich bin nur im Augenblick wie gerädert, weil bei uns im Schlafzimmer vermutlich auch in der Nacht nie unter 30 Grad herrschen. Das macht mich irgendwie fertig.«

»Kann ich verstehen. Maria und ich haben uns eine kleine Klimaanlage gekauft, damit wir es aushalten.«

»Oh Gott, davon träume ich auch. Was kostet so was?«

Lenz nannte ihm den Betrag, den er und seine Freundin ein paar Tage zuvor in einem Laden auf den Tisch gelegt hatten.

»Wow«, quittierte Hain die Information. »Dann muss dieses schöne Gerät garantiert leider ein Traum bleiben.«

»Und der Anschaffungspreis ist nur die halbe Wahrheit«, fuhr Lenz fort. »Das Ding saugt die Kilowattstunden mit einem solchen Tempo aus dem Stromnetz, dass es einem den Atem verschlägt. Aber irgendwie ist es schon geil, in ein Schlafzimmer zu kommen, das angenehm kühl ist.«

»Und ihr lasst das Ding die ganze Nacht laufen?«, hakte Hain nach.

»I wo, nein. Das würde ich nicht aushalten, und Maria glücklicherweise auch nicht.«

»Trotzdem beneide ich euch. Aber so eine Anschaffung ist jetzt absolut nicht drin. Wenn es ein Kind gewesen wäre, dann vielleicht ja, mit dem Doppelpack leider nicht.«

Lenz legte die Beine auf die Kante des Schreibtischs und trank einen großen Schluck aus einer Mineralwasserflasche.

»Was ist eigentlich aus dem Plan geworden, ein anderes Auto zu kaufen? Mit deinem kleinen Japaner kommt ihr nicht weit, wenn ich das richtig sehe.«

Hains Gesicht verfinsterte sich schlagartig.

»Musst du unbedingt den Finger in diese Wunde legen?«

»Sorry«, erwiderte sein Vorgesetzter mit hochgereckten Armen, »ich konnte ja nicht ahnen, dass …«

»Lass mal«, wurde er von der anderen Seite des Schreibtischs unterbrochen, »ich habe mich schon damit abgefunden, dass ich meinen kleinen roten Freund aufgeben muss. Aber wie du schon sagst, mit den Kindern geht da nun mal nichts. Und zwei Autos sind nicht drin. Leider.«

»Immerhin hattest du deinen Spaß mit der Karre. Viele andere können sich so was gar nicht leisten.«

Nun verzog der Oberkommissar das Gesicht.

»Danke, Herr Kollege. Dieser Gedanke wird mir ein riesiger Trost sein, wenn ich die Karre für einen Familienkombi in Zahlung gebe.«

»Ach, Thilo, nun stell dich mal nicht so an. Freu dich lieber, dass mit deinem Nachwuchs alles takko ist und du eine Frau gefunden hast, die es mit dir aushält.«

Nun erhob sich der Oberkommissar, kam um den Schreibtisch herum und griff nach seinem Sakko hinter der Tür.

»Noch mal vielen Dank, diesmal für deine Empathie«, erklärte er mit gespieltem Vorwurf. »Jetzt reicht es mir für diese Woche. Morgen ist Samstag, und wenn nicht alles gegen mich läuft, werde ich die kommende Nacht auf dem Balkon verbringen und morgen früh die Versorgung der Brut meiner Freundin überlassen. So weit die Theorie«, setzte er, erneut gähnend, hinzu.

»Meinen Segen hast du«, gab Lenz ihm mit auf den Weg, bevor sich die beiden voneinander verabschiedeten und ins Wochenende aufbrachen.

Den Freitagabend verbrachten der Hauptkommissar und Maria Zeislinger im Garten des Hauses von Uwe Wagner, wo sie zur Geburtstagsfeier des Pressesprechers eingeladen waren. Noch nach Mitternacht stand das Thermometer auf 28 Grad, und als das Paar um kurz nach vier Uhr morgens aufbrach, waren am Horizont schon die ersten Vorboten des neuen Tages zu erahnen. Lenz, der nur zu Beginn der Fete eine Weinschorle getrunken und sich danach für den Rest des Abends mit Mineralwasser begnügt hatte, fuhr mit offenem Dach durch die schlafende Stadt; seine Freundin saß, leicht angeschickert, neben ihm auf dem Beifahrersitz. Während das Cabrio die Wilhelmshöher Allee stadtauswärts rollte, griff sie nach seiner Hand und sah ihn an.

»Du tust mir so unglaublich gut, Paul«, flüsterte sie in den lauen Fahrtwind.

Der Polizist, der jedes ihrer Worte mit großer Freude aufgenommen hatte, setzte seine schönste Unschuldsmiene auf und hob fragend eine Augenbraue.

»Was sagst du?«

»Du hast mich genau verstanden, also tu nicht so scheinheilig.«

»Dann bin ich wohl aufgeflogen«, entgegnete er mit lachendem Gesicht.

»So sieht es aus, ja.«

»Aber ich freue mich natürlich, dass es …«

Weiter kam er nicht, denn er wurde von der Melodie seines Telefons in der Innentasche des Sakkos unterbrochen.

»Geh bitte nicht dran«, forderte Maria ihn sanft auf. »Wenn du jetzt das Telefon in die Hand nimmst, kann ich garantiert später nicht in deinem Arm aufwachen, Paul.«

Lenz griff nach dem Gerät und versuchte, die Informationen auf dem Display zu entziffern, was ihm ohne seine Lesebrille sehr schwerfiel. Mit zusammengekniffenen Augen erkannte er schließlich, dass ein Anrufer aus dem Polizeipräsidium ihn erreichen wollte. Der Kommissar bremste ab und lenkte den Wagen in eine Parkbucht.

»Maria, da muss ich …«

»Mach nur, mein pflichtbewusster Bulle«, seufzte sie theatralisch, musste jedoch ob ihrer Pose selbst grinsen.

»Ja, Lenz.«

»Moin, Paul«, meldete sich die vertraute Stimme von Jürgen ›Lemmi‹ Lehmann, einem Hauptkommissar des Kriminaldauerdienstes.

»Hallo, Lemmi«, brummte Lenz in das kleine Mikrofon vor seinem Mund. »Wenn du mich um so eine Zeit anrufst, hat das noch nie etwas Gutes zu bedeuten gehabt.«

»Und an dieser schönen Tradition sollten wir auch auf gar keinen Fall irgendetwas ändern«, konterte der ehemalige Profifußballer in Diensten der Polizei. »Wir haben mal wieder einen, dem das Leben auf unserer schönen Welt zu viel geworden ist, Paul.«

Lenz stöhnte auf.

»Ich weiß«, machte Lehmann einen Beschwichtigungsversuch, »dass um diese Uhrzeit so was eigentlich in unseren Bereich fällt, aber wegen der Ferien sind wir dermaßen knapp besetzt, dass einfach niemand da ist, der sich darum kümmern kann. Und da dachte ich mir, dass du …«

»Nee, Lemmi«, unterbrach der Mann im Wagen seinen Kollegen. »Das geht heute Nacht wirklich nicht. Ich bin im Übrigen gar nicht dienstfähig, weil ich ziemlich einen im Tee hab.«

»Ich weiß. Du warst auf Uwes Geburtstagsfeier.«

Es entstand eine kurze Pause.

»Thilo, dieser Arsch …«, zischte Lenz.

»Ja, Thilo. Er ist übrigens schon auf dem Weg zu dir und hat mich gebeten, bei dir anzurufen, weil er sich schon gedacht hat, dass du mir keinen Korb geben würdest.«

»Warum macht der Kerl so was?«

»Er sagt, er hätte ohnehin wach gelegen wegen der Hitze.«

»Und was hat das mit mir zu tun? Ich könnte garantiert saugut schlafen.«

Lehmann schnaufte deutlich hörbar ins Telefon.

»Bitte, Paul. Ihr fahrt kurz zum Rengershausener Tunnel, schaut euch die Sache an, und in zwei Stunden liegst du neben deiner Maria im Bett und schnarchst. Als Belohnung kannst du dein Überstundenkonto …«

»Warte, warte, Lemmi!«, fiel Lenz ihm erneut ins Wort. »Es hat sich schon wieder einer vor den Zug geworfen? Und wieder am Rengershausener Tunnel?«

»Exakt. Sogar an der gleichen Stelle wie unser guter Wasserpfeifen-Nobby, wenn ich es richtig verstanden habe.«

»Dann kannst du auf jeden Fall vergessen, dass ich da hinfahre, Lemmi. Mir wird jetzt noch schlecht, wenn ich an das Bild von vor zwei Wochen denke. Und Thilo kann ich ganz und gar nicht verstehen, der hat immerhin wegen des selten schönen Anblicks der Überreste von Wasserpfeifen-Nobby den Bahndamm vollgekotzt.«

»Davon hat er gar nichts erwähnt«, gab Lehmann gut gelaunt zurück. »Also, was ist jetzt? Fährst du mit ihm oder soll Thilo das allein machen?«

Im Rückspiegel sah Lenz das Scheinwerferpaar eines Wagens auftauchen, der langsam näher kam und schließlich neben ihm stoppte. Vom Fahrersitz des kleinen japanischen Cabriolets grinste ihn Thilo Hain an.

»Moin, Chef. Lust auf eine Spritztour?«

Maria, die das Treiben der Polizisten mit einer Mischung aus Unverständnis und Belustigung verfolgt hatte, griff nach Lenz' Hand und drückte sie kurz.

»Ist schon gut, Paul«, flüsterte sie kaum hörbar. »Ich warte zu Hause auf dich.«

Lenz fuhr mit dem Kopf nach rechts und küsste sie sanft auf die Wange.

»Dafür hab ich mächtig was gut bei dir, Lemmi«, zischte er ins Telefon und beendete das Gespräch ohne einen Abschiedsgruß.

7

»Dafür sollte ich dir mit Anlauf in den Arsch treten«, war das Erste, das Hain von seinem Kollegen zu hören bekam, nachdem der Hauptkommissar Marias Wagen in der Tiefgarage geparkt, sich von ihr verabschiedet und zu dem Kollegen ins Auto gestiegen war.

»He, nun bleib mal auf dem Teppich, Paul«, gab der trotzig zurück, während er sich anschnallte und losfuhr. »Die Jungs vom KDD und speziell Lemmi tun für uns auch, was sie können. Da finde ich es nur fair, sich mal bei ihnen zu revanchieren.«

»Aber musste es denn gleich wieder ein Selbstmörder am Bahndamm sein, Thilo?«

»Was anderes stand leider nicht zur Auswahl. Außerdem ist es für uns beide eine gute Exposition.«

»Hehe«, widersprach Lenz vehement. »Ich war nicht derjenige, der neben die Gleise gekotzt hat.«

»Ich weiß. Du warst der große Held und ich der Loser. Wie dem auch sei: wir fahren hin, schauen uns die Sache an, gehen einen Kaffee trinken, und danach bringe ich dich wieder nach Hause.«

»Kauf dir lieber ein Klimagerät, damit du nachts schlafen kannst«, grantelte der Hauptkommissar gähnend.

»Ist leider nicht mehr drin. Wir haben uns heute Nachmittag einen Kombi bestellt.«

»Was für einen denn?«

»Na, was wohl? Einen Japaner natürlich!«

Lenz warf ihm einen mitleidigen Blick zu.

»Meine Fresse, schon wieder eine Reisrakete.«

Die Szenerie am Eingang des Rengershausener Tunnels löste bei Lenz ein gewaltiges Déjà-vu-Erlebnis aus. Hain stellte den Mazda an exakt der gleichen Stelle ab, an der er ihn auch zwei Wochen zuvor geparkt hatte; die Streifenwagen und der einzelne Krankenwagen standen ebenso fast deckungsgleich, und sogar Pia Ritter, die uniformierte Kollegin, grüßte wieder vom unterhalb liegenden Bahnkörper. Hinter ihr stand ein teilweise in den Tunnel eingefahrener Güterzug. Ein wenig abseits davon kümmerten sich zwei in Weiß gekleidete Sanitäter um einen im Gras sitzenden Mann, bei dem es sich allem Anschein nach um den Zugführer handelte.

»Es scheint, als hätten wir es mit einer exakten Kopie des Suizids von vor zwei Wochen zu tun«, wurden die beiden Kripobeamten nach einer kurzen Begrüßung von der Streifenpolizistin informiert.

»Hoffentlich ist es nicht wieder ein Kollege«, versuchte Hain einen Witz, der bei der Frau allerdings auf wenig Resonanz stieß.

»Das ist ganz und gar nicht lustig, Herr Kollege«, rüffelte sie ihn.

»Stimmt«, ruderte Hain augenblicklich zurück. »Entschuldigen Sie bitte, Frau Ritter. Das war ein dummer Scherz.«

»Allerdings«, funkelte sie ihn an.

»Wissen Sie schon was über die Identität des Toten?«, mischte Lenz sich in dem Versuch, die Situation zu entschärfen, in das Gespräch ein. Pia Ritter schüttelte den Kopf.

»Nein, leider nicht. Ein Mann, so viel ist aber schon mal sicher. Sagt zumindest Dr. Franz.«

»Und wie sieht er …?«

Der Hauptkommissar stockte.

»Sie wollen wissen, ob es wieder so ein übler Anblick ist?«

Lenz nickte.

»Ich weiß es nicht«, gestand sie mit gesenktem Blick ein. »Ich hab diesmal nicht hingeschaut, weil ich bei dem von neulich mehr als eine Woche gebraucht habe, um nicht mehr schlecht davon zu träumen.«

»Schon gut«, beschwichtigte Lenz die Frau. »Mir ging es auch ein paar Tage nicht wirklich gut mit der Erinnerung an den Anblick.«

»Hallo«, erklang nun eine Stimme aus dem Hintergrund. Die drei blickten auf und sahen, dass sich vom Ende des Güterzuges Hartmut Bliesheimer auf sie zubewegte, der Mitarbeiter der Deutschen Bahn AG, den sie zwei Wochen zuvor kennengelernt hatten.

»Dann gehen wir mal besser rein«, kommentierte der Hauptkommissar knapp das Auftauchen des Mannes und setzte sich in Bewegung.

»Noch mal Entschuldigung, das war echt doof von mir«, presste Hain in Richtung Pia Ritter heraus und folgte seinem Chef.

»Sprachen es und ließen die gute Pia allein mit dieser Arschgeige auf dem Bahngleis zurück«, murmelte die Polizistin so leise, dass weder Hain noch Lenz etwas davon mitbekamen.

*

»Mit Ihnen hätte ich jetzt aber gar nicht gerechnet, meine Herren«, wurden die beiden Kripobeamten von Dr. Franz begrüßt, der diesmal nicht auf den Knien herumrobbte, sondern mit einer Taschenlampe in der einen und etwas in einem Plastikbeutel in der anderen Hand auf dem Tritt eines offenen Waggons saß. Im flachen Licht der diffusen Beleuchtung sah er sehr entspannt aus.

»Wen haben Sie denn erwartet, Doc?«

»Eigentlich Ihre Kollegen vom Kriminaldauerdienst.«

»Die sind überlastet, deshalb haben sie uns gebeten, Ihnen ein wenig unter die Arme zu greifen.«

»Ach«, winkte der Mediziner mit einem Blick auf Hain ab, »bei Licht betrachtet, ist mir eigentlich egal, wer von Ihnen sich in meinem Beisein übergeben muss.«

Er federte mit einer schnellen Bewegung in die Höhe und deutete mit seiner großen Taschenlampe nach links.

»Schauen wir uns die Sache also mal an.«

Lenz und Hain setzten sich ebenfalls in Bewegung, und beide mussten während der ersten Schritte ein Schlucken unterdrücken.

»Wobei«, fuhr der Arzt ein paar Meter vor ihnen fort, »so furchtbar ist der Anblick gar nicht. Der Ekelfaktor war bei unserem Kunden von vor zwei Wochen deutlich ausgeprägter.«

»Ach«, ätzte Hain, »ist der heutige in einem Stück geblieben?«

»Nein«, antwortete Franz mit einem kurzen Blick über seine Schulter fröhlich, »so leicht wollte er uns die Arbeit dann doch nicht machen.«

Etwa 30 Meter weiter hatten die drei die Spitze des Zuges erreicht. Rechts von der Lok kauerte eine junge Frau im weißen Tyvekanzug auf dem Schotter des Bahngleises, die beim Näherkommen der Männer kurz den Kopf gehoben hatte.

»Das ist Frau Weber, meine neue Praktikantin«, klärte Dr. Franz die Polizisten auf, die mit erstaunten Blicken auf die Frau gestarrt hatten.

»So, so«, murmelte Lenz und streckte die rechte Hand

aus, doch Frau Webers Oberkörper blieb unter der Lok verborgen.

»Alles klar bei Ihnen?«, rief der Arzt in ihre Richtung.

»So weit, ja«, lautete die Antwort. »Ich bin gerade dabei, den Oberkörper aus einer Hydraulikleitung zu befreien.«

Lenz warf Hain einen kurzen Blick zu, doch der junge Oberkommissar fixierte die Tunnelwand.

Die Praktikantin beugte sich ein wenig weiter nach vorn, sodass fast ihr gesamter Körper unter der nach einem gewaltigen Bremsmanöver stinkenden Lok verschwand, um danach mit einem Ruck nach hinten zu stürzen.

»Mist«, murmelte sie und sprang, etwas mit der rechten Hand umklammernd, mit einem Satz in die Höhe.

»Sportlich, sportlich«, lobte Dr. Franz. »Das hätte ich Ihnen gar nicht zugetraut.«

Sie bedachte ihn mit einem Blick, der auch im Innern des muffigen, dampfigen Tunnels noch eisige Kälte ausstrahlte.

Dann reichte sie ihm das, was sie in der Hand hielt.

»Eine Brieftasche«, bemerkte der Mediziner trocken, griff nach vorn, übernahm das geborgene Beweisstück und reichte es an Lenz weiter.

»Das ist bei Ihnen besser aufgehoben, Herr Kommissar«, schob er nach.

Lenz bedankte sich und trat ein paar Schritte zurück. Die Praktikantin sank wieder auf die Knie und setzte die Bergung des Leichnams fort, während Dr. Franz sich in Bewegung setzte, um offenbar auf die andere Seite des Zuges zu gelangen. Hain kam auf Lenz zu und reckte die Hand mit einer kleinen Taschenlampe in die Höhe.

»Vielleicht sollten wir besser nach draußen gehen?«, meinte er leise.

»Nein«, gab Lenz ebenso leise zurück und öffnete das lederne Mäppchen.

»Ein Zeitplaner«, stellte er überrascht fest.

Auf der rechten Seite sahen die Beamten die oberste Seite eines von Blutspuren durchzogenen Kalenders mit der Aufschrift:

›Monatliche Vormerkplanung für das Jahr 2011‹.

Darunter waren in kleinen Blöcken die einzelnen Monate aufgeführt, am rechten äußersten Rand lag übereinander das Register der detaillierten Monatsblätter. Links neben den Ringheftern steckten, ebenfalls blutbeschmiert, Kredit- und sonstige Karten. Lenz bückte sich, legte den Timer vorsichtig vor sich auf den Boden, zog ein paar Einweghandschuhe aus der Sakkotasche und schlüpfte hinein.

»So ist es besser«, kommentierte er sein Handeln, nahm das Fundstück wieder in die Hand und zog eine EC-Karte heraus. Auch die kleine Plastikkarte war mit Blut überzogen.

»Ich will gar nicht wissen, wie es unter der Lok aussieht«, flüsterte Hain mit Blick darauf.

Lenz gab ihm mit einem Wink zu verstehen, dass er die Taschenlampe ein wenig höher halten solle.

»Friederike … Humpe«, las er stockend.

Beide dachten kurz nach.

»Friederike«, sinnierte Hain danach laut, »als Name für einen Jungen finde ich schon brutal.«

»Ja, das hab ich gerade auch gedacht.«

Dann drehte er sich um und wandte sich der Frau unter der Lok zu.

»Sind Sie ganz sicher, dass es sich bei dem Toten um einen Mann handelt, Frau Weber?«, fragte er laut in ihre Richtung.

»Wenn Sie wollen«, kam es ebenso gedämpft wie zuvor von unten, »kann ich Ihnen den Beweis dafür gern in die Hand drücken. Oder Sie bewegen Ihren Luxuskörper neben meinen und schauen den Überresten des Guten selbst in die Unterhose.«

Lenz fischte ohne zu antworten die nächste Karte aus dem Ledereinband. Diesmal die Kreditkarte einer großen Privatbank, ebenfalls blutbeschmiert. Hain lenkte den Strahl der Lampe auf das rot-golden schimmernde Stück Plastik.

»Wolfram Humpe«, las der junge Polizist, bevor er schockiert zusammenzuckte und mit der linken Hand den Mund bedeckte.

»Was ist los, Thilo?«, wollte sein Kollege irritiert wissen. »Kennst du den Mann?«

»Scheiße!«, schrie Hain nun laut auf. »Wolfram Humpe, Paul. Wolfram Humpe!«

Lenz brauchte ein paar Sekundenbruchteile, bis er den Schockzustand, in dem sich sein Kollege befand, verstanden hatte. Dann realisierte er, dass er die Brieftasche von Hauptkommissar Wolfram Humpe in der Hand hielt, Leiter von K12, dem Kommissariat für Sittendelikte des Polizeipräsidiums Nordhessen.

8

Bernd Zimmermann sah auf seine Armbanduhr, danach warf er einen Blick auf die im Armaturenbrett angebrachte Digitaluhr.

Viertel vor drei.

Neben ihm schlief sein Kollege Chris Neuner. Wenigstens schnarcht er nicht, dachte Zimmermann. Wieder fiel sein Blick auf die Uhr in der Mitte des Cockpits, aber die grünlich schimmernden Ziffern der Digitalanzeige hatten sich seit seinem letzten Hinsehen nicht verändert. Doch, jetzt sprang die letzte Zahl um. Aus der 45 wurde eine 46. Der Oberkommissar wäre am liebsten aus dem Wagen gesprungen, ins Haus gestürmt und …

Seit mehr als vier Wochen hatte er immer und immer wieder denselben Tagtraum. Er prüfte, ob seine Dienstwaffe geladen war, stieg langsam aus dem Opel Vectra, dessen Armaturenbrett er mittlerweile fotorealistisch und aus dem Gedächtnis hätte zeichnen können, ging gemessenen Schrittes auf den anonymen Wohnbunker gegenüber zu und drückte sanft mit dem rechten Zeigefinger auf den Klingelknopf neben der Aufschrift Rüdiger Bornmann. Der verurteilte Verbrecher würde sich über die Sprechanlage melden.

Die Post, stellt Zimmermann sich vor. Ein Einschreiben. Bornmann drückt auf den Summer, die Tür öffnet sich, und der Polizist fährt mit dem Lift in den fünften Stock. Dort hat der Mörder gerade die Tür geöffnet und sieht erwartungsvoll in den Hausflur, über den Zimmermann freundlich lächelnd auf ihn zukommt, die Pistole zieht und ohne Vorwarnung abdrückt. Peng, peng, peng. Drei Schüsse. Zwei in den Oberkörper, den letzten in den Kopf des Sterbenden. Wie in einem Mafiafilm. Umdrehen, weggehen, Feierabend.

»Verdammt, ist das heute Nacht wieder heiß«, hörte er eine Weile später von der Seite. Chris Neuner, sein Kollege, hatte die Augen aufgeschlagen und sah ihn verpennt an.

»Dann zieh halt deine blöde Jacke aus«, keifte Zimmermann zurück.

Neuner holte tief Luft und wischte sich mit der flachen Hand über die klebrige Stirn.

»Da hat aber jemand schlechte Laune«, bemerkte er ruhig.

Zimmermann streckte die Beine durch, schloss die Augen und schluckte.

»Wir sitzen Tag für Tag oder Nacht für Nacht hier rum und bewachen ein Phantom. Da soll man keine schlechte Laune kriegen?«

»He, Bernd, bleib cool. Der Typ muss observiert werden, also observieren wir ihn. Das ist ein Auftrag wie jeder andere.«

Der Mann hinter dem Lenkrad sah seinen Kollegen an wie einen Besucher aus dem All.

»Du spinnst wohl? Ein Auftrag wie jeder andere. Das ist doch gequirlte Kacke. An dieser Scheiße ist nichts, aber auch gar nichts normal. Wir müssen einen Krüppel bewachen, der zu blöd ist, 100 Meter weit zu gehen, ohne auf die Fresse zu fallen. Und das nur, weil ein paar Talarträger irgendwo im Froschfresserland sich das so ausgedacht haben, die zu allem Überfluss von der Realität nicht die Bohne verstanden haben.«

Der Polizist war dabei, sich formidabel in Rage zu reden.

»Sollen diese Pimmeltrienen sich doch hier ins Auto setzen und sich die Nacht um die Ohren schlagen, dann wüssten sie, was für eine Scheiße sie mit diesem saublöden Urteil verzapft haben.«

Chris Neuner hörte seinem Kollegen mit immer größer werdenden Augen bei dessen Tirade zu.

»Und außerdem …«, wollte Zimmermann fortfahren, wurde jedoch von dem Auftauchen einer jungen Frau gebremst, die mit schnellen Schritten auf die große Glastür zusteuerte, einen Schlüsselbund aus der Tasche zog und nach kurzer Zeit im Fahrstuhl verschwand.

»Jetzt fang bitte nicht gleich wieder an mit deiner Litanei«, bat Neuner seinen Kollegen, nachdem die Flurbeleuchtung erloschen war. »Es ist für uns alle nicht das größte Vergnügen, diesen Kerl zu observieren, aber es muss gemacht werden, und deshalb hängen wir hier rum, ob es uns nun gefällt oder nicht.«

»Ich könnte den Kerl umbringen«, flüsterte Zimmermann.

»Ich weiß. Ich übrigens auch. Aber auch das würde nichts ändern, weil es mehrere von seiner Sorte gibt, und es wird uns nicht gelingen, jeden einzelnen von ihnen abzumurksen. Also entspann dich und komm ein bisschen runter, dann geht es uns beiden besser.«

Zimmermann hätte zu gern noch ein wenig geflucht, doch er wollte es sich nicht zu sehr mit seinem Partner verscherzen. Immerhin war er erst vor ein paar Monaten in der Abteilung gelandet und von den Kollegen, zumindest am Anfang, überaus freundlich aufgenommen worden.

»Aber es ist doch wirklich nicht abzustreiten, dass der Typ ein Krüppel ist, der schon rein physisch gar nicht in der Lage ist, jemandem was anzutun. Wenigstens das musst du zugeben«, versuchte er, zumindest so etwas wie einen Rest an Zustimmung zu erheischen. Neuner setzte sich aufrecht, griff nach der Zigarettenpackung auf dem Armaturenbrett und öffnete die Tür. Bevor er ausstieg, drehte er den Kopf noch einmal in Richtung seines manchmal sehr nervigen Kollegen.

»Ja, Bernd, was das angeht, hast du völlig recht. Wenn es nach mir ginge, würde ich den Einsatz auch sofort abblasen, aber leider geht es weder nach dir noch nach mir. Wir haben einen Auftrag, und den erledigen wir, basta. Im Übrigen kann ich mich noch an die endlosen Nächte an der Startbahn West in Frankfurt erinnern, am besten im tiefsten Winter. Dagegen ist der Job hier die reinste Freude.«

Damit stieg er aus dem Wagen, schob leise die Tür ins Schloss, setzte sich auf ein Mäuerchen gegenüber und zündete sich einen Glimmstängel an.

Um 8.20 Uhr am Morgen, also ein paar Stunden später, stand Zimmermann vor der Tür zum Büro seines Chefs. Auf sein Klopfen hin hörte er von innen ein freundliches »Ja, bitte« und trat ein.

»Morgen, Herr Wichers«, begrüßte er den Mann hinter dem Schreibtisch, der erstaunt aufsah.

»Hallo, Herr Zimmermann. Ich wähnte Sie längst auf dem Weg ins Bett. Setzen Sie sich, was treibt Sie zu mir?«

Wichers wusste, dass der neue Kollege, der aus Sachsen stammte und sich wegen einer Liebelei nach Hessen hatte versetzen lassen, bei vielen Kollegen wegen seiner Art schon angeeckt war. Trotzdem hielt er große Stücke auf Zimmermann, auch, weil er wusste, dass der seinen Kommissarlehrgang als Jahrgangsbester abgeschlossen hatte.

»Es geht um diese Observierungen, Chef«, begann Zimmermann und ließ sich dabei auf einen Stuhl vor dem Schreibtisch nieder. »Wir sitzen rund um die Uhr vor dem Haus dieses Bornmann, und eigentlich passiert gar nichts. Einmal die Woche geht er einkaufen, den Rest der Zeit hockt er zu Hause und glotzt vermutlich in die Röhre. Wenn er nicht so behindert wäre, würde ich vielleicht nichts dazu sagen, aber so einen muss man doch nun wirklich nicht 24 Stunden am Tag observieren, oder?«

Wichers lehnte sich in seinem Bürostuhl zurück und sah dem Mann aus Sachsen lange in die Augen.

»Ich gebe Ihnen in allen Punkten recht, Herr Zimmermann. Nur leider haben wir es nicht zu entscheiden, ob die aus der Sicherungsverwahrung Entlassenen observiert werden müssen oder nicht. In einem Fall wie dem von Rüdiger Bornmann würde ich natürlich auch sagen, dass die Überwachung von vorn bis hinten unnötig ist, aber diese Entscheidung ist keine dienstliche, sondern eine höchst politische. Was, glauben Sie, machen die Boulevardmedien daraus, wenn einer dieser Entlassenen irgendwas Krummes anstellt? Und dabei geht es mir noch nicht einmal um Mord oder Totschlag oder Vergewaltigung oder Kinderschändung, sondern von mir aus auch nur um ein Bagatelldelikt. Die würden uns am höchsten Baum aufhängen, den sie finden können. Und weil wir uns das nicht erlauben können, müssen Sie und Ihre Kollegen sich die Zeit mit diesen Männern um die Ohren schlagen.«

»Ich dachte nur«, unternahm Zimmermann einen weiteren, jedoch ebenfalls zum Scheitern verurteilten Versuch, »weil es in diesem speziellen Fall ...«

»Ich weiß, Herr Zimmermann«, fiel ihm Wichers ins Wort, »weil es um einen gesundheitlich angeschlagenen, behinderten Mann geht, der kaum laufen kann. Ich habe das alles mehrmals mit den zuständigen Stellen besprochen, die den Fall Bornmann natürlich auch im Innenministerium in Wiesbaden vorgetragen haben. Ohne Erfolg. Wir müssen ihn rund um die Uhr observieren, ob es uns nun gefällt oder nicht.«

Eine Viertelstunde später, als Zimmermann sich tatsächlich längst auf dem Nachhauseweg befand, griff Holger Wichers zum Telefonhörer und wählte die Nummer seines Vorgesetzten.

»Ich bin's, Holger«, meldete er sich, nachdem das Gespräch angenommen worden war. »Wir müssen uns unbedingt mal zusammensetzen und besprechen, wie es mit diesen Observierungen weitergehen soll. Meine Männer sind am Ende, die schaffen das alles nicht mehr.«

9

Thilo Hain stand noch immer fassungslos seinem Chef gegenüber; die fehlende Farbe im Gesicht des Polizisten war sogar in der diffusen Neonbeleuchtung des Eisenbahntunnels deutlich zu erkennen.

»Das kann doch alles gar nicht sein«, presste er hervor.

Lenz zog eine weitere Plastikkarte aus dem ledernen Kalendarium. Noch einmal eine EC-Karte, auch diese ausgestellt auf den Namen Wolfram Humpe. Nachdem er sie zurückgesteckt hatte, versuchte er, die Seiten des Kalenders durchzublättern, was ihm aber wegen des bereits antrocknenden Blutes nicht gelang.

»Brauchen Sie Hilfe, meine Herren?«, hörten die beiden Beamten vom vorderen Ende der Lok die Stimme von Dr. Franz.

»Das ist durchaus möglich«, erwiderte Lenz mit Blick auf die Praktikantin, die sich unter der Lokomotive hervorgeschält hatte und die Männer anstarrte.

»Stoppen Sie bitte sofort alle Ihre Bemühungen, Frau Weber, und kommen Sie da raus!«, befahl der Hauptkommissar der jungen Frau.

»Aber, aber, Herr Kommissar«, mischte der Mediziner sich ein, »warum denn so unleidlich?«

Lenz reckte die Hand nach oben und deutete mit der anderen auf den Kalender.

»Das gehört unserem Kollegen Wolfram Humpe. Hauptkommissar Wolfram Humpe. Und wenn zwei Poli…«

»Was?«, schnitt Dr. Franz ihm das Wort ab. »Der Humpe von der Sitte?«

Lenz nickte.

»Genau der. Und wenn zwei Kriminalpolizisten innerhalb von 14 Tagen an der gleichen Stelle und auf die absolut gleiche Art ihr Leben lassen, fällt es mir verdammt schwer, an kollektiven Selbstmord zu glauben.«

»Nein«, widersprach der Arzt, »bei dem Kollegen, der sich vor zwei Wochen hier das Leben genommen hat, können Sie sicher sein, dass kein Fremdverschulden vorgelegen hat. Das habe ich in meinem Bericht auch ganz deutlich und sehr detailliert zum Ausdruck gebracht.«

»Das kann sein, aber ab sofort ist das ganze Areal hier ein Tatort, und deshalb bitte ich Sie und Ihre Kollegin, sich dem angemessen zu verhalten.«

Dr. Franz verzog das Gesicht, als hätte er eine Kröte verschluckt.

»Glauben Sie mir, das ist unnötig, Herr Kommissar. Vielleicht mag es im Augenblick irrational erscheinen, aber es gibt für diese Ereignisse nach meinem Dafürhalten ganz banale Erklärungen.«

In diesem Moment näherte sich vom Tunnelausgang her mit griesgrämigem Gesichtsausdruck Hartmut Bliesheimer, der Mitarbeiter der Deutschen Bahn AG. Lenz hob den Kopf, erkannte, um wen es sich bei dem Fußgänger handelte, und fing an zu schreien:

»Hauen Sie ab, verdammt noch mal. Hier gibt es nichts zu sehen, und wann Sie Ihre Strecke wiederhaben können, sagen wir Ihnen schon früh genug!«

Bliesheimer blieb wie angewurzelt stehen, reckte den Körper gerade, drehte sich in rasender Geschwindigkeit um und rannte in die Richtung los, aus der er gekommen war.

*

Hain wischte sich den Schweiß von der Stirn und nahm einen großen Schluck aus der Mineralwasserflasche, die ihm ein Sanitäter gereicht hatte.

»Der Wolfram«, sinnierte er.

»Ja, der Wolfram«, gab Lenz zurück.

Der Oberkommissar hatte, obwohl es ihm unendlich schwergefallen war, die Identifikation des Mannes übernommen, dessen Bergung der technische Zug des Polizeipräsidiums Kassel noch immer nicht abgeschlossen hatte. Dazu war es notwendig gewesen, unter die Lok zu kriechen und mit der Taschenlampe zwischen die Schläuche und Leitungen zu leuchten und nach dem Kopf des Getöteten zu suchen. Mehrmals stand Hain kurz davor, sich zu übergeben, doch er brachte die Tortur zu Ende, ohne zu kotzen.

»Er war mein erster Chef, nachdem ich zur Kripo gewechselt bin«, erklärte er, nachdem er einen weiteren Schluck Wasser genommen und die Flasche zurückgegeben hatte.

»Ich weiß«, bemühte Lenz sich, möglichst sachlich zu antworten. Sein junger Kollege sah mehr als mitgenommen aus.

»Ich hatte nie viel mit ihm zu tun«, fuhr er fort, »aber ich glaube, dass er ein guter Vorgesetzter gewesen ist.«

»Und speziell einer, bei dem ich es mir überhaupt nicht vorstellen kann, dass er sich vor den Zug wirft.«

»Das hat er auch nicht gemacht, Thilo, da verwette ich meinen Arsch. Hier ist irgendwas ganz und gar oberfaul, und wenn die Jungs ihn unter der Lok hervorgefischt haben, will ich, dass Dr. Franz ihn so dermaßen gründlich obduziert, wie er es noch nie in seinem Leben mit einem Toten gemacht hat.«

»Coole Ansage«, nickte Hain. »Bevor du es ihm sagst,

solltest du vielleicht noch ein bisschen an der Syntax feilen.«

»Ach, leck mich doch …«, erwiderte Lenz, musste jedoch selbst ein wenig über seinen letzten Satz schmunzeln. Gleichzeitig nahm er aus dem Augenwinkel wahr, dass sich ihnen ein kleiner, gedrungener Mann im schwarzen Anzug näherte. Kriminalrat Franz Zwick machte seine Aufwartung, ihr neuer Vorgesetzter.

»Guten Morgen, Herr Lenz«, begrüßte er den Leiter der Mordkommission. »Was ist denn hier schon wieder passiert?«

Lenz fragte sich instinktiv, ob in seinen Worten ein Vorwurf mitschwingen sollte.

»Wir haben einen Toten, Herr Zwick. Es handelt sich …«

»Ich weiß, um wen es sich handelt«, fiel Zwick seinem Mitarbeiter mit dem für ihn typischen österreichischen Singsangakzent ins Wort.

»Ich will aber vielmehr wissen, was bei uns im Präsidium so schrecklich schiefläuft, dass hier schon wieder ein toter Polizist auf den Gleisen liegt.«

»Sorry, das konnten wir in der Kürze der Zeit noch nicht herausfinden. Natürlich auch, weil die Bergung der Leiche mit ziemlichen Schwierigkeiten verbunden ist.«

Zwick schüttelte verständnislos den Kopf.

»Was kann denn so schwer daran sein, einen Selbstmörder unter einer Lokomotive herauszuholen, Herr Lenz?«

»Nun, Herr Kriminalrat, ich gehe nicht davon aus, dass wir es hier mit einem Suizid zu tun haben. Deswegen …«

»Fangen Sie jetzt nicht ein wenig das Spinnen an, Herr Hauptkommissar? Nur, weil sich innerhalb von zwei Wochen an der gleichen Stelle zwei Polizisten vor die Bahn werfen, müssen Sie nicht gleich den Anfang einer Mordserie an Polizisten konstruieren.«

Vom Tunneleingang her kam Dr. Franz auf die drei Männer zugeschlendert. In der Hand hielt er einen kleinen Plastikbeutel, den er Lenz zur Ansicht hinhielt.

»Was ist das?«

»Vier Finger der linken Hand des Toten. Offenbar hat er sich am Gleis festgehalten, als die Lok über ihn drübergefahren ist. Dabei …«

»Danke, Herr Doktor, ich kann's mir sehr gut vorstellen.«

Zwick trat auf den Arzt zu und reichte ihm die Hand.

»Guten Morgen, Herr Dr. Franz. Sind Sie, wie mein geschätzter Mitarbeiter hier, ebenfalls der Ansicht, dass wir es beim Tod des Kollegen Humpe mit einem Fremdverschulden zu tun haben? Oder gar, mit Blick auf den letzten Fall an dieser Stelle vor ein paar Wochen, mit dem Beginn einer Mordserie?«

Hain und Lenz tauschten einen kurzen, vielsagenden Blick aus.

Franz ließ sich mit seiner Antwort ungewöhnlich lange Zeit.

»Ob es sich bei dem Tod Ihres Kollegen Humpe um Suizid oder Fremdverschulden handelt, kann ich Ihnen natürlich erst nach dem Abschluss meiner ausführlichen Untersuchungen sagen, Herr Zwick.«

Wieder eine lange Kunstpause.

»Was ich Ihnen allerdings jetzt und mit Sicherheit sagen kann, ist, dass wir nicht am Beginn einer Mordserie stehen, weil der letzte Fall von vor zwei Wochen mit absoluter Gewissheit ein Selbstmord gewesen ist. Das haben meine Untersuchungen zweifelsfrei ergeben.«

Zwick drehte sich wieder zu Lenz.

»Da sehen Sie es«, meinte er gedehnt und betonte dabei jedes Wort, als erkläre er einem Kind die Welt. »Selbst wenn wir es hier mit Fremdverschulden zu tun hätten …«

»Was ich nach dem ersten Augenschein jedoch ausschließen möchte«, warf Dr. Franz dazwischen.

»… ja, was wir mit an Sicherheit grenzender Wahrscheinlichkeit ausschließen können, dann …«

Nun unterbrach der Kriminalrat selbst seinen Satz, um jedoch gleich den Faden wieder aufzunehmen.

»Leider haben sich innerhalb von ganz kurzer Zeit zwei Polizisten an der gleichen Stelle das Leben genommen, Herr Lenz. Das an sich ist schon schlimm genug, da sollten wir nicht noch irgendwelche Verschwörungstheorien bemühen, was meinen Sie?«

Lenz schluckte eine wie auch immer geartete Antwort hinunter und wandte sich dem Rechtsmediziner zu.

»Ich gehe davon aus, dass Sie die Obduktion an Wolfram Humpes Leichnam mit der Gründlichkeit durchführen, für die ich Sie in den letzten Jahren schätzen gelernt habe, Herr Dr. Franz.«

»Wenn das eine Anspielung gewesen sein sollte, überhöre ich sie jetzt der Einfachheit halber mal.«

»Nehmen Sie es, wie Sie wollen, nur machen Sie eine vernünftige Arbeit«, zischte Lenz und drehte sich wieder in Richtung seines Chefs.

»Dann fahren wir jetzt zu Humpes Witwe.«

»Ja, richtig, machen Sie das nur. Aber bitte erzählen Sie der armen Frau nichts von Ihren spinnerten Ideen.«

»Ich tue mein Bestes.«

*

»Ich brauche erst einen schnellen Kaffee«, ließ Hain seinen Chef wissen, nachdem sie den Feldweg verlassen hatten und auf die geteerte Kreisstraße eingebogen waren.

»Gleiche Stelle, gleiche Welle«, entgegnete der und lehnte sich zurück in das warme Lederpolster.

»Das heißt, wir nehmen den gleichen Kaffee wie vorletzte Woche?«

»Bingo.«

Keine fünf Minuten danach lenkte der Oberkommissar sein Cabriolet auf den riesigen Parkplatz des Einkaufszentrums, in dem sie schon nach dem Tod von Wasserpfeifen-Nobby und vor dem Aufsuchen seiner Witwe ihren Kaffee getrunken hatten. Er fuhr bis zur vordersten Reihe und stellte den Mazda in eine der zahlreichen Lücken. Keine fünf Meter neben ihm kam im gleichen Moment ein von den laut aufgedrehten Bässen der Stereoanlage dröhnender Kleinwagen direkt auf einem der vier Behindertenparkplätze zum Stehen. Lenz warf seinem Kollegen einen warnenden Blick zu, doch Hain machte eine kurze, beschwichtigende Handbewegung, öffnete die Fahrertür, federte aus dem Auto und ging auf den immer noch mit offenen Scheiben wummernden Opel Corsa zu. Der Fahrer und das junge Mädchen auf der Beifahrerseite hielten jeweils eine Zigarette in der einen Hand und ein Mobiltelefon in der anderen. Der Oberkommissar trat an die Fahrertür, doch wegen des Krachs aus dem Innenraum nahm keiner der beiden Notiz von ihm, sondern jeder tippte fröhlich auf die Tastatur des Telefons ein. Hain ging einen Schritt nach rechts und lehnte sich mit dem Gesäß an den hinteren linken Kotflügel des Dreitürers.

Lenz versuchte noch immer, seinen Kollegen mit gezielten Blicken von seinem Vorhaben abzuhalten, doch Hain glotzte einfach in den Himmel. Dann verebbte die Musik mit einem lauten Plopp, die Türen öffneten sich, und die beiden Insassen krabbelten ins Freie.

»Geistige Behinderung zählt hier leider nicht«, stellte Hain so leise fest, dass die beiden es kaum verstehen konnten.

»Was?«, fragte der überraschte Fahrer zurück, der den Fremden an seinem Kotflügel bis zu diesem Moment noch immer nicht wahrgenommen hatte.

»Das ist ein Behindertenparkplatz, und ich habe darauf hingewiesen, dass …«

Der Polizist deutete auf das blaue Schild über ihren Köpfen.

»… bei diesem Verkehrszeichen eine eventuelle geistige Behinderung des Fahrers leider nicht maßgeblich ist.«

Der junge Mann warf zuerst seiner Freundin einen fragenden Blick zu, dann Hain.

»Und?«, wollte er dann wissen. »Was meinst du, sollen wir jetzt machen?«

»Ich meine, dass Sie wieder in Ihr Auto steigen und sich einen der vielen anderen Parkplätze sichern sollten.«

Er wies erneut auf das Stück Blech in drei Metern Höhe.

»Einen, auf dem Sie nicht einem behinderten Menschen den ihm zustehenden Parkplatz wegnehmen.«

»Und du meinst, weil du das sagst, muss ich das machen?«

Hain nickte.

»Komm, Juri, park doch einfach um«, intervenierte das Mädchen.

Er warf ihr einen bösen Blick zu, hob den Arm und deutete auf Hain.

»Was glaubst du denn, wer du bist?«, rief er verächtlich. »Bist du ein Scheißbulle, oder was?«

Wieder bestand Hains Antwort aus einer einfachen Nickbewegung mit dem Kopf.

Der Junge fing laut an zu lachen.

»Das glaubst du doch selbst nicht, dass du ein Scheißbulle bist.«

Nun griff Hain in die Innentasche seines Sakkos, kramte mit provozierend langsamen Bewegungen seinen Dienstausweis hervor und trat mit der kleinen Karte in der Hand bis auf zehn Zentimeter an den plötzlich entsetzt und verunsichert auf den Ausweis schielenden Corsafahrer heran.

»Scheißbulle höre ich übrigens nicht so furchtbar gern. Außerdem erfüllt es den Straftatbestand der Beleidigung, wenn man einen Polizisten so nennt«, klärte Hain ihn auf. Keine 30 Sekunden später stand der kleine Rüsselsheimer auf einem seinem Status angemessenen Parkplatz, während die beiden Insassen mit gesenkten Köpfen und in weitem Bogen um Hain herum auf den Eingang des Einkaufszentrums zuschlichen.

»Geht's dir jetzt besser?«, wollte Lenz wissen, nachdem er aus dem Wagen gestiegen und sich zu Hain gesellt hatte.

»Worauf du einen lassen kannst.«

»Gewaltfreie Kommunikation sieht irgendwie ein klein wenig anders aus, was meinst du?«

»Kann sein, aber die befand sich heute Morgen einfach nicht unter den Bewältigungsstrategien für den Umgang mit Arschlöchern. Und jetzt lass uns Kaffee trinken gehen.«

›Wolfram und Friederike Humpe‹ stand auf einer grob aus Ton geformten und bunt bemalten ovalen Platte, die links neben der blau angestrichenen Holztür hing. Irgendwo aus dem Innern des Hauses drang gedämpft Musik; etwas aus der Ethnoecke. Lenz holte tief Luft, schluckte und presste den rechten Zeigefinger auf den kleinen goldenen Klingelknopf. Die Musik verstummte, danach erklang das typische Geräusch von Holzschuhen auf einer Treppe aus dem gleichen Material.

»Ja, bitte«, begrüßte eine freundlich aussehende Frau um die 50, nachdem sie die Tür mit viel Schwung geöffnet hatte, die Polizisten. Der Hauptkommissar deutete auf das Tonschild neben der Tür.

»Frau Humpe? Friederike Humpe?«

Sie lächelte die beiden Männer an ihrer Tür an, wobei sie den Kopf zwischen ihnen so schnell hin und her bewegte, dass ihre aschblonden Haare von einer Seite auf die andere geschleudert wurden.

»Ja, ich bin Friederike Humpe. Was kann ich für Sie tun?«

Lenz schluckte erneut.

»Ich bin Hauptkommissar Paul Lenz, das ist mein Kollege Thilo Hain. Dürfen wir hereinkommen, Frau Humpe?«

Sie zog entschuldigend die Schultern hoch.

»Eigentlich nicht, weil ich gerade auf dem Sprung bin. Ich will mit unserer Enkeltochter ins Schwimmbad. Außerdem …«

Ihre rechte Hand wies auf den verwaisten Stellplatz im Carport.

»… ist mein Mann, den Sie bestimmt sprechen wollen, leider nicht zu Hause. Er ist zu einem Seminar gefahren, nach Nürnberg.«

Lenz sah sie erstaunt an.

»Wann war das?«

»Gestern Abend.«

Lenz und Hain tauschten einen verstohlenen Blick, bevor der Hauptkommissar weitersprach.

»Ich bedauere, Frau Humpe, aber Ihr Mann ist nicht in Nürnberg angekommen. Er ist …«

»Ich muss Sie unterbrechen, Herr …?«

»Lenz. Paul Lenz.«

»Ja, Herr Lenz, es tut mir wirklich leid, wenn ich Sie so abrupt unterbrechen muss, aber mein Mann ist ganz sicher in seinem Hotel in Nürnberg angekommen. Das weiß ich deshalb so genau, weil ich gestern Abend um 21.30 Uhr mit ihm telefoniert habe, und zu diesem Zeitpunkt hat er sich mit absoluter Sicherheit im Hotel Frankenliebe in Nürnberg-Langwasser aufgehalten.«

Während sie gesprochen hatte, waren die Züge um ihren Mund ein wenig härter geworden.

Für einen Moment war Lenz irritiert. Hatte Hain am Ende doch den falschen Mann identifiziert?

»Hat er Sie angerufen?«, mischte der Oberkommissar sich ein, »oder haben Sie ihn angerufen, Frau Humpe?«

Nun verfinsterte sich ihr Ausdruck schlagartig.

»Ich weiß nicht, was das, was Sie hier veranstalten, soll, meine Herren. Ich habe Ihnen gesagt, dass mein Mann in Nürnberg ist und dass er schon gestern Abend dort war.«

Sie trat einen Schritt auf Hain zu und sah ihm fest in die Augen.

»Und wenn es Sie beruhigt, junger Mann, ja, ich habe ihn auf seinem Hotelzimmer angerufen. Und weil ich keine Durchwahl hatte, bin ich von der Rezeption zu ihm durchgestellt worden.«

Mit einem Ruck drehte sie den Oberkörper und wandte sich Lenz zu.

»Und jetzt sagen Sie mir bitte, was Ihr Besuch hier zu bedeuten hat. Sofort!«

Lenz wollte zu einer Antwort ansetzen, doch Hain kam ihm zuvor.

»Wir müssen Ihnen leider eine sehr traurige Mitteilung machen, Frau Humpe. Ihr Mann wurde heute Morgen tot auf den Gleisen der ICE-Trasse bei Rengershausen aufgefunden. Wie es aussieht, hat er sich das Leben genommen.«

Nun fing Friederike Humpe laut an zu lachen, um ein paar Augenblicke später das Gesicht zu einer wütenden Fratze zu verziehen.

»Ich habe mir die ganze Zeit schon gedacht, dass Sie keine echten Polizisten sind, aber diese Nummer jetzt ist wirklich arg übertrieben, meine Herren.«

Sie trat einen Schritt zurück und griff mit der Hand nach hinten, zum Türgriff.

»Wenn Sie irgendeinen blöden Trickbetrug vorhatten, sind Sie in dieser Sekunde aufgeflogen. Und wenn ...«

Sie stockte, weil sowohl Lenz als auch Hain in die Innentasche ihrer Sakkos gegriffen hatten und die Dienstausweise hochhielten.

»Ich wünschte, ich könnte Ihnen das alles ersparen, aber mein Kollege sagt die Wahrheit. Ihr Mann ist tot.«

Jetzt wurde die Frau unsicher.

»Aber das kann doch gar nicht sein; Wolfram würde sich niemals etwas antun«, versuchte sie trotzdem einen Widerspruch.

»Nun, dazu können wir im Augenblick leider überhaupt nichts sagen«, fuhr Hain fort, »aber wie sich die Situation darstellt, hat er sich das Leben genommen. Können wir jetzt vielleicht herein...?«

Mit einem Schlag wurde Friederike Humpe kreidebleich, und in der nächsten Sekunde klappten ihr die Beine weg. Sowohl Lenz als auch Hain warfen sich nach vorn, um sie aufzufangen, doch sie waren nicht schnell genug. Die Frau schlug mit dem Hinterkopf gegen die geöffnete Tür und danach auf dem Boden auf.

»Ach, du Scheiße«, murmelte Hain.

»Ruf einen Arzt!«, befahl Lenz. »Oder besser gleich einen Notarztwagen«, korrigierte er sich mit Blick auf ihr blutleeres Gesicht.

»Atmet sie?«, wollte der Oberkommissar wissen, während er die Nummer der Leitstelle eintippte.

»Ja, sie atmet.«

»Wenigstens was.«

10

»Mein Mann hat sich garantiert nicht das Leben genommen.«

Friederike Humpe saß weinend in einem Korbstuhl auf der Terrasse hinter dem Haus. Die beiden Polizisten hatten ihr gegenüber auf einer Holzbank Platz genommen. Die ein paar Minuten zuvor eingetroffene Tochter war im Haus und telefonierte.

Die Ehefrau war noch vor der Ankunft des Notarztes aus ihrer Bewusstlosigkeit erwacht, hatte sich jedoch von dem Mediziner und seiner Assistentin behandeln lassen. Nachdem keine unmittelbare Gefahr mehr für ihre Gesundheit bestanden und sie ein Beruhigungsmittel empört abgelehnt hatte, war die Besatzung des Notarztwagens abgerückt. Obwohl das Gesicht der Frau noch immer kreidebleich war und sie nicht aufhören konnte zu weinen, wollte sie sich den Fragen der Kommissare stellen.

»Was macht Sie so sicher, Frau Humpe?«, wollte Lenz von ihr wissen.

Sie deutete auf das Haus und den sich daran anschließenden Garten.

»Deshalb. Er hat das alles hier geliebt und war damit überaus glücklich. Wolfram war nicht krank oder so etwas, weder körperlich noch seelisch. Wir sind seit ein paar Jahren Großeltern, und die Geburt unseres Enkelkindes vor drei Jahren hat unserem Leben neuen, weiteren Schwung gegeben. Warum also hätte er Selbstmord begehen sollen?«

Petra Homberger, ihre Tochter, kam aus dem Haus und setzte sich auf den Stuhl neben ihrer Mutter. Auch über ihr Gesicht liefen dicke Tränen.

»Meine Schwiegermutter ist auf dem Weg zu uns nach Hause«, erklärte sie den Beamten leise. »Wenn sie dort angekommen ist, wird mein Mann hierherkommen. Er ist Anwalt.«

Lenz verstand den tieferen Sinn ihrer Aussage nicht, ließ es jedoch dabei bewenden.

»Wie war das gestern«, warf Hain, der seinen aufgeklappten Notizblock in der Hand hielt, von der Seite ein, »als Ihr Mann sich von Ihnen verabschiedet hat?«

»Ganz normal«, antwortete Friederike Humpe nach kurzem Überlegen. »Er hatte seinen Koffer für die kurze Reise gepackt, noch ein paar Telefonate geführt und ist dann zum Auto gegangen, um seine Sachen einzuladen. Danach ist er noch einmal hereingekommen, so, wie er es immer gehandhabt hat, und hat sich von mir verabschiedet.«

»Können Sie uns etwas über die Telefonate sagen? Oder vielleicht, mit wem er telefoniert hat? Hat er angerufen oder wurde er angerufen?«

Wieder überlegte sie ein paar Sekunden.

»Nein, soweit ich weiß, hat er angerufen. Das eine Gespräch war mit dem Hotel in Nürnberg; da hat er angefragt, ob es problematisch wäre, wenn er nach 19 Uhr ankommen würde.«

Wieder schwieg sie für eine Weile.

»Mit wem er noch gesprochen hat, kann ich Ihnen leider nicht sagen, aber ich erinnere mich ganz genau, dass unser Telefon in dieser Zeit nicht geklingelt hat. Also muss mein Mann die Anrufe initiiert haben.«

Hain beugte sich nach vorn.

»Würde es Sie stören, wenn ich mir die Nummern aus dem Wiederwahlspeicher ansehen und notieren würde, Frau Humpe?«

»Nein, warum? Aber …«, fuhr sie zweifelnd fort, »wenn Wolfram sich nach Ihrer Meinung das Leben genommen hat, wozu sollten Sie die Nummern dann brauchen? Und wenn ich Ihren Kollegen richtig verstanden habe, gibt es keinen Zweifel daran, dass er …«

»Wir müssen«, räusperte Lenz sich, »natürlich immer in alle Richtungen ermitteln, Frau Humpe. Dazu gehört selbstverständlich, dass wir sämtliche Eventualitäten berücksichtigen.«

Wieder ließ die Frau sich Zeit, bevor sie mit tränenerstickter Stimme antwortete.

»Dann sind Sie sich also gar nicht so sicher, dass es wirklich Selbstmord war, wie Sie tun?«, folgerte sie.

Der Hauptkommissar schluckte.

»Nun ja, der Anschein ist eigentlich eindeutig. Der Leichnam Ihres Mannes wird zur Stunde obduziert, danach sehen wir weiter. Aber …«

»Ich bin«, unterbrach sie ihn sanft, »lange genug die Frau eines Polizisten gewesen, um zu wissen, dass nicht jeder Selbstmörder obduziert wird, Herr Lenz. Also, gibt es Zweifel?«

Erzählen Sie der Frau bloß nichts von Ihren spinnerten Ideen, hallten die Worte von Franz Zwick laut und deutlich durch Lenz' Gehirnwindungen.

»Nein«, erwiderte er schließlich, »es gibt keine Zweifel. Die Sache ist eindeutig.«

»Dann muss ich Sie noch einmal fragen, warum er das getan haben sollte. Es ging Wolfram über alle Maßen gut, Herr Kommissar.«

»Hat Ihr Mann in der letzten Zeit vielleicht einmal einen ungewöhnlichen Anruf bekommen, Frau Humpe?«, würgte Hain eine mögliche Antwort auf ihre Frage gekonnt ab.

»Nein«, erwiderte sie energisch.

»Trotzdem habe ich noch den Wunsch, mir den Wiederwahlspeicher Ihres Telefons anzusehen.«

Sie stand auf, ging kurz ins Haus und kam ein paar Augenblicke später mit einem Telefon in der Hand zurück.

»Hier, bitte, bedienen Sie sich, junger Mann.«

Der Oberkommissar reckte sich hoch, griff nach dem anthrazitfarbenen Gerät und ließ sich wieder zurückfallen.

»Vielen Dank«, sagte er freundlich und begann, sich dem Menü des Mobilteils zu widmen.

»Kannten Sie eigentlich meinen Vater?«, fragte Petra Homberger.

»Wie man sich unter Kollegen kennt, wenn man in verschiedenen Abteilungen arbeitet. Wir sind uns natürlich öfter auf den Fluren des Polizeipräsidiums begegnet, aber einen gemeinsamen Fall oder eine Sonderkommission, die uns beide beschäftigt hätte, gab es nie.«

Sie schnäuzte sich leise.

»Wenn Sie ihn gekannt hätten, wüssten Sie, dass er ein lebenslustiger und guter Mensch gewesen ist, trotz der manchmal widerlichen Dinge, die er in seinem Beruf erlebt hat.«

»Hat er mit Ihnen über das gesprochen, was er erlebt hat?«

Sie schüttelte den Kopf.

»Nie. Er hat immer dafür gesorgt, dass Mama und ich nichts von seiner Arbeit erfuhren. Dann und wann haben wir natürlich etwas aus der Zeitung erfahren, aber durch ihn persönlich niemals. Das war ihm überaus wichtig.«

In diesem Augenblick betrat ein etwa 35-jähriger Mann die Terrasse. Er stellte sich als Ralf Homberger vor, begrüßte die Polizisten und fügte an, dass er Rechtsanwalt sei. Danach nahm er zuerst Friederike Humpe und anschließend seine Frau tröstend in den Arm.

»Mein Schwiegervater hat sich nicht umgebracht«, belehrte er Lenz, nachdem er sich gesetzt hatte.

Ach, dachte der Hauptkommissar, welch eine überraschende These.

»Das Gleiche«, antwortete er so unaufgeregt wie möglich, »sagen Ihre Schwiegermutter und Ihre Frau auch. Trotzdem müssen wir, der Faktenlage nach, von Suizid ausgehen.«

Hain klappte unterdessen seinen Notizblock zu und reichte der Witwe das Telefon.

»Was haben Sie da gemacht?«, wollte Ralf Homberger wissen, war jedoch mit Hains darauffolgender Erklärung überhaupt nicht einverstanden.

»Ja, was denn nun? Ermitteln Sie oder ermitteln Sie nicht? So geht das nicht, meine Herren!«

»Wir ermitteln nicht«, ließ Lenz ihn wissen und stand auf. »Sollte sich jedoch daran etwas ändern, werden Sie umgehend von uns informiert.«

Damit griff er in die Innentasche seines Sakkos, zog eine Visitenkarte heraus und platzierte sie auf dem Tisch.

»Und wenn Ihnen noch etwas einfällt, was für uns von Bedeutung sein könnte, rufen Sie mich bitte an.«

Hain erhob sich ebenfalls, steckte den kleinen Block weg, nickte allen Beteiligten einen kurzen Abschiedsgruß zu und verließ die Runde. Lenz reichte allen am Tisch die Hand und folgte seinem Kollegen.

»Ich brauche dringend was zu essen«, nölte Hain, während er den Motor des Mazda startete. »Und eine große Flasche Mineralwasser dazu.«

»Gute Idee.«

Der Hauptkommissar sah auf die Uhr im Armaturenbrett.

»Schon Mittag. Lass uns in die Stadt fahren und irgendwo was Asiatisches futtern.«

Eine gute Stunde später saßen die beiden Polizisten ihren leeren Tellern gegenüber und tranken an der vierten Flasche Wasser. Die Temperatur hatte längst die 30-Grad-Marke hinter sich gelassen.

»Warum um alles in der Welt sollte sich …?«, wollte Lenz die schon während des Essens geführte Diskussion über den Tod von Wolfram Humpe wieder aufnehmen, wurde jedoch vom Klingeln seines Telefons unterbrochen.

»Ja, Lenz«, meldete er sich.

»Ich bin's, Ludger.«

»Ludger?«, erwiderte der Kommissar höchst erstaunt. »Das ist ja eine Überraschung. Was kann ich denn für dich tun?«

»Wo bist du denn?«

»Wie, wo ich bin.«

»Na, wo du steckst.«

»Thilo und ich sind bei einem Chinesen in der Stadt und haben uns gerade den Bauch am Buffet vollgeschlagen. Warum willst du das wissen?«

»Dann seid ihr beide also an dem Tod von Wolfram Humpe dran?«

»Ja«, gab Lenz zurück, wobei sich sein Erstaunen noch ein wenig steigerte.

»Woher weißt du davon, Ludger?«

»Ach, Paul, hör doch auf. Wenn einer Bescheid weiß, dann doch wohl ich, oder?«

»Es fällt mir nicht leicht, es zu erwähnen, Ludger, aber

ich kann mich dunkel daran erinnern, dass du vor ein paar Wochen in den Ruhestand verabschiedet wurdest.«

Er dachte an die Diskussion mit Franz Zwick ein paar Stunden zuvor.

»Was die gesamte Abteilung natürlich noch immer bedauert. Also, lehn dich zurück, nimm dein Enkelkind auf den Schoß und lass Gott einen guten Mann sein. Du musst mit diesen Sachen, zu deinem Glück, nichts mehr zu tun haben.«

Der Kommissar konnte Brandts Schlucken durch die Telefonleitung hören.

»Ich habe mit Wolfram Humpe zusammengearbeitet.«

Wieder erhöhte sich der Grad des Erstaunens bei Lenz um einige Punkte.

»Oh, Scheiße, Ludger, das hab ich nicht gewusst.«

»Es ist ja auch schon ein paar Jahrzehnte her. Wir waren damals gerade bei der Kripo eingestiegen.«

»Aber«, wunderte sich Lenz, »du bist doch um einiges älter als er. Wie passt das denn zusammen?«

»Ich war eben ein Spätzünder. Trotzdem würde ich mich gern mit dir oder euch unterhalten. Am besten gleich.«

»Gut. Willst du hierherkommen?«

»Ja.«

Lenz nannte ihm den Namen des chinesischen Restaurants.

»Das kenne ich. Bin in einer Viertelstunde da.«

Exakt elf Minuten, nachdem Lenz die rote Taste an seinem Telefon gedrückt hatte, kam Ludger Brandt betont lässig in das Lokal geschlendert und steuerte direkt auf den Tisch seiner ehemaligen Mitarbeiter zu.

»Na, Rentner, wie ist es so im Ruhestand?«, flachste Thilo Hain ihn an.

Der Exkriminalrat zog sich vom Nachbartisch einen Stuhl heran und setzte sich.

»Passt schon«, erwiderte er kurz angebunden, um sich direkt im Anschluss Lenz zuzuwenden.

»Erzähl!«, forderte er ihn auf.

»Was soll ich dir erzählen, Ludger?«

»Alles über die Sache mit Wolfram Humpe. Und wenn du mehr über den Tod von Wasserpfeifen-Nobby weißt, als in der Zeitung stand, will ich das auch wissen.«

Hain legte irritiert die Stirn in Falten.

»Ludger, Ludger«, sinnierte er laut. »Erst konntest du es gar nicht erwarten, dich endlich von uns verabschieden zu können, und jetzt kommst du schon zwei Wochen später mit Entzugserscheinungen um die Ecke.«

Brandt bedachte ihn mit einem bösen Blick.

»Vielleicht hast du es nicht mitgekriegt, Thilo, aber Wolfram Humpe und ich waren die ersten Jahre in der gleichen Dienstgruppe. Das ist was anderes.«

»Ich weiß«, gab Hain seelenruhig zurück. »Er hat mir mal davon erzählt.«

»Was hat er dir erzählt?«, bellte Brandt gereizt zurück.

»Na, dass ihr beide zusammengearbeitet habt.«

»Und was noch?«

Der junge Oberkommissar stand auf und ging um den Tisch herum.

»Irgendwie ist mir im Moment ein bisschen miese Stimmung im Saal«, stellte er mit einem Blick Richtung Brandt beleidigt fest. »Deshalb hole ich mir noch ein paar gebackene Bananen. Bis ich zurück bin, hast du dich hoffentlich wieder eingekriegt, Ludger. Ich kann nämlich nichts dafür, dass mein ehemaliger Boss und dein alter Kumpel Wolfram tot im Bahntunnel gelegen hat.«

Damit stapfte er davon.

»Recht hat er«, bemerkte Lenz, ohne aufzusehen.

»Ach, komm, Paul, hör mir auf mit dieser Scheiße. Es geht mir einfach auf die Nerven, dass schon wieder ein Kollege ums Leben gekommen ist.«

»Nach offizieller Anweisung deines Nachfolgers hat er sich umgebracht, Ludger. Und ich bin der Letzte, der diesem Mann widersprechen würde.«

»Aber du hast doch Zweifel, oder?«

Lenz sah seinen ehemaligen Chef eindringlich an und fragte sich dabei, warum es an diesem Samstag offenbar die ganze Welt darauf anlegte, ihm Zweifel an der Selbstmordtheorie zu entlocken.

»Wenn ich sie hätte, würde ich sie aus diversen Gründen nicht mir dir besprechen, Ludger.«

Brandt senkte den Kopf und spielte nervös mit einem Stück Faden, das aus der Seitennaht seiner Hose ragte.

»Das verstehe ich gut. Aber denk doch auch mal an mich. Immerhin bin ich ein paar Jahre lang sein Kollege gewesen.«

»Aber ihr hattet doch seit ewigen Zeiten gar keinen Kontakt mehr miteinander, oder hab ich da was verpasst?«

»Ja …, nein …«, zierte sich der ehemalige Kriminalrat. »Natürlich hatten wir uns mit den Jahren mehr oder weniger aus den Augen verloren, aber das ändert absolut nichts daran, dass wir mal Kollegen gewesen sind. Oder vielleicht sogar Freunde.«

»Mit Wolfram Humpe konnte man nicht befreundet sein«, verbesserte ihn Thilo Hain, der mit einem Teller in der Hand an Brandt vorbeigeschlendert war und seinen letzten Satz gehört hatte.

»Halt doch einfach mal deinen Mund, Thilo«, fauchte der

ehemalige Polizist den Oberkommissar an, der sich gerade wieder auf seinen Platz setzen wollte. Hain sah ihm eine Weile ins Gesicht, stand auf, griff in die Hosentasche und warf einen 10-Euro-Schein auf den Tisch.

»Ich warte am Auto auf dich«, ließ er Lenz wissen, drehte sich um und ging davon.

»War das wirklich notwendig, Ludger?«, fragte der Hauptkommissar.

»Ach, der muss nicht immer den Vorlauten spielen«, gab Brandt eine Spur zu energisch zurück.

Lenz atmete tief durch, bevor er weitersprach.

»Er war weder vorlaut noch irgendwas anderes. Er hat dir einfach nur erklärt, dass man nach seiner Meinung mit Wolfram Humpe nicht befreundet sein konnte, das war alles.«

»Aber das ist doch Quatsch. Klar konnte man mit ihm befreundet sein.«

Lenz schüttelte den Kopf.

»Du weißt, dass das eine Lüge ist. Humpe war auf keiner Weihnachtsfeier, er hat an keinem Betriebsausflug teilgenommen, und er hat sich privat nie mit einem Kollegen getroffen. Sein Eremitendasein war legendär, Ludger. Ich zum Beispiel wusste bis vor ein paar Stunden noch nicht mal, wo er zu Hause ist. Wusstest du es?«

Brandts Antwort bestand aus beredtem Schweigen.

»Also, jetzt hör auf mit diesem Freundschaftsgeseiere und erzähl mir, worum es dir wirklich geht. Was ist so interessant an Humpes Tod, dass du dich mit uns hier in der Stadt triffst, obwohl du mit deinen Enkelkindern am See sein könntest?«

»Es gibt keinen anderen Grund, Paul«, lenkte Brandt kleinlaut ein. »Ich habe mir einfach Gedanken gemacht, auch, weil zwei Polizisten innerhalb von 14 Tagen an der gleichen Stelle gestorben sind.«

»Die beiden haben sich umgebracht. Tragisch, aber nicht zu ändern.«

»Und du zweifelst wirklich nicht ein bisschen an der Selbstmordversion?«

Nun wurde es Lenz zu blöd. Er stand auf, legte einen Geldschein neben den von Hain und sah seinen ehemaligen Vorgesetzten dabei wütend an.

»Du bist im Ruhestand, Ludger, also benimm dich gefälligst auch so. Thilo und ich müssen weiterhin unseren Job machen und haben dabei genug mit deinem Nachfolger zu kämpfen, der alles andere als einfach ist im Umgang. Was wir aber auf jeden Fall nicht gebrauchen können, ist ein Rentner, der glaubt, auch nach seinem Abgang aus dem Dienst noch das große Rad drehen zu können. Und jetzt mach's gut.«

Damit wandte er sich von dem völlig verdutzten Brandt ab und wollte davongehen, überlegte es sich jedoch anders und beugte sich noch einmal zu Brandt hinunter.

»Wie ich schon gesagt habe, kaufe ich dir die Nummer mit dem alten Kumpel nicht ab, Ludger. Und solange du mir nicht erzählst, warum du wirklich an der Sache interessiert bist, kannst du mir gepflegt den Buckel runterrutschen.«

»Paul, warte!«, rief Brandt ihm hinterher, doch Lenz wollte nicht mehr reden. Mit hochrotem Kopf stürmte er an den Tischreihen vorbei, stieß die Tür des Restaurants auf und erreichte zwei Minuten später die Tiefgarage, wo Thilo Hain quer zur Fahrtrichtung in seinem offenen Auto saß. Seine Füße lugten über die Beifahrertür, und er lauschte der wegen des schlechten Empfangs tief unter der Erde verrauschten Halbzeitkonferenz der Fußball-Bundesliga im Radio.

»Wie steht's?«, fragte Lenz ohne echtes Interesse.

11

»Meine Fresse, was ist nur in den Kerl gefahren?«, überlegte Hain laut, während er die Beine anzog, die Beifahrertür öffnete und aus dem Wagen stieg.

»Keine Ahnung. Und es ist mir, offen gesagt, auch scheißegal. So wie eben ist er mir nämlich in den ganzen Jahren, in denen er mein Vorgesetzter war, nicht auf die Nerven gegangen.«

»Was ist denn noch passiert?«

Lenz winkte ab.

»Egal. Bringst du mich nach Hause?«

»Nichts lieber als das.«

Die Fahrt Richtung Wilhelmshöhe verlief schweigend. Hain konzentrierte sich auf die Fußballübertragung, Lenz war in seine Gedanken versunken und freute sich auf Maria. Beiden drang der Schweiß aus allen Poren, weil die Temperatur mittlerweile auf mehr als 35 Grad im Schatten angestiegen war.

»Ich will am Wochenende nur noch was von dir hören, wenn irgendwo eine Bombe explodiert, Thilo«, gab Lenz seinem Kollegen zum Abschied mit auf den Weg, nachdem er sich vor seinem Haus aus dem Wagen geschält hatte.

»Und eigentlich will ich selbst dann in Ruhe gelassen werden. Verstanden?«

»Klar. Dann mache ich jetzt mein Telefon aus, lege mich zu Hause in den Garten und schaue meinen Kindern beim Wachsen zu.«

»Mach das. Und wenn du am Montag …«

Das Klingeln seines Telefons unterbrach den Hauptkommissar. Er sah auf das Display, überlegte einen Augenblick, ob er das Gespräch annehmen sollte, und drückte dann mit einem Seufzer die grüne Taste.

»Ja, Herr Doktor, was gibt's?«

Zu seiner großen Überraschung antwortete eine Frau.

»Hier spricht Angelika Weber. Ich bin die Praktikantin.«

»Ja, ich weiß, wer Sie sind«, unterbrach Lenz die Frau sanft, während er Hain, der schon den Motor gestartet hatte, bedeutete, mit der Abfahrt zu warten.

»Was kann ich denn für Sie tun, Frau Weber?«

»Für mich persönlich eigentlich gar nichts. Mein Chef bittet Sie, zu uns ins Institut zu kommen.«

»Wieso das?«, fragte der Polizist voller Erstaunen.

»Wegen der genauen Hintergründe bitte ich Sie, ihn selbst zu fragen; ich möchte seinen Ausführungen auf gar keinen Fall vorgreifen.«

»Ist es denn wichtig? Oder hat es Zeit bis Montag?«

»Nein, Dr. Franz bittet explizit um Ihren umgehenden Besuch.«

Lenz sah einen Moment lang in den strahlend blauen Himmel über sich, verdrehte dabei die Augen und atmete tief durch.

»Wir sind in einer guten halben Stunde da, Frau Weber.«

»Gut, ich richte es aus. Bis dahin.«

Damit klickte es in dem kleinen Lautsprecher an seinem Ohr.

Hain sah seinen Boss erwartungsvoll an.

»Wo fahren wir hin? Oder besser, wo fährst du allein hin, weil ich doch eigentlich schon zu Hause …«

»Ich weiß«, wurde er von Lenz unterbrochen, »du liegst eigentlich schon im heimischen Unterholz rum und schaust deinen Kindern beim Wachsen zu. Aber das muss noch etwas warten, wir sollen vorher noch mal schnell nach Göttingen kommen.«

»Wie, nach Göttingen?«

Der junge Oberkommissar sah seinen wunderbar im heimischen Garten ausklingenden Samstagnachmittag am Horizont verschwinden.

»Was können du und ich schon in Göttingen zu tun haben?«, sonderte Lenz eine höchst rhetorische Frage ab, um gleich im Anschluss die Antwort nachzuschieben.

»Dr. Franz wünscht unsere Aufwartung. Und zwar pronto.«

Hain kratzte sich nachdenklich am Kinn, legte den Kopf schief und sah seinen Boss skeptisch an.

»Ich bin mir da gar nicht so sicher, ob er wirklich unsere Aufwartung wünscht, Paul. Meinst du nicht auch, dass es reichen würde, wenn du allein ihn durch einen Besuch beglücken würdest? Und überhaupt, was hat er denn so Dringendes auf der Pfanne?«

»Das hat Frau Weber, seine Praktikantin, mir nicht verraten wollen. Sie hat allerdings darauf hingewiesen, dass der Doc es ziemlich wichtig macht.«

Hain stöhnte wie ein Schuljunge auf.

»Du weißt genau, wie du mich immer wieder kriegst, Paul. Jetzt bin ich neugierig geworden und fahre mit dir nach Göttingen, obwohl ich insgeheim viel lieber zu Hause bei Weib und Nachwuchs wäre.«

»Tja«, lächelte Lenz, »das ist schon übel, wenn man so neugierig ist wie du.«

»Denk bloß nicht, dass ich es nicht einfach lassen könnte«, erwiderte der Oberkommissar mit gespielter Lässigkeit.

»Schwachsinn.«

Nachdem Lenz seiner Freundin, die er lesend auf der Terrasse vorfand, erklärt hatte, dass sie sich noch etwas gedulden müsse, bis er endgültig nach Hause kommen würde, fuhren die beiden los. Hain hatte darauf bestanden, die Autobahn zu meiden und über kleine Nebenstraßen zu fahren, was sich im Nachhinein als sehr vorausschauend erwiesen hatte, wie sie am Radio hören konnten. Die A7 war hoffnungslos mit Urlaubsreisenden verstopft.

Dr. Franz saß über ein großes Mikroskop gebeugt in seinem Arbeitszimmer in der Göttinger Gerichtsmedizin, als Angelika Weber die Beamten hereinführte. Der Arzt sah weder auf noch erwiderte er den Gruß der beiden. Die Praktikantin sah zuerst ihren Chef und danach Lenz und Hain an, zuckte mit den Schultern und verließ schweigend den Raum.

»Hallo, Herr Dr. Franz«, machte Lenz erneut auf sich aufmerksam.

Nun hob der Arzt den Kopf, drehte sich mitsamt dem Stuhl, auf dem er saß, in ihre Richtung und schluckte deutlich sichtbar.

»Ich muss mich in aller Form bei Ihnen entschuldigen, meine Herren«, begann er mit belegter Stimme.

Die beiden Kommissare sahen sich irritiert an.

»Warum?«

»Weil ich arrogant und besserwisserisch Ihnen gegenüber aufgetreten bin. Dafür, und es fällt mir ganz sicher nicht leicht, es einzugestehen, schäme ich mich und will Sie aufrichtig um Verzeihung bitten.«

Lenz kannte den Rechtsmediziner seit vielen Jahren, doch in diesem Zustand hatte er ihn noch nie erlebt. Sein Gesicht war aschfahl, seine Hände zitterten, und beim Sprechen konnte man merken, dass sein Mund trocken war.

»Ja, wie auch immer, Doc«, mischte Hain sich ein, der ebenso überrascht war wie sein Kollege, »wir verzeihen

Ihnen natürlich alles, aber vielleicht sollten Sie uns zuerst mal sagen, warum Sie so durch den Wind sind. Sie sehen ja aus, als hätte der Sensenmann bei Ihnen angeklopft.«

»So ähnlich fühle ich mich auch, Herr Kommissar.«

»Also, was ist passiert, Herr Doktor?«, fragte Lenz nach einer kurzen Pause, während keiner der drei etwas gesagt hatte.

»Ich habe einen Fehler gemacht«, erwiderte Franz leise. »Einen schweren Fehler vermutlich.«

»Ja, das ist so weit klar«, bestätigte Hain, »aber was für einen denn?«

Dr. Franz ließ sich in seinem Stuhl zurückfallen und sah die Polizisten ernst an.

»Wie es sich nach dem aktuellen Stand der Untersuchungen darstellt, ist es nicht ausgeschlossen, dass der Tote von heute Morgen, dieser Wolfram Humpe, sich nicht selbst das Leben genommen hat.«

»Was?«, riefen Lenz und Hain wie aus einem Mund.

»So leid es mir tut, aber es gibt deutliche Hinweise, dass bei seinem Tod nachgeholfen wurde.«

»Und wie sehen die genau aus?«, wollte Hain wissen.

Der Arzt spannte seinen Körper und schloss kurz die Augen, ehe er zu einer Antwort ansetzte.

»Ich habe Spuren von Rocuronium in seinem Blut gefunden.«

»Nie gehört«, gab der Oberkommissar zurück. »Was ist das?«

»Rocuronium ist ein nicht depolarisierendes Aminosteroid-Muskelrelaxans.«

Lenz und Hain sahen sich unsicher an.

»Müsste man als normaler Kripobeamter wissen, was das ist?«, fragte der Hauptkommissar.

»Nein, das muss man als normaler Kripobeamter ganz bestimmt nicht wissen, Herr Lenz.«

Dr. Franz rieb sich müde die Augen.

»Rocuronium ist ein Mittel, das in der Anästhesie verwendet wird. Es sorgt dafür, dass die für einen medizinischen Eingriff, also eine Operation, in der Regel notwendige Erschlaffung aller Muskeln im Körper eingeleitet und aufrechterhalten wird.«

»Also ist es ein Schlafmittel?«

Der Mediziner schüttelte den Kopf.

»Nein. Das Schlafmittel …«

Dr. Franz sah die beiden Nichtmediziner an und machte dabei ein unglückliches Gesicht.

»Ich erkläre es Ihnen jetzt mal ganz genau, meine Herren, um jeglicher Irritation gleich von Anfang an zu begegnen. Also, wenn ein Mensch anästhesiert, oder einfacher, in Narkose versetzt wird, braucht es dazu eine klare Systematik. Zunächst muss der Anästhesist dafür sorgen, dass der Patient einschläft, was unter Zuhilfenahme eines starken Schlafmittels kein Problem darstellt. Die nächste Phase gilt der Erreichung der Schmerzfreiheit. Dafür gibt es, wie der Name schon sagt, Schmerzmittel, die sogenannten Analgetika. Es ist übrigens nicht ungewöhnlich, dass die beiden benötigten Wirkstoffe gleichzeitig verabreicht werden. Das ist aber noch nicht alles. Zumindest bei größeren Eingriffen ist es notwendig, sämtliche Muskelaktivitäten des Patienten auszuschalten. Dazu bedient man sich eines sogenannten Muskelrelaxans, also eines Stoffes, der dafür sorgt, dass die komplette Skelettmuskulatur des Körpers vollends erschlafft. Dummerweise betrifft das dann auch die Atemmuskulatur, weswegen die Patienten während der OP zwangsbeatmet werden müssen.«

»Das ist die Sache mit dem Schlauch im Hals«, erinnerte sich Hain an die Operation nach einer Schussverletzung ein paar Jahre zuvor.

»Der Tubus, ja«, stimmte Franz ihm zu. »Auch um ihn zu platzieren, ist es wichtig, dass die Muskeln entspannt sind, weil es dann, wegen der fehlenden Abwehrbewegungen, weniger häufig zu Verletzungen der Stimmlippen kommt und außerdem das Einführen des Tubus eindeutig leichter vonstatten geht.«

»Schön«, kommentierte Lenz seinen Kurzvortrag in Anästhesie mit ein wenig Ironie in der Stimme, »aber was hat das alles mit unserem Wolfram Humpe zu tun? Ist er betäubt worden, bevor er auf die Gleise gelegt wurde?«

»Nein, so kann man das nicht sagen. Ich bin noch dabei, die genauen Bedingungen zu untersuchen, aber ich kann Ihnen immerhin schon sagen, dass er aller Wahrscheinlichkeit nach nicht betäubt war, als er auf den Gleisen lag.«

Die beiden Kripobeamten sahen sich fragend an.

»Was war er also, wenn er nicht betäubt war?«, fand Hain als Erster die Sprache wieder.

Dr. Franz hob entschuldigend die Hand.

»Ich bitte Sie, mir noch etwas Zeit zu geben. Ich habe die Laborergebnisse an einen befreundeten Kollegen gemailt und hoffe, dass er sich in den nächsten Minuten bei mir melden wird. Dann kann ich Ihnen hoffentlich …«

Wie auf Bestellung klingelte das abgegriffene, fleckige Telefon auf dem Schreibtisch. Franz griff nach dem Hörer und meldete sich. Lenz und Hain hörten zwar alles, was er in den nächsten zehn Minuten sprach, verstanden jedoch fast nichts davon. Dann legte der Arzt auf, streckte sich und sah die beiden Kommissare mit gerunzelter Stirn an.

»Es ist, wie ich es mir gedacht habe, meine Herren. Die

Dosis an Rocuronium, die der Mann intus hatte, hat ihn – ich würde mal sagen – paralysiert. Oder, vielleicht besser, ihn in den Zustand einer völligen Parese versetzt.«

Die Polizisten verstanden nur Bahnhof, was Dr. Franz gut an ihren Gesichtern ablesen konnte.

»Um es für Laien verständlich auszudrücken: Wolfram Humpe konnte sich zwar vermutlich nicht oder nur sehr eingeschränkt bewegen, aber er hat nach Meinung meines Kollegen und meiner eigenen alles, was sich um ihn herum abgespielt hat, wahrgenommen. Das ist …«

Lenz hatte den Arm gehoben und den Rechtsmediziner unterbrochen.

»Nur dass wir uns richtig verstehen, Doc. Sie wollen uns gerade erklären, dass irgendjemand Wolfram Humpe dieses Mittel verabreicht und ihn dann auf die Schienen gelegt hat. Und dass Humpe währenddessen alles mitgekriegt hat, sich aber nicht wehren oder weglaufen konnte?«

Franz nickte.

»Genau das will ich Ihnen damit sagen. Mein Kollege, der übrigens Chefanästhesist in einer Uniklinik ist, glaubt nach den Mengen von Rocuronium, die wir in Humpes Blut gefunden haben, dass er zwar bei Bewusstsein war, aber nicht in der Lage, sich zu bewegen. Natürlich war auch seine Atmung betroffen, und es sollte ihm nicht leichtgefallen sein, Luft zu holen, aber es wird alles in allem so weit funktioniert haben, dass er bei Bewusstsein gewesen ist. Was sich im Übrigen auch mit der Kohlenmonoxydkonzentration in seinem Blut deckt, die war nämlich deutlich erhöht.«

»Und dieses Rucorumium …«, mischte Hain sich ein, »bewirkt …«

»Rocuronium«, wurde er von Franz verbessert.

»Ja, meinetwegen. Also dieses Rocuronium bewirkt, dass man die Muskeln nicht mehr anspannen kann. Was in Humpes Fall bedeutet, dass ihm jemand das Zeug verabreicht haben muss, weil er das selbst nicht gemacht haben wird. Wie geht das eigentlich?«

»Rocuronium kann nur über das Blut aufgenommen werden, also hat es ihm der Täter vermutlich injiziert.«

»Spuren diesbezüglich?«, hakte Lenz nach.

»Nein. Was aber nichts heißen muss; Sie haben die Überreste des Mannes ja gesehen.«

»Aber Sie sind nach all Ihren Erkenntnissen und Untersuchungen jetzt der Meinung, dass es sich bei seinem Tod nicht um Suizid handelt?«

Dr. Franz nickte betroffen.

»Das bin ich, ja. Und ich bitte Sie beide deswegen noch einmal um Entschuldigung, weil ...«

»Schwamm drüber, Doc«, würgte Lenz ihn ab. »Wir sind alle nur Menschen und keinesfalls perfekt.«

»Ja.«

Hain nickte zustimmend.

»Mir geistert die ganze Zeit etwas durch den Kopf, aber ich finde das richtige Wort nicht, Herr Doktor. Dieses Rocuronium erinnert mich ganz stark an ein Gift, das die Indianer in Südamerika früher benutzt haben. Ich habe als Kind viel darüber gelesen, den Namen allerdings lange vergessen. Wissen Sie vielleicht, was ich meine?«

»Ja, ich weiß genau, was Sie meinen. Sie denken an Curare, so ...«

»Curare, genau«, bestätigte der Oberkommissar laut. »Genau das meine ich.«

»Curare wird übrigens noch heute benutzt, und das nicht nur von den Indianern Südamerikas; aber das ist eine andere Geschichte. Sie haben übrigens ganz recht mit Ihrer Annahme, dass es Übereinstimmungen in der Wirkung der beiden Stoffe gibt. Etwas laienhaft ausgedrückt ist Curare der Urahn oder der Vorvorvorläufer von Rocuronium.«

»Aber ein Zeug mit solch einer brutalen Wirkung kann man doch bestimmt nicht einfach mal so in der Apotheke kaufen, Doc?«

»Nein, das nun gerade nicht. Alle Stoffe dieser Klasse werden immer unter Verschluss gehalten und nur an Berechtigte weitergegeben oder verkauft. Allerdings«, setzte der Rechtsmediziner mit gerunzelter Stirn hinzu, »soll das nicht heißen, dass es für Nichtberechtigte absolut unmöglich ist, sich damit zu versorgen. Wir leben nun mal in einer ziemlich offenen Welt, auch, was diese Dinge angeht; wobei ich damit nicht sagen will, dass man es einfach mal so eben im Internet bestellen kann. Es ist wirklich schwer, an so einen Wirkstoff heranzukommen.«

»Aber es wäre ein Ansatz, sich auf die Suche nach einer Fehlmenge von diesem Rocuronium zu machen?«

»Das auf jeden Fall.«

»Also in Krankenhäusern?«

Franz dachte eine Weile nach.

»Schauen Sie überall nach in der Kette, vom Hersteller über die Großhändler bis zum Endverbraucher, also den Krankenhäusern.«

»Es bleibt allerdings noch die Frage zu klären«, mischte Lenz sich in das Gespräch der beiden ein, »wie wir nach Ihren aktuellen Erkenntnissen mit dem Tod von Norbert Schneider umgehen sollen, Dr. Franz.«

»Dem anderen Polizisten, der tot im Tunnel lag?«

Der Hauptkommissar nickte.

»Nach meiner Einschätzung müssen Sie den Leichnam exhumieren lassen. Wenn er nicht zu allem Unglück eingeäschert wurde«, fügte der Mediziner besorgt hinzu.

Lenz sah seinen Kollegen Thilo Hain an, als müsse der wissen, wie die Beerdigung von Wasserpfeifen-Nobby über die Bühne gegangen war. Der Oberkommissar hob die Schultern.

»Keine Ahnung, aber es sollte durch einen Anruf bei RW leicht herauszufinden sein.«

»Dann mach das am besten gleich.«

Hain griff in die Innentasche seines Sakkos und verließ mit dem Telefon in der Hand den kleinen Raum.

»Ich schäme mich, Herr Kommissar«, ließ Dr. Franz den Polizisten kleinlaut wissen. »Ich schäme mich natürlich auch, weil ich Sie heute Morgen so schrecklich überheblich angefahren habe und Ihre Einwände ohne wirkliche Prüfung ins Reich der Fantasie verwiesen habe.«

»Das hätten wir jetzt abschließend geklärt, Doc. Was mich viel mehr interessieren würde, ist die Frage, ob Sie nach den zwei Wochen, die mittlerweile vergangen sind, dieses Rocuronium auch bei Schneider noch nachweisen könnten?«

Der Arzt nickte.

»Das ist ohne Probleme möglich, ja.«

»Dann wollen wir hoffen, dass er nicht durchs Feuer gegangen ist.«

»Ja, das wollen wir hoffen. Und ich will mich noch einmal in aller Form bei Ihnen dafür bedanken, Herr Lenz, dass Sie heute Morgen auf einer sehr gewissenhaften Obduktion bestanden haben. Natürlich hätte ich mir auch ohne Ihre Aufforderung die angemessene Mühe gegeben, aber in diesem Fall hätte ich die Verabreichung des Rocuroniums vermutlich übersehen. Der Nachweis bedingt ein paar spezielle Untersuchungen, die nicht zum Standardrepertoire gehören. Also …«

Bevor er weitersprechen konnte, betrat Hain mit zufriedenem Gesicht das Büro.

»Wasserpfeifen-Nobby ist auf dem Hauptfriedhof in Kassel beigesetzt worden; in einem Sarg. Eine Exhumierung sollte also kein Problem darstellen.«

»Gut«, erwiderte Lenz. »Darum kümmern wir uns, wenn wir in Kassel sind.«

Er wandte sich zu Dr. Franz.

»Wir danken Ihnen, Doc – auch für Ihre Offenheit.«

Damit griff er nach der Hand des Arztes, schüttelte sie zum Abschied und verließ mit seinem Kollegen im Schlepptau das Institut.

»Wenn Wasserpfeifen-Nobby ebenfalls mit diesem Zeug außer Gefecht gesetzt worden ist, bevor er auf dem Bahngleis zum Liegen kam, haben wir eine Menge Scheiße am Hacken«, fasste Lenz die Gedanken zusammen, die ihm seit ihrer Abfahrt aus Göttingen durch den Kopf gegangen waren. »Dann haben wir es nämlich nicht nur mit dem Mord an zwei Polizisten zu tun, sondern müssen uns obendrein auch noch mit einer geifernden Medienmeute und einem frisch installierten Vorgesetzten herumplagen, der von Tuten und Blasen rein gar keine Ahnung hat. Und als ob das alles nicht reichen würde, schwirrt mir immer noch Ludgers komischer Auftritt beim Chinesen durch die Birne, von dem ich mittlerweile glaube, dass er irgendwie etwas mit der ganzen Sache zu tun haben könnte.«

Hain ließ die Stadtgrenze von Göttingen hinter sich, beschleunigte und legte den fünften Gang ein.

»Das meinst du doch nicht im Ernst, dass Ludger etwas mit der Geschichte zu tun haben könnte?«

Der Hauptkommissar betrachtete aus dem Wagen heraus ein wogendes Weizenfeld.

»So aufgeregt, wie der war, plagt den irgendwas ganz furchtbar. Auf jeden Fall weiß er mehr, als er rausrücken wollte, davon bin ich felsenfest überzeugt.«

»Dann ruf ihn halt an und frag ihn«, schlug Hain vor.

»Den Teufel werde ich tun. Der meldet sich schon ganz von selbst, wenn es sich bis zu ihm rumgesprochen hat, dass zumindest Wolfram Humpe sich nicht selbst abgeknipst hat.«

Gut zwei Stunden später hielten die Polizisten die richterliche Anordnung zur Exhumierung von Norbert Schneider in Händen. Oberstaatsanwalt Marnet, den sie zu ihrer großen Überraschung in seinem Büro angetroffen hatten, benötigte genau zwei Telefonate, um die Sache zu ihrer Zufriedenheit zu klären.

»Wir müssen unseren heiß und innig geliebten neuen Vorgesetzten über die aktuelle Entwicklung unterrichten«, bemerkte Hain trocken, als sie auf dem Weg zum Kasseler Hauptfriedhof waren.

»Denk bloß nicht, dass ich das mache«, baute Lenz wieselflink vor.

»Aber du bist der Boss. Außerdem sollte es dir schon eine besondere Genugtuung bereiten, ihm das, was der Doc herausgefunden hat, aufs Brot zu schmieren.«

»Auch wieder wahr«, stimmte Lenz ihm zu, griff nach einer kurzen Bedenkzeit zum Telefon und wählte.

»Nur die Mailbox«, ließ er seinen Kollegen wissen, nachdem er den Anruf beendet hatte.

»Und warum hast du nichts hinterlassen?«

»Weil wir dann wenigstens während der Ausgrabungsarbeiten unsere Ruhe haben. Irgendwelche Einwände?«

»Nö.«

Die eilig herbeitelefonierten Arbeiter der Friedhofsverwaltung standen schon mit Schippen bewaffnet am Grab bereit, als die Polizisten eintrafen. Im Hintergrund brummte sonor der Dieselmotor eines Minibaggers, der links neben dem mit vertrockneten Kränzen bedeckten Grab stand.

12

Rüdiger Bornmann trat aus dem Haus, stakste schwerfällig und auf seinen Stock gestützt die fünf Stufen hinunter, die der Bürgersteig tiefer lag, und humpelte langsam Richtung Straßenbahnhaltestelle davon. Während der gebückt gehende Mann mit dem markanten roten Rucksack auf den Schultern sich kurz umdrehte, hatten die beiden Polizisten, die in dem auffällig-unauffälligen VW-Passat auf der anderen Straßenseite saßen, für einen Augenblick den Eindruck, er würde ihnen zulächeln.

»Zu Fuß oder mit dem Wagen?«, wollte Oberkommissar Guido Bruhnke wissen, der mit verschränkten Armen hinter dem Lenkrad saß.

»Mit dem Auto«, entschied sein Kollege Bernd Zimmermann nach einem Blick auf die Uhr vom Beifahrersitz aus.

Bruhnke griff zum Zündschlüssel und wollte den Motor starten, doch Zimmermann winkte ab.

»Brauchst du noch nicht. Er geht jetzt zur Straßenbahnhaltestelle, steigt in die 1 und fährt nach Wilhelmshöhe. Dort steigt er an der Wendeschleife aus und hickelt bis zur Therme, wo er sich eine Vier-Stunden-Karte kauft. Nach genau 240 Minuten verlässt er das Bad und nimmt den gleichen Weg zurück, den er gekommen ist. Damit ist der Samstag dann gelaufen. Vielleicht verbringt er die übrigen Stunden vor der Glotze und holt sich dabei einen runter, das weiß ich nicht, und es interessiert mich auch nicht.«

»Warum bist du denn so genervt?«, fragte Bruhnke vorsichtig. Zimmermann winkte ab.

»Es ist schon viel besser geworden. Vor ein paar Tagen wollte ich ihn noch abknallen.«

Der Oberkommissar sah ihn mit großen Augen an.

»Das verstehe ich nicht.«

»Was gibt es denn daran nicht zu verstehen?«, fauchte der Polizist auf dem Beifahrersitz. »Seit mehr als drei Monaten mache ich Schicht für Schicht nichts anderes, als diesem Wichser beim Leben zuzugucken. Tag für Tag und Nacht für Nacht hocke ich in irgendeinem verschissenen Polizeiwagen und sehe ihm dabei zu, wie er nichts tut. Rein gar nichts.«

»Ich weiß …«, wollte Bruhnke ihm zustimmen, wurde jedoch von Zimmermann barsch unterbrochen.

»Was weißt du? Du glaubst, etwas zu wissen, aber du begreifst in Wirklichkeit nicht das Schwarze unterm Nagel.«

Der junge Oberkommissar war bei den letzten Worten des älteren Kollegen zusammengezuckt.

»Du meinst, weil du als Aushilfe für einen kranken Kollegen mal einen oder zwei Tage diesen Job gemacht hast, weißt du, wo und wie der Hase läuft. Aber das ist große Scheiße. Du hast nämlich in Wirklichkeit überhaupt keine Ahnung, wie ätzend und nervig diese Maloche ist.«

Er warf seinem Gegenüber einen schneidenden Blick zu.

»Du bist morgen oder übermorgen wieder raus aus unserer Observierungstruppe, aber wir müssen diesem Schwein hinterherschnüffeln, so lange es lebt. Tag für Tag, Nacht für Nacht. Und diese Zeit ist nicht nur für uns vertan, nein, wir fehlen auch an tausend anderen Stellen, wo man uns viel dringender brauchen würde.«

»So habe ich das noch nie gesehen«, gab Bruhnke kleinlaut zurück.

»Solltest du aber. Dann könntest du damit aufhören, mir

hier einen vom Pferd erzählen zu wollen. Und jetzt fahr los, sonst ist er noch vor uns in Wilhelmshöhe.«

35 Minuten später hatten die beiden Observierer dem ehemaligen Strafgefangenen dabei zugesehen, wie er aus der Bahn gestiegen war und sich auf den Weg zum Haupteingang der Kurhessen-Therme gemacht hatte. Guido Bruhnke hatte den zivilen Dienstwagen auf Anweisung von Bernd Zimmermann im Anschluss in der Parkreihe links neben dem einladenden Eingangsbereich abgestellt und den Motor gestoppt.

»Müssten wir nicht eigentlich reingehen und ihn drinnen im Auge behalten?«

Zimmermann nickte.

»Wenn du mit ›wir‹ ein funktionierendes Überwachungsteam von sechs oder acht Kollegen meinst, dann ja. Wenn du uns beide hilflose Figuren der leider völlig unterbesetzten Samstagnachmittagsschicht meinst, die sich zu allem Überfluss noch nicht mal aufteilen dürfen, dann nein. Das können wir beim besten Willen nicht leisten.«

Bruhnke kratzte sich unzufrieden am Kinn.

»Was hat dieser Kerl denn auf dem Kerbholz?«

»Er hat vor gut 20 Jahren seine Frau umgebracht. Und weil er im Knast ständig Stunk gemacht und unter anderem einen Mithäftling totgeprügelt hat, haben sie ihm nachträglich die Sicherungsverwahrung aufs Auge gedrückt.«

»Also ist er kein Sexualstraftäter oder so was?«

»Soweit ich weiß, nein.«

»Ich dachte, dass Sicherungsverwahrung nur bei solchen Delikten verhängt wird.«

»Nee, das ist nicht richtig. Sicherungsverwahrung gab's und gibt's auch für etwas weniger gefährliche Zeitgenossen. Wobei ›etwas‹ schon relativ gemeint ist.«

»Aber wenn ich mir den Typen so anschaue, mit seinem Hinkefuß und so, der ist doch wirklich keine Gefahr für die Allgemeinheit mehr.«

Zimmermann räkelte sich, schob den Sitz zurück, senkte die Lehne ab und legte die Handflächen unter den Kopf.

»Das zu entscheiden, steht uns leider nicht zu. Wir müssen die Folgen der Entscheidungen nur ausbaden.«

Damit ließ er die Seitenscheibe nach unten gleiten, seufzte und schloss die Augen.

»Wir haben jetzt knapp vier Stunden Pause. Weck mich, wenn er wieder am Wagen vorbeigehumpelt kommt.«

*

Rüdiger Bornmann war auch nach mehr als vier Stunden nicht am Wagen der Polizisten vorbeigehumpelt.

Guido Bruhnke war, wie sein Kollege, der komplett durchgeschlafen hatte, ein paarmal eingenickt, aber nach drei Stunden des Wartens hatte er kein Auge mehr zubekommen. Er wollte am Abend auf die Fete eines Freundes gehen und war voller Vorfreude, weil er dort eine alte Schulfreundin wiedersehen würde. Na, ja, eigentlich war sie mehr eine Jugendliebe gewesen. Und wenn er es genau überlegte, war sie die Liebe seines noch jungen Lebens. Manchmal hatte er sich in den Jahren danach, wenn er sie gesehen hatte, gefragt, warum nicht mehr als ein halbes Jahr daraus geworden war, aber eine vernünftige Antwort war ihm nicht eingefallen. Nun, vielleicht würde ja wieder etwas mehr daraus werden. Unter Umständen sogar gleich heute Abend.

Genau vier Stunden, nachdem Rüdiger Bornmann im Eingang des Thermalbades verschwunden war, hatte

Bruhnke zum ersten Mal etwas nervöser auf seine Armbanduhr gesehen. Etwa zehn Minuten später weckte er seinen Kollegen.

»Was ist? Ist er da?«, murmelte Zimmermann verschlafen.

»Nein, er ist nicht da«, erwiderte Bruhnke unsicher. »Er ist überfällig.«

Der Polizist auf dem Beifahrersitz öffnete die Augen, streckte sich und sah den jungen Oberkommissar grinsend an.

»Nun scheiß dir nicht gleich in die Hose, Junge. Er wird schon nicht verloren gegangen sein.«

»Aber …«

»Nichts aber. Entspann dich und vertrau dem Onkel Bernd.«

Damit brachte er die Lehne des Sitzes wieder in die Normalposition, stieg aus, zog eine Zigarettenschachtel aus der Jackentasche und zündete sich einen Glimmstängel an. Durch das offene Schiebedach und die offene Seitenscheibe waberte blauer Rauch in den Innenraum des Passats.

Eine knappe Viertelstunde und zwei Zigaretten später wurde auch Zimmermann langsam nervös. Er trat die Kippe neben den anderen aus und beugte sich in den Wagen.

»Ich geh mal rein und frage nach. Vielleicht haben wir ja Glück und er ist ersoffen. Oder ihn hat in der Sauna der Schlag getroffen.«

Es folgte ein heiseres Lachen.

»Aber ich befürchte, er hat sich einfach entschlossen, heute Überstunden in Sachen Wellness zu machen.«

Immer noch lachend, wandte er sich ab und war ein paar Sekunden später aus dem Sichtfeld seines Kollegen verschwunden.

»Zimmermann, Kripo Kassel«, stellte er sich der jungen Frau an der Rezeption vor.

»Ich bin auf der Suche nach einem Mann, der vor gut vier Stunden hier hereingekommen sein müsste. Er geht am Stock und humpelt. Sie müssten sich eigentlich an ihn erinnern, er kommt jeden Samstag hierher.«

Sie nickte freundlich.

»Ja, natürlich kenne ich den Herrn. Er war hier und stand auch schon mit seinem Ticket in der Hand direkt vor der Schleuse, hat es sich dann aber wohl anders überlegt.«

Zimmermann schluckte.

»Und Sie sind sich sicher, dass wir vom gleichen Mann sprechen?«

»Ein älterer Herr, auf seinen Stock gestützt, gebückt gehend, der heute einen dunkelblauen Blouson getragen hat. Und der, wie immer übrigens, einen roten Rucksack dabeihatte.«

Auf Zimmermanns Stirn bildeten sich kleine Schweißperlen.

»Und Sie sind absolut sicher, dass er das Bad nicht betreten hat?«

»Absolut, ja. Wir haben sogar noch ein paar Worte gewechselt, bevor er hinüber ins Restaurant gegangen ist.«

»Er ist im Restaurant?«, fragte Zimmermann ungläubig.

»Ob er noch immer dort ist, kann ich Ihnen natürlich nicht sagen, aber …«

Ihre letzten Worte kamen bei dem Polizisten nicht mehr an, weil der schon mit schnellen Schritten auf dem Weg zu dem auf der gegenüberliegenden Seite liegenden Selbstbedienungsrestaurant war. Dort sah er sich intensiv um, konnte jedoch keine Spur von dem Gesuchten entdecken.

Auch die nur gebrochen deutsch sprechende Frau an der Kasse konnte ihm nicht helfen.

»Verdammte Scheiße!«, fluchte er auf dem Weg nach draußen laut.

Zwei Minuten später, nachdem er am Wagen angekommen war, lief die Großfahndung nach Rüdiger Bornmann.

»Das gibt mächtigen Ärger«, befürchtete Guido Bruhnke, der Zimmermanns Anweisungen am Funk mit immer größer werdenden Augen gefolgt war.

»Halt's Maul und fahr los!«, brüllte der Oberkommissar seinen Kollegen an.

»Aber wohin denn?«, fragte Bruhnke ängstlich.

Der Mann auf dem Beifahrersitz dachte kurz nach.

»Zu ihm nach Hause. Ich will sicher sein, dass er nicht seelenruhig auf der Couch sitzt und in die Glotze stiert, während jeder Bulle der Stadt nach ihm sucht.«

»Aber warum sollte er …?«, wollte Bruhnke nachfragen, doch der Blick seines Kollegen ließ ihn verstummen. Schweigend startete er den Motor und verließ mit viel zu viel Drehzahl und durchdrehenden Reifen den Parkplatz, während Zimmermann dafür sorgte, dass aus ihrem Weg in die Innenstadt eine Alarmfahrt mit Blaulicht und Sirenengeheul wurde.

Während der junge Oberkommissar, der erst seit einem knappen Vierteljahr in Kassel lebte, den Passat die Wilhelmshöher Allee hinunterjagte, knabberte sein Beifahrer nervös an den Fingernägeln. Wenn es hart auf hart kommen würde, war Bruhnke leicht aus dem Schneider; die Verantwortung für den Einsatz und Bornmanns Verschwinden würden allein ihm angelastet werden.

Verdammt, dachte er immer wieder. Dieser verdammte Wichser.

Dann hatten sie die große Kreuzung Am Stern erreicht,

rasten die letzten Meter stadtauswärts und bogen schließlich in eine Parklücke etwa 40 Meter vom Hauseingang entfernt ein.

Zimmermann sprang aus dem Wagen und stürmte auf die Tür zu, ohne sich auch nur im Ansatz um seinen Kollegen zu kümmern.

»Bernd«, rief der hinter ihm her, »he, Bernd, nun warte doch wenigstens auf mich!«

Genau in dem Augenblick, in dem Zimmermann die große, verglaste Eingangstür erreicht hatte, kamen ihm von drinnen drei Kinder entgegen, die, ohne sich um ihn zu kümmern, das Haus verließen. Der Polizist und sein junger Kollege, der mittlerweile zu ihm aufgeschlossen hatte, betraten mit schnellen Schritten den Eingangsbereich und strebten auf den Fahrstuhl zu. Zimmermann drückte auf den Anforderungsknopf, schob die Hände in die Hosentaschen und trat nervös von einem Fuß auf den anderen.

»Gib Gas, du verdammtes Scheißding!«, fluchte er leise gegen die silbern schimmernde, verkratzte und mit Farben beschmierte Lifttür. Dann gab es ein blechernes Geräusch, und die beiden Flügel des Aufzuges fuhren langsam auseinander. Die Polizisten betraten die kleine Kabine, die sich kurz darauf ächzend und stuckernd in Bewegung setzte.

»Sollten wir uns nicht wenigstens um Verstärkung kümmern?«, wollte Bruhnke von seinem Kollegen wissen, doch der antwortete ihm nicht einmal, sondern zog seine Dienstwaffe aus dem Holster, überprüfte die Pistole und steckte sie zurück. Der junge Beamte riss die Augen auf.

»Meinst du nicht, dass das ein bisschen übertrieben ist?«

»Wenn ich das meinen würde, würde ich anders vorgehen, Junge. Weil ich es aber nicht meine, mache ich es so, wie ich es für richtig halte. Alles klar?«

Er erwartete keine Antwort, und er bekam auch keine.

»Dann los«, brummte er, als die Kabine langsamer wurde, schließlich im fünften Stock stoppte, die Türen sich öffneten und den Geruch von frisch zubereitetem Knoblauch freigaben. Zimmermann stürmte mit wutverzerrtem Gesicht in den Flur, rannte an ein paar Eingängen vorbei und stand wenige Sekunden später vor der Tür von Rüdiger Bornmanns Wohnung. Dort legte er, ohne zu zögern, den Finger auf die Klingel und zog ihn auch nicht wieder zurück, doch zu seiner großen Überraschung erzeugte das kein Geräusch im Innern der Wohnung. Kein Gong, kein Surren und kein Schellen. Der Polizist drückte hektisch immer und immer wieder auf den kleinen Kunststofftaster, aber es blieb dabei. Kein Klingelgeräusch. Bruhnke beugte sich nach vorn, legte das linke Ohr an die Tür und lauschte. Als er den Kopf zurückzog, huschte ein Lächeln über sein Gesicht.

»Ich höre Musik. Vielleicht kommt sie aus einer der anderen Wohnungen, aber ich höre sie ganz deutlich.«

Zimmermann legte ebenfalls ein Ohr an das Türblatt.

»Stimmt, da ist Musik.«

Der stämmige Polizist streckte sich, zog den Oberkörper seines Kollegen zurück und hämmerte mit der rechten Faust gegen die Tür, sodass ein ohrenbetäubender Lärm entstand. Nach etwa einem Dutzend Schlägen ließ er den Arm sinken, holte keuchend Luft und lauschte wieder, doch aus der Wohnung drang kein weiteres Geräusch als das leise Gedudel von Musik. Zimmermann wollte gerade wieder die Faust heben, als Bruhnke sich zwischen ihn und die Tür schob.

»Hör auf, Bernd!«, zischte er.

»Was bildest du dir ein?«, fauchte Zimmermann ihm entgegen und schob ihn ein Stück zur Seite, doch der junge Kripobeamte federte sofort zurück.

»Lass den Scheiß. Selbst wenn er wirklich in der Wohnung ist, haben wir überhaupt keinen Grund, hier so einen Aufstand zu machen. Rein juristisch ist dem Mann kein Vorwurf zu machen.«

»Du hast sie wohl nicht …«, wollte Zimmermann zu einer Tirade ansetzen, wurde jedoch von schnell näher kommenden Schritten aus Richtung des Fahrstuhls irritiert. Im gleichen Augenblick bogen zwei uniformierte Polizisten um die Ecke, jeweils die rechte Hand auf dem Griff ihrer im Gürtelholster steckenden Dienstwaffen abgelegt. Im Gehen bewegte der eine der beiden die Hand ein paar Zentimeter nach rechts, knöpfte mit geübten Fingern den Druckknopf einer Lasche auf und zog eine kleine Sprühdose mit Reizgas heraus.

»Treten Sie bitte ein paar Schritte zurück, sofort!«, forderte sein Partner die Männer vor Rüdiger Bornmanns Tür auf.

Sowohl Bruhnke als auch Zimmermann waren so überrascht, dass sie sich, ohne zu zögern, einen Meter nach hinten bewegten.

»Wir sind Kollegen!«, rief Bruhnke in Richtung der Uniformierten.

»Was?«

Zimmermann nickte bestätigend und hielt dabei seinen Dienstausweis in die Höhe.

»Wir sind Kollegen im Dienst und observieren …«

Er stockte, weil sich in diesem Moment die Tür öffnete, gegen die er noch vor ein paar Sekunden gehämmert hatte, und das faltige Gesicht und die graue Mähne von Rüdiger Bornmann sichtbar wurden, der, gebückt und auf seinen Stock gestützt, in die Runde sah. »Schön, dass Sie so schnell gekommen sind, meine Herren«, sagte er leise zu den Streifenpolizisten. »Ich hatte wirklich Angst, dass die beiden Männer hier …«, er deutete auf Bruhnke und Zimmermann, »… mir die Tür einschlagen würden.«

»Red doch nicht so einen Blödsinn, Mann«, echauffierte sich Zimmermann, wurde jedoch von einer beschwichtigenden Geste des einen Streifenpolizisten gestoppt.

»Irgendwie verstehe ich gerade nur Bahnhof.«

Er wies auf die Männer in Zivil, danach auf Bornmann.

»Sie sind dabei, ihn zu …«

»Kann ich dich mal kurz unter vier Augen sprechen, Kollege?«, warf Zimmermann dazwischen und ging in Richtung des Fahrstuhls. Der Beamte in Uniform nickte und folgte ihm.

»Die Situation ist eigentlich ganz klar«, begann der Kripomann, als sie um die Ecke waren. »Dieser Bornmann ist einer der Sicherungsverwahrten, die wegen dieses dämlichen Urteils freigelassen wurden und jetzt rund um die Uhr observiert werden müssen. Das haben wir gemacht, und dabei ist er uns entwischt. Also wollten wir prüfen, ob er zu Hause ist.«

Der Streifenpolizist sah ihn nachdenklich an.

»Das heißt, wenn ich Sie richtig verstehe, Herr Kollege, dass eigentlich gar nichts gegen ihn vorliegt?«

Zimmermann betrachtete seinen Kollegen wie einen Erstklässler, der eine offenbar kinderleichte Rechenaufgabe nicht verstanden hatte.

»Aber wir müssen doch sicherstellen, dass rund um die Uhr klar ist, wo er sich aufhält. Er darf nicht unbeobachtet sein.«

»Das ist so weit bei mir angekommen, aber die Rechtsgrundlage verstehe ich nicht ganz. Wird ihm aktuell irgendwas vorgeworfen?«

Der Oberkommissar verzog säuerlich die Miene.

»Das braucht es doch gar nicht, Kollege. Der Mann ist einfach gefährlich.«

»Dann buchtet ihn halt ein, wenn er gefährlich ist.«

»Das geht nicht. Er musste zwar freigelassen werden, aber nur, weil es dieser blöde Europäische Gerichtshof so beschlossen hat. Der Typ ist immer noch ein Mörder, er hat seine Frau umgebracht.«

»Wie er aussieht, ist das aber schon ein paar Tage her, oder?«

Zimmermann zog deutlich hörbar Luft durch die Nasenlöcher.

»Das kann schon sein, aber …«

»Wir haben übrigens Ihr Klopfen an seine Tür schon gehört, als wir noch unten im Erdgeschoss waren. Ich muss dem Mann recht geben, es klang wirklich extrem laut und bedrohlich.«

»Das kann ja sein, aber wie ich schon gesagt habe, wir haben nun einmal den Auftrag, ihn rund um die Uhr zu observieren.«

Der Streifenpolizist sah ihm lange ins Gesicht, bevor er weitersprach.

»Wie kam es denn, dass er Ihnen und Ihrem Kollegen durch die Lappen gegangen ist?«

»Er hat es darauf angelegt, und außerdem gehört das gar nicht hierher.«

»Das glaube ich gern. Nichtsdestotrotz haben Sie keine Handhabe, Herr Kollege, dem Mann in dieser Art auf die Pelle zu rücken; deswegen sollten Sie das in Zukunft besser lassen.«

Zimmermann wusste, dass sein Gegenüber recht hatte. Und er wusste, dass ihm sein Verhalten eine Menge Ärger einbringen konnte, weswegen er den totalen Kotau hinlegte.

»Ich werde mich daran halten. Ist die Sache damit erledigt?«

Der Uniformierte schüttelte den Kopf.

»Nicht ganz. Natürlich muss ich in meinem Bericht den Hergang der Sache möglichst objektiv schildern, wozu selbstverständlich gehört, dass ich Ihre massiven und bedrohlich wirkenden Schläge gegen seine Tür nicht auslassen kann.«

»Ist das wirklich nötig?«

Als Antwort bekam er ein Nicken.

»Sie wissen ja jetzt wieder, wo der Mann sich aufhält, deswegen gehe ich davon aus, dass Sie sich für den Rest des Tages auf Ihre Kernaufgabe konzentrieren werden. Haben wir uns verstanden?«

»Haben wir eindeutig, ja.«

»Dann ziehen Sie und Ihr Kollege sich jetzt zurück?«

»Ja«, murmelte Zimmermann und war dabei schon auf dem Weg zu Bornmanns Wohnung.

Dort standen noch immer die beiden anderen Polizisten und rahmten den ehemaligen Strafgefangenen in ihrer Mitte ein.

»Wir hauen ab«, zischte Zimmermann seinem Kollegen zu, ohne Bornmann auch nur eines Blickes zu würdigen, drehte sich auf dem Absatz um und war ein paar Sekunden später verschwunden. Bruhnke sah den Streifenpolizisten fragend an, doch der machte nur ein ärgerliches Gesicht.

»Es tut mir leid, Herr Bornmann, dass der Kollege sich Ihnen gegenüber so aufgeführt hat. Gegen Sie liegt nichts vor, deshalb haben Sie natürlich das Recht auf die Wahrung Ihrer Privatsphäre. Ich habe ihm deutlich gemacht, dass er das in Zukunft lassen muss, wenn er nicht erhebliche Schwierigkeiten haben möchte.«

»Das ist sehr nett, Herr Wachtmeister«, erwiderte Bornmann leise.

Der Uniformierte räusperte sich.

»Es fällt mir wegen der Umstände nicht leicht, Ihnen das zu sagen, aber natürlich können Sie, wie jeder andere Bürger auch, der auf diese Weise belästigt wurde, Anzeige erstatten. Möchten Sie das?«

Bornmann dachte eine Weile nach.

»Nein, darauf verzichte ich. Nur lassen Sie mich bitte die Tagebuchnummer wissen, unter der Sie den Vorgang vermerken werden.«

»Sie kennen sich gut aus«, bemerkte der Polizist mit einem Anflug von Anerkennung.

»Ja, das stimmt. Sich gut auszukennen, hilft manchmal weiter.«

13

»Du weißt, dass du ihr das nicht hättest zumuten müssen«, flüsterte Rolf-Werner Gecks in Lenz' Richtung. Die beiden standen etwas abseits und sahen den Männern der Friedhofsverwaltung dabei zu, wie sie das frische Grab von Norbert Schneider aushoben und langsam den hellbraunen Sarg freilegten.

»Natürlich weiß ich das, RW. Genauso gut wie ich weiß, dass sie nicht hätte kommen müssen. Und du schon gleich gar nicht.«

Gecks nickte.

»Ich hab auch lange überlegt, ob ich mitkommen soll, und hab es schließlich ihr zuliebe getan.«

»Das weiß ich zu schätzen«, gab Lenz zurück.

Der altgediente Hauptkommissar, der von Lenz vorher umfassend über die Ergebnisse von Dr. Franz' Untersuchungen informiert worden war, sah seinem Chef lange ins Gesicht.

»Was machen wir, Paul, wenn er auch mit diesem Zeugs flachgelegt wurde, bevor er den Zug hat kommen sehen?«

»Dann ermitteln wir in einem Doppelmord an zwei Kollegen.«

Gecks wischte sich den Schweiß von der Stirn. Die Hitze stand immer noch unbarmherzig über der Stadt.

»Hast du schon irgendeine Idee, was das Motiv angeht?«

Lenz überlegte einen Augenblick, ob er Gecks von Ludger Brandts merkwürdigem Auftritt beim Chinesen erzählen sollte, kam jedoch zu dem Schluss, die Einzelheiten des Gesprächs zunächst für sich zu behalten.

»Nicht die Bohne.«

»Könnte etwas Dienstliches dahinterstecken?«

»Daran habe ich natürlich auch schon gedacht, aber die beiden haben, soweit ich weiß, keine Fälle gemeinsam bearbeitet. Oder weißt du da mehr als ich?«

»Nein, ich weiß überhaupt nichts von den Dingen, mit denen sie beschäftigt waren.«

Lenz wies auf Britta Schneider, die gefasst und mit verschränkten Armen dastand und darauf wartete, dass der Sarg ihres Mannes aus der Grube gehoben wurde.

»Hast du sie mal gefragt, ob ihr Mann und Humpe sich gekannt haben?«

»Klar, darüber haben wir auf der Fahrt gesprochen. Sie sagt, dass sie den Namen Wolfram Humpe noch nie in ihrem Leben gehört hat.«

»Was ja nicht so ganz verwunderlich ist«, gab der Hauptkommissar in Anspielung auf Humpes introvertierten Lebensstil und mit dem Anflug eines Lächelns zurück.

Etwa 20 Minuten später stand der dreckverschmierte, ehemals hellbraune Sarg von Norbert Schneider neben dem geöffneten Grab. Hain kam mit dem Mobiltelefon in der Hand auf seinen Chef und Gecks zugeschlendert.

»Humpe war wirklich in diesem Hotel in Nürnberg. Allerdings ist er um kurz nach 22 Uhr, völlig überstürzt und ohne irgendeine Erklärung abzugeben, an der Rezeption vorbei zu seinem Auto gehastet und von dort weggefahren.«

»Woher weißt du das?«, wollte Lenz mit Hochachtung in der Stimme wissen.

Der Oberkommissar grinste triumphierend, klappte sein Telefon zusammen und steckte es weg.

»Von der Rezeptionistin. Die haben sich im Übrigen schon gewundert, wo er abgeblieben ist.«

»Hat er seine Klamotten mitgenommen, als er aus dem Hotel abgehauen ist?«, fragte Gecks.

»Nein, die sind alle noch dort.«

»Gibt es einen Hinweis darauf, ob ihn jemand angerufen hat?«

»Nicht über das Festnetz, das habe ich schon von der netten Dame, mit der ich gesprochen habe, klären lassen. Es gibt den Anruf seiner Frau, aber keinen weiteren.«

»Und mobil?«

Hain sah seinen Chef pikiert an.

»Das herauszufinden, dauert leider ein paar Stunden länger, du Blitzbirne.«

Lenz bemerkte, dass er sich erneut im Ton vergriffen hatte, und schaltete schlagartig ein paar Takte zurück.

»Schon gut, Thilo, ich hab's ja nicht böse gemeint. Du hast sehr gute Arbeit geleistet, wirklich.«

Rolf-Werner Gecks sah von einem zum anderen und fing dabei an zu grinsen.

»Was ist denn mit euch los?«, wollte er wissen. »Wollt ihr auf eure alten Tage noch Freunde fürs Leben werden? Oder am Ende sogar noch etwas mehr?«

»Nein, RW, es ist nur ...«, wollte Lenz widersprechen, wurde jedoch vom Klingelton seines Telefons unterbrochen. Er fischte das Gerät aus der Innentasche seines Sakkos und sah auf das Display.

»Oh, nein, nicht der schon wieder«, murmelte der Hauptkommissar.

»Unser Boss?«, fragte Hain mit missmutig hochgezogener Stirn.

»Schlimmer. Es ist unser Exboss«, erwiderte Lenz, trat ein paar Meter zur Seite und nahm das Gespräch entgegen.

»Ja, Ludger, was gibt es denn schon wieder?«, meldete er sich mit deutlich genervtem Unterton in der Stimme.

»Stimmt es, dass Wolfram Humpe umgebracht worden ist?«, quäkte es aus dem kleinen Lautsprecher ins Ohr des Polizisten.

»Keine Ahnung, Ludger. Wer erzählt denn so was?«

»Ach, komm, Paul, nun versuch bloß nicht, mich komplett zum Idioten zu machen. Also, was weißt du?«

Lenz stöhnte auf.

»Gar nichts weiß ich, Ludger. Und ich würde es begrüßen, wenn du mich mit Anrufen wie diesem verschonen würdest. Du bist kein Polizist mehr, deswegen …«

»Ich weiß, dass ich kein Polizist mehr bin, Paul«, fuhr Brandt ihm ins Wort. »Aber vielleicht kannst du dich daran erinnern, dass ich mal einer war. Und dein Vorgesetzter obendrein.«

»Daran kann ich mich natürlich erinnern«, erwiderte Lenz, wobei er seine Lautstärke deutlich senkte. »Aber vergiss du dann bitte auch nicht ständig, dass du eben kein Bulle mehr bist.«

Es gab eine kurze Pause.

»Können wir uns noch mal kurz sehen, Paul? Ich müsste was mit dir besprechen.«

»Geht es um die beiden toten Kollegen?«

»Ja.«

»Und du kannst es mir nicht am Telefon erzählen?«

»Nein.«

Wieder eine Pause.

»Gut, wir kommen bei dir vorbei. Aber wenn du einen von uns wieder so anpflaumst wie heute Mittag, sind wir sofort verschwunden. Ist das klar?«

»Ja, sicher. Kannst du nicht allein kommen?«

»Nein, Thilo kommt mit. Wenn dir das nicht passt, kannst du …«

»Nein, ihr könnt beide kommen. Ich warte vor der Tür auf euch.«

»Na denn.«

Lenz drückte kopfschüttelnd auf den roten Knopf am Telefon und wandte sich wieder seinen Kollegen zu.

»Kannst du hierbleiben und dich bis zu Nobbys Abreise darum kümmern, dass alles zu unserer Zufriedenheit abläuft, RW?«

»Logo.«

»Und wir«, erklärte er seinem jüngeren Kollegen, »müssen uns auf den Weg zu Ludger machen. Er erwartet uns sehnsüchtig, wie es scheint.«

»Oh Gott, was will er denn schon wieder?«, nölte Hain.

Lenz gab ihm einen kurzen Abriss des Telefonats und drängte danach zum Aufbruch.

»Ich hab nämlich echt keine Lust, mir wegen dieser Scheiße auch noch die Nacht um die Ohren zu schlagen. Irgendwann muss ja dann auch mal Schluss sein.«

»Ganz meine Meinung«, stimmte der junge Oberkommissar ihm zu.

Kurz bevor die beiden den Mazda erreicht hatten, stoppte neben ihnen eine Limousine, deren Beifahrertür aufgerissen und direkt im Anschluss mit einem lauten Geräusch wieder zugeschlagen wurde. Dazwischen hatte sich Franz Zwick aus dem Wagen gewuchtet.

»Was findet denn hier für eine Veranstaltung statt, meine Herren?«, wollte er erbost wissen.

Lenz und Hain sahen sich irritiert an, wobei sich jeder fragte, woher ihr Vorgesetzter die Informationen über ihren Aufenthaltsort haben könnte.

»Ja, was findet hier auf dem Friedhof wohl statt, Herr Kriminalrat?«, gab Lenz eine Spur zu gut gelaunt zurück.

»Wenn Sie mich verarschen wollen, Herr Hauptkommissar Lenz, sind Sie bei mir an der falschen Adresse!«, schrie Zwick erbost. »Was fällt Ihnen ein, den Leichnam von Norbert Schneider exhumieren zu lassen?«

Offenbar hatte der Exilösterreicher zwar erfahren, dass der Tote aus seinem Grab geholt wurde, wusste jedoch noch nichts über die Hintergründe und die Erkenntnisse von Dr. Franz.

»Es gibt Hinweise, dass der Tod von Wolfram Humpe kein Suizid gewesen ist; deshalb hielten wir es, auch in Absprache mit der Gerichtsmedizin, für geboten, diese Maßnahme einzuleiten.«

Hain warf seinem Chef einen anerkennenden Blick der Marke ›Mein lieber Mann, geile Wortwahl‹ zu.

»Und um was für Hinweise soll es sich dabei handeln? Dürfte ich als Ihr Vorgesetzter davon auch erfahren?«

»Wir haben versucht, Sie zu informieren, aber Sie waren nicht zu erreichen«, erklärte Hain betont lässig.

»Und warum hinterlassen Sie dann keine Meldung auf meiner Mailbox?«, schrie Zwick erbost.

Eine ältere Frau, die, mit ihrem Pudel an der Leine, an den drei Männern vorbeischlenderte, schüttelte tadelnd den Kopf. Offenbar war ihr das Geschrei in solch unmittelbarer Nähe zum Friedhof zutiefst zuwider.

»Nun kommen Sie mal wieder ein bisschen runter, Herr Kriminalrat«, forderte Lenz den Mann auf, erreichte damit jedoch höchstens das Gegenteil.

»Ich glaube, Sie haben sie nicht alle«, fuhr Zwick die beiden Kommissare an. »Wie reden Sie denn mit mir? Ich bin doch nicht Ihr Laufbursche.«

»Das meine ich doch auch gar nicht«, ruderte Lenz ein

wenig zurück, doch auch dieser Versuch fiel nicht auf fruchtbaren Boden.

»Sie erstatten mir sofort und auf der Stelle einen ausführlichen Bericht über die neuesten Entwicklungen im Fall der beiden toten Kripobeamten, sonst raucht es hier gleich aber so was von im Karton!«, schrie Zwick. Seine Augen sprangen zwischen den Gesichtern der beiden Polizisten hin und her. Lenz bedachte ihn mit einem Blick zwischen Müdigkeit und Mitleid, bevor er sich zur Seite drehte und Thilo Hain ansah.

»Ganz schön laut hier, was meinst du?«

Der junge Oberkommissar nickte, obwohl er nicht ganz verstand, worauf sein Chef hinauswollte.

»Dann lass uns mal von diesem ungastlichen Ort verschwinden, Thilo. Und Sie«, wandte er sich wieder an Zwick, »haben pünktlich am Montag um 11 Uhr unseren Bericht auf dem Schreibtisch liegen. Vorher klappt es leider nicht, weil wir uns jetzt wieder ins wohlverdiente Wochenende verabschieden. Auf Wiedersehen, Herr Kriminalrat.«

Zwick sah ihn an, als hätte Lenz in einer fremden, für ihn unverständlichen Sprache mit ihm gesprochen.

»Das …«, suchte er nach Worten, »wird ein Nachspiel für Sie haben, Herr Lenz. Und für Sie natürlich auch, Herr Hain, verlassen Sie sich drauf.«

Lenz ging seelenruhig zur Beifahrertür des kleinen japanischen Cabrios, wartete, bis sein Kollege die Zentralverriegelung entsperrt hatte, und warf sich auf den Sitz.

»Schönes Abendrot werden wir kriegen«, sinnierte er mit Blick auf den von leichten Schleierwolken durchzogenen Horizont.

*

Der seit ein paar Wochen pensionierte Kriminalrat Ludger Brandt empfing Lenz und Hain auf einer schmalen, blau angestrichenen Holzbank neben der Eingangstür zu seinem schmucken, für die beiden Bewohner eigentlich viel zu großen Einfamilienhaus im Stadtteil Niederzwehren. Der Rasen des Vorgartens war von der Sonne verbrannt und unansehnlich gelb.

Nachdem die Polizisten aus dem Auto gestiegen und auf ihn zugekommen waren, hatte Brandt sich erhoben.

»Kommt, Männer, wir gehen rüber in den Biergarten der Kleingartenkolonie. Dort können wir in Ruhe reden.«

Lenz und Hain nickten stumm und trotteten hinter ihm her, bis sie einen Platz unter einer mächtigen Linde gefunden und sich gesetzt hatten. Nachdem die Bedienung ihre Bestellung aufgenommen und wieder in der von außen rustikal wirkenden Kneipe verschwunden war, eröffnete Brandt mit gequält wirkendem Gesicht das Gespräch.

»Ich weiß, dass ich dich heute Mittag mies behandelt hab, Thilo«, erklärte er mit Blick auf den Oberkommissar. »Aber es …«

»Stopp, Ludger«, wurde er von Lenz barsch unterbrochen.

»Es ist sowohl Thilo als auch mir jetzt scheißegal, wie du wen heute Mittag behandelt hast. Wir wollen jetzt einfach wissen, was du weißt und warum du so einen Alarm veranstaltest. Und wenn du wieder versuchst, das mit allgemeinem Interesse zu begründen, kannst du dein Bier gleich allein trinken. Verstanden?«

Der ehemalige Polizist auf der anderen Seite des Tisches nickte.

»Also, raus mit der Sprache. Was ist für dich an dem Tod der beiden Kollegen so interessant, Ludger?«

»Na ja«, druckste Brandt nach ein paar Sekunden Bedenkzeit herum, »mir geistert, seit ich von Humpes Tod erfahren habe, etwas durch den Kopf.«

»Und wir dürfen vermutlich auch erfahren, worum es sich dabei handelt?«, brummte Lenz deutlich genervt.

»Ja, klar. Aber ich muss dazusagen, dass ich wirklich und ganz ehrlich keinen wirklichen Anhaltspunkt habe.«

»Ludger!«

»Schon gut«, beschwichtigte der ehemalige Kriminalrat mit erhobenen Händen.

»Also, wie es aussieht, hat Wolfram Humpe sich nicht selbst das Leben genommen, oder wollt ihr das in Frage stellen?«

Weder Lenz noch Hain zeigten eine Regung.

»Dann nehmen wir das der Einfachheit halber mal so an. Wie es bei Wasserpfeifen-Nobby aussieht, muss die Obduktion zeigen, die Dr. Franz vermutlich in spätestens einer Stunde vornehmen wird. Wenn wir weiterhin annehmen, dass auch Norbert Schneider umgebracht wurde, was nach meiner Überzeugung ganz sicher ist, haben wir es mit einer Serie von Polizistenmorden zu tun.«

Er sah in die Runde.

»So weit alles klar?«

Die beiden Kommissare nickten.

»Stellt sich also die Frage, warum die beiden ins Gras beißen mussten.«

Lenz atmete hörbar aus.

»Und ich dachte schon, du wolltest gar nicht mehr auf den Punkt kommen, Ludger.«

»Doch, doch«, widersprach Brandt. »Ich musste nur erst die Dinge zusammenfassen. Und ich glaube obendrein, dass ich weiß, warum die beiden umgebracht wurden.«

Die Überraschung bei Lenz und Hain hätte nicht größer sein können.

»Was sagst du da?«, presste Thilo Hain fassungslos hervor.

»Wenn das ein Witz sein sollte, Ludger«, bemerkte Lenz trocken, »fällt es mir schwer, darüber zu lachen. Also, klär uns bitte auf.«

In diesem Moment näherte sich die Bedienung mit einem großen Tablett in der Hand dem Tisch der drei.

»Zum Wohl!«, wünschte sie fröhlich, nachdem sie die großen Gläser auf dem Tisch abgestellt hatte, und verzog sich wieder.

»Ja, zum Wohl!«, wiederholte Brandt und nahm einen tiefen Zug aus seinem Bierglas. Lenz und Hain würdigten die vor ihnen stehenden Mineralwasser keines Blickes.

»Also, Butter bei die Fische«, forderte der Hauptkommissar.

Brandt stellte seinen Humpen auf dem Tisch ab und holte tief Luft.

»Ich glaube, dass Norbert Schneider und Wolfram Humpe wegen einer Sache umgebracht wurden, die viele Jahre zurückliegt. Die beiden waren damals gemeinsam an einem Mann aus dem Rotlichtmilieu dran.«

»Wie lange soll das her sein?«, wollte Hain wissen.

»Es war ein paar Jahre nach der Grenzöffnung, vielleicht '95 oder '96.«

»Aber wie soll das denn gegangen sein, Ludger? Schneider war beim Rauschgiftdezernat und Humpe bei der Sitte.«

»Das ist ganz einfach. Der Russe, um den es ging, war sowohl ein großes Licht im Rauschgiftgeschäft als auch in der illegalen Prostitution. So kam es, dass die beiden zusammengearbeitet haben.«

»Was ist damals genau passiert?«

»Die Kollegen, es waren natürlich noch einige andere beteiligt, haben den Mann nach einer ziemlich langen Observationsphase hopsgenommen. Soweit ich mich erinnere, gab es einen Schusswechsel, bei dem der Russe ziemlich schwer verletzt wurde. Und noch als er auf der Trage lag und versorgt wurde, hat er Rache geschworen.

Egal, wie lange es dauert, hat er wohl gebrüllt, aber euch mache ich alle. Ich weiß nicht, wie viele Jahre er gekriegt hat, weil der Prozess nach Frankfurt abgegeben wurde, aber es ist bestimmt ganz schön was zusammengekommen. Und nach meinen Informationen soll er seit einiger Zeit wieder in der Gegend leben.«

»Wo genau?«

»Das weiß ich nicht, das müsst ihr schon selbst herausfinden.«

»Wie heißt der Mann?«

»Roman Arkadjew.«

Hain hatte seinen Notizblock gezückt und machte sich Notizen.

»Buchstabier das mal, wenn's geht.«

Brandt folgte seiner Bitte.

»Und du bist wirklich davon überzeugt, dass dieser Arkadjew etwas mit dem Tod der beiden zu tun haben könnte?«, wollte Lenz wissen.

»Aber natürlich, warum sonst sollte ich euch hierher bestellt haben? Der Russe hat die beiden mit dem Tod bedroht, das ist belegt, und er hält sich, nachdem er seine Zeit abgesessen hat, wieder in der Gegend auf.«

Lenz sah seinem ehemaligen Chef lange in die Augen.

»Warum hast du uns nicht schon heute Mittag von deinem Verdacht erzählt?«, fragte er, und in seinen Worten schwang eine gehörige Portion Misstrauen mit.

»Weil da noch die Möglichkeit bestand, dass es wirklich zwei voneinander unabhängige Selbstmorde gewesen sein könnten. Aber seit eurem Gespräch mit Dr. Franz in Göttingen ist diese These endgültig gestorben, oder?«

»Du bist immer noch saugut informiert, Ludger. Wer hat dir das alles gesteckt?«

Brandt winkte ab.

»Mach dir keine Mühe, darüber rede ich nicht. Ich will es wissen, und ich erfahre es, basta.«

Lenz war versucht nachzufragen, ob er auch darüber informiert war, wie zumindest Wolfram Humpe das Zeitliche gesegnet hatte, verkniff es sich jedoch.

»Ja«, steckte Hain seinen Notizblock weg und stand auf, »dann wollen wir mal sehen, wo wir diesen Herrn Arkadjew finden können.«

Er reichte Brandt die Hand, der ebenfalls seine Rechte nach vorn schob.

»Was hattest du eigentlich mit der Sache von damals zu tun, Ludger?«, hakte er nach, ohne die Hand des ehemaligen Polizisten loszulassen.

Brandt versuchte, sich aus dem Klammergriff zu befreien, jedoch ohne Erfolg.

»So weit eigentlich gar nichts«, antwortete er dann. »Aber ich habe die Sache ganz genau verfolgt, weil ich mit den beiden zusammengearbeitet hatte und sie gut kannte.«

»Und wer genau hat dir erzählt, dass es diese Drohung gab?«

»Alle beide. Wir haben ein paar Tage später ein Bier zusammen getrunken, dabei haben sie mir davon erzählt.«

»Hatten sie Angst, dass der Russe seine Drohung in die Tat umsetzen könnte?«

Der Oberkommissar gab die Hand frei.

»Klar, damals schon. Es war eben die Zeit nach der Grenzöffnung. Die Sowjetunion war zerfallen, Kassel lag plötzlich in der Mitte Deutschlands, und eine Menge zwielichtiger Gestalten aus den GUS-Staaten haben sich hier niedergelassen. Es herrschte ein raues Klima seinerzeit, und Gewaltverbrechen waren an der Tagesordnung. Mit den Jahren haben die beiden die Bedrohung wohl aus den Augen verloren; ein Fehler, wie sich jetzt gezeigt hat.«

»Du redest, als ob der Kerl schon gestanden hätte, Ludger«, mischte Lenz sich ein, der ebenfalls aufgestanden war.

»Er war es, so glaubt mir doch. Roman Arkadjew hat Wolfram Humpe umgebracht, und garantiert hat er auch Norbert Schneider auf dem Gewissen.«

»Gut«, fasste Lenz zusammen, »wir kümmern uns um den Knaben. Und dir danke ich, dass du uns über deinen Verdacht informiert hast.«

Damit schütteten die beiden ihre Mineralwasser hinunter, verabschiedeten sich von Ludger Brandt und ließen ihn mit seinem Bier allein.

14

Bettina Reichelt, die Eigentümerin der Galerie, in der Maria Zeislinger seit einem knappen halben Jahr arbeitete, hob ihr Glas und sah der Nochehefrau des Kasseler OBs tief in die Augen.

»Prost, Maria. Und meinen herzlichen Dank dafür, dass du damals ausgerechnet in meine Galerie geschlittert bist. Besser hätte ich es nicht treffen können.«

Die beiden saßen an einem kleinen Tisch bei ihrem Stammitaliener in der Nähe der Galerie.

»Vielen Dank«, erwiderte Maria fast ein wenig gerührt.

»Aber was genau gibt es denn eigentlich zu feiern? Du hast vorhin am Telefon, als du mich eingeladen hast, ja ein richtiges kleines Geheimnis daraus gemacht.«

»Das wollte ich auch so«, gab die Galeristin gut gelaunt zurück. »Aber bevor wir in die heiße Phase der Geheimnislüftung einsteigen, lass uns erst mal bestellen, ich habe nämlich einen Bärenhunger.«

»Gern, ich hatte nämlich auch noch nicht viel heute.«

Die beiden Frauen griffen zu den einfach gehaltenen Speisekarten, die der nette, leicht lispelnde Ober mit dem italienischen Akzent schon auf der Tischkante platziert hatte, und suchten aus. Nachdem sie die Bestellung aufgegeben hatten, lehnte Maria sich zurück, nippte an ihrem Aperitif und sah ihre Chefin erwartungsvoll an.

»Na, dann mal los. Du hast es ja wirklich spannend gemacht.«

Bettina Reichelt trank ebenfalls einen Schluck, fing an, fröhlich zu grinsen, und beugte sich nach vorn.

»Sitzt du gut?«

»Klar, warum?«

»Weil du gleich eine Information von mir kriegst, die dir vermutlich die Luft zum Atmen rauben wird.«

»So so«, machte Maria neugierig.

»Genau. Ich habe nämlich seit gestern Abend die Zusage, dass wir einer der Topspots der Documenta im nächsten Jahr sein werden.«

Maria fing an zu strahlen.

»Das kommt jetzt aber wirklich überraschend. Ich dachte, die wollten sich erst zum Ende des Jahres entscheiden.«

»Das dachte ich auch, weil das die Info war, die sie mir gegeben hatten. Aber, und jetzt kommt der Hammer, sie waren so begeistert von deiner Präsentation, dass sie nicht nur das, was angefragt war, buchen wollen, sondern gleich die gesamte Galerie. Die komplette Galerie, Maria!«

Maria Zeislinger zuckte unwillkürlich zusammen.

»Wie, die wollen alle drei Stockwerke haben? Auch das obere, das eigentlich nur als Abstellfläche genutzt wird?«

»Alles wollen sie, komplett alles«, erwiderte Bettina Reichelt mit einem ungläubigen Kopfschütteln. »Ich kann mir zwar beim besten Willen nicht vorstellen, was sie auf dieser riesigen Fläche alles präsentieren wollen, aber das kann uns auch egal sein. Wir sind mitten im Geschehen, Maria, stehen in jeder Zeitung und in jeder Review. Ist das nicht großartig?«

Maria nickte.

»Das ist geradezu wie aus einem Märchen. Und es fällt mir tatsächlich schwer, es zu glauben.«

»Dann fang lieber gleich damit an, ich hab nämlich heute schon den ersten Vertragsentwurf in der Post gehabt. Die Konditionen sind eindeutig märchenhaft, und das haben wir eigentlich nur dir zu verdanken. Dein Konzept und deine Präsentation waren umwerfend.«

»Aber das habe ich doch nicht allein gemacht, du warst doch auch dabei«, versuchte Maria, ihren zweifellos vorhandenen Beitrag an dem Gelingen des Projektes ein wenig kleinzureden. Bettina Reichelt winkte ab.

»Hör auf damit. Du weißt ganz genau, dass es nur dazu gekommen ist, weil du die meisten der Leute, die bei der Präsentation gesessen haben, gekannt hast. Und weil du so herrlich überzeugend warst.«

Sie hob erneut ihr Glas.

»Also, lass uns auf den größten Erfolg anstoßen, den wir erreichen konnten. Lass uns darauf anstoßen, dass wir im nächsten Jahr die Welt aus den Angeln heben werden. Und lass uns darauf anstoßen, dass wir ein perfektes Team sind.«

»Ja«, erwiderte Maria, die nun wirklich feuchte Augen bekommen hatte, »darauf stoße ich gern mit dir an, Bettina.«

»Das ist leider nicht alles gewesen. Ich habe noch ein Attentat auf dich vor.«

Maria runzelte die Stirn.

»Muss ich mir Sorgen um meine Gesundheit machen?«

»Beileibe nicht. Ich will dich einfach nur fragen, ob du nicht Lust hättest, meine Partnerin zu werden.«

Die Freundin des Hauptkommissars schluckte.

»Was willst du?«

»Dich fragen, ob du meine Partnerin werden willst.«

»Ach, du meine Güte«, erwiderte Maria, der schlagartig dicke Tränen über beide Wangen liefen.

*

Drei Stunden und zwei Flaschen Brunello später saßen die Frauen noch immer an dem kleinen Tisch, beide reichlich angeschickert und in euphorischer Stimmung. Natürlich hatte Maria das Angebot angenommen, Teilhaberin der Galerie zu werden, obwohl sie sich erst einmal vergewissert hatte, dass die Offerte wirklich ernst gemeint war. Sie war es, und kurz darauf hatten sie sich die Hand geschüttelt, nachdem Bettina kurz skizziert hatte, wie sie sich die Partnerschaft vorstellte. Die Konditionen waren mehr als fair, und so stand dem neuen Dream-Team der Kasseler Galerieszene nichts mehr im Weg.

»Die Details besprechen wir am Montag, Maria«, säuselte Bettina Reichelt mit schwerer Zunge, während die beiden vor der Tür auf ihr Taxi warteten.

»Und du willst wirklich nicht, dass ich dich zu Hause absetzen lasse?«, fragte sie zum nunmehr vierten Mal.

»Nein, nein«, gab Maria zurück. »Meine Straba kommt in zwei Minuten, und die bringt mich fast bis vor die Haustür. Außerdem ist mir ernsthaft schlecht, und ich will auf gar keinen Fall Ärger mit einem Taxifahrer kriegen.«

»Dann schon lieber Ärger mit einem Strabafahrer, was?«

»Nein, in der Straßenbahn muss ich nicht kübeln; im Auto ist die Gefahr dafür wesentlich größer.«

Von links näherte sich ein elfenbeinfarbener Mercedes mit dem typischen gelben Brikett auf dem Dach, begann zu blinken und stoppte direkt vor den beiden Frauen.

»Meine Droschke«, lallte Bettina und nahm ihre zukünftige Partnerin in den Arm.

»Ich freue mich wirklich auf die Zusammenarbeit mir dir. Und ich hasse mich dafür, dass ich so verdammt sentimental werde, wenn ich zu viel getrunken habe. Also, sei mir bitte nicht böse und komm gut nach Hause.«

Damit löste sie sich von Maria und verschwand im Taxi. Die Zurückgelassene sah dem Wagen hinterher, bis er um die nächste Ecke verschwunden war, und trottete dann über die Straße. Eine Minute später betrat sie die bis auf einen weiteren Fahrgast leere Tram und ließ sich auf einen Platz direkt neben dem Eingang fallen.

Puh, dachte sie, ich hätte die zweite Flasche nicht bestellen sollen.

Ihre Übelkeit ließ während der knapp zehnminütigen Fahrt nicht nach, wurde jedoch auch nicht schlimmer. Einen Augenblick lang dachte sie daran, Lenz anzurufen und ihm ihren ein wenig derangierten Gesamtzustand anzukündigen, ließ es jedoch bleiben.

Es ist ja eh nicht zu verheimlichen, dass ich ziemlich angetütert bin, fuhr ihr dabei durch den Kopf.

Nachdem sie die Bahn verlassen und tief durchgeatmet hatte, setzte sie vorsichtig einen Fuß vor den anderen und nahm Kurs auf die kleine, dunkle Seitenstraße, in der sich ihre gemeinsame Wohnung befand. Es ging nur langsam vorwärts, weil die Welt um sie herum in beängstigender Weise rotierte und sie überdies große Schwierigkeiten hatte, sich einen Fixpunkt für die Augen zu suchen.

Etwa 15 Meter vor der diffus beleuchteten Haustür begannen ihre Versuche, in der Handtasche nach dem Schlüssel zu kramen, die sie jedoch aufgab und sich vornahm, der Einfachheit halber mit dem Finger auf die Klingel zu fallen. Dann stockte sie jedoch, weil irgendetwas nicht stimmte. Sie suchte ein paar Sekundenbruchteile in ihrem benebelten Kopf danach, was ihr aufgefallen war, doch das war nicht mehr notwendig, weil sich im gleichen Moment eine Gestalt aus dem Dunkel neben dem Eingang löste, auf sie zuhechtete, ihren Arm packte und sie mit beeindruckender Kraft und Geschwindigkeit zurück in die Ecke schob, aus der er aufgetaucht war. Maria war so schockiert, dass sie nicht einmal einen Schrei ausstoßen oder eine Abwehrbewegung machen konnte; sie ließ es einfach geschehen und schwang wie eine Stoffpuppe vor dem Angreifer her, bis ihr Kopf hart an der Betonwand aufschlug. Vor ihren Augen tanzten Sterne auf, explodierten in einem knallbunten Feuerwerk und versanken. Sie hatte das Gefühl, ohnmächtig zu werden, blieb jedoch bei Bewusstsein und spürte, wie sich eine Hand auf ihren Mund legte.

»Bitte …«, presste sie kaum hörbar in den Handschuh.

»Hör mir zu, Maria«, forderte eine tiefe Männerstimme mit merkwürdigem Akzent.

Bei der Erwähnung ihres Namens zuckte sie unwillkürlich zusammen. Dann nickte sie.

»Hörst du mir wirklich zu?«

Wieder ihr Nicken.

Der Druck auf ihren Mund verstärkte sich.

»Gut. Denn das hier ist die letzte Warnung. Hast du mich verstanden?«

Sie wollte etwas antworten, doch ihre Lippen waren wie in einem Schraubstock eingeklemmt. Also nickte sie erneut.

»Du hörst mit diesem Blödsinn auf, verstanden?«

Maria hatte ihn akustisch nicht verstanden, nickte jedoch umso heftiger. Ihre Beine begannen, wild und ohne jegliche Kontrolle zu zittern. In der anderen, freien Hand des Mannes blitzte nun die Klinge eines Messers auf, dessen Spitze sich Marias rechtem Auge bedrohlich näherte.

»Wenn ich wiederkommen muss, sind wir keine Freunde mehr«, zischte er leise. »Dann wirst du große Schmerzen haben. Ist das bei dir angekommen?«

Maria fing nun laut an zu schluchzen. Über ihre Wangen

liefen zum zweiten Mal an diesem Abend dicke Tränen, doch sie war zu keiner Reaktion mehr fähig.

Es gab ein hässliches, metallisches Geräusch, als der Mann die Klinge des Messers ins Heft zurückschnappen ließ.

»Dann sind wir uns hoffentlich einig«, bemerkte er mit eisiger Stimme, holte aus und ließ seine rechte Faust mit voller Wucht auf ihr linkes Ohr krachen.

15

Lenz, Hain und Rolf-Werner Gecks saßen im Büro des Oberkommissars und betrachteten Fotos von Roman Arkadjew.

»Der ist aber klein«, fiel Lenz als Erstes auf.

»Klein, aber oho«, entgegnete Gecks, den die beiden hinzutelefoniert hatten. »Ich kann mich gut an die Sache von damals erinnern. Das ging schon ganz schön ab. Er war seinerzeit wirklich einer von den ganz schlimmen Jungs.«

»Warst du auch in die Ermittlungen involviert?«, wollte Lenz wissen.

»Nein. Damals hatte ich noch volles Haar und weder mit der Sitte noch mit den Kollegen vom Rauschgift zu tun. Ich war zu der Zeit als Personenschützer für den damaligen OB abkommandiert; aber natürlich kriegt man mit, was so alles um einen herum passiert.«

Hain sah seinen Kollegen skeptisch an.

»Glaubst du, dass dieser Russe etwas mit dem oder den Morden zu tun haben könnte?«

»Ach, Thilo, lass mich doch mit diesem Scheiß in Ruhe. Ich habe vor zehn Minuten zum ersten Mal von dieser Räuberpistole gehört, nachdem ich mindestens 15 Jahre nicht mehr an den Russen gedacht hatte. Und dann stellst du mir so eine Frage.«

Hain ließ sich eingeschnappt in seinen Stuhl zurückfallen.

»Ich wollte ja nur wissen, was …«

»Es reicht, Männer«, fuhr Lenz dazwischen. »So kommen wir nämlich garantiert nicht weiter.«

Beide murmelten so etwas wie Zustimmung.

»Also, was haben wir?«

Hain richtete sich auf.

»Der Russe lebt wohl in Espenau. Ob allerdings die Adresse aus dem Melderegister tatsächlich stimmt, weiß der Geier. Nach seiner Haftentlassung vor zwei Jahren war er zunächst untergetaucht und hat sich ein paar Monate später an eben jener Adresse in Espenau angemeldet. Seitdem liegt nichts gegen ihn vor, deshalb gibt es keine aktuelleren Daten in unserem System.«

»Er ist nie wieder aufgefallen?«

»Negativ«, gab Hain müde zurück. »Vermutlich zieht er sogar immer brav ein Parkticket.«

»Das soll nichts heißen, Thilo«, gab Gecks zu bedenken.

»Ja, ja, ich weiß«, murrte Hain gereizt, »aber ich frage mich schon, warum dieser Russe nach so vielen Jahren plötzlich diese Rambo-Nummer abziehen sollte. Und warum, falls wirklich was dran sein sollte, er nicht einfach mit der Knarre in der Hand losgeht und die beiden umlegt? Es ist nämlich eine Heidenarbeit, die sich der oder die Täter da gemacht haben.«

»Da ist was dran«, stimmte Lenz ihm zu.

»Und außerdem …«, wollte Hain seinen Gedanken weiterspinnen, wurde jedoch vom Klingeln des Telefons auf dem Schreibtisch unterbrochen.

»Ja, Hain«, meldete er sich kurz angebunden und lauschte ein paar Sekunden, ohne ein Wort zu sagen.

»Danke, Herr Doktor«, beendete er das Gespräch und legte den Hörer auf.

»Lass mich raten«, orakelte Lenz. »Wasserpfeifen-Nobby ist mit dem gleichen Zeugs lahmgelegt worden wie Wolfram Humpe.«

»Genau. Dr. Franz ist sich absolut sicher.«

»Dann haben wir es also mit einer Serie zu tun. Und wir haben den Hinweis eines ehemaligen Kollegen, wer als Täter infrage kommen könnte.«

»RW«, wandte Hain sich an Gecks, »hat sich die Drohung des Russen damals nur gegen Schneider und Humpe gerichtet, oder müssen wir aufpassen, dass nicht noch mehr Polizisten auf Eisenbahnschienen ihren letzten Atemzug nehmen?«

»Darüber habe ich auch gerade nachgedacht, Thilo, aber ich habe keine Antwort darauf. Und ich wüsste auch niemanden, den wir fragen könnten.«

»Ich aber«, mischte Lenz sich ein und griff zum Telefon.

*

Eine Viertelstunde später stürmte Uwe Wagner ins Zimmer. Der Pressesprecher, der für sein unglaubliches Gedächtnis gerühmt wurde, machte ein missmutiges Gesicht.

»Die Sportschau habe ich verpasst, weil ich mit meiner Frau durch ein Möbelhaus streifen musste. Kein Problem, dachte ich, gibt ja noch das Sportstudio. Und in genau dem Moment, in dem es losgehen sollte, klingelt mein Telefon. Scheint irgendwie nicht mein Tag zu sein.«

Lenz stand auf und umarmte seinen Freund.

»Danke, dass du trotzdem gekommen bist.«

»Bitte. Aber ich haue sofort wieder ab, wenn es nicht die von dir angekündigte sensationelle Wendung im Fall unserer toten Kollegen gibt.«

»Na, dann setz dich mal lieber«, forderte Lenz ihn auf.

Die nächsten Minuten hörte der Pressemann mit immer

größer werdenden Augen den Ausführungen des Hauptkommissars zu, der ihn ausführlich über ihre Erkenntnisse der vergangenen acht Stunden informierte.

»Wie heißt das Zeug genau, mit dem sie umgebracht wurden?«, fragte Wagner fassungslos, nachdem Lenz geendet hatte.

»Rocuronium«, mischte Hain sich ein.

»Nie gehört.«

»Damit hat unsereins halt nie was zu tun. Vermutlich kann jeder Anästhesist die chemische Formel im Schlaf runterbeten, aber wir eben nicht.«

»Worum ich ganz und gar nicht böse bin.«

»Was für uns viel wichtiger ist«, mischte Lenz sich ein, »ist die Frage, ob du dich an die Sache von damals mit dem Russen erinnern kannst?«

Wagner nickte.

»Klar kann ich mich an ihn erinnern. Und ich erinnere mich natürlich auch daran, dass er die Kollegen mit dem Tod bedroht hat.«

Er legte eine Kunstpause ein.

»Woran ich mich natürlich auch erinnere, ist die Tatsache, dass er, damals zumindest, ein ziemlich brutaler, zu wirklich jeder kriminellen Handlung fähiger ehemaliger GRU-Offizier mit Speznas-Ausbildung gewesen ist.«

»Was heißt denn das jetzt wieder?«, wollte Rolf-Werner Gecks wissen.

»Die Jungs, die diese Speznas-Ausbildung genossen haben, sind von der ganz wilden Sorte. Nahkampf, Waffentechnik, Terrorismusbekämpfung, das ganze Arsenal.«

»Und was bedeutet GRU?«

»Das ist der militärische Nachrichtendienst der ehemaligen UdSSR und jetzigen Russischen Föderation. Wird auch als das alles sehende Auge des russischen Militärs bezeichnet.«

Lenz machte eine anerkennende Geste.

»Ich bin immer wieder erstaunt, was für ein wandelndes Lexikon du bist, Uwe.«

Wagner winkte ab.

»Wenn ich es nicht wäre, könnte ich jetzt gemütlich vor dem Fernseher sitzen und mir die Bundesligaspiele anschauen. Also, so toll ist das auch wieder nicht.«

»Weißt du, was aus dem Russen geworden ist, nachdem er aus dem Knast entlassen wurde?«

»Vielleicht solltet ihr zuerst fragen, was ihm im Knast so alles widerfahren ist.«

»Sag bloß, du weißt auch darüber etwas?«

»Allerdings. Ihr könnt euch doch bestimmt an den Fall dieses russischen Versicherungsmaklers erinnern, der uns vor ein paar Jahren beschäftigt hat?«

Alle nickten.

»Boris Blochin, wenn ich mich nicht irre«, kramte Hain ganz tief in seinen bösesten Erinnerungen. »Wegen dem habe ich ganz schön was abbekommen«, fuhr er unter Hinweis auf eine Schussverletzung fort, die er seinerzeit erlitten hatte.

»Aber wenn du damals nicht angeschossen worden wärst«, gab Lenz zu bedenken, »hättest du nie deine Carla kennengelernt. Und ob du dann heute die süßen Zwillinge hättest, ist noch lange nicht ausgemacht.«

»Auch wieder wahr«, gab Hain kleinlaut zu.

»Also«, setzte Uwe Wagner seine Erklärung fort, »dieser Roman Arkadjew hat im Knast mit der Organisation Ärger gehabt, diesen Abschtschjaks, die damals in dem Fall auch eine Rolle gespielt haben. Weil er als ehemaliger GRU-Offizier nicht mit ihnen zusammenarbeiten oder unter ihnen dienen wollte, haben sie ihm, soweit ich weiß, die Hölle ziemlich heiß gemacht. Und nicht nur das, er hat auch zweimal im Anstaltskrankenhaus gelegen, wegen Messerattacken. Und wenn sich schon ein so gut im Nahkampf ausgebildeter Mann wie Arkadjew nicht schützen kann, dann gute Nacht.«

Lenz, Hain und Gecks sahen sich irritiert an.

»Woher, in Gottes Namen, weißt du das alles, Uwe?«, fragte Hain völlig fassungslos.

»Das ist ganz einfach. Julia Heinemann, die Anstaltsleiterin, ist seit ein paar Jahren einer meiner Squashpartner. Wir spielen nicht sehr häufig miteinander, aber wenn, dann tauschen wir immer unsere Informationen aus.«

»Das passt ja«, bemerkte Gecks.

»Außerdem ist Arkadjew insofern etwas Besonderes, weil er angeblich ein dreistelliges Millionenvermögen besessen hat oder besitzt, zu dem er aber nie etwas gesagt hat. Weder in den Vernehmungen noch vor Gericht, und auch nicht irgendwann später. Ob die Abschtschjaks darüber etwas aus ihm herausgequetscht haben, weiß ich natürlich nicht.«

»Du hattest aber nie mit ihm persönlich was zu tun, oder?«, wollte Gecks wissen.

Wagner sah ihn pikiert an.

»Falls du es vergessen haben solltest, RW, ich bin hier in diesem Bunker für die Aufbereitung von Informationen zuständig. Einen richtigen, echten bösen Buben habe ich schon seit Jahren nicht mehr zu Gesicht gekriegt.«

»Ja, ist ja schon gut.«

Lenz stand auf und streckte sich.

»Und was meinst du zu Ludgers Idee, das Arkadjew hinter den Morden an den beiden Kollegen steckt?«

Wagner dachte eine Weile nach.

»Ist ganz charmant. Und hätte den Vorteil, dass wir innerhalb kürzester Zeit zumindest einen Verdächtigen vorzeigen könnten.«

»Hmm«, machte Lenz.

»Fahrt halt nach Espenau und seht euch den Kerl an, wenn er denn dort zu Hause ist. Vielleicht legt er ja gleich ein Geständnis ab.«

»Ja, ja, am Arsch hängt der Hammer«, murmelte Gecks.

»Ich bin so saumüde, dass ich auf der Stelle einschlafen könnte«, gab Hain zu bedenken. »Vielleicht sollten wir noch eine Nacht drüber schlafen und dann auf Räuberjagd gehen. Oder wir schreiben ihn zur Fahndung aus und lassen die uniformierten Kollegen nach ihm suchen.«

»Nein«, widersprach Lenz, »das ist mir zu heiß. Ich bin genauso müde wie du, aber mal kurz nach Espenau zu fahren, ist schon noch drin.«

Rolf-Werner Gecks erhob sich ebenfalls und sah in die Runde.

»Das schafft ihr garantiert ohne mich. Ich fahre zu Britta und versuche, etwas über die Sache damals herauszufinden. Vielleicht hat Wasserpfeifen-Nobby ja irgendwann mal was darüber erzählt, was für uns von Bedeutung sein könnte.«

»Gute Idee, RW«, stimmte Lenz ihm zu. »Außerdem wollen wir da draußen ja nicht den Dritten Weltkrieg anfangen, sondern ihm lediglich ein paar Fragen stellen.«

»Das ist doch mal ein guter Plan«, stimmte Hain ihm zu.

*

»Wollen wir mit deinem Cabriolet fahren oder lieber mit einem Dienstwagen?«, fragte der Hauptkommissar seinen Kollegen, als sie auf dem Weg nach unten waren.

»Nein, wir nehmen den Mazda. Es ist draußen noch irre warm, und was gibt es Schöneres, als in der Abenddämmerung mit offenem Dach über die Landstraße zu cruisen?«

»Zum Beispiel neben seiner Frau auf der Couch zu liegen und zu fummeln«, antwortete Lenz gähnend.

»Ja, das ginge auch. Aber vorher müssen wir den Mörder zweier Polizisten dingfest machen und ihn hinter Schloss und Riegel bringen.«

Die Adresse, unter der Roman Arkadjew in Espenau, einer Gemeinde im Landkreis Kassel, gemeldet war, lag in einer Spielstraße am Rand einer Einfamilienhaussiedlung. Die Vorgärten machten allesamt einen überaus gepflegten Eindruck. Von irgendwoher erklang der gedämpfte Lärm einer sommerlichen Grillparty, und in der Luft lag der Geruch von Holzkohlefeuer. Hain steuerte das Cabrio bis zum Ende der Straße, wobei die beiden Polizisten einen Blick auf das hell erleuchtete Anwesen werfen konnten, wendete und fuhr zurück.

»Wir klingeln«, verfeinerte Hain den im Präsidium kurz angerissenen Plan, während er den Mazda etwa 150 Meter vom Eingang des Hauses entfernt abstellte, »fragen ganz höflich, wo er sich zu den fraglichen Zeiten herumgetrieben hat und wer sein Alibi bezeugen könnte, und hauen danach sofort wieder ab. Verstanden?«

»Alles klar, Herr Kommissar«, erwiderte Lenz in stilechter Falco-Manier und mit schauderhaftem österreichischem Akzent.

»Dann los.«

Sie gingen langsam an dem von Koniferen gesäumten Nachbargrundstück vorbei und erreichten ein paar Sekunden später das Areal vor der Doppelgarage neben dem Haus.

Vor den offenstehenden Toren waren eine Jaguar-Limousine und ein Porsche-SUV geparkt, im Innern blitzte der Chrom von zwei weiteren Wagen auf, deren Typen in der Dunkelheit allerdings nicht zu erkennen waren.

»Der Porsche hat ein russisches Kennzeichen«, raunte Hain.

»Stimmt«, bestätigte Lenz nach einem kurzen Blick auf das hintere Nummernschild des mit seinen getönten Scheiben und den mächtigen Rädern beeindruckend bullig wirkenden Zuffenhauseners.

»Sollen wir uns Verstärkung kommen lassen?«, fragte Hain mit durchaus herauszuhörender Besorgnis in der Stimme.

Lenz machte noch einige kurze Schritte, blieb schließlich stehen und drehte sich um.

»Wäre vielleicht besser, ja.«

»Dann rufe ich uns ein paar Streifenwagen, damit wir keine böse Überraschung erleben.«

Damit bewegte sich der Oberkommissar vom Haus weg, griff zu seinem Mobiltelefon und wollte wählen. So weit kam er jedoch nicht.

»He, was machen Sie da?«, wollte eine dunkel timbrierte Stimme mit deutlich russischem Akzent wissen. Die beiden Polizisten drehten sich um und sahen den vom Licht des Hauses beleuchteten Umriss eines Mannes; eines großen, breit gebauten Mannes mit einem merkwürdig rund geformten Kopf. Er trug einen vermutlich dunklen Anzug, der irgendwie gar nicht zu seinem Auftritt passen wollte. Seine rechte Hand verbarg er unter der Jacke auf Höhe der linken Achselhöhle.

Hain trat wieder zu Lenz, der mit zusammengekniffenen Augen versuchte, ein wenig mehr als die Umrisse des etwa zwölf Meter von ihnen entfernt stehenden Mannes zu erkennen.

»Guten Abend«, begann Lenz vorsichtig, »wir sind von der Kriminalpolizei Kassel und …«

Alles, was in den nächsten Sekundenbruchteilen passierte, geschah mit aberwitziger Geschwindigkeit. Der Arm des Mannes bewegte sich nach vorn, wobei seine Hand sichtbar wurde, in der eine Waffe lag. Gleichzeitig schnellte er mit für seine Größe beachtlicher Katzenhaftigkeit nach hinten. Während er noch dabei war, die Pistole in Anschlag zu bringen, gab Hain seinem Boss einen mächtigen Stoß, der ihn sofort zu Boden stürzen ließ, und ließ sich selbst zur anderen Seite fallen. Dann krachte der erste Schuss aus der Waffe des Mannes gegenüber und erhellte für eine Hundertstelsekunde die gesamte Szenerie, gerade so, als hätte jemand mit einem Blitzlicht fotografiert. Danach wummerten drei weitere Schüsse in schneller Folge. Hain rollte sich im kargen Schutz des Bordsteins zwei Umdrehungen nach rechts, während Lenz sich hinter die große, gemauerte Briefkastensäule warf.

Die nächsten beiden Schüsse kamen von Hain, der mit seiner Waffe im Anschlag dalag und den Angreifer unter Feuer nahm. Aus dem Augenwinkel erkannte Lenz, dass der Mann noch etwa einen Meter von der Haustür entfernt war, drehte sich um den Betonsockel herum, hinter dem er Schutz gefunden hatte, und begann ebenfalls zu feuern. Nach drei schnellen Schüssen duckte er sich wieder zurück. Zwei der Kugeln klatschten an die Hauswand, die dritte jedoch hatte ihr Ziel gefunden. Der Mann sackte mit einem Griff an seinen rechten Oberschenkel zusammen, fing an zu stöhnen und schlug dann hart mit dem Kopf auf dem gepflasterten Weg auf.

»Thilo?«, rief Lenz mit gedämpfter Stimme in die Dunkelheit vor den Koniferen.

»Bei mir ist alles klar«, lautete die Antwort. »Du hast ihn erwischt, oder?«

»Ich glaube, ja. Aber jetzt brauchen wir dringend Verstärkung, sonst geht das hier ganz böse aus.«

»Ich bin dabei, verdammt noch mal«, zischte der Oberkommissar.

In diesem Augenblick erloschen schlagartig alle Lichter im Untergeschoss des Hauses. Lenz drehte sich erneut in die Richtung des Mannes, der angeschossen vor dem Eingang lag. Dann brach die Hölle über die beiden auf dem Boden liegenden Polizisten herein.

16

Maria Zeislingers linkes Auge zuckte wirr. Aus ganz großer Entfernung nahm sie Stimmen und eine Form von Helligkeit wahr.

»Hallo, hören Sie mich?«, rief eine Männerstimme.

»Ja!«, wollte sie zurückrufen, war jedoch im gleichen Moment wieder weggedämmert.

Es dauerte ein paar Sekunden, bis ihr Gehirn einen weiteren Versuch anstellte, ins Leben zurückzufinden.

»Hallo, hören Sie mich?«

Diesmal eine Frauenstimme.

»Ja«, gab Maria ganz leise zurück. »Ich kann Sie hören.«

»Das ist gut«, schallte es erleichert von oben.

»Was ist passiert?«, murmelte die Nochehefrau des Kasseler Oberbürgermeisters. Ihr Mund fühlte sich dabei an, als würde er von einem Waschlappen blockiert.«

»Sie sind überfallen worden, Frau Zeislinger«, erklärte die Männerstimme von vorher.

Sie öffnete die Augen, blinzelte und sah dabei einem jungen Mann im weißen Kittel ins Gesicht.

»Wo bin ich?«

»Sie sind ins Klinikum Kassel eingeliefert worden. Im Augenblick befinden Sie sich in der Notaufnahme, wo wir gleich noch ein paar Röntgenaufnahmen von Ihrem Kopf anfertigen werden. Danach sehen wir weiter.«

»Bin ich schwer verletzt?«

Der Arzt beugte sich zu ihr hinab.

»Um das zu beurteilen, müssen wir das Ergebnis der Untersuchungen abwarten. Vielleicht wird noch eine Kernspintomografie notwendig sein, aber das besprechen wir nach der Auswertung der Röntgenaufnahmen.«

Damit drückte er kurz ihre Hand und verließ den Raum. Die Krankenschwester, die an der gegenüberliegenden Wand gewartet hatte, trat neben Maria und sah sie aufmunternd an.

»Das wird schon wieder, Frau Zeislinger.«

Maria nickte schwach und wollte dabei ihr pochendes linkes Ohr abtasten.

»Nein, bitte nicht«, gab ihr die Krankenschwester mit einem freundlichen Blick und dem schnellen Griff nach ihrem Arm zu verstehen.

»Lassen Sie uns zuerst die Wunde säubern, dann die Bilder machen, und danach können Sie wahrscheinlich auch mit der Hand an die Verletzung.«

»Ich habe keine Ahnung, was passiert ist«, flüsterte Maria. »Wer hat mich denn überfallen?«

»Das weiß ich leider nicht. Aber wenn Sie wieder so weit sind, dass Sie was dazu sagen können, werden die Polizisten, die draußen vor der Tür sitzen, Ihnen bestimmt ein paar Fragen dazu stellen.«

»Ich kann mich wirklich an gar nichts erinnern.«

»Das ist nicht ungewöhnlich, Frau Zeislinger. Vermutlich kommt das schneller wieder, als Ihnen lieb ist.«

»So, meinen Sie?«

»Ja.«

Während die Schwester sprach, bereitete sie die Säuberung der Wunde vor.

»Außerdem wird gleich der Chef nach Ihnen sehen, Dr. Raible. Erinnern Sie sich an ihn?«

»Ja, natürlich. Er hat mich letztes Jahr, als ich den bösen Unfall hatte, operiert und sich auch danach um mich gekümmert.«

Maria sprach von ihrem schweren Verkehrsunfall, bei dem sie im Jahr zuvor fast gestorben wäre.

»Genau. Ich war übrigens damals auch bei Ihrer Aufnahme dabei, aber daran werden Sie sich garantiert nicht erinnern. Da sahen Sie wirklich um einiges schlechter aus als heute, und es stand auch viel schlechter um Sie.«

Sie zuckte mit den Schultern.

»Eigentlich kann und sollte man das aber gar nicht miteinander vergleichen.«

»Ja, vermutlich nicht.«

Eine Dreiviertelstunde später waren die Röntgenaufnahmen erledigt. Maria lag in einem Untersuchungszimmer auf einer Pritsche und döste. Die Schmerzen auf ihrer linken Kopfseite waren ein wenig schwächer geworden, dafür brannte und klopfte die versorgte Wunde am Ohr umso mehr. Außerdem war ihr zum Kotzen übel, und sie hatte noch immer keine Erinnerung an das Ereignis, das ihr dieses ganze Theater eingebracht hatte.

Auf dem Flur wurden Stimmen laut, und ein paar Augenblicke später flog die Tür auf.

»Hallo, Frau Zeislinger«, wurde Maria von einem weißhaarigen Arzt mit leicht schwäbelndem Tonfall freundlich begrüßt, in dessen Schlepptau der junge Mediziner sichtbar wurde, der sie zum Röntgen geschickt hatte.

»Nicht, dass Sie mich falsch verstehen, aber ich hatte gehofft, dass Sie uns nicht mehr so schnell beehren würden.«

»Hallo, Herr Dr. Raible«, antwortete sie. »Ich konnte es mir leider nicht aussuchen. Weder beim letzten Mal noch heute Abend.«

»Was ist denn passiert?«, wollte Raible wissen.

»Ich habe keine Ahnung. Angeblich hat mich jemand überfallen, aber ich selbst kann mich nicht daran erinnern.«

»Das kommt wieder«, wiederholte der Chefarzt die Worte der Krankenschwester, während er auf seinen Kollegen wies. »Außerdem sind Sie bei unserem Neurochirurgen hier, dem Dr. Williers, in den besten Händen.«

»Dann sind Sie heute gar nicht für mich zuständig?«, wollte Maria mehr scherzhaft wissen.

»Nein, das Gehirn ist wirklich nicht mein Spezialgebiet. Aber, wie gesagt, unser Dr. Williers ist eine Koryphäe auf diesem Gebiet.«

Damit drehte er sich um und warf ein paar Blicke auf die Röntgenbilder, die sein Kollege bereits an den Leuchtkasten hinter ihnen gehängt hatte und betrachtete. Den darauffolgenden leisen Wortwechsel der Ärzte konnte Maria nicht verstehen.

»Gut«, meinte der Chefarzt dann. »Wie es aussieht, ist nichts Gravierendes passiert, aber die Details besprechen Sie bitte mit meinem Kollegen. Ich war ja eigentlich nur als Empfangskommando hier.«

Er griff nach Marias Hand, tätschelte sie kurz und verabschiedete sich.

»Wenn ich es mir einrichten kann, sehe ich morgen früh noch mal nach Ihnen«, erklärte er zum Abschluss.

»Sie wollen mich zu Hause besuchen?«, entfuhr es Maria entgeistert.

Die beiden Mediziner tauschten einen kurzen Blick.

»Das besprechen Sie alles mit Dr. Williers. Ich muss jetzt weiter.«

Damit war er auch schon aus dem Zimmer. Maria sah den Arzt vor der Pritsche mit müden Augen und fragendem Blick an. Nach ein paar weiteren Untersuchungen und Fragen zu ihrem Befinden und ihrer Übelkeit ließ er die Katze aus dem Sack.

»Leider müssen wir Sie hierbehalten. Wie lange, werden wir sehen, aber heute Nacht ganz bestimmt. Das ist bei einer Gehirnerschütterung, wie Sie sie haben, die ganz normale Vorgehensweise.«

»Ich habe eine Gehirnerschütterung?«

»Ja, die haben Sie.«

»Aber ich habe gar nichts dabei. Wie soll ich denn …?«

Sie brach ab.

»Das ist vermutlich das Blödeste, was ich gerade sagen konnte, oder?«

»Nein, das ist nicht das Blödeste. Ich bin mir sicher, dass wir jemanden anrufen können, der Ihnen das, was Sie benötigen, vorbeibringen wird.«

»Ja, das geht ganz bestimmt. Wobei mir einfällt, dass ich sowieso zu Hause anrufen müsste. Mein …« Sie zögerte.

»Mein Mann macht sich bestimmt schon die größten Sorgen. Wie spät ist es eigentlich?«

Er sah auf die Uhr über der Tür.

»23.45 Uhr.«

Der Arzt sah Maria erstaunt an, weil sie seine Antwort auf ihre Frage offenbar nicht wahrgenommen hatte.

»Alles in Ordnung, Frau Zeislinger?«

»Ja«, murmelte sie. »Ich habe gerade so etwas wie einen Gedankenblitz gehabt. Ich war auf dem Weg nach Hause, als ein Mann auf mich zugekommen ist.«

»Sie können sich wieder erinnern?«

»Nicht wirklich. Es fühlt sich mehr an wie eine Ahnung.«

»Immerhin. Meinen Sie, dass ein kurzes Gespräch mit den Polizisten möglich ist, die noch immer draußen warten?«

»Ja, natürlich. Wenn ich nur vorher kurz meinem Mann Bescheid sagen könnte, er macht sich bestimmt schon große Sorgen.«

Sie sah sich um.

»Meine Handtasche? Haben Sie vielleicht meine Handtasche gesehen?«

Er schüttelte den Kopf.

»Ich habe keine Tasche gesehen, als Sie hier angekommen sind. Gewöhnlich legen die Sanitäter solche Gegenstände ans Fußende des Bettes.«

»Sie meinen, dass meine Tasche verschwunden ist?«

»Das kann ich natürlich nicht sagen, hier im Krankenhaus ist sie aller Wahrscheinlichkeit jedoch nicht.«

Maria stiegen die Tränen in die Augen.

»Das kann doch alles gar nicht sein«, flüsterte sie.

Der Arzt deutete auf ein Telefon auf dem Schreibtisch.

»Ihren Anruf können Sie natürlich gern von diesem Apparat aus erledigen, aber bitte stehen Sie ganz langsam und vorsichtig auf. Ich lasse Sie ein paar Minuten allein und frage mal die Schwester nach Ihrer Tasche, vielleicht hat die sie ja gesehen.«

»Das ist nett, vielen Dank, Herr Doktor.«

Nachdem der Mediziner das Zimmer verlassen hatte, richtete Maria sich auf und bewegte sich schwankend auf den Schreibtisch zu. Etwa zur Mitte des Weges wurde ihr kurz schwarz vor den Augen, und sie hatte das Gefühl, wieder ohnmächtig zu werden, doch dieser Zustand hielt nur ein paar Augenblicke an. Dann sank sie auf den Stuhl, der vor dem Schreibtisch stand, ließ sich langsam darauf nieder und griff zum Hörer.

17

Im Jahr 1944 hatte Michail Timofejewitsch Kalaschnikow mit der Entwicklung einer Waffe begonnen, die nach 1947 unter dem Namen AK 47 ihren Siegeszug um die Welt antreten sollte. In allen Kriegen seitdem wurde mit diesem Maschinenkarabiner geschossen und getötet, der von vielen Menschen einfach nur durch den Namen seines Erfinders bezeichnet wird. Kalaschnikow.

Neben den unbestrittenen praktischen Vorzügen der Waffe wie Robustheit und Zuverlässigkeit gibt es ein Merkmal, das die Kalaschnikow unverwechselbar macht: ihren Klang im Dauerfeuer. Dieses ebenso beunruhigende wie einschüchternde Stakkato nahmen Lenz und Hain zum ersten Mal in ihrem Leben an diesem lauen Sommerabend wahr.

Nachdem das Licht im Haus erloschen war, hatte es eine kurze Phase der Stille gegeben, die von dem enervierenden, spitzen Schrei einer Frau aus einem der anderen Gärten zerrissen wurde. Hain war dabei, per Telefon Verstärkung anzufordern, während Lenz zu erkennen versuchte, ob von dem angeschossenen Mann vor der Haustür noch eine Gefahr ausging. In genau jenem Sekundenbruchteil, in dem der Polizist seinen Kopf wieder zurück in die Deckung bewegt hatte, begann das immer wieder kurz unterbrochene Rattern des Maschinenkarabiners aus dem Innern des Hauses. Der Schütze feuerte aus der oberen Etage durch die geschlossene Scheibe, die sofort zerbarst. Die Projektile schlugen in der Betonwand ein, hinter der Lenz Schutz gesucht hatte, und blieben entweder stecken oder pfiffen als hässliche Querschläger davon. Schon nach der ersten kurzen Salve hatten sich die Nackenhaare des Polizisten aufgerichtet. Nun stoppte das wilde Geballere und wurde gefolgt von einer gefährlich anmutenden, beunruhigenden Stille. Lenz sah hinüber zu Hain, der sich unter die Einfriedung zum Vorgarten presste. Immerhin waren die beiden in ihren jeweiligen Positionen aus dem Haus nicht zu treffen.

»Hast du am Telefon was erreicht?«, zischte der Hauptkommissar.

»Die Kollegen sind unterwegs, das MEK angefordert. Aber wenn ich …«

Wieder begann ein AK 47 zu rattern, diesmal aus einem anderen Fenster. Entweder waren mehrere Personen mit Schnellfeuerwaffen im Haus oder der erste Schütze hatte seine Position gewechselt. Zwei, drei schnelle Salven, dann wieder Ruhe.

»Verdammte Scheiße«, fauchte Hain, »wo sind wir denn hier hineingeraten? Kannst du den Typen sehen, den du erwischt hast?«

»Könnte ich vielleicht«, gab Lenz zurück, »aber ich hab keine Lust, mir dabei die Rübe wegschießen zu lassen. Bei meinem letzten kurzen Blick lag er aber noch vor der Tür.«

»Was sollen wir jetzt machen?«

»Gar nichts. Der oder die Typen da drin scheinen es wirklich ernst zu meinen, und ich habe absolut keine Lust, hier den Helden zu spielen.«

»Was machen wir, wenn sie …?«, wollte der Oberkommissar eine Frage stellen, deren Beantwortung sich jedoch erübrigte, weil im gleichen Augenblick die Haustür aufgerissen wurde und eine dunkel gekleidete Gestalt herausstürmte. Etwa einen halben Meter vor seinem Körper blitzte, während er mit einem weiten Satz über den Verletzten vor seinen Füßen sprang, das Mündungsfeuer der automatischen Waffe auf, die in einem weiten Streukreis heißes Metall ausspuckte. Die beiden Polizisten zogen instinktiv die Köpfe ein, doch ihnen war klar, dass sich die Situation damit dramatisch zuspitzte. Wenn der Angreifer noch etwa zehn Meter Raum gewinnen würde, hätte er freies Schussfeld.

»Schieß, Thilo!«, schrie Lenz, während er sich im gleichen Moment nach links fallen ließ und seine Dienstwaffe in Anschlag brachte. Neben der Säule, die den Briefkasten beherbergte, befand sich eine kleine Mauer, die den Vorgarten vom Bürgersteig abtrennte. Noch bevor der Hauptkommissar den ersten Schuss abgegeben hatte, hörte er von rechts das vergleichsweise leise Geräusch, das Hains Waffe beim Abfeuern von zwei schnellen Schüssen von sich gab. Dann zog auch er den Abzug durch.

Der erste Schuss, der den Mann mit der feuernden Kalaschnikow in den Händen traf, stoppte seinen Vorwärtsdrang und versetzte seinen Oberkörper in eine merkwürdige Rotation. Seine linke Hand fuhr zur rechten Schulter, wobei die Waffe in seiner Hand in die andere Richtung ausschlug, während er noch immer den Abzugshebel bediente. Irgendwo in der Ferne wurden mehrere Projektile deutlich hörbar von einer Hauswand gestoppt. Sowohl Lenz als auch Hain feuerten noch zwei weitere Schüsse auf den Mann ab, von denen, wie sich später herausstellen sollte, jeweils einer traf. Sein gesamter massiger Körper wurde nach hinten geworfen, wobei er für einen Sekundenbruchteil nahezu waagerecht in der Luft zu schweben schien. Dann schlug er mit dem Kopf zuerst auf den Waschbetonplatten auf, einen Wimpernschlag später folgte seine Waffe, die mit einem metallischen Geräusch neben ihm zum Liegen kam. Während irgendwo in der Ferne die ersten Sirenen zu hören waren, begann der Körper des Mannes wild zu zucken und eine pulsierende Blutfontäne sprudelte aus seinem Hals.

Lenz hatte sich nach seinen Schüssen wieder in seine Deckung zurückgezogen, wo er nun hechelnd kauerte. Sein Blick ging nach rechts, wo sich Thilo Hain gerade mit einer schnellen Bewegung nach vorn und zurück einen Überblick verschaffte. Als er wahrnahm, dass sein Kollege nach ihm sah, schob er die linke Hand nach oben und ließ den erhobenen Daumen sehen. Lenz gab ihm mit einer Geste zu verstehen, dass er ebenfalls unverletzt war.

»Die beiden scheinen so schnell nicht wieder aufstehen zu können, aber wer weiß, wie viele Irre von dem Kaliber sich noch in der Hütte rumtreiben?«, gab er seine Eindrücke an Lenz weiter.

Der Mann, der aus dem Haus auf sie zugestürmt war, fing nun laut an zu röcheln. Sein Atmen ging in ein markerschütterndes Gurgeln über, wobei sein gesamter Körper noch immer von wilden Zuckungen hin-und hergeworfen wurde.

Hain reckte erneut kurz den Kopf nach vorn und warf einen Blick auf das Haus. Dort schien alles ruhig zu sein.

»Tu es nicht, Thilo«, ahnte Lenz den Gedanken seines Mitarbeiters.

»Aber wir können ihn doch nicht so einfach daliegen und abkratzen lassen«, erwiderte der Oberkommissar.

»Immerhin hat er gerade versucht, uns auf ganz üble Art die Lebenslichter auszublasen. Wenn er nicht allein im Haus war, begibst du dich auf den Präsentierteller.«

»Das weiß ich. Aber …«

Weiter musste Hain nicht sprechen, weil in diesem Augenblick die ersten Streifenwagen die kleine Seitenstraße erreicht hatten und die Szenerie in ein kaltes, aber dennoch beruhigendes Blau tauchten. Der Oberkommissar robbte ein paar Meter nach rechts, sprang dann auf und verschwand ein paar Sekunden später hinter der Deckung eines Opel Vectra.

*

»Das sieht ja hier aus, als sei der Dritte Weltkrieg über Espenau hereingebrochen«, stellte Rolf-Werner Gecks, der kurz zuvor eingetroffen war, mit echter Besorgnis in der Stimme fest.

»So ähnlich hat es sich auch angefühlt, RW«, antwortete Lenz.

Die drei Polizisten standen vor einem Kastenwagen, aus dessen Funkgerät schnell gesprochene Anweisungen ertönten.

Das etwa eine Minute nach den ersten Streifenwagen eingetroffene Mobile Einsatzkommando des Polizeipräsidiums Nordhessen hatte das Haus gestürmt und gesäubert und dabei mehrere verängstigte junge Frauen gefunden, die in einem Verschlag im Keller versteckt gehalten worden waren. Sonst war niemand mehr im Haus zu finden gewesen. Der zuerst angeschossene Mann war auf dem Weg ins Krankenhaus, sein Zustand wurde vom Notarzt wegen einer Verletzung der Oberschenkelschlagader als kritisch bezeichnet. Der andere war kurz nach dem Eintreffen des Arztes gestorben und auch nicht wieder zu reanimieren gewesen. Lenz war, wie sich herausgestellt hatte, durch einen Streifschuss am linken Unterschenkel leicht verletzt worden, worauf er jedoch erst von Heini Kostkamp von der Spurensicherung hingewiesen wurde, der im Haus seiner Arbeit nachging.

»Meint ihr«, wollte Gecks wissen, »dass die Mädels als Prostituierte verscherbelt werden sollten?«

»Ja, so sieht es aus«, antwortete Hain leise. »Trotzdem stellt sich für mich die Frage, warum die gleich angefangen haben rumzuballern. Wir hätten unsere Fragen gestellt, sie hätten geantwortet, und ruck-zuck wären wir wieder abgehauen.«

»Von unserer Seite aus betrachtet mag das richtig sein, Thilo, aber das konnten die nicht wissen. Wir hatten uns ja noch nicht mal vorgestellt.«

»Du meinst, sie haben uns für jemand anderen gehalten?«

»Denkbar.«

»Oder für die Abnehmer ihrer Ware im Keller.«

Lenz schüttelte den Kopf.

»Warum sollten sie auf die schießen? Das ist nicht logisch.«

»Auch wieder wahr.«

Noch bevor der Hauptkommissar seinen Gedanken weiterspinnen konnte, wurde er von einem Uniformierten angesprochen.

»Da ist gerade was ganz Komisches passiert, Herr Lenz. Einem unserer Streifenwagen, der auf dem Weg hierher war, ist ein deutlich zu schnell fahrender Lieferwagen aufgefallen, kurz vor Vellmar. Die Kollegen haben gewendet, die Verfolgung aufgenommen und wollten eine Kontrolle durchführen, doch der Fahrer des Fiat Ducato hat Gas gegeben und ist geflüchtet. Mitten in Vellmar allerdings ist er von der Straße abgekommen und direkt in den Imbiss am Rand der Einkaufspassage geknallt. Die beiden Insassen haben zwar überlebt, sind jedoch ziemlich übel verletzt worden.«

»Wissen Sie schon, um wen es sich dabei handelt?«

»Ja, deshalb sage ich es Ihnen ja. Die beiden sind Russen.«

Die drei Beamten der Kripo hoben synchron die Köpfe.

»Und wo sind sie jetzt?«

»Auf dem Weg ins oder auch schon im Krankenhaus. In welches, kann ich Ihnen allerdings nicht sagen.«

»Das ist im Augenblick auch nicht so interessant. Allerdings müssen wir dafür sorgen, dass die beiden rund um die Uhr bewacht werden. Kümmern Sie sich darum?«

»Klar, mache ich.«

»Womit wir die Sache vermutlich rundgekriegt haben«, sinnierte Thilo Hain laut, nachdem der Uniformierte sich verabschiedet hatte.

»Die beiden Strolche hier haben auf die Käufer ihrer Ware im Keller gewartet, und wir sind einfach zur falschen Zeit am falschen Ort aufgetaucht.«

»Was aber noch lange nicht erklärt, warum sie gleich angefangen haben, auf uns zu ballern.«

»Vielleicht«, mischte Gecks sich ein, »ist einer der beiden ja dieser Roman Arkadjew und hatte Schiss, dass ihr ihn wegen Humpe und Schneider hopsnehmen wollt.«

»Ich warte jede Minute auf die Antwort aus Wiesbaden. Heini hat die Fingerabdrücke der beiden hingemailt mit der Bitte, mich über die Ergebnisse zu informieren. Wenn es wirklich so sein sollte, kann es aber nur der Tote sein; der andere war deutlich zu jung für einen, der so lange im Knast gesessen hat.«

»Bliebe die Frage …«, wollte Hain ergänzen, wurde jedoch von einer schrillen Männerstimme aus dem Hintergrund gestoppt.

»Hier scheint es ja hoch hergegangen zu sein, meine Herren«, nölte Franz Zwick in dem für ihn üblichen Singsang, während er sich auf die kleine Gruppe zubewegte. Die drei Kommissare drehten sich um und nickten zur Begrüßung kurz mit den Köpfen.

»Also, was genau ist hier passiert?«

Hains Brustkorb hob sich, während er zu einer Erklärung ansetzen wollte, doch der junge Oberkommissar wurde von seinem Boss mit einer knappen Geste gestoppt.

»Guten Abend auch, Herr Kriminalrat«, erwiderte Lenz freundlich.

»Ja, ja, guten Abend. Wenn wir damit die Formalitäten erledigt hätten?«

»So weit schon.«

Gecks murmelte etwas von Zeugenbefragungen in den Nachbarhäusern und verzog sich.

»Ein weiteres Mal werde ich Sie nicht bitten, mir als Ihrem Vorgesetzten einen Überblick über die Ereignisse hier zu geben, Herr Hauptkommissar Lenz«, zischte Zwick drohend.

»Nun mal ganz ruhig, Herr Kriminalrat. Ich wollte durchaus nicht despektierlich erscheinen, gebe aber zu bedenken, dass der Kollege Hain und ich vor knapp zwei Stunden mit einer automatischen, großkalibrigen Waffe beschossen wurden.«

»Und? Sind Sie getroffen worden?«

»Nein, wir wurden nicht getroffen. Jedenfalls nicht ernsthaft.«

»Und was ist mit dem Schützen?«

»Wir wurden von zwei Männern attackiert«, erklärte Lenz seinem Chef. »Einen der beiden konnten wir durch einen gezielten Schuss kampfunfähig machen, der andere ist leider seinen Schussverletzungen erlegen.«

Zwick, der offenbar noch überhaupt nicht über den Ernst der Lage, in der seine Beamten sich befunden hatten, informiert war, sah die beiden mit versteinerter Miene an.

»Das kann doch nicht wahr sein. Wäre es nicht auch ein wenig kleiner gegangen, als gleich einen Toten zu produzieren? Was glauben Sie, wie uns die Presse diese Sache wieder um die Ohren hauen wird?«

Lenz schloss kurz die Augen und holte tief Luft, bevor er antwortete:

»Bei allem gebotenen Respekt, Herr Kriminalrat, aber wir wurden, wie bereits erwähnt, von einem zu allem Entschlossenen mit einer automatischen Waffe attackiert, der, wild um sich schießend, aus dem Haus gestürzt ist. Leider fehlte uns während seines Angriffs die Muße für einen gezielten Schuss in die Beine. Aber es ist schön wahrzunehmen, dass Sie sich so aufrichtig um unser Wohl sorgen.«

»Lassen Sie Ihren bescheuerten Sarkasmus, Lenz, damit kommen Sie bei mir nicht weiter. Warum hat der Mann überhaupt auf Sie geschossen?«

Hain, der Lenz kannte und eine nicht zu stoppende Eskalation der Situation befürchtete, schob sich zwischen die beiden und begann mit einer detaillierten Schilderung des Einsatzes von ihrem Eintreffen in der Straße an bis zu dem Moment, in dem das MEK die Frauen im Keller des Hauses entdeckt hatte.

»Und wo sind diese Frauen jetzt?«, hakte Zwick nach.

»Sie sind ins Präsidium gebracht worden, aber ich befürchte, dass die Mehrzahl von ihnen zuerst einmal ärztlich versorgt werden muss. Einige waren in einem wirklich schlechten Zustand und hatten schwere Prellungen im Gesicht und weitere Verletzungen am Körper. Wir werden sie vernehmen, sobald sie dazu in der Lage sind und wir einen Dolmetscher haben.«

»So, so«, machte Zwick. »Was mit ihnen passiert, soll uns heute nicht kümmern. Was mich vielmehr interessiert, ist die Frage, was Sie eigentlich hier wollten. Was zum Teufel hat Sie geritten, sich zu zweit in diese, wie es sich herausgestellt hat, äußerst gefährliche Situation zu begeben?«

»Wir hatten die Information, dass sich in diesem Haus ein Mann aufhalten könnte, der etwas zu den Morden an den Kollegen Humpe und Schneider …«

»Was faseln Sie denn schon wieder von Mord? Auch nach Rücksprache mit dem Rechtsmediziner Dr. Franz, den ich nur deshalb kontaktieren musste, weil Sie beide mir die benötigten Informationen vorenthalten haben, bin ich noch immer nicht der Meinung, dass wir es unbedingt mit Mord zu tun haben. Dass die beiden dieses komische Schlafmittel intus hatten, kann reiner Zufall sein.«

»Es ist kein Schlafmittel, Herr …«, wollte Hain einwenden, doch Zwick hörte ihm überhaupt nicht zu.

»Und überhaupt. Woher hatten Sie denn diesen ominösen Tipp, dass sich hier ein möglicher Verdächtiger aufhalten könnte?«

»Von einem unserer vertrauenswürdigsten Informanten«, mischte Lenz sich ein, bevor Hain zu einer Antwort ansetzen konnte.

»So, so. Und um wen handelt es sich dabei?«

»Das geht Sie nichts an.«

Zwick glaubte zuerst, sich verhört zu haben. Als ihm jedoch klar wurde, was Lenz ihm geantwortet hatte, lief er rot an und schnappte nach Luft.

»Jetzt ist das Fass übergelaufen, Herr Lenz!«, brüllte er in die Nacht. »Nun ist Schluss. Ich werde eine interne Ermittlung zu dem wirklich gravierenden Vorfall hier veranlassen, und wenn sich nur der kleinste Anhaltspunkt für eine Verfehlung Ihrerseits offenbart, sind Sie weg vom Fenster.«

Sein zorniger, glühender Blick mäanderte zwischen Lenz und Hain hin und her.

»Sie beide übrigens, damit das klar ist.«

*

»Was für eine Scheiße!«, fasste Lenz seine Stimmung zusammen, während er sich in das Lederpolster des Cabrios fallen ließ. Hain nickte. Im Dämmerlicht der Straßenlaternen wirkte sein Gesicht fahl und eingefallen.

»Ich hab ein paar Momente lang echt Schiss gehabt, dass ich meine beiden Kleinen nicht mehr wiedersehen würde, Paul.«

»Ich hätte mir auch fast in die Schuhe geschissen, als das Geratter losgegangen ist. Zum Glück hat es niemand gemerkt, aber mir haben noch 20 Minuten, nachdem die Kollegen angekommen waren, die Knie geschlottert.«

»Da warst du nicht allein.«

Der Oberkommissar schluckte.

»Einer von uns hat vorhin einen Menschen erschossen.«

»Darüber habe ich auch schon nachgedacht, und ich muss dir sagen, dass mir das gerade jetzt ziemlich am Arsch vorbeigeht. Vielleicht ist es morgen ganz anders, aber ich kann im Augenblick nur daran denken, dass der Kerl mit einer Kalaschnikow in den Händen auf uns zugestürmt ist und uns erschießen wollte. Das fiese Geräusch dieses Dings werde ich übrigens vermutlich für den Rest meines Lebens nicht mehr vergessen können.«

»Ja, das sehe ich auch so. Außerdem ist es ja noch nicht klar, wer von uns ihn am Hals erwischt hat.«

Lenz griff zu seinem Telefon.

»Was mich wundert, ist, dass sich Wiesbaden noch nicht bei mir gemeldet hat. Vielleicht …«

Er drückte auf eine Taste an dem Gerät, aber das Display blieb dunkel.

»Verdammt, das Mistding kann doch nicht schon wieder leer sein. Ich habe es erst heute Morgen vom Ladegerät genommen.«

»Versuch einfach mal, es wieder einzuschalten; vielleicht ist es ausgegangen, als du dich vorhin auf den Boden geworfen hast.«

Lenz folgte seinem Vorschlag und bediente ein paar Tasten, woraufhin es etwa eine halbe Minute dauerte, bis das Telefon einsatzbereit war. Der Hauptkommissar drückte die Kurzwahltaste seiner Mailbox, hielt das Gerät ans Ohr und wartete. Während er lauschte, fror sein Gesichtsausdruck mehr und mehr ein. Dann nahm der Polizist das Mobiltelefon vom Ohr und drückte völlig abwesend die rote Taste. Hain sah ihn mit weit aufgerissenen Augen an.

»Was ist los, Paul?«

»Der Tote ist Roman Arkadjew. Über die Identität des anderen ist im System nichts bekannt.«

Er stockte.

»Und Maria ist überfallen worden.«

»Was redest du da? Das kann doch gar nicht sein.«

Lenz sah ihn mit Tränen in den Augen an.

»Kein Scheiß; sie liegt im Klinikum. Und jetzt fahr bitte los.«

18

Franz Zwick lag seit mehr als zwei Stunden in seinem Bett und drehte sich von einer Seite auf die andere. Immer und immer wieder ging ihm die Szene mit diesem impertinenten Hauptkommissar Lenz durch den Kopf.

Insubordination!

Das war das einzige Wort, mit dem das Verhalten seines Untergebenen treffend zu beschreiben war.

Ich hätte ihm auf der Stelle seine Marke und die Dienstwaffe abnehmen sollen, fluchte der Kriminalrat innerlich. Und Hain gleich mit.

Seit er berufen worden war, tanzten ihm die beiden, wo immer es ging, auf der Nase herum.

Dabei bin ich doch wirklich ein umsichtiger und empathischer Vorgesetzter, mit dem jedermann gut auskommen kann, dachte er.

Im österreichischen Hinterstoder geboren, war er mit elf Jahren nach Deutschland übergesiedelt. Seine Mutter, eine Skilehrerin, hatte sich Hals über Kopf in einen deutschen Touristen verliebt und ihm und seiner Schwester eines Abends eröffnet, dass man den Vater verlassen und nach Deutschland ziehen würde. Der kleine Franz hatte seine Mutter gehasst dafür, weil ihr Entschluss ihm alles genommen hatte, was ihm etwas bedeutete. Seine Freunde, seine Schule, die Großeltern und nicht zuletzt das Skilaufen, an das in der nordhessischen Provinz, wo er nun leben musste, nicht zu denken war.

Tausendmal hatte er sie gebeten, zurück nach Österreich, zu seinem Vater, gehen zu dürfen, doch sie hatte immer wieder abgelehnt.

Kinder gehören zur Mutter, egal, wohin es die auch verschlägt, war ihre Standardantwort gewesen. Außerdem hatte der Vater etwa ein Jahr nach der Scheidung auf einer Ölbohrinsel angeheuert und war nur noch sehr unregelmäßig in der Heimat anzutreffen gewesen.

Irgendwann hatte der jugendliche Zwick dann die Umstände akzeptiert und sich auch nicht mehr gegen die Adoption gewehrt, auf die sein Stiefvater immer gedrungen hatte. Ironie des Schicksals war, dass er keine sechs Monate danach einem Schlaganfall erlag.

Franz Zwick, dessen österreichischer Akzent immer noch herauszuhören war, machte Abitur und bewarb sich damit bei der Polizei, wo er nach erfolgreicher Aufnahmeprüfung 1979 den Dienst antrat.

Hatte sich seine Karriere am Anfang noch etwas holprig gestaltet, so verstand er mit den Jahren, worauf es ankam. Er machte sich mit seiner unbestritten charmanten Art beliebt bei den Vorgesetzten, Mitarbeiter und Untergebene hingegen behandelte er mit unerbittlicher Härte und zuweilen jenseits jeglicher Gerechtigkeit.

Doch dieses Verhalten zahlte sich aus, und in Kombination mit einem gewissen politischen Instinkt, den man allerdings durchaus als wetterwendisch bezeichnen konnte, war er in der Hierarchie der hessischen Polizei mit bemerkenswerter Regelmäßigkeit Stufe um Stufe auf der Karriereleiter nach oben gestiegen. Zunächst in Südhessen, wo seine geschiedene Frau herkam, und später auch in Nordhessen, als sich dort die Chance zum weiteren Aufstieg geboten hatte.

Ich werde diesen beiden Schnöseln schon zeigen, wer der Herr und wer der Hund ist, dachte er im gleichen Moment, in dem das Telefon auf dem Flur klingelte. Er lauschte in die Dunkelheit, ob er sich vielleicht geirrt hätte, doch das Geräusch wiederholte sich. Der Polizist stemmte sich über die Kante des Doppelbettes, in dem er schon seit mehreren Jahren allein schlief, schlüpfte in die Schlappen, die auf dem Läufer standen, und schlurfte aus dem Zimmer.

»Ja, Zwick«, meldete er sich mit dem Habitus eines Mannes, der es gewohnt ist, Anweisungen zu geben und Befehle zu erteilen. Die leise Stimme des Mannes, der ihm antwortete, klang unaufgeregt, ruhig und souverän.

»Guten Morgen. Können Sie auch nicht schlafen?«

»Was fällt Ihnen ein? Wenn das ein Witz sein soll, kann ich nicht darüber lachen.«

»Oh«, erwiderte der Anrufer sanft, »zum Lachen möchte ich Sie auf gar keinen Fall bringen, Herr Zwick.«

Nun war klar, dass der Anruf dem Kriminalrat persönlich galt.

»Wer sind Sie?«

»Das tut nichts zur Sache.«

»Und was wollen Sie von mir?«

»Mich mit Ihnen treffen.«

»Warum sollte ich mich mit Ihnen treffen? Und warum rufen Sie deswegen mitten in der Nacht an? Ein Treffen sollte man wirklich zu anderen Tageszeiten vereinbaren.«

»Sie werden sich innerhalb der nächsten Stunde mit mir treffen, weil ich Ihnen den Mörder der beiden Polizisten aus dem Eisenbahntunnel liefern kann.«

Zwick schluckte. Obwohl der Polizist, wie immer übrigens, versuchte, die Richtung und den Verlauf des Gesprächs vorzugeben, wurde ihm jetzt klar, dass der Mann am anderen Ende der Leitung nicht so leicht zu manipulieren war wie viele seiner Untergebenen. Aber was er sagte, klang wie aus einem schlechten Film.

»Reden Sie doch, verdammt noch mal, keinen solchen Unsinn, Mann«, fluchte er in das Gerät vor seinem Mund. »Ich werde jetzt wieder schlafen gehen, und wenn Sie wirklich etwas über den Tod der beiden Kollegen wissen sollten, können Sie gern ab Montagmorgen ins Präsidium kommen und mit mir sprechen.«

Es gab eine kurze Pause. Offenbar wartete der Anrufer darauf, dass Zwick das Gespräch beenden würde, was der jedoch nicht tat.

»Herr Zwick?«

»Ja?«

»Ich dachte mir, dass Sie vernünftig genug wären, um nicht einfach wieder in Ihr warmes Bett zu steigen. Immerhin wäre das doch ein sensationeller Einstieg in den neuen Job, wenn der Mörder morgen früh dingfest gemacht wäre; noch dazu von Ihnen ganz allein.«

Genau dieser Gedanke hatte den Kriminalrat daran gehindert, das Telefon zurück in die Ladeschale zu stellen.

»Also, wo treffen wir uns?«, zischte er in das kleine Mikrofon.

*

Zwick wusste, dass die Situation mehr als ungewöhnlich war. Ein mysteriöser nächtlicher Anruf von einem Mann, der seinen Namen nicht nennen, sich aber mit ihm treffen wollte. Zwei vermeintliche Morde an Polizisten, deren Täter der Anrufer zu kennen vorgab. Zu anderen Zeiten hätte der Kriminalrat sofort einen Großeinsatz veranlasst, doch in diesem Fall wollte er die Lorbeeren selbst ernten. Kaum zu glauben, wenn an dieser Geschichte wirklich etwas dran wäre.

Was hatte er schon zu verlieren? Im schlechtesten Fall

hatte er sich den Rest einer Nacht um die Ohren gehauen, in der er sowieso nicht hatte einschlafen können. Und falls, ja falls der Fall wirklich so schnell zu lösen wäre, konnte er Hauptkommissar Lenz im Anschluss ebenso elegant wie arrogant abservieren. Wenn das keine reizvolle Aussicht war!

Er parkte seinen Mittelklassekombi am äußersten südlichen Ende der riesigen, stockdunklen Parkfläche des Metro-Großmarktes, stellte den Motor ab und schaltete das Standlicht ein, genau so, wie der Anrufer es von ihm verlangt hatte. Sein Kopf bewegte sich langsam ein Stück nach links und nach rechts, dann warf er einen vorsichtigen Blick über beide Schultern, doch es war niemand zu sehen.

Vielleicht haben sich ein paar Kommissare einen üblen Scherz mit mir erlaubt, dachte er ein paar Minuten später erschreckt, und hocken nun irgendwo im Gebüsch und lachen sich scheckig über ihren Vorgesetzten, der dieser Räuberpistole aufgesessen ist.

Wieder schaute er sich nach allen Richtungen um, doch noch immer war weder irgendwo ein Mensch zu erkennen, noch tauchte ein Auto aus der Dunkelheit auf. Er schaltete kurz die Zündung ein, ließ das Seitenfenster heruntergleiten und sog tief die frische Nachtluft in seine Lungen.

»Guten Morgen, Herr Zwick«, war das Letzte, das er hörte, bevor es schlagartig schwarz wurde um ihn herum.

19

»Ich hab mir auf der Fahrt hierher solche Sorgen gemacht um dich«, stammelte Lenz, während er mit der einen Hand Marias Oberarm noch ein wenig fester drückte und mit der anderen vorsichtig und zärtlich ihren verbundenen Kopf streichelte.

Die lag, bekleidet mit Slip und T-Shirt, die eine freundliche Schwester ihr besorgt hatte, unter der Decke des Krankenhausbettes und sah den Hauptkommissar mit glasigen Augen an.

»So schlimm ist es aber doch gar nicht, Paul, und seit ich hier liege, kommt auch so langsam ein wenig Erinnerung an den Überfall wieder zurück.«

Nachdem die ärztliche Versorgung abgeschlossen gewesen war, hatten zwei nette junge Polizisten sie kurz vernommen, aber zu diesem Zeitpunkt konnte sie noch nicht viel zum Tathergang sagen. Nun jedoch, ein paar Stunden später, waren ein paar Details über den Vorfall zurückgekehrt.

»Der Kerl hat dir also vor unserer Haustür aufgelauert?«

»Ja, ich glaube schon.«

»Und ist direkt auf dich zugekommen?«

»Ja, er kam aus der dunklen Ecke neben der Haustür auf mich zugestürmt.«

»Vielleicht hat er einfach die nächstbeste Frau überfallen, die ihm untergekommen ist.«

»Nein, Paul, das kann nicht sein. Ich weiß ganz genau, dass er mich mit meinem Vornamen angesprochen hat. Er hat Maria zu mir gesagt.«

»Wie meinst du das?«

»Na, wie wohl? Er hat ›Hör mir zu, Maria‹ zu mir gesagt.«

Lenz dachte kurz nach.

»Das würde bedeuten, dass er es genau auf dich abgesehen hatte.«

Sie schmiegte sich ein wenig enger an seinen Körper.

»Ja, das glaube ich auch.«

»Was hat er noch gesagt?«

»Dass ich mit dem Blödsinn aufhören soll. Genau so hat er es gesagt. Du hörst mit diesem Blödsinn auf, verstanden?«

»Was könnte er damit gemeint haben?«

»Das habe ich mich, seit es mir wieder eingefallen ist, auch schon tausendmal gefragt. Ich hatte mich mit Bettina getroffen, die mir übrigens ein ganz schönes Angebot gemacht hat. Wir sind nämlich jetzt Partnerinnen.«

»Schön«, erwiderte Lenz etwas abwesend.

»Vielleicht hat es ja etwas damit zu tun, dass wir den großen Auftrag von der Documenta-Gesellschaft ergattert haben?«

»Ihr habt den Auftrag tatsächlich bekommen?«

Sie erzählte ihm in kurzen Worten den Verlauf ihres Abends mit Bettina Reichelt.

»Das ist ja viel mehr, als ihr erwartet habt«, freute sich der Kommissar.

»Und ob.«

»Aber warum sollte dich deswegen jemand überfallen? Außerdem weiß doch außer dir und Bettina gar niemand was von dem Deal.«

»Da kennst du aber die Kasseler Kunstszene schlecht, mein Lieber. Ich bin mir sicher, dass sich das schon rumgesprochen hatte, bevor es Bettina überhaupt erfahren hat.«

»Wie soll das denn gehen?«, zweifelte er.

»Die Documenta-Gesellschaft ist nun mal ein Haufen von Individualisten. Und jeder von ihnen ist mit irgendjemandem vernetzt, der ebenfalls von der Ausstellung profitieren will. Da gibt es viel Neid und Missgunst, speziell, wenn es um ein solches Auftragsvolumen geht.«

Sie nannte ihm die im Raum stehende Summe.

»Wow!«, entfuhr es ihm anerkennend. »Das ist schon mal eine Hausnummer.«

»Ja. Und ich bin stolz darauf, dass es in der Hauptsache meine Präsentation war, von der die Leute so angetan waren.«

Lenz dachte wieder ein paar Augenblicke nach.

»Es ist trotzdem nicht schlüssig für mich, dass der Überfall etwas mit dieser Sache zu tun haben könnte.«

»Ja. Jetzt, wo wir darüber gesprochen haben, kommt mir der Gedanke auch ziemlich überkandidelt vor. Es ist bestimmt nicht gänzlich unmöglich, aber im Moment auch nicht unbedingt wahrscheinlich.«

»Was könnte der Kerl sonst noch gemeint haben? Um welchen Blödsinn, den du seiner Meinung nach veranstaltest, könnte es gehen?«

»Da fallen mir nur du und mein hoffentlich baldiger Exmann ein. Sonst wüsste ich nicht, was er noch gemeint haben könnte.«

Lenz sah sie fassungslos an.

»So was würde er nicht wagen!«

»Auch darüber hab ich nachgedacht, Paul. Richtig vorstellen kann ich es mir nicht, aber gänzlich ausschließen auch nicht.«

»Du sprichst davon, dass der Oberbürgermeister von Kassel einen Mann auf dich angesetzt haben könnte, der dich verletzen und dir Angst machen soll, Maria.«

»Davon spreche ich, ja. Und je mehr ich darüber nachdenke, desto weniger absurd wird der Gedanke.«

»Aber du hast doch seit Monaten keinen Kontakt mehr zu ihm gehabt.«

Sie sah ihn traurig an.

»Das stimmt so nicht ganz, Paul. Er hat mir vor zwei Wochen in der Straßenbahn einen Besuch abgestattet, an dem Morgen, an dem ich wegen der Präsentation in die Galerie gefahren bin.«

»Was wollte er denn? Und warum hast du mir nichts davon erzählt?«

»Ach, ich wollte dich nicht mit diesem Idioten und seinen komischen Anwandlungen belasten.«

Maria schmiegte sich noch etwas enger an ihn.

»Es war der Tag, nachdem er die Scheidungspapiere zugestellt bekommen hat. Er wollte mir ein bisschen ins Gewissen reden, von wegen kleiner Polizist und großer Politiker.«

»Und, wie hast du reagiert?«, wollte Lenz eine Spur zu schnippisch wissen.

»Jetzt reg dich bitte nicht darüber auf, Paul. Ich merke ganz deutlich, wie dir der Kragen wegen dieser blöden Begegnung enger und enger wird, aber das ist wirklich ebenso unnötig wie kindisch. Und um deine Frage zu beantworten, ich hab ihm Schläge angedroht und bin dann aufgestanden und gegangen. Zufrieden?«

»Du hast ihm wirklich mit Schlägen gedroht?«

»Ja, das habe ich. Und weißt du, was ich vor nicht einmal drei Stunden zum ersten Mal gemacht hab?«

»Nein, woher auch?«

Sie grinste matt.

»Ich habe gegenüber den Leuten hier im Krankenhaus von meinem Mann gesprochen und damit dich gemeint.«

Der Kommissar machte sich von ihr frei.

»Das ist nicht dein Ernst«, gab er mit belegter Stimme zurück. »Das sagst du bestimmt nur, damit ich nicht mehr sauer bin, weil du mir nichts von deiner Begegnung der dritten Art mit deinem Oberbürgermeister erzählt hast.«

»Glaub's oder lass es. Oder geh am besten runter in die Notaufnahme und frag nach. Vielleicht könntest du mir aber auch einfach vertrauen. Wie du mir einfach immer vertrauen solltest.«

Das saß.

»Ich glaube dir, Maria. Und du kannst dir nicht vorstellen, wie ich mich darüber freue.«

»Und du hast keine Ahnung«, fragte Lenz ein paar Minuten später, während der sie sich einfach im Arm gehalten und dem Herzschlag des anderen gelauscht hatten, »was mit deiner Handtasche passiert ist?«

»Keinen Schimmer. Aber einer der Polizisten ist während der Vernehmung raus zu seinem Wagen und hat über Funk mit der Besatzung des Notarztwagens gesprochen, und die haben gesagt, dass sie keine Tasche in meiner Nähe gesehen hätten.«

»Der Wohnungsschlüssel war in der Tasche?«

Sie nickte stumm.

»Dann müssen wir schnellstens das Schloss auswechseln lassen. War sonst noch etwas Wichtiges drin?«

»Ich weiß nicht. Was ist denn wichtig an den Dingen, die eine Frau in ihrer Handtasche spazieren trägt?«

»Kreditkarten? Scheckkarten?«

Maria winkte ab.

»Nein, nein, die hatte ich zu Hause gelassen. Ich hatte

nur mein kleines Portemonnaie dabei, nicht das große, in dem die ganzen Karten stecken.«

»Dann müssen wir uns wenigstens darum nicht kümmern.«

»Ich mache dir schon viele Scherereien«, flüsterte sie, was Lenz mit einem Grinsen kommentierte.

»Erstens sind das keine Scherereien, denn du bist überfallen worden, und zweitens wäre es viel schlimmer, wenn ich mich nicht um dich kümmern könnte. Jetzt kann ich einfach so an deinem Krankenbett sitzen und dich umsorgen, ohne mich fürchten zu müssen, dass Erich Zeislinger hier auftaucht und seinen Besitz auf dich anmeldet wie beim letzten Mal.«

Er sprach von ihrem Krankenhausaufenthalt im Jahr zuvor, als Maria bei einem Verkehrsunfall lebensgefährlich verletzt worden war und ein paar Tage lang im Koma lag. Während dieser Zeit hatte der Kommissar sich nur durch die Hilfe einer ihm wohlgesonnenen Nachtschwester an ihr Krankenbett schleichen können.

»Ja«, bestätigte sie gähnend, »das ist wirklich eine schöne Veränderung meiner Lebensumstände.«

Lenz drückte sie noch einmal fest an sich, bevor er sich von ihr frei machte und aufstand.

»Ich muss mich darum kümmern«, meinte er mit Blick auf ihren verbundenen Kopf, »dass der Strolch, der dir das angetan hat, sich nicht auch noch in unserer Wohnung zu schaffen macht.«

»Du bist dabei aber ganz vorsichtig, ja? Nicht, dass er dir auch noch eins über die Rübe haut.«

»Da passe ich schon auf, mach dir keine Sorgen.«

Maria rutschte etwas tiefer ins Bett und zog die Decke bis an den Hals.

»Jetzt haben wir die ganze Zeit nur von mir geredet, Paul. Wie war denn dein Abend?«

Lenz hatte mit einer solchen Frage gerechnet, und trotzdem musste er schlucken, bevor er antworten konnte.

»Thilo und ich hatten einen Einsatz in Espenau. Eigentlich nichts Besonderes, wir wollten nur einen möglicherweise in die Sache involvierten Mann zum Tod der beiden Polizisten befragen. Aber dann ist die Situation eskaliert und es gab eine Schießerei. Leider ist dabei ein Mann ums Leben gekommen, ein zweiter wurde schwer verletzt.«

»Thilo?«

»Nein, der hat nichts abgekriegt, dem geht es so weit gut. Der Tote ist vermutlich Russe, bei dem anderen steht die Identität noch nicht fest.«

»Hast du ihn …?«

Der Kommissar atmete tief durch.

»Ich weiß es nicht, Maria. Thilo und ich haben beide auf ihn geschossen, wer letztendlich die tödliche Kugel abgefeuert hat, kann vermutlich nur die Kriminaltechnik klären.«

»Und du bist wirklich unverletzt geblieben?«

»Ja, bis auf eine kleine Schramme am Bein, aber die ist nicht der Rede wert.«

Sie schob die Decke zur Seite, ließ sich etwas unbeholfen aus dem Bett gleiten, trat schwankend auf ihn zu und umarmte ihn.

»Wie geht es dir sonst damit?«, wollte sie wissen, während ihre Hände sich zärtlich um seinen Hals legten.

»Beschissen«, gab er leise zurück, »obwohl der Kerl mit einem Schnellfeuergewehr auf uns zugestürmt ist und wir definitiv keine andere Wahl hatten, als ihn mit gezielten Schüssen zu stoppen.«

20

Lenz war, nachdem er Marias Krankenzimmer verlassen hatte, noch schnell bei der Notaufnahme vorbeigegangen und hatte sich nach den Russen erkundigt, die mit ihrem Fiat Ducato den Imbiss in Vellmar ruiniert hatten. Allerdings war keiner von beiden ins Klinikum Kassel eingeliefert worden. Der von ihm in Espenau angeschossene Mann war nach einer längeren Operation noch nicht aus der Narkose erwacht und lag auf der Intensivstation, wo er von zwei Uniformierten bewacht wurde.

Nun saß Lenz müde und erschöpft auf dem roten Sofa ihres Wohnzimmers im Stadtteil Wilhelmshöhe. Kurz zuvor war der Mitarbeiter des Schlüsseldienstes abgedampft, der das Schloss der Wohnungseingangstür gewechselt und dafür die stolze Summe von 421,70 Euro aufgerufen hatte. Der junge Mann hatte, weil der Polizist nicht über so viel Bargeld verfügte, extra seinen Chef aus dem Bett geworfen und nachgefragt, ob er im Fall des Kripomannes eine Ausnahme von der strikten Anweisung machen dürfe, den Ort seines jeweiligen Einsatzes ausschließlich mit Bargeld in der Tasche zu verlassen. Nachdem der Unternehmer zugestimmt hatte, war alles ganz schnell gegangen. Das alte Schloss zu entfernen und das neue einzubauen, hatte keine fünf Minuten gedauert, dann hatte sich Lenz mit einer gesalzenen Rechnung und drei neuen Schlüsseln in der Hand allein im Flur wiedergefunden.

Während er noch mit auf dem Wohnzimmertisch ruhenden Beinen überlegte, wieder zu Maria ins Krankenhaus zu fahren und sich an ihr Bett zu setzen, fielen ihm die Augen zu.

In einem wüsten Traum wurde er von Erich Zeislinger angeschrien und beschuldigt, ihm die Frau ausgespannt zu haben.

Warum, fragte er sich während des überaus real wirkenden Schlaferlebnisses, regt der sich so darüber auf?

Erstens hat er recht damit, und zweitens ist das doch schon so lange her, dass es eigentlich keinen Arsch mehr interessiert.

Zeislinger baute sich nun drohend vor ihm auf und schrie wieder auf ihn ein, doch seine Worte klangen wie das Rasseln einer Klingel. Lenz sah ihm lachend bei seiner Tirade zu und wollte gerade etwas erwidern, als er mit einem mächtigen Zucken aufschreckte. Das Klingeln hatte merkwürdigerweise nach dem Erwachen nicht aufgehört.

Der Polizist rieb sich die Augen und versuchte dabei, die virtuelle Welt des Traumes von der Realität abzugrenzen, was ihm allerdings nur ansatzweise gelang. Dann jedoch wurde ihm schlagartig klar, dass nicht Erich Zeislinger der Verursacher des rasselnden Klingeltones war, sondern eine frühe Straßenbahn, die mit diesem barbarischen Ton vermutlich versuchte, ein die Schienen blockierendes Auto direkt in die Stratosphäre zu jagen.

Zwei doppelte Espressi und eine ausgiebige Dusche später schlüpfte er in eine leichte Sommerhose, zog sich ein legeres Leinenhemd an und verließ die Wohnung.

Das Verkehrsaufkommen an diesem Sonntagmorgen hielt sich in sehr engen Grenzen, sodass er schon zehn Minuten später in das Parkhaus des Klinikums einfuhr und seinen Wagen dort abstellte. Eigentlich wollte er zuerst bei Maria vorbeischauen, überlegte es sich jedoch anders, als er die Halle durchquerte. Mit energischen Schritten stapfte er auf einen der beiden Fahrstühle zu, drückte auf den Anforderungsknopf, wartete, bis sich die Edelstahltüren auseinandergeschoben hatten, und betrat den Lift. Obwohl er dabei schlucken musste, stellte er sich nach der Etagenwahl nicht mit dem Blick Richtung hintere Wand, sondern positionierte sich so, dass er genau in die Kabine sehen konnte. Als es losging, musste er leicht grinsen.

Na also, geht doch.

Nach dieser kurzen, zu seiner vollen Zufriedenheit verlaufenen Exposition stand er kurze Zeit später vor der Tür zur Intensivstation. Dort meldete er sich an und wurde zu den beiden Kollegen vorgelassen, die vor dem Zimmer des verletzten Mannes Wache saßen.

»Kein schlechter Job für einen heißen Sommersonntag«, begrüßte Lenz sie freundlich.

»Das kann nur jemand sagen«, erwiderte der junge Polizist links von der Tür forsch, »der schon lange keine Uniform mehr getragen und keinen Schichtdienst geleistet hat.«

Sein älterer Kollege auf der anderen Seite der Tür sah auf, verzog das Gesicht und warf ihm einen warnenden Blick zu.

»Stimmt, Herr Kollege«, gab Lenz lachend zurück. »Aber ich kann mich noch sehr gut an die Zeit erinnern, in der ich eine Uniform getragen und mir die Sonntage auf dem Frankfurter Flughafengelände um die Ohren geschlagen habe. Dagegen ist dieser Auftrag hier doch wirklich nicht zu verachten.«

»Womit jetzt Sie richtig liegen.«

Nach ein paar weiteren Höflichkeitsfloskeln kam Lenz zum Grund seines Besuches.

»Wie geht es unserem Patienten?«

Der junge Beamte zog die Schultern hoch.

»Wie es aussieht, hat es ihn gar nicht so schlimm erwischt,

wie im ersten Moment angenommen. Das sagt zumindest die Schwester, die gerade zu ihm rein ist. Er hatte nur mordsmäßig viel Blut verloren, und dann gab es noch eine Komplikation bei der Operation.«

Er machte eine einladende Handbewegung Richtung Tür.

»Aber das lassen Sie sich am besten von ihr selbst erklären; sie ist noch drin.«

Der Kommissar bedankte sich, trat an ihm und seinem Kollegen vorbei und öffnete vorsichtig die Tür. Zu seinem großen Erstaunen kannte er die junge Frau, die sich gerade mit einem Blutdruckmessgerät an dem Patienten zu schaffen machte.

»Hallo, Anne«, begrüßte er sie erfreut.

Sie hob den Kopf.

»Hallo, Mr. Smith«, stieß sie ebenso überrascht wie erfreut aus, wobei sie die Handpumpe aus den Fingern gleiten ließ und die Manschette vom Oberarm des Mannes im Bett löste.

»Das hätte ich ja nicht gedacht, dass wir beide uns noch mal über den Weg laufen würden.«

Der Kommissar und die Krankenschwester hatten sich etwa eineinhalb Jahre zuvor kennengelernt, nachdem Maria einen schweren Autounfall gehabt und auf der Intensivstation gelegen hatte. Anne Wolters-Richling hatte ihm diskrete nächtliche Besuche bei der Frau des Kasseler Oberbürgermeisters ermöglicht. Weil sie intuitiv geahnt hatte, dass er ihr Geliebter war, anfangs aber nicht mehr erfahren wollte, hatte sie ihn nur Mr. Smith genannt.

»Ach, komm, das meinst du …«

Weiter kam der Polizist nicht, weil der Mann im Krankenbett nun anfing zu stöhnen. Sie zog ihn in eine Ecke des großzügig dimensionierten Raumes.

»Ich habe ihm gerade eine Spritze gegen die Schmerzen gegeben«, erklärte Anne Wolters-Richling emotionslos. »Dem hat nämlich irgendeiner ins Bein geschossen und dabei die Oberschenkelschlagader erwischt.«

Lenz machte ein zerknirschtes Gesicht.

»Das war ich.«

Sie sah ihn fassungslos an.

»Du? Dann warst du auch der, der seinen Kumpel …«

»Es war Notwehr, Anne. Der Kerl hat mit einer automatischen Waffe auf meinen Kollegen und mich geschossen.«

Wieder das Stöhnen aus dem Krankenbett.

»Nein, so meine ich das nicht«, fügte sie an. »Ich meine, dass du dann ja nicht weit vom Tod entfernt warst heute Nacht.«

»Das kann wohl sein«, antwortete Lenz nach ein paar Sekunden Bedenkzeit, »aber es ist ja zum Glück gut für uns ausgegangen.«

Er deutete auf den Mann im Bett.

»Wie geht es ihm denn?«

»Ach, der kommt schon durch. Die Kugel hat ihn relativ blöd getroffen, deshalb hat er jetzt ziemliche Schmerzen; er ist aber auch arg wehleidig, wenn du mich fragst.«

»Kann ich mit ihm sprechen?«

»Da musst du den Oberarzt fragen, das kann ich nicht entscheiden. Aber der ist gerade im OP und kommt frühestens in zwei Stunden zurück.«

Lenz machte ein trauriges Gesicht.

»Und wer außer dem Oberarzt könnte das noch entscheiden?«

»Der Stationsarzt könnte, darf es jedoch nicht, weil es der Alte nicht will. Ist nicht leicht zu verstehen, aber so ist das bei den Ärzten nun mal.«

»Ich bräuchte nur ein paar Minuten«, murmelte der Polizist.

Die Krankenschwester zuckte mit den Schultern.

»Na gut. Ich hau jetzt hier ab, und wenn einer kommt, weiß ich von nichts und hab dich noch nie in meinem Leben gesehen.«

»Das ist mal ein Wort.«

Sie verabschiedeten sich voneinander, doch bevor die junge Frau an der Tür war, drehte sie sich noch einmal um.

»Ich lebe übrigens in Scheidung«, flüsterte sie.

»Maria auch.«

Sie fing an zu grinsen.

»Geil.«

Damit war sie auch schon durch die Tür und verschwunden. Lenz stellte sich neben dem Bett auf und sah auf den rundgesichtigen Mann, der mit geschlossenen Augen darin lag, herunter.

»Guten Tag«, begann der Kommissar.

Keine Reaktion.

Er versuchte es erneut, und diesmal schlug der Verletzte die Augen auf.

»Ich bin Hauptkommissar Paul Lenz von der Kriminalpolizei Kassel.«

Damit streckte er die Hand nach vorn. Der Mann im Bett starrte ihn ein paar Sekunden lang an, rührte dabei jedoch keinen Finger.

»Was wollen Sie?«, erwiderte er leise und mit deutlichem Akzent.

Lenz zog seine Hand zurück.

»Wissen, wer Sie sind.«

Der Mann deutete ein Kopfschütteln an, schwieg jedoch.

»Sie müssen mir nicht sagen, wer Sie sind«, fuhr der Hauptkommissar fort. »Allerdings haben wir Ihre Fingerabdrücke, die werden in ein paar Minuten an Interpol unterwegs sein.«

Er betrachtete die tätowierten, wie mit einer Luftpumpe aufgeblasenen Unterarme des frisch Operierten.

»Und wenn ich mich nicht sehr täusche, finden die Kollegen garantiert heraus, wer Sie sind. Vielleicht wird es ein wenig dauern, weil die Verbindung nach Russland nicht immer reibungslos funktioniert, aber wir haben ja Zeit. Was meinen Sie?«

Der Mann im Bett riss die Augen auf.

»Ich will nicht zurück nach Russland. Kann nicht.«

»Warum das denn?«, setzte Lenz nach.

»Geht nicht.«

In seinem Gesicht wurden immer deutlichere Anzeichen von Panik sichtbar. Lenz sah sich um, griff nach einem Stuhl, der in einer Ecke stand, und setzte sich ans Bett.

»So, und nun fangen wir noch mal ganz von vorn an. Wie heißen Sie?«

Fünf Minuten später wusste der Polizist, dass er es mit Leonid Schiburtowitsch zu tun hatte, einem ehemaligen Angehörigen der russischen Streitkräfte, der vor etwa zwei Jahren desertiert war, nachdem er seinen Vorgesetzten, einen Offizier, nach einem heftigen Streit halb tot geprügelt hatte. Wie er ausführte, hatte es sich um Notwehr gehandelt, weil der Major ihn erschießen wollte. Trotzdem war er im Jahr zuvor in Abwesenheit zu 20 Jahren Arbeitslager verurteilt worden.

»Bitte, nix zurück nach Russland.«

»Das werden wir sehen, Herr Schiburtscho…«

»Schiburtowitsch.«

»Ja, Herr Schiburtowitsch, das werden wir, wie gesagt, sehen. Viel wichtiger ist, warum Sie in der vergangenen Nacht auf mich und meinen Kollegen geschossen haben.«

Der Russe sah verschämt zur Seite.

»Ich müssen. War Auftrag von Chef.«

»Hmm«, machte Lenz. »Roman Arkadjew war Ihr Chef?«

»Da. Ja. Sagen mir, dass heute ganz wichtiges Tag. Also gestern. Nix schiefgehen.«

»Was war denn so wichtig?«

Wieder drehte der massige Mann sein Gesicht zur Seite. Offenbar war ihm die Situation peinlich.

»War wichtig wegen die Frauen. Sollten abgeholt werden.«

»Von wem sollten die Frauen abgeholt werden?«

Schiburtowitsch zog die Schultern hoch.

»Ich nix wissen, ganz ehrlich. Nur Chef wissen.«

Lenz glaubte ihm. Der Mann war zwar groß und muskulös und sicher in der Lage, einen Kontrahenten mit einem einzigen Schlag auf die Bretter zu schicken, doch in seinem Kopf brannten augenscheinlich nicht viele Kerzen.

»Hat Arkadjew die Frauen nach Deutschland geholt?«

Wieder schüttelte der Mann im Bett den Kopf.

»Nein, sind gebracht worden. Von Mann aus Ukraine.«

Er nannte einen Namen.

»Roman hat ein bisschen Geld gegeben, aber nicht viel.«

Lenz hatte eigentlich gar kein Interesse daran, etwas über das Schicksal der Frauen zu erfahren. Für ihn war es im Augenblick viel wichtiger, eine Verbindungslinie von Arkadjew zu den beiden ermordeten Polizisten zu ziehen.

»Kannten Sie«, wollte er deshalb wissen, »einen Norbert Schneider? Oder Wolfram Humpe?«

Der Russe schüttelte den Kopf und zog dabei gleichzeitig die Schultern hoch.

»Nein. Wer ist das?«

»Das waren zwei Polizisten, die vor ein paar Tagen umgebracht wurden. Und wir glauben, dass Roman Arkadjew, Ihr Boss, etwas mit dem Tod der beiden zu tun haben könnte.«

»Roman tot?«, wollte Schiburtowitsch wissen.

»Ja«, bestätigte Lenz. »Roman Arkadjew, Ihr Chef, ist tot.«

Der Russe schluckte.

»War guter Kerl, aber nicht guter Mensch. Hat viel Frauen geschlagen.«

»Ach so, und Sie haben immer nur dabei zugesehen«, warf Lenz ihm eine Spur zu laut an den Kopf.

»Das richtig. Ich nie in Leben habe eine Frau geschlagen. Nie!«

Wieder dachte Lenz ein paar Sekunden darüber nach, ob er den Worten des Mannes Glauben schenken sollte.

»Gut«, antwortete er schließlich. »Noch mal zu Norbert Schneider und Wolfram Humpe. Arkadjew hat nie von ihnen gesprochen?«

»Die Polizisten?«

»Ja, den Polizisten. Hat er vielleicht irgendwann mal erwähnt, dass er noch eine Rechnung mit zwei Kasseler Polizisten offen hat?«

»Verstehe nicht«, erwiderte Schiburtowitsch und sah den Kripomann dabei ziemlich debil an. Lenz hätte platzen können.

»Hat Arkadjew noch andere Helfer gehabt außer Ihnen? Andere Männer?«

»Nein, nix andere Männer. Nur er und ich.«

»Gab es eine Frau?«

»Gab viele Frauen. Hat aber mir mal erzählt, dass mit Frauen nix mehr gut wegen Operation.«

»Was für eine Operation?«

Der Russe hob umständlich den Arm und deutete auf seinen Rücken.

»War kaputt da. Viel Operation, fünf oder sechs Mal.«

Dann deutete er auf die Mitte seines Körpers.

»Danach nix mehr gut mit Chui.«

Lenz hatte keine Ahnung, wovon der Mann sprach.

»Schwanz«, präzisierte Schiburtowitsch deshalb, nachdem er das fragende Gesicht des Polizisten wahrgenommen hatte.

»Nix mehr gut Schwanz.«

»Arkadjew wurde also oft am Rücken operiert und hat dabei seine Potenz eingebüßt?«

Nun nickte der Mann im Bett.

»Da. Nix mehr Potenz.«

»Was war mit seinem Rücken?«

»Rücken ganz kaputt. Nix gut. Konnte nix tragen und nix aufheben. Immer ich machen.«

Nun wurde Lenz hellhörig.

»Sie sagen, dass Arkadjew weder etwas heben noch etwas tragen konnte?«

»Da. Nix heben, nix tragen. Muss immer ich machen. Er immer Angst, dass Rücken geht total kaputt und muss in …«

Er suchte nach einem Wort und beschrieb dabei mit den Armen eine Bewegung, die seiner Operationswunde nicht gut zu bekommen schien, denn er stöhnte dabei laut auf.

»Dass er im Rollstuhl enden würde?«, half Lenz ihm weiter.

»Da. Rollstuhl.«

*

Keine zwei Minuten später hatte der Kommissar sich von dem Russen ebenso verabschiedet wie von seinen beiden Bewachern vor dem Krankenzimmer. Als er vor die Tür am Ausgang der Klinik trat, wurde er von einer Woge der Hitze erfasst, die ihm die Luft zum Atmen raubte.

»Büro Dr. Franz, Angelika Weber«, hörte er die Stimme der Praktikantin, nachdem er die Nummer des Rechtsmediziners gewählt hatte.

»Lenz, Kripo Kassel, guten Tag«, erwiderte er.

»Hallo, Herr Kommissar«, begrüßte sie ihn freundlich. »Was kann ich denn für Sie tun?«

»Ist Dr. Franz im Haus?«

»Nein. Der ist heute auf einer Familienfeier irgendwo im Norden engagiert.«

»Eine Familienfeier? Dr. Franz?«

»Ja. Auch wenn es Ihnen schwerfällt, das zu glauben, aber Dr. Franz hat durchaus eine Familie. Einen Teil davon habe ich sogar heute Morgen kennengelernt.«

Lenz wollte fragen, wo sich dieses Treffen abgespielt hatte, verschluckte den Gedanken jedoch.

»Kann ich Ihnen vielleicht weiterhelfen, Herr Lenz?«

»Ja … Nein …«

»Kommt jetzt noch ein ›Vielleicht‹?«, wollte die junge Ärztin wissen, nachdem er ein paar Sekunden nicht weitergesprochen hatte.

»Nein, ganz sicher kein vielleicht, Frau Weber. Ich wollte eigentlich nur fragen, ob Sie schon mit der Obduktion der

Leiche aus Espenau begonnen haben. Oder ob Sie vielleicht schon etwas herausgefunden haben, was die tödliche Schussverletzung betrifft.«

Sie seufzte erleichtert.

»Wenn das alles ist. Klar habe ich ihn schon geöffnet. Und verschlossen ist der Gute auch schon wieder.«

»Und? Haben Sie herausgefunden, woran er gestorben ist?«

Darüber, woran Roman Arkadjew gestorben war, gab es eigentlich keinen Zweifel, was natürlich auch Lenz wusste.

»Der Schuss in den Hals hat ihn am Ende das Leben gekostet, so viel ist klar. Für Sie und Ihren Kollegen ist aber, so vermute ich zumindest, von viel entscheidenderer Bedeutung, ob wir das Projektil gefunden haben, das für die Verletzung verantwortlich war, oder?«

Lenz schluckte.

»Das mag sein, ja.«

»Was das angeht, kann ich Sie beruhigen, Herr Kommissar. Wir haben keine Kugel aus seinem Körper popeln können, weil es ein glatter Durchschuss war. Wer von Ihnen beiden ihn also getroffen hat, könnte unter Umständen die Kriminaltechnik herausfinden, wobei ich mir auch da nicht wirklich sicher bin wegen der Dunkelheit und der Tatsache, dass man wohl nicht weiß, in welchem Winkel er zu Ihnen und Ihrem Kollegen gestanden hat, als er getroffen wurde.«

Wieder musste der Kommissar schlucken.

»Danke, dass Sie so offen sind, Frau Weber.«

»Ach, schon gut. Der Kerl war, wenn ich mir die vielen merkwürdigen Tätowierungen auf seinem Körper so anschaue, keiner von den ganz Guten. Ich habe die eine oder andere davon gerade mal durch unseren Computer gejagt, mit verblüffenden Ergebnissen.«

»Sie können Tätowierungen auf ihre Bedeutung hin am Computer checken?«, fragte der Kasseler Kripomann ungläubig.

»Ja, seit Neuestem geht das. Irgendwer hat sich ein bisschen damit beschäftigt und ein Programm dazu entworfen. Jetzt brauche ich nur noch ein Foto des Tattoos zu machen und es in den PC zu befördern, der Rest geht wie von Geisterhand.«

»Unglaublich, was bei Ihnen in Niedersachsen so alles machbar ist«, bemerkte Lenz anerkennend.

»Ja, nicht wahr? Die Ergebnisse liegen natürlich dem Bericht bei, der spätestens übermorgen bei Ihnen sein sollte.«

»Klasse«, meinte der Polizist. »Aber ich hätte da noch eine andere Frage, Frau Weber. Hatte Arkadjew was mit dem Rücken? Gab es da irgendwas?«

»Klar gab es da was«, erwiderte sie, ohne zu überlegen. »Seine Wirbelsäule war nach einer, wie ich vermute, schweren Skoliose mehrmals gerichtet worden, vermutlich nicht immer zu seinem Vorteil übrigens.«

»Wie meinen Sie das?«

»Irgendwer hat ihn mal auf dem OP-Tisch gehabt, der sein Handwerk nicht zu einhundert Prozent im Griff hatte. Die Operationen, die danach folgten, waren eher dazu da, den Mist, der vorher entstanden war, auszubügeln.«

»Könnte es sein, dass seine Wirbelsäule nicht mehr groß belastbar war?«

Sie kicherte auf.

»Nicht mehr groß belastbar ist eine sehr schmeichelnde Umschreibung für diese Ruine, die er da mit sich rumgeschleppt hat. Viel war damit nämlich wirklich nicht mehr los.«

»Es ist also möglich, dass er wegen dieses Schadens weder viel heben noch viel tragen konnte?«

Wieder musste sie lachen.

»Der konnte vermutlich gar nichts heben oder tragen, Herr Lenz. Seine Wirbelsäule war dazu einfach nicht mehr in der Lage.«

Ein hingenuscheltes »Danke, Frau Weber« war das Letzte, was die verdutzte Rechtsmedizinerin von ihm zu hören bekam, denn Sekundenbruchteile später hatte er das Gespräch beendet.

*

Lenz hatte nach dem Telefonat kurz bei Maria vorbeigeschaut und ihr in knappen Worten erklärt, dass er einen vermutlich unangenehmen Gang vor sich hatte und in ein paar Stunden wieder bei ihr auftauchen würde.

»Du siehst mitgenommen aus«, merkte sie besorgt an.

»Ich weiß«, hatte er geantwortet. »So fühle ich mich auch.«

Dann war er zu seinem Wagen gegangen und hatte sich auf den Weg gemacht.

Die Innenstadt wirkte noch immer wie ausgestorben; wahrscheinlich, dachte der Polizist, sieht es an den Badeseen und in den Freibädern ganz anders aus. Er regelte die Klimaanlage auf die höchste Stufe, drehte die Musik ein wenig lauter und ließ seinen Kleinwagen mit angemessener Geschwindigkeit von Kreuzung zu Kreuzung rollen. Kurze Zeit später hatte er den Stadtteil Niederzwehren erreicht, bog von der Hauptstraße ab, fuhr noch ein paar Augenblicke durch ein ruhiges Wohngebiet und hatte schließlich sein Ziel erreicht.

»Hallo, Paul«, wurde er von Irma Brandt freudig empfangen und ins Haus gebeten.

»Ich will mich kurz mit Ludger unterhalten«, erwiderte er freundlich. »Es geht um eine alte Sache, die lange zurückliegt«, setzte er hinzu, nachdem er ihren irritierten Blick wahrgenommen hatte.

»Na«, ließ sie ihn wissen, »das trifft sich aber gar nicht gut. Ludger liegt nämlich seit gestern Abend im Bett. Er hatte wohl einen leichten Hörsturz, wie der Arzt meint.«

»Aha«, wunderte sich Lenz. »Ich habe ihn gestern noch gesehen, da ging es ihm wie immer.«

»Ja, das mag sein. Gestern Abend allerdings hat er auf einmal auf dem rechten Ohr nicht mehr richtig hören können, deshalb sind wir zur Arztnotrufzentrale gefahren. Zuerst dachten wir an einen Schlaganfall, weil ihm auch schwindelig war und er sich insgesamt ziemlich mies gefühlt hat, aber das hat der Notarzt relativ schnell ausschließen können. Zum Glück«, fügte sie schnell hinzu.

»Zum Glück, ja«, bestätigte der Kommissar.

»Mein guter Ludger hat ja schon seit ein paar Jahren einen viel zu hohen Blutdruck, ist aber, was die Therapie angeht, immer ein bisschen nachlässig gewesen. Auch deshalb waren wir gestern Abend ziemlich in Aufruhr.«

»Ich weiß leider viel zu wenig über einen Hörsturz, Irma«, gestand Lenz ein. »Wie behandelt man denn so was?«

»Er muss ein paar Tage im Bett liegen und darf sich nicht anstrengen oder aufregen. Sein Arzt, der heute Morgen hier war, sagte, dass ein Hörsturz oftmals von Stress ausgelöst wird. Nicht immer, aber eben oft. Das wäre in seinem Fall jetzt nicht so ganz nachvollziehbar, weil er ja gerade erst pensioniert worden ist, aber Dr. Wilms hat mir, nachdem er Ludger eine Spritze gegeben hatte, unter vier Augen erklärt, dass es genau damit zu tun haben kann. Ludgers Stress könnte sein, dass er nicht mehr jeden Tag ins Büro muss, dass er nicht mehr jeden Tag im Präsidium Entscheidungen treffen muss. Der Arzt sagt, dass er das schon öfter genau so erlebt hat.«

»Na ja«, gab Lenz sich ein wenig skeptisch, »so sehr wird er den Dienst schon nicht vermissen, oder?«

»Das ist es ja gerade, sagt Dr. Wilms. Er vermisst den Dienst, aber es ist ihm gar nicht bewusst. Er hat mir geraten, mit ihm zu einem Psychologen zu gehen.«

»Hmm«, machte der Polizist.

Irma Brandt wollte das Gespräch gern weiterführen, wurde jedoch von der polternden Stimme ihres Mannes aus dem Obergeschoss gestoppt.

»Irma?«, schallte es durch das Haus. »Irma, ist da jemand bei dir?«

Sie zog resignierend die Schultern hoch.

»Er hat zwar einen Hörsturz, hört aber trotzdem wie ein Luchs.«

»Mach dir keine Sorgen«, wiegelte Lenz ab. »Der kommt vermutlich schneller wieder auf die Beine, als du gucken kannst.«

»Irma?«, kam es nun noch lauter und fordernder von oben.

»Ja, es ist ja gut, Ludger!«, rief sie. »Wir haben Besuch bekommen.«

»Wer ist es denn?«

»Paul. Paul Lenz ist gekommen.«

Damit drehte sie sich wieder zu ihrem Besucher.

»Der Arzt hat mir ganz ausdrücklich eingeschärft, dass

er sich bloß nicht aufregen soll. Bitte, Paul, halt dich daran und reg ihn auf keinen Fall auf.«

Das kann ich dir aber so was von nicht versprechen, dachte Lenz, seine Antwort hörte sich jedoch völlig anders an.

»Ich werde dran denken, Irma. Keine Aufregung. Versprochen.«

»Kommst du hoch, Paul, oder soll ich mich erst die Treppe runterquälen?«, wollte Brandt aus dem Obergeschoss wissen.

»Geh schon«, schob seine Frau den Kommissar in Richtung der Treppe.

21

»Schön, dass Sie Zeit für mich haben, Herr Minister«, bemerkte der Kasseler Oberbürgermeister Erich Zeislinger mit jener devoten Haltung, die er vermeintlich über ihm stehenden Personen stets entgegenbrachte.

Der Justizminister des Landes Hessen streckte die Hand nach vorn und bat den Besucher in sein Arbeitszimmer. Nachdem die beiden saßen und von einer Sekretärin mit Kaffee versorgt worden waren, sah der Minister den OB fragend an.

»Nun, Herr Zeislinger, was verschafft mir die Ehre Ihres Besuches? Was gibt es so Wichtiges, dass Sie die lange Reise nach Wiesbaden auf sich nehmen, anstatt einfach zum Telefonhörer zu greifen und mich anzurufen, wie Ihre Kollegen aus anderen Städten das machen?«

In der Frage war eine deutliche und keinesfalls positive Wertung versteckt, die Zeislinger jedoch nicht auffiel.

»Natürlich hätte ich Sie einfach anrufen können, aber das wäre der Bedeutung meines Anliegens einfach nicht gerecht geworden, Herr Gockel. Immerhin geht es um ein sehr delikates Thema.«

»Ach so, ein sehr delikates Thema«, erwiderte Jens-Ulrich Gockel, der natürlich genau wusste, warum Zeislinger ihm seine Aufwartung machte. »Um was für ein Thema geht es denn genau?«

»Es geht um die Anstalt, nicht, für die unser schönes Kassel leider als Standort im Gespräch ist. Diese Anstalt für die Sicherungsverwahrten.«

»Aber da ist doch noch gar keine Entscheidung gefallen, Herr Zeislinger. Wir haben ein Denkmodell durchdekliniert, bei dem, das will ich unumwunden einräumen, auch der Standort Kassel eine Rolle gespielt hat. Was allerdings noch lange nicht bedeutet, dass Kassel tatsächlich als Standort dieser Einrichtung ausgewählt wird.«

»Ich weiß Ihre Offenheit durchaus zu schätzen, nicht, Herr Minister, deshalb will ich Ihnen mit der gleichen Offenheit gegenübertreten.«

Zeislinger war nervös, sehr nervös, was sich gut daran festmachen ließ, dass er immer wieder und an den unmöglichsten Stellen in seine Sätze ein ›nicht‹ einbaute. Diese Marotte wurde er, so massiv er sich auch bemühte, einfach nicht los.

»Mir wurde von einem Mitarbeiter aus einem anderen Ministerium mitgeteilt, dass in der letzten Kabinettssitzung quasi beschlossen wurde, diese Anstalt in der Nähe der Strafanstalt Kassel zu bauen. Und ich bin hier, um Ihnen mein Unbehagen darüber deutlich zum Ausdruck zu bringen.«

»Aber, aber, Herr Zeislinger«, entgegnete Gockel jovial. »Über das, was Ihnen ein Dritter aus einer Kabinettssitzung weitergibt, verkneife ich mir jetzt mal jeglichen Kommentar. Allerdings«, fuhr er mit leicht errötetem Gesicht fort, »muss ich schon sagen, dass solch ein Verhalten jede, aber auch wirklich jede Geschmacksgrenze nach unten durchbricht. Und es ist mir wirklich schleierhaft, wie dabei ein solcher Unsinn herauskommen kann, denn ich versichere Ihnen, dass es den von Ihnen angesprochenen Beschluss definitiv nicht gibt. Es gibt ihn einfach nicht!«

Mit seinem letzten Satz hatte der Minister die Stimme deutlich erhoben. Zeislinger, dessen Informant über jeden Zweifel erhaben war, hob entschuldigend die Arme.

»Ich wollte Sie natürlich nicht verärgern, Herr Gockel,

nicht, das wäre das Letzte, was ich wollte. Allerdings bin ich mir wirklich nicht sicher, ob ich Ihnen diese Einlassung zu einhundert Prozent glauben kann.«

Gockel, der dem kleineren Koalitionspartner in der bürgerlichen hessischen Koalition angehörte, also kein Parteifreund von Zeislinger war, schnappte nach Luft.

»Was fällt Ihnen ein? Sind Sie von allen guten Geistern verlassen, mich in meinem eigenen Büro der Lüge zu bezichtigen?«

»Ich bezichtige Sie nicht der Lüge. Ich habe lediglich zu bedenken gegeben, dass Sie, aus welchen Gründen auch immer, nicht alles sagen können oder möchten, was Sie wissen. Und ich weiß nun einmal leider sehr genau, nicht, dass Sie diese Anstalt um jeden Preis in Kassel bauen lassen wollen.«

Jens-Ulrich Gockel, der die Einrichtung ohne jede Frage in Kassel sehen wollte, ließ sich in seinen Stuhl zurückfallen und machte dabei ein zerknirschtes Gesicht.

»Sie sind ein harter Hund, Herr Zeislinger«, bemerkte er mit etwas zu deutlicher Anerkennung, »aber es geht natürlich nicht, dass Sie in mein Büro schneien und mich wie einen dummen Schuljungen behandeln wollen. Und Sie müssen mir einfach glauben, wenn ich Ihnen sage, dass wir noch keine Entscheidung bezüglich des Neubaus der Einrichtung für die Sicherungsverwahrten getroffen haben. Noch einmal, Kassel ist als Standort im Gespräch, aber eben als ein möglicher Standort unter mehreren.«

Zeislinger nahm die Erklärung seines Gegenübers ohne jegliche Regung zur Kenntnis.

»Ich will jetzt nicht darauf herumreiten, dass Sie auch in Kassel geboren sind, Herr Minister, aber es ist schon erstaunlich, dass die großen Infrastrukturmaßnahmen und die Investitionen, die Arbeitsplätze bringen, fast ausschließlich in Südhessen geplant und realisiert werden. Wir in …«

»Moment, Herr Zeislinger, das ist doch einfach nicht wahr. Die Landesregierung investiert über 200 Millionen in den Ausbau des Flughafens Kassel-Calden, das können doch auch Sie nicht einfach mit einem Federstrich wegdiskutieren.«

Zeislinger holte tief Luft.

»Hören Sie doch mit diesem Blödsinn auf; diesen Schmus können Sie den Wählern erzählen, aber nicht mir. Wir wissen beide, dass Calden sich niemals rechnen wird, aber das ist ja auch gar nicht gewollt. Und von Ihren 200 Millionen hat nicht eine Baufirma aus unserer Region etwas, weil das Geld an Unternehmen geht, die, sagen wir mal so, über gute Verbindungen zur aktuellen und ehemaligen Politik verfügen. Zu jener Politik natürlich, die in Südhessen und für Südhessen gemacht wird.«

»Jetzt werden Sie aber ungerecht, Herr Zeislinger. Immerhin kann die aktuelle Regierung nicht dafür verantwortlich gemacht werden, wenn ein ehemaliger Ministerpräsident in die Privatwirtschaft wechselt. Und warum.«

»Er ist zu genau jenem Baukonzern gewechselt, der sich den Löwenanteil an den Ausbauarbeiten in Calden sichern will.«

Gockel legte genervt die Stirn in Falten.

»Das Thema könnte uns sicher noch Tage beschäftigen, Herr Oberbürgermeister, aber Sie kamen ja aus einem ganz anderen Grund zu mir.«

»Ja, das stimmt«, erwiderte Zeislinger, nun offen verärgert. »Und ich sage Ihnen jetzt ganz deutlich und in aller Offenheit, nicht, dass wir diese Anstalt in Kassel nicht haben wollen und sie auch nicht vor die Nase gesetzt kriegen werden. Wenn Sie dieses Ding durchzusetzen versuchen, werden Sie auf den erbittertsten Widerstand stoßen, den Sie sich vorstellen können. Wir haben es nämlich satt, nicht, dass jede x-beliebige unpopuläre Maßnahme in Kassel oder seiner Umgegend realisiert wird, während Wiesbaden und der Rhein-Main-Raum sich die Rosinen herauspicken. Die Vergewaltiger und Kinderschänder sollen nach Kassel, während sich Südhessen Kunst und Kultur gönnt.«

Gockel nahm einen Schluck Kaffee.

»Mein lieber Herr Oberbürgermeister Zeislinger, ich bitte Sie erstens um Mäßigung«, gab er mit einem verstohlenen Blick auf seine Armbanduhr zurück, »und ich versichere Ihnen zweitens noch einmal, dass zu der Realisierung der Einrichtung in Kassel nicht das letzte Wort gesprochen ist.«

Er erhob sich langsam.

»Und jetzt muss ich leider darum bitten, zum Ende zu kommen, weil mein nächster Termin schon in den Startlöchern sitzt.«

Mit diesen salbungsvollen Worten kam er um den Schreibtisch herum und streckte dem völlig verdutzten Zeislinger die Hand entgegen.

»Sie werden sehen, Herr Oberbürgermeister, das wird schon alles in Ordnung kommen. Aber jetzt …«

Damit wies er auf die Tür.

Etwa zehn Sekunden, nachdem Zeislinger das Zimmer verlassen hatte, drückte er auf einen Knopf der Telefonanlage und nahm den Hörer ab.

»Gitti«, erklärte er seiner Sekretärin, »ich brauche sofort eine Verbindung zum Ministerpräsidenten.«

22

Ludger Brandt sah wirklich mitgenommen aus. Er lag auf der rechten Seite des Doppelbetts und trug einen hellblauen Schlafanzug, dessen Farbe sein Gesicht noch fahler und eingefallener wirken ließ.

»Hallo, Paul«, begrüßte er seinen ehemaligen Mitarbeiter mit erstaunlich kräftiger Stimme und wies auf einen Stuhl, der vor der Spiegelkommode stand.

»Setz dich doch.«

Lenz nahm das Angebot an und zog sich den leichten Holzstuhl heran. Nachdem Brandt sich ein wenig zu seiner Erkrankung geäußert hatte, brachte er sein Erstaunen über Lenz' Auftauchen zum Ausdruck.

»Ich habe nicht erwartet, dich so schnell wiederzusehen«, meinte er.

»Aha«, machte Lenz. »Warum das denn?«

»Na ja, ich habe gedacht, ihr hättet erst mal damit zu tun, den Russen zu suchen und so.«

»Ja, das hatten wir auch. Aber die Sache ist schon erledigt.«

Der ehemalige Polizist riss die Augen auf.

»Ihr habt ihn? Und, hat er was damit zu tun, wie ich es dir prophezeit habe?«

»Er ist tot, Ludger«, erwiderte der Hauptkommissar kühl.

»Wie – tot? Wann ist er denn gestorben?«

Lenz ließ sich bewusst lange Zeit, bevor er antwortete.

»Er ist letzte Nacht gestorben. Durch die Kugel eines Polizisten.«

Dann schilderte Lenz seinem ehemaligen Boss den nächtlichen Einsatz in Espenau in allen Details.

»Wir hatten keine Chance. Wir mussten gezielt auf ihn schießen, sonst hätte er uns umgebracht«, beendete er seine Erklärungen.

»Klar, das sehe ich genauso, Paul. Da ist weder dir noch Thilo irgendein Vorwurf zu machen. Mir war ja schon immer klar, dass der Kerl ein Monster ist, das über Leichen geht.«

Er machte ein trauriges Gesicht.

»Nur schade, dass sich die Morde an den beiden Kollegen nun vermutlich nicht mehr aufklären lassen werden. Weil er ja tot ist«, fügte er bedauernd hinzu.

Lenz sah sich in dem Schlafzimmer des Ehepaares Brandt um, das er vorher noch nie betreten hatte. Ein Doppelbett in Nussbaum, ein deckenhoher Wandschrank in Nussbaum und eine Spiegelkommode, natürlich auch in Nussbaum. Die Vorhänge in Himmelblau wollten nach Lenz' Meinung so gar nicht dazu passen, aber darüber konnte man bestimmt veritabel streiten.

»Hör auf damit, Ludger«, erwiderte er völlig ruhig.

Brandt sah ihn irritiert an.

»Womit soll ich aufhören? Was meinst du?«

»Du sollst aufhören, mich weiterhin zum Affen machen zu wollen. Du sollst aufhören, mir diese gequirlte Scheiße von dem Russen zu erzählen, der Schneider und Humpe auf dem Gewissen hat, weil sie ihn in den Knast gebracht haben. Hör einfach auf damit und fang an, mir die Wahrheit zu erzählen.«

»Aber Paul, ich habe keine Ah…«

»Schluss damit, Ludger!«, fuhr Lenz mehr als energisch dazwischen. »Der Russe hat mit den Morden nicht das Geringste zu tun, und das weißt du auch ganz genau. Ich will im Augenblick gar nicht davon reden, dass Thilo und ich wegen deiner Märchen fast von diesem Irren um die Ecke gebracht worden wären, das kommt später. Im Moment interessiert mich ausschließlich, warum du dir diese Geschichte aus den Fingern gesogen hast. Worum geht es wirklich bei der ganzen Sache, und warum mussten die beiden Kollegen sterben?«

Brandt war den Worten von Lenz mit versteinerter Miene gefolgt.

»Du verrennst dich da in was, Paul. Der Russe hatte ein Motiv, und er hatte die Möglichkeiten. Also, was sollte deiner Meinung nach der Ausführung im Weg gestanden haben? Hat er als letzte Worte seine Tatbeteiligung abgestritten?«

»So in etwa, ja.«

Nun wich schlagartig auch noch der letzte Rest von Farbe aus Brandts Gesicht.

»Wie? Du hast mir doch eben erzählt, er hätte nichts mehr gesagt, bevor er gestorben ist.«

»Das hat er auch nicht. Aber trotzdem war er nicht an den Morden beteiligt. Zumindest an diesen beiden nicht. Er war es nicht, weil er es nicht gewesen sein konnte.«

Brandt schluckte deutlich sichtbar, was bei Lenz nur den Verdacht erhärtete, dass sein ehemaliger Chef ihm etwas vorenthielt.

»Was, zum Teufel, macht dich da so ungemein sicher?«, blaffte Brandt ihn an.

»Roman Arkadjew wäre nicht mal in der Lage gewesen, eine Einkaufstüte nach Hause zu schleppen, geschweige denn, einen erwachsenen Mann am Eingang zum Rengershausener Tunnel auf die Gleise zu wuchten. Seine Wirbelsäule war dermaßen kaputt, dass ihm damit die Ausführung dieser Morde schlicht und einfach nicht gelungen wäre.«

Nun fing Ludger Brandt hysterisch an zu lachen.

»Und woher hast du diese wirklich interessante These? Welches Vögelchen hat dir diesen, nach meiner unmaßgeblichen Meinung natürlich, hanebüchenen Unsinn gezwitschert?«

Lenz, der größte Mühe hatte, nicht in Rage zu geraten, verzog angewidert das Gesicht.

»Ich hab so viele Jahre mit dir als direktem Vorgesetzten zusammengearbeitet, dass ich nicht glauben kann, was du hier für eine erbärmliche Nummer abziehst, Ludger. Du weißt, dass diese Räuberpistole vom russischen Rächer gequirlte Kacke ist, und ich weiß es ganz genauso. Irgendwas hat Nobby Schneider und Wolfram Humpe verbunden, und das war nicht dieser verdammte Russe. Also, was ist es gewesen?«

Der Hauptkommissar hatte seine letzten Worte fast geschrien, doch Ludger Brandt blieb trotzdem erstaunlich cool.

»Hier herumzubrüllen, bringt dich auch nicht weiter, Paul. Ich habe dir gesagt, dass Arkadjew den beiden damals den Tod angedroht hat, und jetzt sind sie tot. Das …«, wollte er fortfahren, wurde jedoch von Lenz erneut barsch abgewürgt.

»Und zu allem Unglück ist der Russe genauso tot wie Schneider und Humpe«, zischte er, »was leider dazu führt, dass er sich nicht mehr gegen deinen Vorwurf wehren kann, Ludger. Na, wenn das mal keine gute Nachricht ist.«

»Was willst du damit sagen?«

»Damit will ich sagen, dass ich die Wahrheit am liebsten aus dir herausprügeln würde, aber …«

Er brach seinen Satz ab und stand auf.

»Bis zu diesem Augenblick habe ich immer loyal zu dir gestanden, Ludger, aber das ist nun vorbei. Wenn es hart auf hart kommen sollte, und das wird es, davon bin ich überzeugt, gibt es keine Schonung mehr für dich.«

Damit verließ er ohne ein weiteres Wort oder eine Geste das Schlafzimmer.

»Paul!«, rief Brandt hinter ihm her. »Paul!«

Unten an der Treppe wurde er von der sehr besorgt dreinblickenden Irma Brandt erwartet.

»Was ist denn mit euch los?«, wollte sie erschreckt wissen.

»Mit mir ist gar nichts los, Irma«, gab Lenz zurück. »Aber ich glaube, mit deinem Mann stimmt nicht alles. Red mit ihm, vielleicht kannst du bei ihm was erreichen, bevor der Schaden noch größer wird.«

»Aber Paul, worum geht …?«, wollte sie von ihm wissen, doch der Polizist hatte sich schon an ihr vorbeigedrängt und das Haus verlassen.

Lenz konnte sich nicht erinnern, jemals in seinem Leben so wütend gewesen zu sein, und noch auf dem Weg zum Auto hätte er am liebsten laut losgebrüllt. In seinem Kopf fielen die Gedanken und die Schimpfwörter, mit denen er Ludger Brandt belegte, so sehr durcheinander, dass er einen Augenblick lang glaubte, sie und sich nicht mehr kontrollieren zu können. Dann hatte er den Kleinwagen erreicht, stellte sich neben die Fahrertür, schloss die Augen und holte tief Luft.

Nachdem er ein paar Sekunden regungslos verharrt hatte, war es ihm wieder möglich, seine Gedanken zu strukturieren und damit seine weiteren Schritte zu planen.

*

»Ich muss Sie leider noch mal stören«, erklärte der Hauptkommissar eine halbe Stunde später der verdutzt in der

Tür ihres Hauses stehenden Friederike Humpe, nachdem er mehrfach den Klingelknopf gedrückt hatte.

»Ja, bitte, Herr Lenz. Kommen Sie doch herein.«

Lenz, dessen Hemd bereits seit einiger Zeit schweißnass am Körper klebte, folgte ihr ins kühle Innere des Hauses.

»Es tut mir leid«, bemerkte sie auf dem Weg ins Wohnzimmer, »wenn ich etwas derangiert aussehe, aber …«

Sie vollendete den Satz nicht, und Lenz hatte auch nicht den Eindruck, dass es notwendig wäre.

»Das macht nichts, Frau Humpe«, erwiderte er knapp.

»Möchten Sie etwas trinken?«, fragte die in einem tiefschwarzen, weit geschnittenen Kleid steckende Frau mit einer Geste in Richtung einer Wasserkaraffe auf dem Tisch, nachdem sie sich gesetzt hatten.

»Sehr gern, ja«, antwortete der Polizist, während er ihr ins Gesicht sah. Ihre Augen waren stark gerötet und die Haare hingen leicht wirr vom Kopf herab.

»Ich sagte ja«, schien sie seinen Blick wahrzunehmen, »dass ich heute nicht sehr ansehnlich bin. Aber wer sollte mir das an diesem Tag übel nehmen? Es sind seit gestern Nachmittag so viele Dinge über mich hereingebrochen, und ich glaube, dass ich die wirkliche Tragweite von Wolframs Tod noch nicht einmal im Ansatz überblicken kann.«

»Das mag sein«, erwiderte Lenz leise und bedankte sich mit einem Kopfnicken für das Glas Wasser, das sie ihm reichte.

»Also, was kann ich für Sie tun, Herr Kommissar?«, wollte sie dann mit fester Stimme wissen.

Lenz schluckte.

»Ich muss mich zunächst für mein Verhalten von gestern bei Ihnen entschuldigen, Frau Humpe. Ich war …« Er stockte.

»Ich habe die Argumente, die Sie gegen die Suizidtheorie beim Tod Ihres Mannes angeführt haben, nicht in ausreichendem Maße gewürdigt.«

Friederike Humpe sah den Polizisten irritiert an.

»Soll das heißen …?«

Lenz nickte.

»Ja, das soll es leider heißen. Nach allem, was wir jetzt wissen, wurde Ihr Mann das Opfer eines Verbrechens.«

Damit beschrieb er ihr in kurzen Worten, wie Wolfram Humpe hatte sterben müssen, ohne sie jedoch mit den Details zu quälen. Die Frau kämpfte dabei offensichtlich mit den Tränen.

»Aber wer sollte Wolfram denn auf diese Weise töten? Und vor allem, warum?«

Nun war Lenz verwirrt. Am Tag zuvor hatte sie ihm klargemacht, dass sein Tod auf keinen Fall Selbstmord gewesen sein konnte, und nun zeigte sie sich davon überrascht, dass er umgebracht worden war.

»Das weiß ich nicht, aber deshalb bin ich hier. Es gibt ein paar Dinge in diesem Zusammenhang, die ich gern mit Ihnen besprechen würde.«

»Und was sollen das für Dinge sein?«, fragte sie mit tränenerstickter Stimme.

»Zunächst«, begann Lenz, nachdem er ein paar Sekunden gewartet hatte, »geht es um eine Sache, die ein paar Jahre zurückliegt. Damals wurde ein Russe von Ihrem Mann verhaftet, ein gewisser Roman Arkadjew. Haben Sie den Namen schon einmal gehört?«

Sie schüttelte den Kopf.

»Nein. Ich habe Ihnen doch gestern schon gesagt, dass Wolfram immer eine klare Trennlinie gezogen hat zwischen Dienstlichem und …«

Sie zögerte.

»Oder warten Sie. Diesen Namen hat Wolfram tatsächlich das eine oder andere Mal erwähnt.«

»Können Sie sich daran erinnern, in welchem Zusammenhang er das getan hat? Und wann das gewesen ist?«

»Nein, an die genauen Hintergründe erinnere ich mich nicht mehr. Und das ist ja auch schon eine ganze Weile her.«

»Wie lange ungefähr?«

Sie dachte ein paar Sekunden nach.

»Einige Jahre gewiss. Aber warum fragen Sie so detailliert nach diesem Herrn? Hat er etwas mit Wolframs Tod zu tun?«

»Nach meiner Meinung nicht, aber ich wollte zunächst abklären, ob Ihr Mann den Namen des Russen in der letzten Zeit erwähnt hat.«

»Nein, wie gesagt, daran würde ich mich erinnern.«

»Gut. Das deckt sich mit meinen Überlegungen. Allerdings muss ich Ihnen nun ein paar weitere Fragen stellen.«

»Bitte, nur zu«, wurde er von Friederike Humpe ermuntert.

23

Rüdiger Bornmann schaltete das Radio auf der Anrichte aus und griff nach dem roten Rucksack, der auf dem Flur stand. Dann nahm er das kleine Schlüsselbund vom Sicherungskasten hinter der Tür, trat in den Hausflur und zog das leichte Holzblatt hinter sich ins Schloss.

Humpelnd setzte er sich in Bewegung, hatte ein paar Augenblicke später die Tür zum Fahrstuhl erreicht und fuhr mit dem Lift ins Erdgeschoss. Dort angekommen, griff er nach der billigen Sonnenbrille, die in seiner Hemdtasche steckte, faltete die Bügel umständlich auseinander und schob sie auf die Nase. Während er seinen Kampf mit der widerspenstigen Brille austrug, warf er einen verstohlenen Blick auf die andere Straßenseite, wo ihn besonders ein dunkelroter Opel Vectra zu interessieren schien, in dem er die Gesichter von zwei Männern erkannte. Es waren genau jene Visagen, die er dort erwartet hatte.

An Werktagen verließ er gegen neun, spätestens halb zehn das Haus, um sich auf den Weg zur Straßenbahnhaltestelle und Richtung Thermalbad zu machen. Sonntags jedoch, so wie am heutigen Tag, war er nie vor mittags dorthin unterwegs. Anfangs war ihm dieser Trubel am Sonntagvormittag gar nicht aufgefallen, dann jedoch war er einmal etwas später dort angekommen und hatte sich gewundert, wie angenehm der Besuch dann war. Von diesem Zeitpunkt an wartete er einfach den Zeitpunkt ab, wenn die Familien mit Kindern und die besseren Kreise der Stadt beim Mittagessen saßen und nicht mehr die Saunen und Dampfbäder im Wilhelmshöher Wellnesstempel blockierten. Obwohl, zu Sommerzeiten wie diesen war das eine eher akademische Frage, weil diese Menschen es ohnehin vorzogen, sich in den Freibädern und an den Seen der Region zu vergnügen.

Während er auf das Eintreffen der Tram wartete, warf er immer wieder einen unauffälligen Blick in Richtung des Opels, doch die Insassen machten keine Anstalten, sich aus dem Wagen zu bewegen. Sie würden, wie die Gewohnheit und ihre Erfahrungen mit ihm es ihnen nahelegten, nach Wilhelmshöhe fahren und ihn am Eingang zum Bad erwarten.

*

Bernd Zimmermann sah müde auf die andere Straßenseite, wo in diesem Augenblick Rüdiger Bornmann sichtbar wurde, der vor die Tür trat und mühsam versuchte, sich eine Sonnenbrille auf die Nase zu schieben.

»Verdammter Krüppel«, murmelte der Polizist.

»Was sagst du?«, wollte sein Kollege Chris Neuner, ohne den Kopf zu heben, wissen, der auf dem Beifahrersitz des Vectra saß und in einer Zeitschrift blätterte.

»Nichts. Ich hab nur laut gedacht.«

Nun hob Neuner den Kopf und folgte Zimmermanns Blick.

»Da ist er ja«, bemerkte er und warf das Magazin auf die Rückbank.

»Nur keine Hektik, mein Freund«, wurde sein Elan von seinem Kollegen gebremst. »Der Schwanzlutscher braucht mindestens eine halbe Stunde, bis er sein Wellnessprogramm auf Kosten der Steuerzahler starten kann. Also, lehn dich wieder zurück und halt die Bälle flach.«

Es gab eine kurze Pause.

»Mein lieber Mann«, erwiderte Neuner dann, »die Tatsache, dass der Typ dich gestern vorgeführt hat, steckt dir tiefer in den Klamotten, als ich gedacht hatte. So angefressen hab ich dich ja noch selten erlebt.«

Zimmermann drehte den Kopf nach rechts und funkelte seinen Kollegen an.

»Er hat mich nicht vorgeführt, Chris«, zischte er. »Der Typ hat es drauf angelegt, uns eins auszuwischen. Er hat das vermutlich alles genau so geplant gehabt und sich dann einen darauf heruntergeholt, der blöde Penner.«

»Ja, klar, das hat er genau so geplant … Und warum sollte er so was machen?«

Der Polizist auf dem Fahrersitz wandte den Kopf wieder in die andere Richtung, sah über die Straße und verzog dabei das Gesicht zu einer Grimasse.

»Weil er, wie ich schon gesagt habe, ein Wichser und Arschloch ist. Deshalb.«

Bornmann hatte mittlerweile die Brille dort sitzen, wo sie hingehörte, und trottete langsam und humpelnd auf die etwa 100 Meter entfernte Haltestelle zu. Auf dem Rücken trug er seinen auffälligen, leuchtend roten Rucksack.

Die Polizisten des Überwachungsteams hatten, wie an nahezu jedem der vergangenen etwa 100 Tage, an denen sie Dienst schieben mussten, ihren Dienstwagen so geparkt, dass sie dem ehemaligen Strafgefangenen beim Aussteigen aus der Straßenbahn zusehen und seinen Weg in Richtung des Eingangs zur Therme verfolgen konnten.

»Sollten wir heute nicht lieber mit reingehen, um so einem Blödsinn wie gestern aus dem Weg zu gehen?«, wollte Neuner wissen, nachdem er den Vectra rechts neben dem Eingang abgestellt hatte.

Zimmermann legte die Stirn in Falten und machte dazu eine verächtliche, wegwerfende Handbewegung.

»Von mir aus, mach doch. Ich für meinen Teil werde mir allerdings auf gar keinen Fall den ganzen Nachmittag in der Saunalandschaft der Therme um die Ohren schlagen.«

Damit brachte der Oberkommissar die Lehne seines Sitzes in eine für ihn bequemere Position und ließ sich zurückfallen.

»Du bist die coolste Socke, die ich je kennengelernt habe«, attestierte ihm sein Kollege von der anderen Seite. »Gestern hättest du, wie sich die Kollegen erzählen, den Kerl am liebsten aufgefressen, und heute liegst du schon wieder so seelenruhig hier rum, als sei nichts gewesen. Das glaub ich einfach nicht.«

Zimmermann griff nach einer Schirmkappe, die in der Ablage zwischen den beiden lag, und setzte sie so auf seinen Kopf, dass die Augen verdeckt waren.

»Geh halt rein und plansch ein bisschen mit ihm, wenn dich das sicherer macht. Ich mach derweil ein Nickerchen und halte hier die Stellung.«

Chris Neuner sah unsicher aus dem Seitenfenster. Er hatte absolut keine Lust, für das Fehlverhalten seines Kollegen zur Verantwortung gezogen zu werden, aber er hatte genauso wenig Lust, sich an diesem heißen Tag in die hundertprozentige Luftfeuchtigkeit des Thermalbades zu stürzen.

Verdammt, dachte er, und stieg aus dem Wagen, um sich auf ein Mäuerchen zu setzen und eine Zigarette anzuzünden.

Etwas mehr als vier Stunden später saß er an exakt der gleichen Stelle und sah auf seine Armbanduhr. In der Zwischenzeit hatte er ein wenig geschlafen und war danach zum Bahnhof Wilhelmshöhe geschlendert, um beim dortigen Amerikaner eines der Sparmenüs zu erstehen, die in der Realität, nämlich nach dem Auspacken, um so vieles erbärmlicher aussahen als auf den Fotos über der Theke. Nun wurde er langsam nervös, weil der Mann, den er und sein Kollege zu überwachen hatten, erneut überfällig war.

»Immer noch nichts von ihm zu sehen?«, rief Zimmermann aus dem Wagen.

»Nein«, murmelte Neuner kaum verständlich.

»Was?«

»Nein, nichts von ihm zu sehen. Ich gehe jetzt rein und frage mal nach.«

»Ja, mach das«, kam es von der Fahrerseite des Vectras. »Und richte ihm aus, dass ich ihm eine runterhaue, wenn er uns wieder verarschen will.«

»Wenn du wüsstest, wie sehr du mir mit diesen Sprüchen auf die Nerven gehst«, brummte Neuner leise, während er sich in Bewegung setzte, um keine 30 Sekunden später mit hochrotem Kopf wieder an der Beifahrertür aufzutauchen.

»Er ist weg!«, fauchte er.

»Wie, er ist weg?«, tat Zimmermann, als rede sein Kollege in einer anderen Sprache mit ihm.

»Er ist rein, hat sich eine halbe Stunde ins Restaurant gesetzt, bezahlt und ist anschließend in Richtung Ausgang. Mehr konnte die Tussi am Tresen mir leider nicht sagen. Oder doch, er hat sich, als er gegangen ist, ganz freundlich von ihr verabschiedet.«

»Verdammte Scheiße!«, schrie Zimmermann und schlug voller Zorn auf den Lenkradkranz. »Verdammte Scheiße!«

»Ja, das kannst du laut sagen«, gab Neuner gereizt zurück. »Was glaubst du, was wir jetzt für einen Ärger kriegen; und wir kriegen ihn nur, weil du zu faul warst, ihm ins Innere dieser verdammten Therme zu folgen.«

Sein Kollege lachte hämisch auf.

»Ach was, jetzt bin ich am Ende schuld? Du wolltest doch auf Nummer sicher gehen und ihm nachgehen. Warum hast du es denn nicht gemacht, du Großmaul?«

»Weil ich …«

Er brach ab.

»Ja, warum?«

Neuner öffnete die Tür, setzte sich auf den Schweller und kramte nach der Zigarettenpackung in seiner Brusttasche.

»Es bringt jetzt nichts«, erklärte er zitternd, nachdem er sich den Glimmstängel angezündet hatte, »wenn wir uns hier wie die Kesselflicker streiten und anmachen. Lass uns lieber gemeinsam überlegen, was wir tun können, um möglichst ohne Blessuren aus der Sache rauszukommen.«

Zimmermann sah ihn verdutzt an.

»Was meinst du damit? Wie sollen wir denn deiner Meinung nach möglichst ohne Blessuren aus der Sache rauskommen?«

Neuner dachte eine Weile nach.

»Der Typ ist doch kein Sexualtäter, oder?«

»Nein, das ist er wohl nicht. Er hat seine Frau oder Freundin umgebracht, so genau weiß ich das nicht.«

»Aber es gab kein sexuelles Motiv dafür, das meine ich.«

»Nein, soweit ich weiß, nicht.«

»Und gestern war er ja auch schon zu Hause und hat seelenruhig vor der Glotze gesessen, als ihr bei ihm geklingelt habt?«

»Ob er wirklich vor der Flimmerkiste gesessen hat, kann ich dir jetzt nicht mit Bestimmtheit sagen, aber er war zu Hause, ja.«

Neuner zog gierig an der Zigarette und fuhr sich dabei mit der anderen Hand durch die Haare.

»Dann«, fuhr er fort, wobei ihm beim Sprechen blauer Qualm aus dem Mund strömte, »sollten wir jetzt einfach wieder dahin fahren, wo wir immer stehen, nämlich vor sein Haus, und in zwei oder drei Stunden klingeln wir bei ihm und fragen, ob er wieder gut zu Hause angekommen ist.«

Nun brauchte Zimmermann eine kurze Bedenkzeit.

»Nein, das machen wir auf gar keinen Fall«, lehnte er den Vorschlag seines Kollegen danach rundheraus ab.

»Aber Bernd, was …?«, protestierte Neuner fast flehentlich.

»He, he, nun krieg dich wieder ein. Ich sag ja gar nicht, dass wir es nicht so machen; ich sag nur, dass wir auf gar keinen Fall bei ihm klingeln werden. Diese Blöße gebe ich mir nämlich nicht noch einmal. Wir fahren jetzt zurück zu seinem Haus und tun einfach so, als säße er in seiner Wohnung. Wenn später die Kollegen kommen, um uns abzulösen, sagen wir denen auch nichts anderes.«

Chris Neuner schüttelte hysterisch den Kopf.

»Und wenn er dann doch irgendwann später nach Hause kommt? Ich meine, wir sagen der Ablösung, dass er in seiner Bude sitzt, und dann spaziert er vielleicht seelenruhig auf das Haus zu. Das können wir nicht machen, Bernd.«

»Und ob wir das machen können. Wir behaupten steif und fest, dass er drin gewesen ist, und basta. Außerdem sitzt er vermutlich schon längst auf seiner versifften Couchgarnitur und sieht sich irgendwelche Pornos an. Also, was soll dabei schon schiefgehen?«

»Ich weiß nicht«, machte Neuner einen letzten Versuch.

»Ich weiß nicht, ich weiß nicht«, wurde er von Zimmermann nachgeäfft. »Da hast du endlich mal eine richtig gute Idee, und keine Minute später kriegst du schon wieder das große Muffensausen. Das kannst du dir jetzt voll abschminken. Ich will unserem Boss nämlich nicht schon wieder erklären müssen, warum mir dieser Knastbruder entwischt ist.«

»Wenn du meinst«, stimmte der jüngere Polizist erleichtert zu.

»Ja, genau so meine ich das.«

24

Friederike Humpe lehnte sich zurück. In ihrem Gesicht spiegelten sich ebenso Verachtung wie Empörung wider.

»Wie können Sie es wagen, Herr Lenz, meinen Mann in die Nähe der Korruption zu rücken? Ich bin wirklich gern bereit, Sie bei der Suche nach seinem Mörder zu unterstützen, aber das geht eindeutig zu weit. Wenn Sie keine anderen Fragen haben, muss ich Sie bitten, nun zu gehen.«

Der Hauptkommissar schluckte.

»Es tut mir aufrichtig leid, Frau Humpe, wenn meine Frage Sie verletzt hat, aber ich muss wirklich in jede Richtung denken. Dazu gehört natürlich …«

»Stopp, Herr Kommissar«, unterbrach sie ihn schroff und wies auf den Garten außerhalb.

»Alles, was Sie hier sehen, haben wir uns in mühevoller Kleinarbeit vom Munde abgespart oder selbst gemacht. Es gab, leider, wie ich heute zugeben muss, niemals irgendwelche Sondertilgungen oder sonstige Beträge, für die Wolfram verantwortlich gewesen wäre. Er hat nicht schlecht verdient, das gewiss nicht, aber wir mussten unsere beiden Kinder ebenso durchbringen, wie wir das Haus abzahlen mussten. Uns ist nichts geschenkt worden, und Ihre Frage, ob Wolfram ab und zu Geld nach Hause gebracht hat, über dessen Ursprung er keine Angaben machen konnte oder wollte, beleidigt ihn noch im Tod zutiefst.«

Wieder musste Lenz schlucken.

»Dann möchte ich Sie in aller Form um Verzeihung bitten, Frau Humpe. Vergessen Sie, bitte, einfach meine Frage.«

»Versuchen wir es.«

»Es gibt«, versuchte Lenz einen möglichst eleganten Themenwechsel, »einen weiteren Toten, der auf die gleiche Weise gestorben ist. Sein Name ist Norbert Schneider, ebenfalls ein Polizist. Kannten Sie ihn?«

»Norbert Schneider«, wiederholte sie den Namen langsam.

»Ja.«

»Der Name sagt mir etwas, aber das ist doch alles schon so viele Jahre her.«

»Was ist so viele Jahre her?«, hakte Lenz wie elektrisiert nach.

»Ach, das ist doch alles schon gar nicht mehr wahr«, nahm sie den Faden wieder auf. »Ich jedenfalls kann mich nur noch bruchstückhaft an die ganze Sache erinnern, die sich damals abgespielt hat.«

Welche Sache, hätte der Polizist am liebsten laut losgebrüllt, beherrschte sich jedoch.

»Ich weiß leider überhaupt nicht, um welche Sache es da gegangen sein könnte«, erklärte er stattdessen.

»Na, aber«, formulierte sie, als ob sie es mit einem Kind oder einem Demenzkranken zu tun hätte. »Da gab es doch diesen Mordfall. Ein Mann hatte seine Frau umgebracht. Oder war es seine Freundin? Ich weiß es schon gar nicht mehr. Nach Meinung seines Rechtsanwaltes jedenfalls steckten angeblich ein paar Kasseler Polizisten in der Sache mit drin, aber fragen Sie mich bitte nicht mehr, wie das alles zusammengehört hat. Auf jeden Fall war es so, dass sowohl mein Mann als auch besagter Norbert Schneider vor Gericht aussagen mussten. Worum es im Detail ging, hat Wolfram mir nie genau erzählt. Sie wissen ja, dass er dienstliche und ...«

»Ja, das weiß ich«, wurde sie nun von Lenz sanft unterbrochen. »Er hat zu Hause nie über dienstliche Angelegenheiten gesprochen. Und das war vermutlich auch in diesem Fall so.«

»Ja«, bestätigte sie. »So war es tatsächlich. Außerdem muss ich Sie noch einmal darauf hinweisen, dass die Sache …«

Sie überlegte eine Weile.

»Dass die Sache ungefähr 20 Jahre her ist. Eher noch ein paar Jahre länger. Unsere Tochter ist damals noch nicht einmal eingeschult gewesen, das weiß ich ganz genau.«

»Können Sie sich an den Namen des Mannes erinnern, der vor Gericht stand und verurteilt worden ist?«

Sie zog entschuldigend die Schultern hoch.

»Nein, leider nicht. Wie gesagt, das ist mehr als 20 Jahre her.«

»Und Sie erinnern sich auch nicht daran, in welchem Zusammenhang Ihr Mann und Norbert Schneider aussagen mussten?«

»Nein, auch das nicht.«

»Haben Sie Herrn Schneider irgendwann einmal kennengelernt, Frau Humpe?«

»Aber ja, natürlich. In den Jahren nach dieser Geschichte ist er ab und zu hier gewesen. Wolfram mochte ihn nicht wirklich gern, hat es ihn jedoch niemals merken lassen.«

»Ihr Mann hatte nicht viele Freunde, oder?«

Friederike Humpe griff zu ihrem Taschentuch und schnäuzte sich.

»Nein, das kann man wirklich nicht sagen. Er war sehr wählerisch mit den Menschen, die er in seine Nähe gelassen hat.«

»Und warum hat er es dann zugelassen, dass ihn einer besucht, den er nicht leiden konnte?«

Sie legte die Stirn in Falten.

»Dass er ihn nicht leiden konnte, habe ich so nicht gesagt.

Er mochte ihn nicht wirklich, aber wen hat er denn schon wirklich gemocht?«

Die Frau klang zum ersten Mal ein wenig verbittert.

»Aber Wolfram hat nie darüber gesprochen, warum er ausgerechnet von Schneider Besuch bekam? Oder was der genau von ihm wollte?«

»Nein. Außerdem hat der Herr Schneider wohl irgendwann selbst gemerkt, dass die Sympathielage eher einseitig war, und ist einfach nicht mehr aufgetaucht.«

»Können Sie sich erinnern, wann er Ihren Mann zuletzt besucht hat?«

Wieder überlegte Friederike Humpe eine Weile.

»Das war kurz nach dem Revisionsprozess. Wolfram hat noch so eine Bemerkung gemacht wie ›Jetzt, wo das Urteil rechtskräftig ist, lässt er sich natürlich nicht mehr blicken‹. Verstanden habe ich das nicht, aber ich habe ja vieles nicht verstanden, was mein Mann in seinem Leben gesagt hat.«

*

»Gecks«, meldete sich die vertraute Stimme des Hauptkommissars.

»Ich bin's, Paul«, erwiderte Lenz. Sein älterer Kollege brauchte keine Bedenkzeit, bevor er antwortete.

»Egal, was du willst, vergiss es. Erstens hab ich Urlaub, den du mir selbst genehmigt hast, und zweitens hab ich keine Lust.«

»Es ist wichtig, RW. Verdammt wichtig. Und es dauert auch nur eine halbe Stunde.«

»Hör mir auf mit diesem Schmus. Aus einer halben Stunde ist bei dir noch immer ein halber Tag geworden, Paul. Mindestens.«

»Diesmal nicht. Und diesmal bitte ich dich wirklich aufrichtig.«

Es entstand eine kurze Pause.

»Du bist ein Arschloch.«

»Ich weiß. Kannst du ins Präsidium kommen? Thilo und Uwe hab ich auch schon angerufen.«

»Hoffentlich haben die sich genauso darüber gefreut wie ich.«

Eine knappe halbe Stunde danach saßen die drei Polizisten mehr oder weniger schlecht gelaunt in Lenz' Büro und sahen den Leiter der Mordkommission erwartungsvoll an.

»Es könnte sein, dass ich weiß, warum Schneider und Humpe über die Klinge springen mussten«, begann der.

»Wow«, fand Hain als Erster seine Sprache wieder. »Lass hören.«

In den nächsten fünf Minuten gab Lenz jene Geschichte wieder, die ihm Friederike Humpe erzählt hatte.

»Zu der Zeit bin ich noch mit der Trommel um den Weihnachtsbaum gerannt«, meinte Hain, nachdem er geendet hatte.

»Ich weiß. Du bist auch im Moment nicht mein erster Ansprechpartner; dich brauche ich später.«

»Gut zu wissen«, erwiderte der Oberkommissar leicht gekränkt.

»Aber euch beide«, bemerkte Lenz mit Blick auf Uwe Wagner und Rolf-Werner Gecks, »euch brauche ich jetzt ganz dringend. Und zwar will ich alles wissen, was diesen ominösen Mordfall angeht, von dem die Humpe gesprochen hat. Also, kann sich einer von euch daran erinnern?«

Wagner winkte ab.

»Ich habe so gut wie keine Erinnerung an die Sache, weil ich damals in Hofgeismar stationiert war. Von dem, was in

Kassel passiert ist, haben wir da draußen nichts oder fast nichts mitgekriegt. Ich könnte dir jetzt erzählen, was aus den Zeitungsberichten bei mir hängengeblieben ist, aber das ist doch alles andere als seriös.«

Lenz schüttelte den Kopf.

»Wir müssen so viele Fakten zusammentragen, wie wir können. Klar kommen wir nicht drum herum, auch die Archive zu durchforsten, aber das ist an einem Sonntag nicht möglich. Also, RW, woran kannst du dich erinnern?«

Gecks hatte die ganze Zeit mit geschlossenen Augen und zerknirschtem Gesicht dagesessen und holte nun tief Luft.

»Leider an viel zu vieles davon«, begann er leise. »Damals lief bei der Polizei in Kassel so manches anders als heute. Wir hatten ja noch nicht dieses zentrale Gebäude wie jetzt, und die einzelnen Kommissariate waren in vielen verschiedenen Häusern untergebracht. Rüdiger Bornmann, so hieß der Mann, um den es damals ging, sollte angeblich seine von ihm getrennt lebende Frau umgebracht haben.«

Er holte erneut tief Luft. Lenz hatte dabei das Gefühl, dass ihm die Sache unangenehm war.

»Und, hat er?«

»Das Gericht hat ihn verurteilt, ebenso die Revisionsinstanz. Er hat die volle Ladung gekriegt, also lebenslänglich. Und eigentlich müsste er längst wieder auf freiem Fuß sein, weil das doch schon viel länger als die berühmten 15 Jahre her ist, die bei uns in der Regel lebenslänglich bedeuten.«

»Wo er sich im Augenblick aufhält, klären wir später. Jetzt geht es mir erst mal darum, so viel wie möglich über den Fall von damals zu erfahren.«

»Ob ich dir«, schränkte Gecks ein, »mit meinem löchrigen Gedächtnis da eine große Hilfe sein kann, wage ich mal zu bezweifeln. Das Ding ist ewig her, und außerdem wollte ich das meiste davon gern auch verdrängen, weil es kein Ruhmesblatt für die Kasseler Polizei war, was da abgelaufen ist.«

»Warum?«

»Bornmann ist in einem Indizienprozess verurteilt worden, weil es keine objektiven Beweise gegeben hat. Und viele der Zeugen, die gegen ihn ausgesagt haben, waren Polizisten.«

»Warum das denn?«

»Das weiß ich nicht. Man hat immer gemunkelt, dass Bornmanns Exfrau etwas mit einem Kollegen gehabt hat, aber das wurde nie bewiesen.«

»Weißt du noch, wie sich die Tat zugetragen hat?«

Gecks nickte.

»Klar. Ich war damals ein Frischling, gerade bei der Kripo angenommen, und durfte im Betrugsdezernat für frischen Kaffee, gute Laune und belegte Brote sorgen. Der Fall ging damals groß durch die Presse, deshalb kann ich mich noch an so vieles erinnern.«

Er fuhr sich durch die schütteren Haare.

»Bornmanns Frau hatte sich von ihm getrennt, wie lange vor der Tat, weiß ich aber nicht mehr. Sie war offenbar eine lebenslustige Person, die gern unter Leuten war, er dagegen einer, der lieber zu Hause geblieben ist und sich im Garten engagiert hat.«

»Hatten sie Kinder?«

»Ja, es gab einen Sohn. Der ist von ihren Eltern adoptiert worden, als klar war, dass Bornmann für lange Zeit den Knast nicht mehr verlassen würde.«

Er warf Lenz einen tadelnden Blick zu.

»Aber du wolltest doch wissen, wie sich das alles abgespielt hat.«

»Ja, und ich wollte dich auch nicht unterbrechen. Sorry.«

»Also. Irgendwann nach der Trennung und der Scheidung gab es nachts einen Notruf. Ein Nachbar hatte einen Streit gehört und danach einen Schrei. Als eine Streife am Tatort ankam, lag die Frau mit einem Schal um den Hals im Keller des Hauses. Die Kollegen haben sofort mit der Wiederbelebung begonnen, auch der etwas später eingetroffene Notarzt, doch es war zu spät. Die Frau ist noch in der gleichen Nacht gestorben. Wie ich es in Erinnerung habe, war es so auch besser für sie, weil sie eh nicht mehr viel auf die Reihe bekommen hätte; dafür war ihr Gehirn zu lang von der Sauerstoffversorgung abgeschnitten gewesen.«

Er goss sich ein Glas Wasser ein und nahm einen großen Schluck.

»Schon kurz darauf wurde Bornmann festgenommen, der angab, kein Alibi zu haben, weil er allein zu Hause im Bett gelegen habe. Zunächst gab es nur den vagen Verdacht einer Beziehungstat ohne jegliche Beweise, weil sie sich ja von ihm getrennt hatte, doch damit wäre kein Staatsanwalt der Welt vor Gericht durchgekommen. Und irgendwie haben sich dann auf wie auch immer gearteten Wegen ein paar Indizien gefunden, die ihn letztlich in den Knast gebracht haben.«

»Welche zum Beispiel?«

»In seinem Wagen wurden Faserreste des Schals nachgewiesen, mit dem die Frau erdrosselt worden war, und ein Kollege hat sich entgegen seiner ursprünglichen Aussage plötzlich daran erinnert, dass die Motorhaube seines Wagens warm gewesen sei. Bornmann hat damals in Baunatal gewohnt, seine Frau in Harleshausen. Und außerdem soll er angeblich in der Untersuchungshaft einem Mitgefangenen gegenüber die Tat gestanden haben. Das alles zusammengenommen hat dann ausgereicht, um ihn zu verurteilen.«

Hain schüttelte ungläubig den Kopf.

»Das klingt ein bisschen nach abgekartetem Spiel, oder?«

»Klar. Nur ist es Bornmann nicht gelungen, sich mit seinem Blatt gegen die vielleicht gezinkten Karten der anderen zu verteidigen.«

»Ging denn nicht ein Aufschrei der Empörung durchs Land, nach dem Urteil?«, wollte Wagner wissen.

»Das sollte man annehmen, ja. Aber es gab ein Ereignis, das die ganze Sache medial und inhaltlich überlagert hat, nämlich die deutsche Wiedervereinigung. Der Fall hat sich im Frühsommer 1989 zugetragen, verhandelt wurde im Herbst, und da hatten die Leute anderes zu tun, als sich um einen windigen Mordprozess in Kassel zu kümmern.«

»Du hast vorhin erwähnt, dass die Frau einen Liebhaber gehabt haben soll, es aber nie herauskam, wer das gewesen sein könnte. Gab es da überhaupt keine Gerüchte?«

»Zumindest keine, von denen ich wüsste.«

»Wie ging es weiter?«, wollte Wagner wissen.

»Na ja, während die Sache am Kochen war, hat man in den einzelnen Dezernaten schon darüber geredet, aber als er schließlich verurteilt war, ging man ruck, zuck zur Tagesordnung über. Die Revision hat, wenn ich mich richtig erinnere, ja auch nicht mehr in Kassel stattgefunden so wie der erste Prozess.«

»Hast du vielleicht noch eine Erinnerung, wer die Kollegen waren, die damals vor Gericht ausgesagt haben?«

Gecks schluckte deutlich sichtbar.

»Hmm«, machte er.

»Was heißt dieses Hmm?«, wollte Lenz wissen, nachdem der weißhaarige Hauptkommissar nicht weitergesprochen hatte.

»Derjenige, an den ich mich am besten erinnere, ist Ludger Brandt.«

Eine gefühlte Ewigkeit lang herrschte absolute Stille im Raum. »Das ist ja mal ein Knaller«, bemerkte Thilo Hain schließlich trocken.

»Aber ihr solltet euch wirklich keine ernsthaften Hoffnungen machen, dass dieser Bornmann für die Täterschaft infrage kommt«, bremste Gecks die Gedanken seiner Kollegen. »Der ist nämlich garantiert schon mindestens fünf oder sechs Jahre wieder auf freiem Fuß. Also, warum sollte er gerade jetzt plötzlich damit anfangen, die vermeintlichen Falschaussager von damals umzubringen?«

»Wobei natürlich überhaupt nicht bewiesen ist, dass die Kollegen damals gelogen haben«, schränkte Gecks ein. »Es gab Zweifel, die manchem, wie mir zum Beispiel, auch berechtigt erschienen, aber immerhin ist er von zwei voneinander unabhängigen Instanzen verurteilt worden.«

»Was mich wundert«, warf Thilo Hain einen völlig neuen Gedanken in die Runde, »ist, dass ich nie etwas von dieser Geschichte gehört habe. Ich meine, hey, hier geht es immerhin um einen spektakulären Mordfall.«

»Das wiederum soll nach meiner Meinung nichts heißen«, entgegnete Gecks. »Irgendwie hat sich damals so etwas wie der Korpsgeist durchgesetzt, wobei ich mal dahingestellt lasse, ob das richtig oder falsch war. Als die Sache abgehakt war, gab es eben Wichtigeres zu tun. Und ihr dürft auf keinen Fall vergessen, dass nach der Grenzöffnung '89 das Verbrechen über Kassel hereingebrochen ist wie eine Horde Verhungernder über einen Supermarkt. Wir hatten damals wirklich anderes zu tun, als uns um das vermeintlich falsche Urteil gegen einen Mörder zu kümmern.«

Lenz dachte einen Augenblick lang nach.

»Wenn ich es richtig auf die Reihe kriege, saß Ludger damals auf meinem heutigen Stuhl, was nichts anderes bedeutet, als dass er die Ermittlungen geleitet haben dürfte.«

Seine Kollegen stimmten ihm zu.

»Also hätte er, wenn er gewollt hätte, die Ermittlungen manipulieren können.«

»Mein lieber Mann«, meldete sich Uwe Wagner zu Wort, »das ist schon ziemlich harter Tobak, den du ihm hier unterstellst, Paul. Ich kann zwar nicht sagen, dass mich eine dicke Freundschaft mit Ludger verbindet, aber das geht mir doch ein klein bisschen zu weit.«

»Da ist er wieder, der vielbeschworene Korpsgeist«, ätzte Hain.

Wagner sah ihn entrüstet an.

»Hör bloß mit diesem Scheiß auf, Thilo. Wenn einer hier in diesem Raum einen dicken Haufen auf Korpsgeist scheißt, dann doch wohl ich; aber das, was Paul schlussfolgert, ist wirklich alles andere als belastbar.«

»Es soll ja in diesem Augenblick auch gar nicht belastbar sein, Uwe«, verteidigte Lenz sich. »Ich werte dabei aber auch, dass Ludger sich vom ersten Moment an in die Sache mit den Morden an den Kollegen reingehängt hat und Thilo und ich wegen seinem Unsinn mit dem Russen gestern fast ins Gras gebissen hätten.«

»Kannst du dich denn erinnern, RW«, fuhr Wagner ungerührt fort, »ob die Namen Schneider und Humpe im damaligen Verfahren eine Rolle gespielt haben?«

Gecks schüttelte den Kopf.

»In diesem Verfahren haben die Namen von mindestens einem Dutzend Kollegen eine Rolle gespielt, aber bis auf Ludger kann ich mich nur an einen konkret erinnern, und der ist schon vor mehr als zehn Jahren einem ziemlich üblen Karzinom erlegen.«

Lenz stand auf, zog ein Flipchart aus der Zimmerecke und schob es in den Raum. Dann griff er nach einem der Stifte in der Ablage und fing an zu malen. Als er fertig war, konnten seine Kollegen das komplette Beziehungsgeflecht zwischen den aktuellen Morden und dem damaligen Mordfall nachvollziehen.

»Allerdings steht und fällt alles, was wir hier machen, mit der Information, wo Rüdiger Bornmann sich aufhält. Wenn er schon seit langer Zeit tot ist oder in Australien lebt, haben wir die Arschkarte gezogen. Als Nächstes will ich alle alten Akten zu dem Fall sehen, die noch verfügbar sind. Und ich will wissen, wer in den Prozessen der Verteidiger von Bornmann gewesen ist.«

»Das klingt nicht so, als wäre ich in einer halben Stunde hier raus«, warf Rolf-Werner Gecks dazwischen.

»Weiter«, ging Lenz nonchalant über seinen Einwand hinweg.

»Wir müssen herausfinden, ob …«

Er unterbrach sich, weil Wagner aufgestanden war.

»Was ist los, Uwe?«

»Ich will mal ein paar Telefonate führen«, erklärte der Pressesprecher und ging zur Tür. »Vielleicht können wir das eine oder andere Problem auf dem kleinen Dienstweg lösen.«

Damit verließ er den Raum.

»Gut«, nahm Lenz den Faden wieder auf. »Wir müssen herausfinden, ob es zwischen Norbert Schneider und Wolfram Humpe eine Verbindung gibt, die in dem damaligen Prozess ihren Ursprung findet, oder ob es da etwas anderes gegeben haben könnte.«

Der Hauptkommissar sah Rolf-Werner Gecks eindringlich an.

»Ich weiß, dass es nicht so richtig koscher ist, RW, aber ich will, dass du mit deiner Freundin Britta sprichst. Lass dir alles erzählen, was sie über die Sache von damals noch weiß. Geht das?«

Sein Kollege nickte.

»Dann kannst du von mir aus jetzt abhauen«, setzte Lenz grinsend hinzu.

»Nein, jetzt noch nicht«, gab Gecks nach einem kurzen Blick auf seine Uhr völlig ruhig zurück. »Du hast erst 27 Minuten verplempert, und die restlichen drei will ich auf keinen Fall versäumen.«

»Thilo, du müsstest dich an den Computer setzen und versuchen, ob es im Internet irgendwas gibt, das uns weiterhelfen könnte.«

Hain verzog verblüfft das Gesicht.

»Ich sag es dir nicht gern, du Informationstechnologietotalverweigerer, aber zu der Zeit, in der die Nummer sich abgespielt hat, gab es noch gar kein Internet. Wonach sollte ich demzufolge suchen?«

»Versuch es halt. Wenn es was gibt, gut, wenn nicht, müssen wir ohne diese Quelle auskommen. Außerdem …«

Wagner schob sich durch die Tür zurück ins Büro. Sein Gesicht drückte tiefe Besorgnis aus.

»Ist er tot?«, fragte Lenz.

Der Pressesprecher schluckte, bevor er antwortete.

»Nein, tot ist er ganz und gar nicht. Er ist einer derjenigen Sicherungsverwahrten, die nach dem Urteil des Gerichtshofs für Menschenrechte rausgelassen werden mussten, was vor gut einem Vierteljahr passiert ist.«

»Wer hat dir das gesteckt?«, wollte Hain wissen.

»Ich habe euch doch gestern erzählt, dass ich ab und zu mit der Leiterin der Strafanstalt in Wehlheiden Squash spiele. Die habe ich eben angerufen. Sie hat mich allerdings weiterhin darüber informiert«, fuhr er mit einem stechenden Blick Richtung Lenz fort, »dass dieser Rüdiger Bornmann körperlich ein echtes Wrack ist. Der, und jetzt zitiere ich sie mal, bewegt sich auf einen Stock gestützt vorwärts und wirkt dabei wie ein alter Mann. Außerdem gibt sie zu bedenken, dass der Typ rund um die Uhr überwacht wird. Und wie sollte ein offensichtlicher Krüppel, der unter ständiger Beobachtung der Polizei steht, zwei Morde begehen?«

»Das stimmt«, gab Lenz nach einer kurzen Bedenkzeit zu. »Wenn Bornmann wirklich so kaputt ist, wie sie sagt, ist meine Theorie komplett für die Tonne.«

»Verlass dich drauf, Paul. Die Frau kennt ihn seit Jahren.«

»Also«, resümierte der Hauptkommissar geknickt, »haben wir einen toten Russen, der für die Morde nicht in Frage kommt, weil er sie technisch nicht hätte ausführen können, und wir haben einen lebenden Deutschen, der unter den noch zu prüfenden Umständen möglicherweise ein perfektes Motiv hätte, sich aber ebenfalls selbst aus dem Rennen nimmt, weil er schwerbehindert ist.«

»Wie wäre es, wenn wir darüber nachdenken würden, dass einer der beiden sich eines Helfers bedient haben könnte?«, warf Gecks ein.

»Bei dem Russen schließe ich das nach dem Gespräch mit seinem angeschossenen Adlatus aus. Der ist zwar kräftig und vermutlich auch ziemlich brutal, aber mit bescheidenen geistigen Fähigkeiten ausgestattet. Außerdem hat er totalen Schiss, dass wir ihn zurück nach Russland schicken, wo 20 Jahre Arbeitslager auf ihn warten. Also glaube ich ihm erstens, dass er Arkadjews einziger Helfer war, und ich glaube ihm weiterhin, dass er davon gewusst hätte, wenn sein Boss etwas in dieser Richtung geplant hätte.«

»Was du aber im Falle des Rüdiger Bornmann nicht so ohne Weiteres annehmen kannst«, warf Thilo Hain ein, der seit ein paar Minuten hinter dem Monitor des Computers auf Lenz' Schreibtisch abgetaucht war. »Also sollten wir dem Mann einfach einen Besuch abstatten und ihn uns anschauen.«

Er stand auf und kam um den Tisch herum.

»Zur Not könnten wir zu Fuß bei ihm vorbeigehen, er wohnt nämlich direkt am Stern. Das sagt zumindest das Melderegister.«

»Was ich immer noch nicht ganz rundkriege«, bemerkte Rolf-Werner Gecks, »ist, dass Bornmann erst vor einem Vierteljahr aus der Haft, oder besser der Sicherungsverwahrung, entlassen worden ist. Ich kann mich nämlich gar nicht daran erinnern, dass gegen ihn damals die Sicherungsverwahrung angeordnet wurde.«

»Da kann ich dir weiterhelfen«, mischte Wagner sich ein. »Er hat während der Haft einen Mitgefangenen getötet, vor etwa zehn Jahren, angeblich in Notwehr. Trotzdem gab es erstens einen Nachschlag auf seine Strafe, und zweitens wurde kurz vor deren Ablauf nachträglich die Sicherungsverwahrung angeordnet.«

»Woraufhin der Europäische Gerichtshof für Menschenrechte mit seinem richtungsweisenden Urteil kam und ihm das Tor wieder aufgesperrt hat«, setzte Gecks zynisch hinzu.

»Genau«, meinte Wagner.

25

»Ich will mir drüben in der Eisdiele schnell ein Eis holen. Soll ich dir eins mitbringen?«, fragte Hain seinen Chef, nachdem er den Mazda in die Parklücke vor einem türkischen Gemüseladen unterhalb der Kreuzung am Stern gequetscht hatte.

»Das ist doch mal eine richtig gute Idee, Thilo. Ich nehme einmal Vanille und einmal Schokolade.«

»Waffel oder Becher?«

Lenz betrachtete den flimmernden Asphalt und entschied sich für einen Becher. Während sein Mitarbeiter sich auf die Eisdiele auf der anderen Straßenseite zubewegte, sah er sich ein wenig genauer um. Zu beiden Seiten der vierspurigen Straße, die in der Mitte von Schienen geteilt wurde, befanden sich jede Menge Restaurants, die meisten davon mit türkischem Flair. Es gab ein paar Computerläden und ein größeres Elektrofachgeschäft, in dessen Schaufenster eine Vielzahl von Flachbildfernsehern lief. Während der Kommissar sich noch wunderte, dass es an diesem extrem heißen Sonntag in der ganzen Straße so gut wie keinen Parkplatz gab, kam Hain mit zwei bunten Bechern in den Händen auf ihn zugeschlendert.

»Da drüben in dem roten Vectra sitzen die Kollegen, die ihn observieren«, bemerkte er mit einer Kopfbewegung und reichte Lenz dabei einen Becher weiter.

»Die armen Schweine können einem richtig leidtun«, gab Lenz zurück.

»Gehen wir mal rüber?«

»Ja, aber lass uns zuerst in Ruhe unser Eis essen.«

»Tag, Kollegen«, begrüßte Hain die im Wagen dösenden Polizisten und hielt dabei seinen Ausweis hoch. »Alles klar?«

»Ja, klar, alles klar«, erwiderte der leicht erschreckte Mann auf dem Beifahrersitz und nickte sowohl Hain als auch Lenz, die beide neben der Tür standen, zu.

»Ist euer Schützling zu Hause?«

Der Mann auf dem Beifahrersitz tauschte einen kurzen Blick mit seinem Kollegen hinter dem Lenkrad aus.

»Ja, klar ist er zu Hause. Sonst würden wir ja nicht hier rumsitzen, oder?«, erwiderte er.

»Das stimmt. Gab oder gibt es irgendwelche Probleme mit ihm?«

Wieder ein kurzer Blickwechsel.

»Nein, alles in Ordnung«, lautete die Replik von der Fahrerseite. »Wir verstehen zwar nicht, warum wir einen schwerbehinderten alten Mann, der kaum laufen kann, rund um die Uhr bewachen müssen, aber das geht uns ja eigentlich auch gar nichts an. Wir sitzen halt hier rum und reißen unsere Stunden ab.«

»Ist ganz schön langweilig, oder?«, mischte Lenz sich ein.

»Wir können gern tauschen«, meinte der Beifahrer mit der Andeutung eines Lächelns.

»Meint ihr, wir können ihm einen kurzen Besuch abstatten?«, wollte Hain wissen.

»Das würde ich lassen«, erwiderte der Polizist auf der Fahrerseite eine Spur zu schnell und beugte sich dabei über die Beine seines Kollegen, um die beiden Männer vor dem Wagen besser sehen zu können. »Wir hatten gestern eine Begegnung der dritten Art mit ihm, die uns eine ganze Menge Ärger eingebracht hat, deshalb kann ich von einem Besuch nur abraten. Unser Boss hat persönlich von ganz oben die Order gekriegt, den Mann nur zu observieren. Nichts sonst.«

»Wow. Wirklich von Polizeipräsident Bartholdy persönlich?«

»Richtig. Und ich kann euch nur dringend empfehlen, euch daran zu halten.«

»Worum ging es denn bei dieser Begegnung der dritten Art?«, überging Hain den Tipp seines Kollegen nonchalant.

»Er wollte uns vorführen und hat uns in der Therme verladen. Ist, entgegen seinen sonstigen Gewohnheiten, nicht ins Bad rein, sondern hat sich irgendwie an uns vorbeigeschlichen und ist nach Hause gegangen. Als wir es gemerkt haben und ihn dazu befragen wollten, hat er eine Streife gerufen und sich über unsere Belästigung beschwert. Der Mann kennt sich aus, kann ich dazu nur sagen.«

»So, so«, machte Lenz aus dem Hintergrund. »Aber heute ist er ganz brav gewesen und hat euch nicht verladen?«

»Nein«, antwortete der andere Polizist aus dem Wagen. »Thermenbesuch, Heimfahrt mit der Bahn, alles im grünen Bereich und so wie immer.«

»Ist er schon öfter mal ausgebüxt?«

»Nein«, schüttelte der Beifahrer den Kopf. »Das war das erste Mal.«

»Aber danke für die Warnung, Kollegen«, meinte Hain mit einer kurzen Geste zum Abschied. »Wir versuchen trotzdem mal unser Glück.«

»Was wollt ihr eigentlich von ihm?« Der Oberkommissar ging ein paar Schritte zurück.

»Eine Routinesache. Aber wenn man euch so zuhört,

könnte man meinen, dass er mächtig Eindruck auf euch gemacht hat.«

»Wir wollen nur nicht, dass ihr Ärger kriegt, das ist alles.«

»Lasst mal. Da passen wir schon auf. Im wievielten Stock wohnt er denn?«

»Im fünften. Aber …«

Ein einzelner, strenger Blick des Oberkommissars würgte jedes weitere Wort des Mannes ab.

»Den ganzen Tag im Auto sitzen und blöd auf eine Tür starren, macht die Birne schon ein bisschen trocken«, bemerkte Hain, während er seinem Boss die verglaste Eingangstür zu dem riesigen Wohnblock aufhielt.

»Mag sein«, gab der zurück. »Aber tauschen wollte ich mit denen nun wirklich nicht.«

»Fahrstuhl oder Treppe?«, fragte Hain provokativ, als sie im Innern angekommen waren.

»Welches Stockwerk?«

»Fünftes.«

»Dann natürlich den Fahrstuhl. Oder willst du, dass wir da oben ankommen, als seien wir einen Marathon gelaufen?«

»Er scheint tatsächlich von seiner Fahrstuhlphobie geheilt zu sein«, gab der junge Oberkommissar mit gefalteten Händen und einem angedeuteten, dankbaren Blick Richtung Himmel zurück.

»Hör auf mit dem Quatsch und komm.«

›M. B.‹, stand in kleinen, selbst gemalten Buchstaben neben einer Tür im fünften Stock. Lenz beugte den Kopf nach vorn und legte das rechte Ohr dicht an das Türblatt.

»Da ist Musik«, erklärte er seinem Kollegen, nachdem er den Kopf wieder zurückgezogen hatte.

Hain machte es ihm nach und nickte.

»Eindeutig. Was aber noch lange nicht heißen muss, dass auch jemand zu Hause ist. Vielleicht beschallt er einfach nur seine Blumen.«

»Auch wieder wahr«, stimmte der Hauptkommissar ihm zu. »Glaube ich aber nicht.«

»Und was machen wir jetzt?«, wollte Hain wissen.

»Keine Ahnung. Wir könnten klingeln und ihn fragen, wo er zu den jeweiligen Tatzeiten der Morde an Schneider und Humpe gewesen ist.«

»Womit wir uns selbst den taktischen Vorteil seiner Arglosigkeit torpedieren würden. Er weiß ja bis jetzt nicht, dass er bei uns auf der Liste der Verdächtigen steht.«

Trotz des Einwandes seines Mitarbeiters streckte Lenz den Arm nach vorn und legte die Spitze des Zeigefingers auf die Klingel, drückte jedoch nicht durch.

»Na, was ist?«, knurrte Hain genervt. »Wenn du es so viel besser weißt als ich, dann mach es halt.«

Der Hauptkommissar sah seinen Kollegen einen Augenblick lang entschuldigend an und zog dann den Finger zurück.

»Du hast recht, wir sollten erst mehr wissen. Danach können wir ihm immer noch direkt auf die Füße treten. Komm, lass uns verschwinden.«

*

Nachdem Hain ihn im Präsidium abgesetzt hatte, fuhr Lenz mit seinem eigenen Auto zum Krankenhaus.

»Hallo«, wurde er von Maria begrüßt, die im verdunkelten Zimmer auf dem Bett lag. »Alles in Ordnung mit dir?«

»Ja, so weit schon. Und bei dir?«

»Ich kriege so langsam einen gehörigen Schiss, wenn ich an die letzte Nacht denke. Und ich darf nach Hause, weil ich den Ärzten versprochen habe, dass da jemand ist, der sich ganz liebevoll um mich kümmert, und dass ich die nächsten drei Tage wirklich nur im Bett bleibe.«

»Das ist ja klasse«, erwiderte Lenz begeistert. »Obwohl ich so saumüde bin, dass ich vermutlich noch vor dir eingeschlafen sein dürfte.«

»Das macht nichts, mein Lieber. Dann liege ich neben dir und bewache deinen Schlaf.«

»Und warum bekommst du auf einmal Angst, wenn du an letzte Nacht denkst?«, wollte der Kommissar wissen, während er die Utensilien, die er ihr am Morgen mitgebracht hatte, wieder zusammenkramte und in die Tasche steckte.

»Weil mir so langsam klar wird«, antwortete Maria, die zwischenzeitlich in ihre Klamotten geschlüpft war, »dass ich wirklich und ganz real überfallen und niedergeschlagen wurde. Bis vor ein paar Stunden war das zwar da, hatte aber irgendwie gar nichts mit mir zu tun. Das ist nun anders. Nun fange ich an zu zittern, wenn ich daran denke. Außerdem ist mir noch eingefallen, dass der Kerl, der mir aufgelauert hat, einen ganz üblen Mundgeruch hatte.«

Lenz trat von hinten an sie heran und zog sie in seinen Arm.

»Wir arbeiten daran, dass diese Angst genauso schnell wieder geht, wie sie gekommen ist, Maria. Und wenn wir es allein nicht hinkriegen, nehmen wir eben professionelle Hilfe in Anspruch.«

Sie drehte sich um und küsste ihn sanft auf den Mund.

»Ich will nicht hoffen, dass da was zurückbleibt, Paul, aber wenn doch, machen wir das ganz bestimmt.«

90 Minuten später lagen die beiden nebeneinander in

ihrem eigenen Bett. Und so müde der Kommissar zuvor gewesen war, so aufgekratzt war er nun und wälzte sich von einer Seite auf die andere, während Maria schon eingeschlafen war, bevor ihr Kopf das Kissen tatsächlich berührt hatte. Irgendwann hatte allerdings die Müdigkeit gesiegt. Nachdem er zwei Mal aus einem leichten Schlaf hochgeschreckt war, begann er kurz darauf zu träumen. In diesem Traum stand er Ludger Brandt gegenüber, der ihn hämisch angrinste.

Aber Ludger, wir haben so lange zusammengearbeitet, schrie er den ehemaligen Polizisten an.

Dessen Miene veränderte sich um kein Iota.

Na und? Dafür kann ich mir auch nichts kaufen, gab er stattdessen mit provozierender Gelassenheit zurück.

Aber Ludger, wollte der Hauptkommissar immer und immer wieder rufen, doch Brandt ging einfach weg. Er ging, und Lenz konnte ihm nicht folgen. Er sah ihm nach und wurde immer wütender dabei.

26

Franz Zwick hörte aus großer Entfernung so etwas wie das Zwitschern von Vögeln. Langsam, ganz langsam, kroch das Bewusstsein zurück in seinen Kopf. Der Geschmack in seinem Mund erinnerte ihn an eine Operation vor vielen Jahren.

Damals habe ich noch in Österreich gelebt, fiel ihm dazu ein.

Nur, warum er operiert worden war, hatte er vergessen.

Der Blinddarm.

Nein, den hat mir ein deutscher Arzt herausoperiert.

Er grübelte intensiv, wann und wo er diesen Geschmack, den er im Mund hatte, schon einmal erlebt hatte. Krankenhaus war klar, aber welches?

Jetzt, ja klar! Es ging bei dem Eingriff um seine Mandeln. Sofort kamen Bilder hoch von streng dreinblickenden Krankenschwestern und einem großen Schlafsaal, in dem er mit mindestens zwölf anderen Kindern untergebracht gewesen war.

Klar, die Mandeln. Wie hatte er das nur vergessen können?

Während seines Aufenthaltes im Spital hatten die Ärzte sogar noch einen Herzfehler bei ihm diagnostiziert. Ein Gerassel in der linken Herzkammer, um genau zu sein. Anfang der 60er-Jahre des letzten Jahrhunderts war man noch nicht so erfahren mit diesen Dingen und hatte natürlich auch noch nicht die hocheffizienten Diagnosemöglichkeiten, die heute eingesetzt wurden. Er konnte sich noch gut an das verheulte Gesicht seiner Mutter erinnern, als sie ihm erklärte, dass er ab sofort nicht mehr über die Wiesen und

Almen toben dürfe, weil er nicht ganz gesund sei und er sich auf gar keinen Fall mehr irgendwie anstrengen solle.

Er hatte das, was seine Mutter ihm näherzubringen versucht hatte, zwar nicht richtig verstanden, sich jedoch gefügt.

Jetzt kam auch die Erinnerung an diese ekelig schmeckende Medizin wieder hoch, die er ein halbes Jahr lang einnehmen musste. Irgendetwas mit Eisen. Grauselig hatte es geschmeckt.

Der bittere Geschmack in seinem Mund war stärker als die Erinnerung an die Medizin.

Wie hieß dieses Zeug noch mal, das man früher als Narkosemittel eingesetzt hatte?

Der Name lag ihm genauso schwer auf der Zunge wie der Gout des Mittels. Er hatte einmal ein Buch gelesen, in dem sich ein Arzt damit regelmäßig betäubt hatte, aber auch dessen Titel wollte ihm nicht …

Äther! Sein Mund schmeckte nach Äther.

Aber ich bin doch gar nicht operiert worden.

Wie auch immer, er war sich ganz sicher. Der Geschmack war der gleiche wie der, den er nach der Mandeloperation im Mund gehabt hatte. Wieder kamen Bilder von damals hoch.

Ein Gittergebilde, so etwas wie ein halber Hundemaulkorb. Darin lag eine schneeweiße Lage Mull, auf die eine der streng dreinblickenden Schwestern etwas träufelte.

Neun oder zehn Tropfen, Herr Doktor?, hatte sie durch ihren Mundschutz genuschelt.

Machen S' ruhig zwölf drauf, wir wollen doch nicht, dass der Bub was merkt von dem, was wir gleich mit ihm veranstalten werden, war die Antwort von einem der Männer um ihn.

Zwick erinnerte sich nur zu gut, wie er in diesem Augenblick angefangen hatte, sich zu fürchten, und panisch mit den Beinen zu strampeln begonnen hatte.

Setzen S' ihm halt die Maske auf, war das Letzte, das er hörte, bevor der unangenehme Geruch, den er schon vorher wahrgenommen hatte, so intensiv wurde, dass es ihm den Atem verschlug und er zu würgen beginnen wollte, doch dazu war es nicht mehr gekommen, weil ihm schlagartig schwarz vor Augen wurde. Das Nächste, an das er sich erinnerte, waren die irrsinnigen Schmerzen in seinem Hals, die er sich überhaupt nicht erklären konnte. Und er konnte sich noch sehr gut daran erinnern, dass er den fiesen Geschmack im Mund mindestens eine Woche lang nicht losgeworden war.

Hoffentlich ist das diesmal nicht wieder so, dachte er, während sein Körper von einem leichten Schauer geschüttelt wurde. Er wollte sich aufrichten und auf die Seite drehen, doch seine Extremitäten gehorchten ihm nicht.

Moment mal, wo bin ich eigentlich? Und warum ist mir so kalt?

Während Zwick noch über eine Antwort auf diese beiden Fragen nachdachte, bemerkte er, dass es eine Veränderung der Helligkeit vor seinen geschlossenen Augen gab. Sein rechtes Augenlid wurde von einem Finger berührt und nach oben geschoben.

»Guten Morgen, Herr Zwick.«

Der Kriminalrat versuchte, etwas zu erkennen, doch sein Auge konnte das, was auf die Netzhaut fiel, nicht fokussieren.

»Was …?«, wollte er fragen, doch aus seinem Mund drang nur ein seltsames, leises Gebrabbel. In diesem Moment stieg in dem Kriminalrat eine Welle der Angst empor, wie er sie noch nie zuvor in seinem Leben empfunden hatte.

»Können Sie gut atmen, Herr Zwick?«, wollte die Stimme wissen, nachdem sein Augenlid losgelassen worden war, jedoch in der geöffneten Position verharrte.

Der Polizist hatte, während er über die Frage nachdachte, das Gefühl, dass alles, was er um sich herum wahrnahm, einen deutlich weiteren Weg zu seinem Gehirn zurücklegen musste als normal. Es hörte sich an, als würde eine 45-Umdrehungen-Schallplatte mit 33 Umdrehungen abgespielt.

Warum fragt mich dieser Idiot, ob ich gut Luft bekomme?, wunderte er sich. Doch noch im selben Augenblick, in dem er über eine Antwort nachdachte, wurde ihm bewusst, dass mit seiner Atmung tatsächlich etwas nicht stimmte. Seine Lunge musste sich irrsinnig anstrengen, um genügend Sauerstoff fördern zu können.

Erneut wollte er eine Frage absondern, und wieder blieb es bei dem Versuch.

»Machen Sie sich keine Mühe, Herr Zwick«, kam es von irgendwoher. Auch die Stimme des Mannes, der mit ihm sprach und den er nicht orten konnte, hörte sich undeutlich an und wie durch Watte gesprochen. Dann ertönte plötzlich ein weit entferntes Rattern, das schnell lauter wurde und sich zu einem infernalischen Getöse steigerte, um kurze Zeit später jedoch genauso schnell wieder abzuklingen und schließlich zu verebben. Zwick hatte das Gefühl, wie Espenlaub zu zittern, und durchlebte Höllenqualen der Angst, die sich zu seinem Entsetzen immer aufs Neue zu steigern vermochten.

Womit, verdammt noch mal, soll ich mir keine Mühe machen?, grübelte er. Auf die Antwort, die kurz darauf sein Ohr erreichte, hätte er jedoch nur zu gern verzichtet.

»Sie können sich nicht bewegen, Herr Zwick, also versuchen Sie es bitte gar nicht erst. Ihr Körper ist für Sie nicht mehr erreichbar.«

Wieder eine Steigerung der Angst.

›Ihr Körper ist für Sie nicht mehr erreichbar!‹

Die Worte hallten wie Kanonenschüsse durch seinen Kopf.

Warum denn?, wollte er schreien, doch der Befehl dazu konnte seine Stimmlippen nicht in Bewegung setzen.

Zwick war in seinem Leben nie ein gläubiger Mann gewesen, doch in diesem Augenblick hätte er gern gebetet.

Lieber Gott, hol mich aus diesem Albtraum, hätte seine Bitte vermutlich gelautet, doch er konnte weder seine Hände falten noch war es ihm möglich, die dazu notwendigen Gedanken zu strukturieren.

Ihr Körper ist für Sie nicht mehr erreichbar!

Was war denn nur passiert? Er hatte keine Erinnerung daran, was mit ihm geschehen sein könnte. Gab es vielleicht einen Unfall, an den er sich nicht erinnern konnte?

Er unternahm den Versuch, sich selbst zu beruhigen, doch schon der Ansatz dazu wurde durch seine Schnappatmung und die panischen Gedanken in seinem Hirn unmöglich gemacht.

Der traumatische Geschmack nach Äther in seinem Mund wurde nun garniert von einer Wahrnehmung in seiner Nase, die ihm bis dahin noch gar nicht aufgefallen war; und wieder war er sich sicher, dass er diesen speziellen Geruch kannte. Aber woher?

»Ich weiß, dass Sie mich verstehen können, Herr Zwick«, hörte er die Stimme des Mannes sagen, »und ich weiß auch, dass Sie mir nicht antworten können, aber das macht nichts.«

Wieder hätte Zwick am liebsten losgebrüllt, doch diesmal unternahm er nicht einmal den Versuch dazu, weil sich alles an ihm unendlich kraftlos und zerschlagen anfühlte. Das Einzige, was noch halbwegs zu funktionieren schien, war sein Gehirn, und auch da war er sich nicht wirklich sicher.

Woher kenne ich diesen Geruch?, fragte er sich erneut, und diesmal hatte er eine erste Antwort parat. Er war neulich irgendwo gewesen, und dort hatte es genauso gerochen. Nach Terpentin und Teer und irgendwie ungesund.

Wieder hörte er das zuerst leise surrende, dann bedrohlich anschwellende Geräusch, das sich erneut zu einem Inferno auswuchs, bevor es langsam verklang. Am liebsten hätte der Kriminalrat sich die schmerzenden Ohren zugehalten, doch es kam ihm vor, als seien seine Arme gar nicht mehr mit seinem Körper verbunden. Sie waren einfach aus der Schaltzentrale in seinem Kopf verschwunden, wie die Beine auch.

Was habe ich Ihnen denn getan?, wollte Zwick den Fremden anschreien, was stellen Sie hier mit mir an?

Stattdessen bemerkte er, wie sich aus seinem rechten Auge, das noch immer offen stand, etwas löste und die Wange hinabbewegte. Was …?

Eine Träne. Aus seinem Auge hatte sich, für ihn zunächst nicht spürbar, eine Träne gelöst.

»Es wird Zeit für uns«, ließ der Mann in seiner Nähe ihn wissen.

Der Polizist bemerkte, wie sich jemand an ihm zu schaffen machte. Er wollte sich wehren, wollte aufbegehren, doch noch immer waren seine Extremitäten für irgendwelche Befehle des Gehirns einfach nicht zu erreichen.

Nun hörte er, wie eine Tür geöffnet wurde, und eine Brise der teer- und terpentingeschwängerten Luft wehte über sein

Gesicht. Irgendwo ganz weit in der Ferne schimpfte eine Krähe.

Etwas unter ihm setzte sich in Bewegung, obwohl er sicher war, noch immer in einer gekrümmten Haltung zu liegen. Mit leicht wippenden Bewegungen wurde sein Körper langsam beschleunigt. Von irgendwoher drang ein knirschendes Geräusch an seine Ohren, so, als würden Kieselsteine aneinanderreiben. An seine Pupille, die unscharfe und starre Bilder lieferte, drangen helle und dunkle Reflexe. Wieder wippte sein Körper, und mit einem Mal kam in ihm eine Erinnerung aus seiner Kindheit hoch. Was hatte er es als kleiner Bub geliebt, sich von seinem Großvater in der mit Stroh gepolsterten Schubkarre über den Hof kutschieren zu lassen.

Mehr, Opa!, hatte er, vor Vergnügen quietschend, gerufen, schneller, Opa!

Es fühlte sich genauso an wie damals, nur war es nicht so weich unter ihm und roch nicht nach frischem Gras und Stall. Hier roch es nach Teer und …

Die Erkenntnis, wo er sich befand, traf ihn wie der Schlag eines riesigen, unerbittlichen Hammers.

Bitte nicht, dachte er, bitte nicht!

Das Nächste, was er bewusst wahrnahm, war die Panik, die ihm in jede Zelle seines paralysierten Körpers drang. Er konnte förmlich spüren, wie ihm der kalte Schweiß aus allen Poren schoss, doch er konnte nichts tun, um seine Situation zu verbessern. Mit der blitzartigen, erneuten Steigerung seiner Anspannung wurde seine Atmung wieder flacher; zu flach, um seinen Kreislauf mit genügend Sauerstoff zu versorgen. Er fühlte sich für ein paar Augenblicke so, als sei er im Büro zu schnell vom Schreibtisch aufgestanden oder zu Hause aus dem Bett gesprungen, und bekam einen weiteren Angstschub, weil er befürchtete, ohnmächtig zu werden.

Jetzt packte ihn jemand unter den Kniekehlen und an der Schulter und hob ihn an.

Verdammt, schoss es ihm durch den Kopf, warum kann ich alles spüren, mich aber nicht bewegen? Und zum ersten Mal an diesem Morgen schoss ihm der Gedanke durch den Kopf, dass sein Leben bald zu Ende sein könnte. Es könnte genauso enden wie das von Norbert Schneider und Wolfram Humpe.

Hilfe!, wollte er laut schreien, doch sein Mund öffnete sich keinen Millimeter.

Die Höhe, die er zuvor offensichtlich gewonnen hatte, verlor er nun wieder. Mit großer Vorsicht wurde sein Körper abgesenkt und auf einer kalten Unterlage abgelegt. Dann griffen zwei Hände nach seinem Kopf und bewegten ihn ein paar Mal hin und her, bis er offenbar in einer Position gelandet war, die dem Ausführenden gefiel.

Für Franz Zwick hatte das zwei gravierende Folgen. Zum einen wurde ihm blitzartig kalt am rechten Ohr, zum anderen nahm er sehr leise, nichtsdestotrotz jedoch überaus beängstigende Geräusche wahr.

Damals, als er diese Geräusche schon einmal gehört hatte, waren sie verbunden gewesen mit Abenteuer und Spiel. Sein Freund Jockel hatte ihn aufgezogen und ihn einen Feigling geschimpft, der sich nicht trauen würde, mit dem Ohr auf den Gleisen nach der Bahn zu hören. Sie hatten genau gewusst, wann die pfeifende und stinkende Dampflok an dem kleinen Bahnübergang ankommen würde, weil man sie auf Kilometer die weit geschwungenen Serpentinen heraufkommen sah.

Ach, du traust dich eh wieder nicht, hatte Jockel ihn aufgezogen, doch an diesem Sommertag hatte er nicht mehr gekniffen. Er hatte den Hals lang gemacht und ins Tal geschaut, sich genau angesehen, wo die Bahn fuhr, war danach mit einer schnellen Bewegung auf die Knie gesunken und hatte mit schief gelegtem Kopf das Ohr auf das Gleis gedrückt, um jedoch im selben Augenblick den ganzen Oberkörper hochzureißen und entsetzt und mit weit aufgerissenen Augen in jene Richtung zu schauen, aus der er den Zug erwartete.

Siehst, hatte der Jockel gefeixt, du traust dich halt doch nicht.

Der junge Franz war völlig von dem lauten, kreischenden und unendlich nah erscheinenden Klangteppich überrascht worden, den sein Ohr beim Kontakt mit dem Bahngleis wahrgenommen hatte.

Nachdem er sich erneut vergewissert hatte, dass der Zug noch mindestens vier oder fünf Minuten brauchen würde, bis er bei ihnen angekommen war, bewegte er sich wieder in die Horizontale und legte den Kopf erneut auf das kalte Metall der Schiene. Und diesmal zuckte er nicht zurück.

Er zitterte zwar dabei, doch er lauschte für mindestens eine ganze Minute dem Ächzen und Stöhnen und Wimmern, das die herannahende Lok mit ihren angehängten Wagen auslöste.

Dann war er wie von der Tarantel gestochen hochgesprungen und hatte sich hinter einem Holzstapel in Sicherheit gebracht. Von diesem Tag an hatte der Jockel ihn nie mehr damit aufgezogen, dass er sich nicht trauen würde, der heranbrausenden Bahn zuzuhören.

Nun lag er wieder auf einem Bahngleis, doch diesmal war es weder ein kindliches Spiel noch war es ein Abenteuer, dem er aus eigenem Antrieb ausweichen konnte. Diesmal, das wusste er, war es blanker Ernst. Diesmal ging es um Leben und Tod. Um sein Leben, um seinen Tod.

Jetzt nahm er wahr, dass seine Beine bewegt wurden. Jemand, vermutlich der Mann, der vorher mit ihm gesprochen hatte, zog seinen Körper gerade, was zur Folge hatte, dass auch der Bereich um seine rechte Wade sich schlagartig kalt anfühlte. Dann knirschte wieder der Schotter des Bahndamms. Zwick bemerkte, dass er schlucken wollte, doch auch das war ihm nicht möglich.

Warum funktioniert das alles plötzlich nicht mehr?, hätte er zu gern geschrien.

»Normalerweise bietet man Menschen in Ihrer Lage eine Zigarette an«, hörte er die Männerstimme sagen, »doch das wäre in Ihrem Fall nicht richtig. Wir sollten gemeinsam darauf achten, dass Ihre Atmung funktioniert.«

Nun fielen die Gedanken im Kopf des Polizisten durcheinander wie die farbigen Glassteinchen in einem Kaleidoskop.

Er dachte an Norbert Schneider und Wolfram Humpe. Zu gern hätte er gewusst, ob die beiden in der gleichen Haltung dagelegen hatten, bevor sie …

Nein, bitte nicht, wollte er wieder und wieder schreien, immer allerdings mit dem bekannten Ergebnis. Es gelang ihm nicht.

Doch, jetzt! Der animalische, gepresste Ton, den er ausgestoßen hatte, klang in seinen Ohren wie der Beginn eines neuen Lebens, wie die Auferstehung von den Toten.

»Leben Sie wohl, Herr Zwick!«, wurde seine für eine Nanosekunde aufkeimende Hoffnung von der Stimme aus dem Off brutal im Keim erstickt, deren dazugehörige Schritte sich langsam entfernten.

Nein, wollte er hinterherbrüllen, doch wieder verließ nur

ein kehliger, unverständlicher Laut seinen Hals. Allerdings bemerkte er, dass ihm das Atmen etwas leichter fiel als noch ein paar Augenblicke zuvor.

Die Wirkung dieses verdammten Mittels lässt nach, schoss es ihm durch den Kopf, aber auch die sich daran anknüpfende Hoffnung wurde durch das Anschwellen der Geräusche in seinem rechten Ohr mit aberwitziger Geschwindigkeit zunichte gemacht.

Ich muss mich bewegen!

Langsam, überaus langsam, und nur unter Aufbietung aller seiner Kräfte gelang es ihm nun, seine beiden Augenlider zu heben, doch was er, immer noch leicht verschwommen, wahrnahm, versetzte ihm den nächsten Schock. Er blickte auf eine Tunnelöffnung, ähnlich der, an der sowohl Schneider als auch Humpe gestorben waren.

Und das unheilvolle Geräusch, das an sein rechtes Ohr drang, wurde immer lauter.

Ich will noch nicht sterben, jagte ihm als wehmütiger Gedanke durch den Kopf, bevor der Boden unter ihm leicht zu vibrieren und einige Sekunden später zu beben begann. Das Geräusch steigerte sich zu einem Inferno und veränderte sich noch einmal zu einem kreischenden, hohen Ton.

Der Lokführer hat mich gesehen und die Notbremsung eingeleitet, durchzuckte es Zwick, doch auch diese Hoffnung wurde von der irrsinnigen Druckwelle hinweggefegt, die von der nahezu 100 Tonnen schweren Elektrolokomotive der Baureihe 182 erzeugt wurde, nachdem sie mit kreischenden Bremsen, aber geschoben von 23 Waggons, in den Tunnel eingefahren war.

Ich hätte auf meinem neuen Posten noch so vieles bewirken können, war der letzte Gedanke, den Kriminalrat Franz Zwick in seinem Leben dachte. Dann wurde sein Körper von einer eiskalten, in letzter Konsequenz jedoch warmen und beruhigenden Woge erfasst und hinweggespült.

27

Lenz drehte sich erneut um und zog dabei das Kissen über den Kopf, konnte das Geräusch des Weckers damit jedoch nicht komplett ausblenden. Immer wieder drang das enervierende Brummen des kleinen schwarzen Geräts in seine Ohren.

»Möchtest du auch einen frisch gemachten Espresso?«, hörte er Marias Stimme über sich.

Mit einer schnellen Bewegung schob der Kommissar das Kissen zur Seite und sah nach oben, wo Maria mit einer kleinen Tasse in der Hand zu erkennen war. Ihr Gesicht war mit einer ockerfarbenen Paste bestrichen, nur der Mund und die Augenpartien waren ausgeklammert.

»Was …?«

»Ich konnte schon länger nicht mehr schlafen, also bin ich vor gut zwei Stunden aufgestanden, habe gebadet und danach meinen geschundenen Körper ausgiebig gehegt und gepflegt. Die Überreste davon, die meinem Gesicht augenblicklich noch den Anstrich einer japanischen Geisha geben, werde ich übrigens nicht den ganzen Tag mit mir herumtragen, sondern gleich abspülen.«

»Aber der Arzt im Klinikum hat dir doch aufgetragen, dass du unbedingt im Bett bleiben sollst«, gab Lenz tadelnd zurück.

»Liegen ist liegen; ob nun in der Badewanne oder im Bett, macht für mich keinen nennenswerten Unterschied. Und den Rest meiner Körperpflege hätte ich sowieso erledigen müssen, damit du mich am Frühstückstisch wenigstens halbwegs vorzeigbar findest.«

Der Polizist stöhnte auf.

»Ach, Maria«, konterte er ihre Erklärung besänftigend, »mit dir würde ich mich auch an den Frühstückstisch setzen, wenn du …«

Sie sah ihn erwartungsvoll an, doch er sprach nicht weiter.

»Und, fehlen dir plötzlich die Worte?«

»Nein, nein. Ich bin nur eigentlich noch am Schlafen, deshalb überraschen mich dein Baderitual und dein Äußeres schon ein wenig. Ich habe außerdem gar nicht gemerkt, wie du dich aus dem Bett geschlichen hast.«

»Weil du gepennt hast wie ein Baby«, lachte sie. »Aber ich kann dich beruhigen, du hast ausnahmsweise mal nicht geschnarcht.«

Damit drehte sie sich um und stapfte aus dem Zimmer.

»Wir sehen uns gleich am Frühstückstisch; gedeckt habe ich schon. Die Sache in Espenau vom Samstag ist im Radio übrigens ganz vorn dabei.«

Lenz schälte sich widerwillig aus dem Bett, streifte sich den Bademantel über und ging in die Küche. Dort brühte er sich einen Espresso und setzte sich danach mit der Tasse in der Hand an den Tisch.

»So gefalle ich mir schon deutlich besser«, erklärte seine Freundin, als sie sich ein paar Augenblicke später zu ihm gesellte. »Und dir hoffentlich auch.«

»Na ja, der Kleister von eben hatte auch was«, entgegnete er, wobei er ihr tief und recht treudoof in die Augen glotzte.

»Das war irgendwie so … so …«

»Ja«, half sie ihm unaufgefordert weiter, »sag es ruhig. Das hatte so was Übermaltes, so was … Übertünchtes. Da hat man nicht so viele von den Falten gesehen, die so langsam mein Gesicht verunstalten.«

Der Kommissar sah sie wieder an, doch diesmal ohne jegliche Ironie.

»Du weißt, dass ich jede Falte in deinem Gesicht liebe, Maria, und dass ich mich darüber freue, dass ich sie überhaupt aus der absoluten Nähe betrachten kann. Außerdem muss ich dir immer wieder sagen, dass dieses Gejammer wirklich unnötig ist, denn so viele hast du einfach nicht.«

Maria deutete mit dem Zeigefinger der rechten Hand auf die Partien um die Augen.

»Und was ist das?«

Er beugte sich über den Tisch hinweg und küsste zärtlich die von ihr beklagten Stellen.

»Und jetzt Ruhe, ich will nichts mehr von diesem Blödsinn hören. Sag mir lieber, was die Radioleute über die Sache in Espenau zu berichten hatten. Und dann auf der Stelle zurück ins Bett, sonst verpetze ich dich im Krankenhaus.«

»Spielverderber«, erwiderte sie mit gespielter Empörung, um jedoch gleich fortzufahren.

»Sie haben eigentlich genau das wiedergegeben, was du mir auch schon erzählt hast. Offenbar ging es um einen Deal im Prostitutionsmilieu, der dank der Hilfe von Thilo und dir nicht zustande kam. Und, dass einer der beiden beteiligten Ganoven von der Polizei erschossen wurde, nachdem er das Feuer auf sie eröffnet hatte.«

»Das war alles?«

»Jupp, mehr war nicht.«

»Gut.«

»Wieso ist das gut?«

»Nur so. Und jetzt fragst du für einmal nicht weiter und verschwindest ins Bett. Los!«

»Du bist ja nett zu …«, wollte sie sich beschweren, wurde jedoch vom Klingeln seines Mobiltelefons unterbrochen.

»Das ist bestimmt das Radio«, ätzte sie. »Oder besser noch, das Fernsehen.«

Dann stand sie auf und verkrümelte sich mit schnellen Schritten ins Schlafzimmer, während der Kommissar den Anruf annahm.

»Ja, Lenz.«

»Morgen, Herr Lenz. Hier ist Dr. Franz.«

»Ja, Herr Doktor«, gab der Polizist erstaunt zurück. »Das nenne ich mal eine Überraschung.«

»Hoffentlich eine, die Ihnen keine weiteren Sorgen macht.«

»Wieso? Was haben Sie denn auf dem Herzen?«

»Wir haben«, räusperte sich der Mediziner, »eine Leiche. Wahrscheinlich einen Selbstmörder, aber das ist eben noch nicht ganz raus.«

»Wie meinen Sie das?«

»Es gibt eine männliche Leiche, die im Eingang eines Eisenbahntunnels liegt. Allem Anschein nach handelt es sich in diesem Fall tatsächlich um einen Suizid, aber weil die Eckdaten sich so sehr mit den Fällen der beiden Kasseler Polizisten decken, wollte ich Sie lieber schon einmal vorwarnen.«

»Von welchem Eisenbahntunnel sprechen wir denn, Doc?«

»Nein, nein, es ist nicht der berüchtigte Rengershausener Tunnel. Die heutige Leiche liegt im etwas weiter nördlich gelegenen Mühlenkopftunnel.«

»Gehört das Gebiet, in dem der liegt, nicht schon zu Niedersachsen?«, stellte Lenz zunächst grundsätzlich seine Zuständigkeit infrage.

»Absolut richtig. Ich dachte nur, dass …«

»Ja?«

»Die Sache sieht wirklich wie eine Eins-zu-eins-Kopie der beiden anderen Mordfälle aus, Herr Lenz. Im Augenblick ist meine Praktikantin vor Ort und kümmert sich um die Leiche. Ich kann leider heute nicht aus dem Haus, weil wir eine Delegation des Ministeriums erwarten, die sich hier umsehen will. Sie wissen ja, dass wir gern mehr Geld für unser Institut hätten, und dieser Termin ist dafür von immenser Wichtigkeit. Außerdem ist er schon vor langer Zeit verabredet worden.«

»Nun, ich glaube, dass Frau Weber einen guten Job macht, oder?«

»Auf jeden Fall, ja. Sie hält mich darüber hinaus per Telefon ständig auf dem Laufenden.«

»Gibt es schon irgendwelche Hinweise auf die Identität des Toten?«

»Nein, definitiv nicht. Diesmal hat der Zug nämlich ganze Arbeit geleistet, was nichts anderes heißt, als dass der Kopf …«

»Danke«, unterbrach der Polizist ihn abrupt, »so genau will ich es gar nicht wissen; ich sitze nämlich noch am Frühstückstisch. Aber es ist auf jeden Fall schön, dass Sie mich schon mal informiert haben.«

»Gern. Und sobald ich mehr weiß, melde ich mich sofort bei Ihnen. Bis dann.«

»Bis dann«, murmelte der Kommissar leise, drückte auf die rote Taste an seinem Telefon und sprang auf.

»Ich springe schnell unter die Dusche und muss danach gleich los, Maria«, rief er in Richtung Schlafzimmer.

*

Im Präsidium warteten schon Rolf-Werner Gecks und Thilo Hain auf ihn.

»Es gibt im Internet leider so gut wie gar nichts über den Fall Bornmann«, begann der junge Oberkommissar und schaute dabei auf die oberste Seite des Notizblocks in seiner Hand.

»Lediglich über die Sache mit der erneuten Strafe wegen Totschlags stand mal etwas in der Zeitung, aber nichts, was uns jetzt wirklich weiterbringen würde. Dass gegen Bornmann nachträglich die Sicherungsverwahrung angeordnet worden war, ist gleich gänzlich unerwähnt geblieben. Zumindest online.«

Lenz nickte, drehte den Kopf und sah Gecks erwartungsvoll an.

»Britta, also die Frau von unserem ehemaligen Kollegen, hat da schon mehr herausgelassen, vermutlich sogar alles, was sie von der Geschichte weiß. Allerdings ist das leider ganz und gar nicht viel.«

Er griff in die Innentasche seines Sakkos und kramte einen Zettel hervor.

»Als Erstes hat sie mir erzählt, dass der damalige Fall fast ihre Ehe zum Scheitern gebracht hätte, weil Norbert sich mit dem Aufkommen der Gerüchte, dass ein Polizist darin verwickelt sein könnte, den ganzen Vernehmungen und dem anschließenden Prozess brutal verändert hatte. Er sei kaum noch aus dem Haus gegangen, habe ganz häufig dagesessen und geweint und auch sonst irgendwie gar nicht mehr am Leben teilgenommen. Dabei muss man bedenken, dass die Sache mehr als 20 Jahre her ist und sie damals kaum über 30 war; eine junge Frau also mit Wünschen und Bedürfnissen. Norbert, sagt sie, war schon ein bisschen schrullig, als sie ihn kennengelernt hat, aber so, wie er sich in diesen

Monaten benommen hat, das muss wohl schon ziemlich derb für sie gewesen sein. Wie auch immer, mit der Zeit hat er sich gefangen und ist wieder halbwegs normal geworden, was sie schließlich dazu bewogen hat, bei ihm zu bleiben. Trotzdem ist das Verhältnis der beiden nie mehr gewesen wie zuvor.«

»Hat Nobby ihr irgendwann mal was Substanzielles zu der Geschichte erzählt?«

»Sie sagt nein, und das glaube ich ihr auch. Wann immer sie davon anfangen wollte, hat er komplett zugemacht und sie auflaufen lassen. Es war, so hat sie sich zumindest ausgedrückt, als ob er die ganzen Umstände rund um diesen Fall einfach aus seinem Gedächtnis habe streichen wollen.«

»Merkwürdig, oder?«

»Schon. Aber wir kennen oder besser kannten Norbert Schneider doch. Irgendwie hatte jeder, der mal was mit ihm zu tun hatte, den Eindruck, dass bei ihm eine Schraube locker war.«

»Das stimmt«, bestätigte Lenz. »Hat sie was zu der anderen Sache gesagt, die mit dem Russen?«

»Ja, aber auch das bringt nichts Erhellendes, denn diese Nummer war bei denen zu Hause nicht ein einziges Mal Thema. Norbert Schneider hat sie einfach nie erwähnt.«

»Was ja ins Bild passt«, ergänzte Hain, »weil Ludger mit dem Verdacht gegen den Russen nach meiner Meinung eine Schnapsidee ausgebrütet hat.«

Lenz schluckte und räusperte sich.

»Ich vermute, dass ihr das jetzt nicht gern hören werdet, Jungs, aber ich sage es trotzdem.«

Er stockte.

»Was wäre, wenn Ludger derjenige gewesen wäre, den

man seinerzeit gerüchteweise für den Liebhaber von Bornmanns Frau gehalten hat?«

Stille im Raum. Dann berichtete der Hauptkommissar seinen Kollegen von seinem Besuch am Vortag bei dem ehemaligen Kriminalrat.

»Warum hast du uns das nicht schon gestern erzählt?«, fragte Gecks vorwurfsvoll.

»Ich wollte, aber nachdem Uwe sich so aufgeregt hat, als ich Ludger nur am Rand ins Spiel gebracht hatte, habe ich es mir anders überlegt und wollte noch einmal darüber nachdenken.«

»Was du jetzt gemacht hast«, konstatierte Hain. »Und was dich zu dem Schluss geführt hat, dass Ludger ein ganz böser Finger sein könnte.«

Lenz nickte.

»Aber«, fuhr der Oberkommissar fort, »du redest hier schon noch vom gleichen Ludger Brandt, von dem ich auch spreche, oder? Von dem Ludger Brandt, der damals bereits mit seiner Irma verheiratet war, und der, wie ich in den letzten Jahren selbst miterleben durfte, seine Familie und speziell seine Kinder und Enkelkinder so sehr geliebt hat, dass er wegen ihnen auch seine Karriere drangegeben hätte?«

Wieder nickte Lenz.

»Genau den meine ich, Thilo. Allerdings können wir den Menschen immer nur bis zur Stirn schauen und nicht dahinter.«

Er holte tief Luft.

»Vielleicht irre ich mich, vielleicht wünsche ich mir sogar, dass ich mich irre, aber im Augenblick kriege ich diesen Gedanken nicht aus meinem Kopf.«

Er stand auf, schenkte sich ein Glas Wasser ein und trank es in einem Zug aus.

»Wenn es tatsächlich so ist, dass Ludger uns wegen des Russen einen Bären aufgebunden hat, dann hat er auch sehenden Auges in Kauf genommen, dass wir in diese Scheiße geraten, in der wir schließlich gelandet sind, weil er genau wusste, wozu dieser Mann fähig ist. Das, und hier unterstelle ich ihm mal etwas Positives, würde er nur machen, wenn er damit einem viel schwerwiegenderen Verdacht ausweichen könnte.«

Ein weiteres Glas Wasser.

»Ludger hat vom ersten Augenblick an versucht, sich in die Sache einzumischen. Warum sollte er so etwas machen, wenn er nichts damit zu tun hat? Er hat sogar während seines glorreichen Auftritts beim Chinesen versucht, uns zu den Details der Fälle auszuquetschen mit der Rechtfertigung, dass er mal mit Wolfram Humpe befreundet gewesen sei. Irgendwie würde ich das schon eine gewisse Indizienlage nennen, oder was meint ihr?«

Hain wollte etwas dazu sagen, Rolf-Werner Gecks war jedoch schneller.

»Ich hatte gestern auch mal so eine Eingebung, aber mir ging es dabei wie Thilo. Ich konnte es mir einfach nicht vorstellen, dass unser Oberlangweiler Ludger irgendwann mal ein Killer gewesen sein soll.«

»Killer klingt jetzt aber der Sache nicht angemessen, RW. Außerdem will ich euch noch von einem Anruf erzählen, den ich heute Morgen gekriegt habe. Es gibt nämlich wieder einen Toten in einem Eisenbahntunnel, wie mir Dr. Franz erklärt hat, allerdings diesmal nicht im Rengershausener, sondern im Mühlenkopftunnel.«

»Wo ist der denn?«

»Oberhalb von Spiekershausen.«

»Das liegt auf jeden Fall schon in Niedersachsen«,

erkannte Hain richtig. »Dann sind wir für diese Leiche mal nicht zuständig.«

»Nur«, widersprach Lenz, »wenn sie definitiv nichts mit unseren Fällen zu tun hat. Wenn doch, liegt der Ball klar in unserem Garten.«

»Dann sollten wir schleunigst klären, wer von den Kollegen heute Morgen nicht zur Arbeit erschienen ist«, erklärte der Oberkommissar mit mächtig Ironie in der Stimme.

In diesem Augenblick klopfte es kurz an der Tür, und im gleichen Moment stand Uwe Wagner im Raum.

»Da haben wir ja die ganze Bande auf einmal versammelt!«, rief er gut gelaunt in die Runde. »Aber Kaffee«, stellte er mit bedauerndem Blick auf die Kaffeemaschine am Fenster fest, »gibt es mal wieder keinen.«

»Wenn wir Kaffee trinken wollen, dann kommen wir zu dir, mein Lieber«, gab Lenz zurück und reichte dem Pressemann die Hand. »Was können wir für dich tun?«

»Gar nichts. Ich hab etwas für euch getan, und davon wollte ich schnell berichten und mich dafür loben lassen.«

»So, so«, machte Lenz. »Lass hören.«

»Ich habe, seit ich gestern diesen Raum hier verlassen habe, darüber nachgedacht, was alles an Fakten über diesen Bornmann bekannt ist. Dabei ist mir klargeworden, dass es eigentlich gar nichts ist. Also habe ich heute Morgen noch einmal mit Julia Heinemann telefoniert, meiner Squashpartnerin. Und sie hat euch für heute Nachmittag einen Termin reserviert, um 15.30 Uhr.«

»Das ist doch mal eine gute Nachricht, Uwe. Herzlichen Dank dafür.«

»Ja, das finde ich auch. Sie sagt zwar, dass sie nicht sehr viel Zeit für euch erübrigen kann, aber zumindest für einen

Überblick, was dieser Bornmann für ein Typ ist und wie es zu dieser zweiten Verurteilung kam, sollte es reichen.«

Damit ging er ein paar Schritte rückwärts und tastete nach dem Türgriff.

»Ich hab leider wenig Zeit für euch, weil ich gleich noch zu einem wichtigen Termin beim Chef geladen bin. Es geht um die Pressemitteilung für die Inthronisationsfeier von Zwick, die ja noch aussteht. Hat den übrigens jemand von euch heute Morgen schon gesehen? Ich versuche seit sieben Uhr auf allen Kanälen, ihn zu erreichen, aber der Kerl ist wie vom Erdboden verschluckt und ruft komischerweise auch nicht zurück.«

»Ach, du Scheiße«, murmelten die drei anderen Polizisten wie aus einem Mund.

28

Hain hatte wegen der wieder zu erwartenden Hitze darauf bestanden, dass die beiden Polizisten mit seinem Cabriolet nach Spiekershausen fahren mussten, einem Ortsteil von Staufenberg, der südlichsten Gemeinde Niedersachsens. Er ließ den kleinen Mazda durch den Ort rollen, in dem noch nichts darauf hindeutete, dass irgendwo in der Nähe ein Mensch zu Tode gekommen war. Von der direkt am Ortskern vorbeifließenden Fulda wehte den Beamten ein frischer, würzig riechender Luftzug um die Nase.

Dann hatten sie das Straßenschild mit dem durchgestrichenen Namen des Ortes passiert und sahen etwas oberhalb mehrere Polizeifahrzeuge stehen, dazu zwei Notarztwagen und einen Leichenwagen. Der Oberkommissar parkte am hinteren Ende der Reihe.

»Sie können hier nicht stehen bleiben«, murrte ihn ein schon optisch übelgelaunter uniformierter Polizist an.

»Wir sind Kollegen aus Kassel«, entgegnete Hain möglichst freundlich und hielt dabei seinen Dienstausweis in die Höhe.

»Aber Sie wissen schon, dass wir hier nicht mehr in Hessen sind, oder?«, gab der Mann pampig zurück.

»Ja, das wissen wir. Und wir bleiben auch garantiert nicht länger als unbedingt notwendig. Versprochen.«

Lenz war während der Konversation schon ein paar Meter vorausgegangen und sah von oben auf die etwa zehn Meter unterhalb der Straße liegende Tunneleinfahrt.

»Nein, bitte nicht der schon wieder«, murmelte er.

Hain, der zu ihm aufgeschlossen hatte, sah ihn fragend an, doch der Hauptkommissar deutete wortlos auf einen schlanken Mann im grauen Anzug, der mit wild fuchtelnden Armen auf einen viel dickeren, eher mäßig Gekleideten einredete.

»Oh Gott. Hartmut Bliesheimer, der Schrecken der Bahntrasse«, kommentierte der Oberkommissar die skurril anmutende Szene trocken. »Und der andere ist dein alter Spezi Werner Tenhagen von der Göttinger Mordkommission.«

Hain spielte auf die durchaus auf Gegenseitigkeit beruhende Antipathie zwischen Lenz und seinem Göttinger Kollegen an.

»Und ich hatte wirklich gehofft, dass der alte Sack längst in Pension gegangen wäre.«

»Tja, da hast du wohl Pech gehabt. Gehen wir trotzdem runter?«

»Natürlich! Wir stehen doch nicht wie Schulbuben hier oben rum, die sich die Nasen an der Scheibe des Süßwarenladens platt drücken.«

Werner Tenhagen, der den Mitarbeiter der Deutschen Bahn AG, Hartmut Bliesheimer, mittlerweile weggescheucht hatte, machte ein missmutiges Gesicht, als er die beiden Kasseler Polizisten wahrnahm.

»Was wollen Sie denn hier?«, sonderte der korpulente Hauptkommissar ohne irgendeine vorgelagerte Begrüßung ab.

»Nur mal sehen, worum es hier geht«, erwiderte Lenz freundlich.

»Wenn Sie wissen wollen, worum es hier geht, schicken Sie mir ein Fax mit einer Anfrage. Alles Weitere können Sie auch über die Pressestelle des Polizeipräsidiums Göttingen erfahren.«

»Wollen Sie denn gar nicht wissen«, hakte Lenz, immer noch freundlich, nach, »woher unser Interesse rührt?«

»Nein, kein Bedarf.«

Lenz trat ein paar Schritte auf den Mann zu, worauf seine Nase fast mit dem von vielen roten Adern durchzogenen Riechzinken seines Gegenübers kollidierte, und flüsterte ihm etwas ins Ohr. Tenhagen riss die Augen auf und funkelte den Kasseler Polizisten noch feindseliger an, der sich jedoch einfach umdrehte, ihn stehen ließ und seinen Mitarbeiter aufforderte, ihm in Richtung Tunneleingang zu folgen. Die beiden stiegen die Böschung hinauf und folgten einem mit Platten befestigten, kurzen Stück Weges.

Der weiß lackierte ICE, an dem sie vorbeigingen, funkelte in der hoch stehenden Sonne und blendete sie, sodass sie beim Eintritt in den Tunnel mit Schwierigkeiten beim Sehen zu kämpfen hatten.

»Was hast du dem denn Schönes erzählt, das ihn ebenso empört wie ruhiggestellt hat?«, wollte Hain wissen, doch sein Boss kam nicht mehr zu einer Antwort.

»Hallo, hier bin ich«, meldete sich nämlich die Stimme von Angelika Weber aus der Dunkelheit.

»Guten Morgen, Frau Weber«, begrüßte Lenz die Ärztin mit einem freudigen Lächeln.

»Mein Chef hat mir schon angekündigt, dass Sie vermutlich hier auftauchen würden«, begann sie.

»Das finde ich jetzt aber mal mutig«, erwiderte der Hauptkommissar verwundert. »Darüber haben wir nämlich gar nicht gesprochen. Und eigentlich sind wir …«

»Ich weiß«, unterbrach die Frau ihn, »eigentlich sind Sie hier gar nicht zuständig, das hat er mir auch erzählt. Aber er hat auch gemeint, dass Sie das keinesfalls von einem Besuch des Fundortes der Leiche abhalten würde.«

»Der Mann ist ein Hellseher«, murmelte Hain.

»Nein, das ist er auf keinen Fall«, widersprach sie vehement. »Ich kann mir aber vorstellen, dass er Sie schon das eine oder andere Mal erlebt hat und seine Annahme auf diesen Erfahrungen beruht.«

»Wie auch immer«, mischte Lenz sich wieder ein. »Wissen Sie schon etwas, das für uns von Interesse sein könnte?«

Sie nickte.

»Wenn Sie mich fragen, deckt sich der Fall hier nahezu haargenau mit den beiden, die Sie in Kassel bearbeiten. Der einzige kleine Unterschied, den ich erkennen kann, ist, dass wir es hier mit einem Personenzug zu tun haben und nicht mit einem Güterzug. Ansonsten ist das alles so was von deckungsgleich, dass ich ein Monatsgehalt darauf verwetten würde, was wir …«

Sie deutete auf ein helles Tuch in etwa acht Metern Entfernung, »… im Blut dieser armen Sau da drüben finden werden.«

»Ist er … wieder … aufgeteilt worden?«, wollte Hain zögernd wissen.

Wieder nickte sie.

»Ja, klar. Aber bei einem ICE ist das wohl anders als bei den Loks der Güterwagen. Wir haben es diesmal also nicht mit drei oder vier Teilen zu tun, sondern sein Körper wurde von dem Vorderteil des Zuges einfach in der Mitte auseinandergerissen. Wenn Sie wollen, können Sie schon mal einen Blick auf das Oberteil werfen, es liegt auf der anderen Seite, etwa auf gleicher Höhe.«

Sie griff nach einer Taschenlampe an ihrem Gürtel und reichte sie den Beamten.

»Und keine Angst, heben Sie einfach nur die Seite des Tuchs hoch, die Richtung Tunnelwand weist.«

Über ihr Gesicht huschte die Andeutung eines Lächelns. »Die andere Ecke anzuheben, würde ich Ihnen allerdings auf gar keinen Fall empfehlen.«

»Ich habe eigentlich nicht die Bohne Lust darauf, dieses verdammte Tuch auch nur einen einzigen Millimeter anzuheben«, meinte Hain eine knappe Minute später, als die Polizisten vor der hellen Kunststofffolie angekommen waren, unter dem ein Teil der Überreste des Toten verborgen war.

»Und ich hab keine Lust, dass du wieder den Bahndamm vollkotzt. Also gib mir die Taschenlampe und schau einfach Richtung Zug.«

»Das könnte dir so passen«, widersprach der Oberkommissar mit einer Vehemenz, die Lenz nicht erwartet hätte, reichte jedoch trotzdem die Taschenlampe weiter. »Dass ich mich dann wieder den ganzen Tag von dir als Weichei oder Pussy oder so was beschimpfen lassen muss. Nee, lass mal. Ich heb hoch, und du schaust nach, ob unser unseliger Verdacht stimmt.«

Lenz sah an seinem Kollegen vorbei und versuchte, einen Blick in den ICE hinter ihm zu erhaschen. Die Fenster waren allesamt verwaist und leer; offenbar hatte man glücklicherweise die Wagen, die der Fundstelle der Leiche am nächsten waren, geräumt.

»Dann mal los«, brummte der Hauptkommissar und schaltete die Lampe an.

Hain griff vorsichtig nach der linken oberen Ecke des Tuchs, umfasste es mit nach vorn gestrecktem Zeigefinger und Daumen und hob es langsam an. Lenz folgte seinen Bewegungen mit dem Lichtkegel und schwenkte schließlich nach rechts, wo er in das blutverschmierte, aber irgendwie glücklich aussehende Gesicht von Franz Zwick blickte.

»Ist gut, lass fallen.«

»Ist er es?«, wollte Hain wissen, während er die Folie wieder in die gleiche Position brachte wie bei ihrem Eintreffen.

»Komm, ich muss hier raus«, murmelte Lenz und setzte sich in Bewegung.

»Was ist denn nun?«, hakte sein Kollege nach, der stolpernd hinter ihm herlief.

»Er ist es«, war das Einzige, das Lenz herausbrachte.

*

»Die Identität des Toten ist geklärt«, informierte Hain Angelika Weber, die, über den anderen Leichenteil gebeugt, auf dem Schotter des Bahngleises kniete. Zum Glück für Hain und Lenz war es an der Stelle zu dunkel, um Genaueres erkennen zu können. »Es ist tatsächlich wieder ein Kollege von uns. Leider.«

»Klasse«, erwiderte sie emotionslos, »dann können Sie mir ja meine Taschenlampe zurückgeben.«

Der junge Kommissar kam ihrem Wunsch überaus zögerlich nach.

»Nur die Ruhe. Ich werde sie erst dann wieder anschalten und auf dieses Fragment hier richten, wenn Sie schon lange außer Sichtweite sind. Okay?«

»Ja, das wäre gut.«

»Kannten Sie ihn gut?«

»Er war unser Chef.«

»Hoho«, meinte Frau Weber mit einem warnenden Unterton in der Stimme, »dann würde ich Ihnen von nächtlichen Spaziergängen am Gleiskörper bis zur Aufklärung des Falles verschärft abraten.«

»Machen wir. Wann können wir die Ergebnisse der Obduktion haben?«

»Wenn alles glattgeht, schon heute Nachmittag. Wir wissen ja jetzt, wonach wir suchen müssen.«

Als die beiden Kasseler Polizisten den Ausgang erreicht hatten, stürmte Hartmut Bliesheimer, der Mitarbeiter der Deutschen Bahn AG, auf sie zu und wollte vermutlich gerade mit seinem Forderungskatalog zur Freigabe der Strecke loslegen, doch Lenz ließ ihn eiskalt auflaufen.

»Halten Sie einfach den Mund, Herr Bliesheimer. Erstens sind mein Kollege und ich hier leider nicht zuständig, und selbst wenn wir es wären, würde ich immer noch nicht mit Ihnen sprechen. Also, wenn Sie etwas wissen oder loswerden wollen ...«, deutete er auf Werner Tenhagen, der mit ein paar Uniformierten zusammenstand und rauchte, »... wenden Sie sich vertrauensvoll an den Herrn dort drüben.«

»Aber der will doch ...«, machte der Bahnmitarbeiter einen weiteren Versuch, wurde jedoch von einem einzigen, extrem bösen Blick des Beamten zum Schweigen gebracht.

»Wenn Sie wissen wollen, um wen es sich bei dem Toten handelt, Herr Tenhagen«, raunte Lenz dem Göttinger Kollegen im Vorübergehen zu, »schicken Sie mir einfach ein Fax mit einer Anfrage. Oder wenden Sie sich am besten gleich an die Pressestelle des PP Kassel, da hilft man Ihnen sicher gern.«

»Einen kleinen Moment bitte, Herr Lenz«, flötete der korpulente Mann mit einer nicht für möglich gehaltenen Freundlichkeit in der Stimme hinter ihm her, »vielleicht können wir die Sache ja abkürzen und ...«

Damit hatte er mit ein paar schnellen Schritten seinen schweren Körper neben den von Lenz geschoben.

»Wir sind immerhin Kollegen und sollten auch dementsprechend miteinander umgehen«, japste er.

Hain, der die Szene beobachtet hatte, starrte zunächst den Göttinger Polizisten und danach seinen Boss irritiert an.

»Das stimmt allerdings, Herr Tenhagen«, erwiderte Lenz ungerührt, ohne seinen Schritt zu verlangsamen.

»Ich bitte Sie, bleiben Sie stehen, Herr Lenz.«

Nun stoppte der Kasseler Kripomann ebenso abrupt wie freundlich grinsend.

»Gern. Was wollen Sie mit mir besprechen?«

»Sie wissen, wer der Tote ist?«

»Ja.«

»Und, wer ist es?«

»Ein Kollege von uns. Sie haben doch bestimmt in der Zeitung gelesen, dass zwei Kasseler Polizisten sich das Leben genommen hätten. Das ist leider falsch, es hat sich dabei um Morde gehandelt.«

»Um Morde?«, stammelte der dicke Mann kaum verständlich.

»Ja. Und da drüben im Tunnel liegt mit Franz Zwick ein weiterer Polizist aus Kassel.«

»Der Kriminalrat?«

»Hmm«, machte Lenz. »Und spätestens nach der Obduktion glaube ich, dass wir in Kassel auch diesen Fall übernehmen werden. Sie haben doch nichts dagegen, oder?«

Obwohl der Satz am Ende ein Fragezeichen trug, hatte er rein gar nichts von einer Frage.

»Nein, natürlich nicht. Ich werde Ihnen, sobald mir das Ergebnis der Obduktion vorliegt, natürlich darüber berichten.«

»Natürlich. Vielen Dank schon mal dafür. Bis dahin.«

Damit wandte sich der Hauptkommissar ab und stapfte die Böschung hinauf.

»Ich würde dich zur Not auch mit vorgehaltener Waffe dazu zwingen«, teilte Hain seinem Chef überaus sachlich mit,

»mir zu sagen, warum der Kerl auf einmal so handzahm war. Was um alles in der Welt hast du dem alten Grantler da unten ins Ohr geflüstert?«

»Das erzähle ich dir vielleicht mal, wenn ich in Pension gehe, Thilo. Jetzt haben wir andere Sorgen.«

»Zum Beispiel, dass unser Chef da unten als Hackfleischportion rumliegt?«

»Zum Beispiel. Mir fehlt zwar jegliches Gefühl der Trauer, aber wir müssen trotzdem herausfinden, wer dafür verantwortlich ist, dass er so übel zugerichtet aus dem Leben hat scheiden müssen.«

»Na«, warf Hain dazwischen, »das sollte doch spätestens jetzt klar sein. Nach meiner Meinung kann für alle drei Morde nur dieser Bornmann infrage kommen. Sein Motiv ist selten eindeutig.«

Lenz schüttelte widerwillig den Kopf.

»Hier irrt der Fachmann, leider. Zwick kann definitiv mit dieser Bornmann-Geschichte nicht das Geringste zu tun gehabt haben.«

»Was macht dich da so sicher?«

»Er war zu der Zeit, in der sich das abgespielt hat, noch gar nicht in Kassel; das weiß ich ganz genau. Er kam erst vor ungefähr acht Jahren aus Frankfurt nach Nordhessen.«

Hain machte ein langes Gesicht.

»Das ist doch scheiße, Paul.«

»Worauf du einen lassen kannst«, erwiderte der Hauptkommissar, griff zu seinem Telefon und wählte die Nummer von Uwe Wagner.

»Ich bin's, Paul«, meldete er sich, nachdem der Pressesprecher das Gespräch angenommen hatte. »Ich brauche noch mal deine Hilfe, Uwe.«

29

»Kommen Sie bitte herein, meine Herren«, forderte der Mann im weißen Kittel die beiden Polizisten auf, die gegenüber der Tür zu seinem Büro gewartet hatten.

»Ich bin Dr. Schamberg, der ärztliche Leiter des Zentralkrankenhauses der JVA«, erklärte er nach einem kurzen Händeschütteln. »Frau Heinemann, die Direktorin der Anstalt, hat mir in aller Kürze erklärt, worum es bei Ihrem Besuch geht, aber so ganz genau verstanden habe ich es nicht«, gestand der sympathisch wirkende Mediziner freimütig ein.

»Es geht«, begann Lenz, nachdem Hain und er vor dem Schreibtisch Platz genommen hatten, »um einen Mann, der bis vor ein paar Monaten hier untergebracht war. Rüdiger Bornmann.«

»Ja, ich erinnere mich sehr gut an Herrn Bornmann. Was ist mit ihm?«

»Darüber wissen wir zu wenig und deshalb sind wir hier. Es geht uns in der Hauptsache um seine Behinderung.«

»Ja, seine Behinderung. Eine sehr unangenehme Sache; fast schon tragisch.«

»Wieso?«, wollte Hain wissen.

»Nun ja, er hat sie sich immerhin während seiner Haftzeit zugezogen, was kein Prädikat ist für die Anstalt. Aber das sage ich Ihnen im Vertrauen und baue darauf, dass es unter uns bleibt.«

»Versprochen«, bestätigte Hain. »Aber am besten schildern Sie uns von Anfang an, wie es dazu kam.«

»Die Geschichte ist eigentlich ganz schnell erzählt. Vor etwa zehn Jahren gab es hier in der Anstalt einen Mann, der über allen anderen stand. Er saß wegen verschiedener Delikte ein, vor allem Körperverletzung, einmal davon sogar mit Todesfolge. Herr Bornmann und er waren sich ein paarmal über den Weg gelaufen, und offensichtlich mochte dieser Albert Feist, so hieß er, ihn nicht. Feist, ein Kerl von zwei Metern Größe und fast ebenso breit, erpresste von den meisten der Mitgefangenen auf irgendeine Weise Geld, das wusste hier auch jeder, doch Bornmann war einer der wenigen, die sich weigerten zu zahlen. Deshalb wurde er einmal von dem Riesen, wie ihn hier alle nannten, ziemlich übel zugerichtet. Das hat er bei der Anstaltsleitung zur Anzeige gebracht, aber es hat sich niemand auch nur im Ansatz damit beschäftigt. In einer JVA gehört Gewalt, ob man es nun gut findet oder nicht, eben zur Tagesordnung. In diesem Fall jedoch hat sich leider die ganze Ohnmacht der Justiz gezeigt. Ein paar Wochen nach dem ersten Vorfall kam es zu einer weiteren Auseinandersetzung, in deren Verlauf Bornmann wieder viele Schläge hat einstecken müssen. Aber diesmal war er darauf vorbereitet gewesen und hat Feist, während der auf seinen Kopf eindrosch, einen Schraubenzieher mitten ins Herz geschoben. Ein kleiner, unscheinbarer Schraubenzieher, an der richtigen Stelle eingesetzt, hat gereicht.«

»Wir haben«, erklärte Lenz, »bereits von diesem Vorfall gehört, Herr Doktor, aber danke, dass Sie ihn uns noch einmal in dieser Ausführlichkeit geschildert haben. Wie ging es danach mit Bornmann weiter?«

»Er kam auf die Intensivstation und hat tagelang mit dem Tod gerungen, schlussendlich jedoch knapp überlebt. Was ihm jedoch den Prozess wie auch das daraus resultierende Urteil nicht erspart hat. Er wurde wegen Totschlags verurteilt.«

»Gab es niemanden, der die Sache beobachtet hatte? Keine Zeugen?«

Schamberg verzog müde das Gesicht.

»Wir sind hier im Knast, Herr Lenz. Sie können überzeugt davon sein, dass viele Häftlinge die Sache gesehen haben, aber dazu gesagt hat natürlich keiner etwas. Das macht man hier drinnen so, wenn man keinen Ärger haben will.«

»Was schließlich dazu geführt hat, dass Bornmann auch noch die nachträgliche Sicherungsverwahrung aufgebrummt bekommen hat.«

»Ja. Das auch noch. Aber für ihn mindestens ebenso tragisch war die Tatsache, dass er sich zunächst gar nicht an den Angriff von Feist und die Einzelheiten erinnern konnte. Das kam erst Wochen später wieder, und auch nicht komplett. Und je mehr an Erinnerung wiederkam, desto größer wurden seine körperlichen Ausfälle.«

Er holte tief Luft, sah die Polizisten betroffen an und ließ sich in seinen Sessel zurückgleiten.

»Dazu muss man wissen, dass Herr Bornmann bei der Attacke von Feist ein wirklich schweres Schädel-Hirn-Trauma davongetragen hatte. Das …«

»Moment, bitte«, ging Hain dazwischen, »Sie sagen, dass die körperlichen Ausfälle erst nach und nach aufgetreten sind? Könnte es sein, dass Bornmann sie nur vorgetäuscht hat?«

Der Gesichtsausdruck des Arztes wurde noch trauriger.

»Hat Ihnen irgendjemand so etwas erzählt?«

»Nein, warum?«

»Weil es vereinzelt Gerüchte über eine solche Vorgehensweise gab. Ich persönlich hatte zwar nie den Eindruck, dass Herr Bornmann seine Behinderung gespielt haben könnte, aber …«

Er stockte.

»Ja? Was – aber?«

»Einer der Aufseher will ihn angeblich einmal dabei beobachtet haben, wie er ohne irgendwelche körperlichen Einschränkungen Kniebeugen gemacht hat. Das würde darauf hinweisen, dass er simuliert, aber es wurde trotzdem nie weiter untersucht.«

»Wie kommt das?«

Nun verfinsterte sich der Gesichtsausdruck des Mediziners.

»Weil wir schon mit der regulären Arbeit nicht nachkommen, meine Herren. Weil wir seit Jahren weit jenseits der Grenze unserer Leistungsfähigkeit arbeiten müssen. Und weil sich scheinbar auch niemand dafür interessiert hat, ob Bornmann simuliert oder nicht. Der Mann war, spätestens, nachdem die Sicherungsverwahrung verhängt wurde, im Niemandsland des Strafvollzugs angekommen. Und in diesem Niemandsland gehen die Uhren nun einmal anders. Außerdem: Wem wäre geholfen gewesen, wenn wir ihm das Vortäuschen der Behinderung hätten nachweisen können?«

»Na ja«, wollte Lenz etwas dazu sagen, doch Schamberg schien es nicht wahrzunehmen.

»Und es gibt einen weiteren Punkt«, fuhr er deshalb fort, »und der ist für mich der ausschlaggebende, meine Herren. Es stand nämlich nicht zu erwarten, dass Rüdiger Bornmann jemals wieder in Freiheit kommen würde. Es war ganz im Gegenteil so gut wie sicher, dass er innerhalb der Mauern dieses Gefängnisses sterben würde. Also, warum hätte er diese Behinderung vortäuschen sollen?«

»Moment, Herr Doktor«, widersprach Lenz nun energisch. »Sie sagten, dass seine Verletzung und die daraus resultierende Behinderung um die zehn Jahre zurückliegen. Wenn ich es richtig sehe, konnte er zu diesem Zeitpunkt noch gar nicht wissen, dass irgendwann die Sicherungsverwahrung gegen ihn angeordnet werden würde. Also könnte es durchaus sein, dass er sich einen Vorteil davon versprochen haben könnte, als behindert zu gelten.«

Schamberg griff nach einem Kuli auf dem Tisch und begann, mit dem Stift zu spielen.

»Das mag richtig sein, Herr Kommissar. Trotzdem bin ich davon überzeugt, dass Herr Bornmann seine Behinderung nicht simuliert hat oder noch immer simuliert.«

»Gibt es keine Tests, denen man ihn hätte unterziehen können? Ich meine nicht hier in der Anstalt, sondern bei einem Arzt außerhalb?«

Der Arzt dachte kurz nach.

»Selbstverständlich gibt es Tests in dieser Richtung, und es gibt auch Spezialisten für diese Problemstellung, ganz ohne Frage. Aber noch einmal die Rückfrage: Wem hätte es nützen sollen, ihn als Simulanten zu überführen? Und die nächste Frage schließt sich gleich an. Wissen Sie, was derartige Untersuchungen für Kosten nach sich ziehen?«

Er warf den Kuli zurück auf den Tisch.

»Das geht in die Tausende, und dafür ist in der Staatskasse einfach keine Luft. Das war, auch und speziell aus finanziellen Erwägungen, einfach nicht zu leisten.«

»Immerhin sind Sie der festen Überzeugung, dass er nicht simuliert hat.«

»Das bin ich, ja, und davon lasse ich mich auch nicht abbringen.«

»Das wollen wir doch auch gar nicht, Herr Doktor«, beschwichtigte Lenz den nun merklich erregt wirkenden Gefängnisarzt. »Was mich aber noch interessieren würde, ist, ob das, was Herr Bornmann offenbar als bleibenden Schaden davongetragen hat, plausibel ist. Kann man die Behinderung und die Verletzungen in eine vernünftige Relation aus Ursache und Wirkung setzen?«

»Absolut«, erwiderte Schamberg wie aus der Pistole geschossen. »Das Schädel-Hirn-Trauma und die Lähmungserscheinungen, die als Folge davon aufgetreten sind, stehen in einer direkten Verbindung zueinander. Auch und gerade deshalb bin ich mir so sicher, dass er eben nicht simuliert.«

»Ich hätte noch eine letzte Frage, Herr Dr. Schamberg«, meinte Hain, der mittlerweile seinen Notizblock gezückt hatte und mitschrieb.

»Wie genau äußert sich sein Handicap? Was kann er machen, was nicht?«

»Herr Bornmann hat eine etwa 70-prozentige Lähmung im rechten Bein. Er ist beim Gehen auf eine unterstützende Hilfe angewiesen; in der Regel bedient er sich eines Stockes.«

»Hat das auch Auswirkungen auf seine sonstige Leistungsfähigkeit?«

»Aber natürlich. Ich könnte jetzt sehr ins Detail gehen, doch das möchte ich gar nicht. Wir haben bei ihm zum Beispiel eine ungleichmäßige Abnutzung der Hüftgelenke diagnostiziert, die man durchaus als sehr schmerzhaft bezeichnen kann, und die auch gegen die Simulantenthese spricht.«

»Wie sieht es mit Heben und Tragen aus?«

Schamberg schüttelte den Kopf.

»Bitte, vergessen Sie nicht, dass wir von einem Strafgefangenen sprechen, der mehr als 20 Jahre eingesessen hat. Und der in dieser gesamten Zeit, wenn ich recht informiert bin, niemals irgendwelche sportlichen Aktivitäten unternommen hat. Seine Gesamtkonstitution wäre mit schlecht sehr wohlwollend umschrieben. Haben Sie ihn denn nie getroffen?«

»Nein, noch nicht.«

»Schade. Ich hätte zu gern gewusst, wie es ihm draußen ergeht.«

»Warum?«

Der Arzt ließ sich wieder in seinen Stuhl zurückfallen und sah die beiden Polizisten erstaunt an.

»Nun, weil er eigentlich keine Ahnung hat, wie das Leben vor dem Tor der Strafanstalt funktioniert. Er wird vielen Dingen vermutlich mehr als ratlos gegenüberstehen.«

»Zum Beispiel?«

»Zum Beispiel dürfte er noch nie ein Mobiltelefon in der Hand gehalten oder seine Fahrkarte in der Straßenbahn am Automaten gekauft haben. Die ganze Welt hat sich verändert, während er auf dem Planeten JVA Kassel gelebt hat. Ich weiß nicht genau, wie es bei Herrn Bornmann ist, aber ich habe mit anderen Gefangenen oder Sicherungsverwahrten gesprochen, die sich ganz furchtbar davor gefürchtet haben, da draußen nicht mehr zurechtzukommen. Einer davon, ein alter Mann von über 70, hat mich gebeten, ihn hierzubehalten, weil er da draußen niemanden mehr kannte und auch gar niemanden mehr kennen wollte. Aber es hat nichts geholfen, Anfang des Jahres wurde er entlassen.«

»Wie ergeht es ihm jetzt da draußen, in Freiheit?«

»Er hat sich zwei Wochen, nachdem sich die Tore für ihn geöffnet hatten, erhängt.«

»Oh.«

»Ja. Er hat es vermutlich nicht ertragen, noch in dem Altersheim, in dem er untergebracht war, auf Schritt und Tritt verfolgt und überwacht zu werden, wie das mit all jenen

Sicherungsverwahrten geschieht, die nach dem Urteil des Europäischen Gerichtshofs für Menschenrechte entlassen werden mussten.«

»War er denn noch immer gefährlich?«

Schamberg lachte laut auf.

»Diese Frage kann man eindeutig mit Nein beantworten. Der Mann war, wie gesagt, über 70, litt an schwerer Diabetes und hat auf einem Auge noch 35 Prozent Sehleistung gehabt; das andere war schon komplett erblindet. Er hat insgesamt 38 Jahre seines Lebens im Knast verbracht, davon die letzten 33 am Stück. Ein notorischer Dieb und brutaler Räuber, ganz unbestritten, aber zum Schluss auch ein ganz armer Hund, der vor nichts mehr Angst hatte als vor dem Leben in Freiheit.«

»Ein wirklich tragischer Fall«, gab Lenz unumwunden zu. »Meinen Sie, wir können kurz mit dem Aufseher sprechen, der Bornmann angeblich bei seinen unbehinderten Leibesübungen beobachtet hat?«

»Warten Sie, da muss ich telefonieren. Wir arbeiten hier im Drei-Schicht-Betrieb, deshalb ist es gar nicht so einfach, einen bestimmten Mitarbeiter zu erwischen.«

Er griff zu dem Apparat auf dem Schreibtisch und wählte eine Nummer. Kurze Zeit später wusste er Bescheid.

»Ja, Sie können mit ihm sprechen. Sein Name ist Horst Kohler, und Sie finden ihn …«

Er dachte ein paar Sekundenbruchteile lang nach.

»Lassen Sie mal, ich bringe Sie hin. Das ist ohnehin besser, sonst brauchen Sie eine Ewigkeit, bis Sie dort sind.«

Es dauerte selbst mit Dr. Schamberg als Fremdenführer eine kleine Ewigkeit, weil sie ein halbes Dutzend Sicherheitsschleusen passieren mussten. Dann jedoch hatten sie die

Station erreicht, auf der Kohler Dienst tat, und fanden ihn in einem kleinen Büroraum.

»Guten Tag, Herr Kohler«, begrüßte Lenz den etwa 60-jährigen Mann, nachdem der Arzt sich verabschiedet hatte.

»Guten Tag. Was kann ich denn für die Kripo Kassel tun?«

Der Hauptkommissar trug sein Anliegen vor und sah danach in das faltige, ein wenig ungesund wirkende Gesicht des Justizbeamten.

»Ach, Sie kommen wegen dem Rüdiger«, gab der in keiner Weise überrascht zurück. »Ich hab's ihm ja prophezeit.«

»Was haben Sie Bornmann prophezeit?«

»Dass er wieder bei uns landen wird. So oder so.«

»Wie meinen Sie das?«

Kohler griff zu einem Päckchen Zigaretten auf dem übervollen Schreibtisch, angelte sich einen Glimmstängel heraus und zündete ihn an.

»Wollen Sie mir nicht erst mal sagen, worum es geht?«, wollte er wissen, während er genüsslich die erste Ladung blauen Dunst in den Raum blies. Hain, seines Zeichens militanter Nichtraucher, hätte den Mann erwürgen können.

»Gegen Herrn Bornmann liegt eigentlich noch gar nichts vor«, bemühte sich der Oberkommissar, möglichst neutral auf seine Frage zu antworten. »Wir ermitteln in einer Sache, bei der er eventuell als Zeuge infrage kommt.«

Wieder ein Zug an der Zigarette.

»Ach, kommen Sie, das können Sie Ihrer Großmutter erzählen, aber nicht einem alten Schließer wie mir kurz vor der Rente. Also, Butter bei die Fische, was hat er ausgefressen?«

»Stimmt es«, wollte Lenz nun wissen, ohne auf seine

Nachfrage einzugehen, »dass Sie ihn einmal dabei beobachtet haben, wie er, ohne im Geringsten behindert zu wirken, irgendwelche Leibesübungen gemacht hat?«

Kohler nickte.

»Und das nicht nur einmal, sondern mehrmals. Wenn Sie mich fragen, aber das tut hier schon lange niemand mehr, hat der die ganze Sache mit dieser ominösen Behinderung nur erfunden. Der hat hier alle auf die Rolle genommen, inklusive der gesamten medizinischen Abteilung, da würde ich meinen Allerwertesten drauf verwetten.«

»Gab es noch andere Zeugen dafür, oder sind Sie der Einzige, der ihn so gesehen hat?«

Der Mann mit der blauen Uniform und der chicen Mütze auf dem Kopf reagierte nun fast ungehalten.

»Ach, hören Sie doch auf. Die meisten hier drin wissen, dass Bornmann eine Schau abgezogen hat, damit er früher wieder rauskommt. Es sind dann allerdings ein paar Sachen nicht so gelaufen, wie er sich das vorgestellt hat, aber auch das hat er mit fast schon stoischer Ruhe hingenommen.«

»Was ist denn nicht so gelaufen, wie er es erwartet hat?«

»Zum einen die Sache mit dem Nachschlag auf seine Strafe. Ich weiß nicht, ob Sie das alles wissen, aber er hat vor ungefähr zehn Jahren einen Mithäftling abgestochen. Natürlich hat er vermutet, dass er wegen Notwehr freigesprochen würde, aber sie haben ihm dafür zehn Jahre extra gegeben. War eigentlich egal, nach 15 Jahren hätten sie ihn sowieso rauslassen müssen, aber auch da hatte er sich verrechnet.«

Nun zog sich ein breites Grinsen über Kohlers Gesicht.

»Denn der gute Rüdiger konnte ja nicht ahnen, dass es nachträglich die Sicherungsverwahrung obendrauf geben würde. Das, und da habe ich ihn zum ersten Mal in meinem Leben wirklich am Boden gesehen, hätte ihn fast gebrochen, aber nur für ein paar Tage. Dann war er wieder der arrogante alte Mistknochen, der er schon vorher immer gewesen ist.«

»Sie halten nicht viel von Herrn Bornmann, nicht wahr?«, meinte Hain, der seinen Notizblock in der Hand hielt und am Mitschreiben war.

»Nein, das nun wirklich nicht. Erstaunlicherweise habe ich ihm von Anfang an geglaubt, dass er seine Frau damals nicht ermordet hat, aber er hat sich einfach im Lauf der Jahre zu einem echten Arschloch entwickelt. Natürlich muss man hier drin sehen, wo man bleibt, aber er hat es doch ein bisschen übertrieben damit.«

»Das ist ja interessant«, bemerkte Lenz neugierig. »Warum glauben Sie, dass er nicht der Mörder seiner Frau ist?«

»Weil die Sache damals ein abgekartetes Spiel war. Irgendwer bei der Polizei wollte, dass Bornmann der einzige in Frage kommende Täter war, und die Staatsanwaltschaft hat es so gefressen. Nicht fair gegenüber Rüdiger Bornmann, aber das Leben ist nun einmal nicht in jedem Detail gerecht.«

»Wenn ich Sie richtig verstehe, sind Sie also der Meinung, dass Sie mehr als 20 Jahre lang einen Justizirrtum bewacht haben?«

»Ja, genau das meine ich. Aber es bezieht sich, wie gesagt, nur auf die Sache mit seiner Frau. Wenn wir schon so offen reden, dann sage ich Ihnen auch direkt auf den Kopf zu, dass die andere Geschichte kein Totschlag war, sondern Mord, weil der gute Rüdiger schon mit dem Schraubenzieher im Hosenbund zu dem Treffen mit seinem damaligen Widersacher gegangen ist. Und das nenne ich einen eindeutigen Tatvorsatz.«

»Wie sind Sie sonst mit ihm klargekommen?«

Kohler fuhr sich deutlich hörbar über sein schlecht rasiertes Kinn.

»Nachdem er mitgekriegt hatte, dass ich ihn für einen Täuscher und Betrüger halte, hat er mich mit Verachtung gestraft und nur noch das Nötigste mit mir geredet. Aber das hat gut zu ihm und seiner Weltanschauung gepasst. Entweder man war für ihn oder man war gegen ihn. Was anderes hat er einfach nicht anerkannt, der alte Dickschädel.«

»Warum Dickschädel?«

»Na ja, er hat sich nicht viel in den Kopf gesetzt, aber wenn er sich etwas vorgenommen hatte, dann hat er es auch mit aller Macht durchgezogen.«

»Was zum Beispiel?«

»Hm. Er wollte ab einem bestimmten Zeitpunkt eine Zelle, aus deren Fenster er den Herkules sehen konnte. Ist ja eigentlich Quatsch, weil man auf den Tisch steigen muss, um aus dem Fenster sehen zu können, aber das war ihm scheißegal. Er wollte Herkulesblick und er hat ihn gekriegt, mit Langmut und Ausdauer. Nur, als er dann in die Sicherungsverwahrung kam, hat er sich damit nicht mehr durchsetzen können, weil das in dem Flügel einfach nicht zu machen war.«

»Hat er Ihnen erzählt, warum er unbedingt den Herkules sehen wollte?«

»Mir nicht, aber einem anderen Gefangenen. Weil man als alter Kasselaner den Herkules einfach nicht aus den Augen verlieren darf, soll er gesagt haben. Und, dass sein Schicksal untrennbar mit dem Herkules verbunden wäre. Pathetisches Geschwätz, wenn Sie mich fragen.«

»War dieser Gefangene ein Freund von ihm?«

Kohler lachte herzhaft auf.

»Wenn Sie Rüdiger Bornmann jemals kennengelernt hätten, würden Sie so eine Frage nicht stellen. Der hatte einfach keine Freunde, weil er nie jemand an sich rangelassen hat. Mal eine mit einem anderen Gefangenen rauchen, das ging, aber mehr nicht. Er hat einfach niemanden akzeptiert, weder Mitgefangene noch Schließer.«

»Wie war das mit einem Gefangenen, der einen nicht akzeptiert?«

»Ach«, winkte Horst Kohler ab, »für die meisten hier drin sind wir Futterlieferanten und Lakaien, sonst nichts. Die leben für den einen, einzigen Tag, an dem sie hier wieder rauskommen. Und sonst nichts.«

Lenz sah auf seine Uhr.

»Wir danken Ihnen, dass Sie sich die Zeit für uns genommen haben, und müssen leider auch schon wieder los, Herr Kohler. Können Sie uns vielleicht noch zum Büro der Direktorin bringen?«

*

Das Büro der Anstaltsleiterin war deutlich größer als das des Schließers. Sie empfing die Kripobeamten hinter einem solide wirkenden mahagonifarbenen Schreibtisch, der diagonal im Raum stand, und vor dem Lenz und Hain Platz nahmen.

»Uwe Wagner hat mir schon ein wenig über das erzählt, was Sie auf dem Herzen haben, meine Herren«, eröffnete sie das Gespräch. »Sie kommen also wegen Rüdiger Bornmann?«

»Ja«, bestätigte Lenz.

»Na, dann schießen Sie mal los. Wie kann ich Ihnen helfen?«

»Es geht uns zunächst einmal um seine Behinderung. Offenbar gibt es darüber, ob und wie stark er tatsächlich gehandicapt war, höchst unterschiedliche Meinungen.«

Die Anstaltsleiterin goss sich aus einer hinter ihr stehenden Thermoskanne einen Kaffee ein, bot den Polizisten ebenfalls eine Tasse an, die jedoch dankend ablehnten, und trank einen Schluck.

»Sie haben sich mit Dr. Schamberg, unserem ärztlichen Leiter, unterhalten?«

»Ja.«

»Dann wissen Sie, dass es keine berechtigten Zweifel an seiner Behinderung gibt, Herr Lenz. Nicht daran, dass sie vorhanden ist, und nicht an ihrer Schwere.«

»Nun, so sicher, wie Sie es hier darstellen, war Dr. Schamberg sich bei der Diagnose nicht, Frau Heinemann. Wenn ich ihn richtig verstanden habe, gibt es bei der Beurteilung solcher Dinge immer das Restrisiko, einem Simulanten aufzusitzen.«

»Das ist immer drin, da gebe ich Ihnen völlig recht. Aber ich bin davon überzeugt, dass es in diesem Fall nicht so gewesen ist.«

»Was genau macht Sie so sicher?«

»Ich kann es Ihnen nicht genau sagen, es ist einfach meine Überzeugung.«

»Aber es gibt einen Aufseher, der behauptet, dass Herr Bornmann …«

»Ich weiß«, unterbrach sie ihn. »Ich kenne diese Geschichten, die Herr Kohler in den letzten Jahren immer wieder mal vorgetragen hat, auch. Aber Herr Kohler hat, und das sollte bitte unter uns bleiben, nicht den besten Ruf in unserem

Haus, wenn es um die Wahrheit geht. Ich selbst habe ihn schon einmal beim Schwindeln erwischt, und Sie können mir glauben, dass es mir nicht leichtgefallen ist, ihn dafür nicht zur Rechenschaft zu ziehen. Darauf habe ich nur wegen seines Alters und seiner bald bevorstehenden Pensionierung verzichtet.«

»Sie glauben ihm also nicht, dass er Bornmann dabei beobachtet hat, wie dieser ein paar Leibesübungen ohne jegliche körperliche Einschränkung ausgeführt hat?«

»Dazu ein ganz klares Nein. Das glaube ich ihm nicht.«

»Warum sollte er lügen?«

»Weil Rüdiger Bornmann ihm immer und immer wieder klar zu verstehen gegeben hat, dass er ihm intellektuell deutlich überlegen ist. Das hat Herrn Kohler schwer getroffen und sein Verhalten gegenüber dem Gefangenen natürlich geprägt. Die beiden sind einfach sehr schlecht miteinander ausgekommen, um es mal vorsichtig zu formulieren.«

»Was haben Sie dagegen unternommen?«

»Das meiste hat sich vor meiner Zeit hier abgespielt; als ich hier die Leitung übernommen habe, lag das Kind leider schon im Brunnen.«

»Aber Sie haben keinen der beiden einer anderen Station zugewiesen?«

»Nein. Im Fall von Herrn Bornmann war das nicht möglich, weil er auf der Station der Sicherungsverwahrten bleiben musste, und bei Herrn Kohler lag die Sache so, dass die anderen Häftlinge auf der Station mit ihm sehr glücklich gewesen sind.«

»Dr. Schamberg hat uns erzählt«, bemerkte Hain, »dass es eine Anzeige von Bornmann gegen seinen Mitgefangenen Feist gab, der später von ihm getötet wurde. Und dass die Anstaltsleitung es versäumt hat, dieser Anzeige nachzugehen. Stimmt das?«

Julia Heinemann begann, nervös auf einem Fingernagel herumzukauen.

»Ja«, erwiderte sie schließlich. »Es war zwar vor meiner Zeit als Leiterin hier, aber ich muss ganz klar einräumen, dass in dieser Causa nicht alles so gelaufen ist, wie man es hätte erwarten können und müssen.«

»Gewalt gehört nun einmal zum Knastalltag«, zitierte Lenz den Arzt.

»Auch das ist richtig, Herr Kommissar. Aber wenn es schon einmal einen Hinweis darauf gibt, dass Gewalt ausgeübt wird oder wurde, sollte man dem schon nachgehen. Das wurde in diesem Fall leider versäumt.«

»Mit der Folge, dass einer Ihrer Häftlinge ums Leben gekommen ist und ein anderer zehn Jahre plus Sicherungsverwahrung bekommen hat.«

»Die Sicherungsverwahrung wurde erst nachträglich ausgesprochen«, beeilte sie sich klarzustellen.

»Was die Sache jedoch keinesfalls besser macht.«

»Da gebe ich Ihnen recht.«

Es entstand eine peinliche Pause.

»Dr. Schamberg«, nahm schließlich Hain den Faden wieder auf, »hat uns weiterhin darüber informiert, dass es sehr wohl Möglichkeiten gegeben hätte, den Gerüchten, dass Bornmann gar nicht behindert ist, auf den Grund zu gehen. Allerdings, so sagt er, hätten dafür keine Mittel zur Verfügung gestanden.«

»Auch das ist richtig. Wir müssen hier genau planen, wie und wofür wir unsere sehr knappen Haushaltsmittel einsetzen. Und die Untersuchungen, denen sich Herr Bornmann zu unterziehen gehabt hätte, waren mit unserem Budget einfach nicht zu leisten. Das ging wirklich nicht.«

»War so etwas denn geplant«, wollte nun Lenz sichtlich erstaunt wissen, »wo Sie doch, wie Sie sagen, absolut sicher waren, dass er kein Simulant ist?«

»Ja … Nein. Es gab kurzzeitig Überlegungen in diese Richtung, doch die wurden ebenso schnell wieder ad acta gelegt, weil es, wie gesagt, keine Relevanz dafür gegeben hat.«

»Was wäre eigentlich passiert, wenn die Anstaltsleitung der Anzeige von Herrn Bornmann nachgegangen wäre?«

»Dann wäre vermutlich einer der beiden Betroffenen in eine andere Strafanstalt verlegt worden, was in solchen Fällen der übliche Weg ist.«

»Aber in diesem Fall wurde es versäumt?«

»Leider, ja.«

»Kann ich Ihren Worten so etwas wie Bedauern entnehmen, Frau Heinemann?«

Sie schluckte.

»Obwohl ich, wie ich noch einmal betonen möchte, zur damaligen Zeit noch nicht auf diesem Stuhl gesessen habe, empfinde ich natürlich großes Bedauern über eine Situation, die einen Häftling das Leben gekostet und einen anderen, das muss man so hart konstatieren, zum Krüppel gemacht hat. Natürlich ist es ein Versäumnis, einer solchen Anzeige, wie sie von Herrn Bornmann formuliert worden war, nicht nachzugehen, aber wir sind nun einmal alle nur Menschen. Menschen, die leider auch ab und an Fehler machen.«

»Waren Sie eigentlich damals schon hier im Haus beschäftigt?«

»Ja, das war ich«, murmelte sie.

Etwa 15 Minuten später hatten die Kommissare ihre Dienstwaffen und ihre Mobiltelefone in Empfang genommen, die sie beim Eintritt in die Haftanstalt abgegeben hatten, und standen vor dem bedrohlich wirkenden, mit schusssicherem Glas ausgestatteten Eingangsbereich.

»Irgendwie klingt das alles nicht sehr überzeugend«, entfuhr es Thilo Hain.

»Ja«, stimmte Lenz zu, »den Eindruck …«

Er stockte, weil sein Telefon klingelte.

»Lenz«, meldete er sich unwirsch.

»Hoho, Brauner, was ist dir denn über die Leber gelaufen?«, fragte Rolf-Werner Gecks irritiert.

»Ein toter Kriminalrat auf den Bahngleisen oberhalb von Spiekershausen. Außerdem ein Gefängnisarzt, ein Schließer und eine Gefängnisleiterin. Noch Fragen?«

»Nee, lass mal. Dass Zwick von uns gegangen ist, hat sich übrigens schon im Präsidium herumgesprochen, Paul, aber irgendwie macht das nur ganz wenigen Leuten wirklich was aus. Mir scheint, sein Fanclub ist nicht sehr groß gewesen.«

»Trotzdem ist er mit an Sicherheit grenzender Wahrscheinlichkeit von dem gleichen Killer ermordet worden, der auch Schneider und Humpe umgebracht hat.«

»Das stimmt vermutlich, was man so hört. Seid ihr am Tatort gewesen?«

»Ja. Und danach im Knast.«

»Habt ihr mehr über diesen Bornmann rausgefunden?«

»Einiges, ja. Aber ich habe keine Lust, dir das alles am Telefon zu erzählen; darüber können wir auch später noch im Büro sprechen.«

»Kein Problem. Vielleicht ist es aber für euch von Interesse, was ich im Lauf des Tages herausgefunden habe.«

»Ist was dabei, was uns sofort und ganz doll weiterhilft?«

»Möglich.«

»Dann schieß los.«

Der Hauptkommissar hörte, wie im Hintergrund Papier raschelte. Offenbar kramte Gecks seinen Notizblock hervor.

»Britta«, begann er kurz darauf, »also die Frau von Wasserpfeifen-Nobby, hat ganz merkwürdig reagiert, als ich den Namen Rüdiger Bornmann erwähnt habe. Ich hatte sofort den Eindruck, dass sie mit diesem Namen nicht in Verbindung gebracht werden wollte. Es hat zwar eine Weile gedauert und auch viel gutes Zureden gebraucht, aber dann ist sie mit dem rausgerückt, worüber sie eigentlich nie mehr mit irgendeinem Menschen sprechen wollte, wie sie sagte. Im Herbst und im Winter 1989, also in dem Zeitraum zwischen dem Mord an Bornmanns Frau und dem Ende des Prozesses gegen ihn, ist wohl Ludger ziemlich oft bei Nobby aufgetaucht. Die beiden haben immer ganz heimlich gemacht und sind im Keller verschwunden, wo es einen so genannten Hobbyraum gab. Zuerst hat sie sich, wie sie sagt, nichts dabei gedacht und sich sogar darüber gefreut, dass ihr Mann endlich mal auf andere Gedanken kommen würde. Er hat ja damals schon viel Zeit in seine diversen Sammelleidenschaften gesteckt. Aber irgendwann ist ihr aufgegangen, dass die Besuche und die Treffen mit Ludger im Hobbyraum ihrem Norbert alles andere als gutgetan haben. Er wurde immer verschlossener und in sich gekehrter und hat an nichts mehr Spaß gehabt. Als sie ihn darauf angesprochen hat, ist er fuchsteufelswild geworden, hat sie angebrüllt und war so, wie sie ihn vorher noch nie erlebt hatte. Das ging ein paar Wochen so weiter, bis er wohl nicht mehr konnte und ihr eines Nachts gestanden hat, dass in der Abteilung eine ganz üble Sauerei stattgefunden habe. Worum es genau gegangen war, wollte er ihr zwar nicht erzählen, angeblich, um sie zu schützen, aber er war deshalb noch eine ganze Weile ziemlich durch den Wind. Irgendwann hat sie dann aufgehört, ihn danach zu fragen, und so ist Gras über die Sache gewachsen.«

»Meine Fresse, RW, das klingt ja richtig interessant.«

»Ja, aber es ist noch längst nicht alles«, fuhr Gecks fort. »Irgendwann um den zweiten Prozess gegen Bornmann, der, in dem es darum ging, dass er im Knast einen Mithäftling umgebracht haben soll, stand darüber etwas in der Zeitung. Eine kleine Meldung, eigentlich keiner Erwähnung wert, aber für Norbert Schneider wieder ein Grund, für Monate in so etwas wie eine Depression zu fallen, aus der er nur mit großer Mühe wieder herausgefunden hat.«

»Sie hat ja während unseres Gespräches neulich erwähnt, dass ihr Mann unter gewissen Störungen gelitten hat. Gab oder gibt es da vielleicht einen Zusammenhang?«

»Das habe ich sie auch gefragt, aber sie sagt dazu nur, dass sie erstens keine Ärztin sei und zweitens mit Nobby so gut wie gar nichts mehr zu tun hatte. Was soll man da noch weiter fragen?«

»Stimmt, das ist schon in Ordnung. Aber es ist klasse, dass du dich mit diesen Informationen bei mir gemeldet hast, RW.«

»Ich hätte noch was auf der Pfanne, Paul.«

»Noch mehr exzellente Ermittlungsergebnisse?«, fragte Lenz mit Anerkennung in der Stimme.

»Ja. Irgendwie muss ich ja auch meine Kröten verdienen, oder?«

»Was gibt es noch, RW?«

»Ich habe mit dem Rechtsanwalt gesprochen, der Bornmann damals verteidigt hat.«

»Was? Wo hast du den denn her?«

»Ach, das war gar nicht so schwer. Ein alter Freund von mir bei der Lokalzeitung hat schnell im Archiv nachgesehen und den Namen rausgesucht. Der Verteidiger arbeitet seit ein paar Jahren als Justiziar für eine Versicherung und lebt in Köln; dort habe ich ihn auch telefonisch erreicht.«

»Und, konnte er sich an den Fall erinnern?«

»Und ob. Der war einer der Gründe, warum er nicht mehr als Rechtsanwalt arbeiten wollte und als Angestellter in die Privatwirtschaft gewechselt ist.«

»Wieso das?«

»Weil, wie er sich ausgedrückt hat, die ganze Sache damals zum Himmel gestunken hat, allerdings nichts dagegen zu machen war. Die Aussagen der Polizisten, die als Zeugen auftraten, hatte seiner Meinung nach irgendjemand für sie ausgearbeitet und vorformuliert. Und zwar so messerscharf und detailliert, dass es ihn fast umgehauen hat, aber die Richter haben sich nun mal davon überzeugen lassen. Das war es dann für Bornmann.«

»Und warum gab es keinen Aufschrei in den Medien? Hat er dazu auch was gesagt?«

»Ja, und erstaunlicherweise das Gleiche wie ich. Die haben damals alle Wiedervereinigung gefeiert und sich lieber mit Erich und Margot Honecker beschäftigt als mit einem vermeintlichen Frauenmörder aus Kassel, der vor Gericht von ein paar Polizisten verladen und in den Knast geschickt wurde.«

»Und die Gerüchte, dass einer der Jungs was mit der Ermordeten hatte?«

»Die gab es, ließen sich jedoch nie verifizieren. Und er

sagt, dass er sich lieber die Zunge abschneiden würde, als dazu noch etwas zu sagen.«

»Weiß er mehr, als er sagt?«

»Nein, das glaube ich nicht. Für ihn, und das hat er auch klar zum Ausdruck gebracht, ist die Sache so lange her, dass er endlich seinen Frieden damit gemacht hat; deshalb will er nicht wieder ernsthaft daran erinnert werden.«

»Gut, RW.«

»Ja, das war's fürs Erste. Sehen wir uns gleich noch im Präsidium?«

»Das weiß ich nicht; kommt darauf an, wie lange du noch dort bist. Wenn nicht, morgen früh.«

Damit verabschiedete Lenz sich von seinem Mitarbeiter und beendete das Gespräch. Hain saß derweil mit geschlossenen Augen hinter dem Lenkrad des kleinen Japaners.

»Hehe, gepennt wird nachts«, flachste Lenz, als er neben dem Wagen stand.

Sein Kollege blinzelte, zog die Stirn in Falten und setzte sich aufrecht hin.

»Was wollte RW?«

»Uns an seinen guten Nachrichten teilhaben lassen«, erwiderte der Hauptkommissar und schilderte in kurzen Worten den Inhalt des Telefonats.

»Ich kann mir immer noch nicht vorstellen, dass unser Ludger wirklich so tief in der Sache drinsteckt, Paul. Unser langweiliger, im Grunde seines Herzens übel konservativer, wenn nicht gar erzreaktionärer Beamtenarsch Ludger Brandt.«

»Dann fang am besten jetzt gleich damit an, dich mit dem Gedanken anzufreunden.«

»So weit, so schlecht«, resümierte der Oberkommissar

ein wenig traurig. »Und was machen wir zwei Hübschen jetzt?«

»Darüber habe ich auch nachgedacht, während ich mit RW telefoniert habe. Die Nachricht, dass Zwick sein Leben ausgehaucht hat, ist im Präsidium angekommen, also sollten wir einen großen Bogen darum machen. Am liebsten würde ich Rüdiger Bornmann einen Besuch abstatten, aber damit warten wir noch ein bisschen. Als Erstes erledigen wir einen Krankenbesuch.«

»Einen Krankenbesuch?«

Der Hauptkommissar umrundete das Auto, ließ sich auf den Beifahrersitz fallen und sah seinen Kollegen an.

»Und jetzt frag nicht so viel und lass endlich den Motor an.«

*

Irma Brandt trug ein fliederfarbenes Leinenkleid und leichte Sommerschuhe, als sie die Tür öffnete. Ihre Augen waren rot gerändert und sahen aus, als hätte die Frau den ganzen Tag geweint.

»Hallo«, begrüßte sie die Beamten tonlos.

»Hallo, Irma. Ist Ludger zu Hause?«

Sie schüttelte den Kopf.

»Er liegt zwar oben im Bett, will aber niemanden sehen. Und er hat extra dazugesagt, dass er besonders von den alten Kollegen keinen sehen will, was ich nach deinem Auftritt von gestern ja nun wirklich verstehen kann, Paul.«

Sie funkelte den Hauptkommissar mit ihren verheulten Augen böse an.

»Du hast ihn so sehr aufgeregt, dass ich befürchtet habe, ihn ins Krankenhaus bringen zu müssen.«

»Das tut mir wirklich leid, Irma, aber es lässt sich leider nicht vermeiden, dass wir ihn noch einmal stören müssen. Geh hoch und sag ihm, dass …«

»Den Teufel werde ich tun!«, fauchte sie ihn an. »Damit du ihn wieder so furchtbar aufregen kannst mit deinen Hirngespinsten? Das will ich nicht!«

Lenz sah ihr in die Augen, wo purer Hass und tiefste Verachtung zu erkennen waren.

»Das geht so nicht, Irma. Du gehst jetzt hoch und richtest ihm aus, dass ich ihn schön von Rüdiger Bornmann grüßen soll. Dann wird er schon mit uns reden.«

»Nein!«, brüllte sie. »Es geht ihm so schlecht, dass er gar nicht mit euch sprechen kann!«

Auf der Treppe im Hintergrund wurde Ludger Brandt sichtbar, der müde und schwach Stufe um Stufe nach unten stieg.

»Lass nur, mein Mädchen«, sagte er völlig ruhig zu seiner Frau. »Wenn meine beiden ehemaligen Kollegen so vehement um Einlass bitten, wollen wir lieber höfliche Gastgeber sein.«

»Aber Ludger …«, machte sie einen Versuch, ihren Mann vom Gegenteil zu überzeugen, doch der winkte ab.

»Rein mit euch, ihr beiden«, erklärte er bestimmt und führte seine Exmitarbeiter in einen kleinen Büroraum.

»Also, worum geht es heute?«, wollte er von Lenz wissen, nachdem alle drei saßen.

»Um Rüdiger Bornmann«, erwiderte der Hauptkommissar ohne jegliche Regung.

Brandt lehnte sich in seinem Stuhl zurück, verschränkte die Arme vor der Brust und atmete tief durch.

»Den Namen hast du eben Irma gegenüber schon erwähnt, als ich die Treppe herunterkam. Sollte ich den Mann kennen?«

Lenz nickte.

»Und ob du den kennen solltest. Das ist der arme Kerl, der in den Knast gewandert ist, weil ein paar Bullen der Korpsgeist wichtiger war als die Wahrheit. Noch immer keine Erinnerung?«

Die Züge des pensionierten Kriminalrats spannten sich ein wenig.

»Nein, leider nicht.«

»Er soll seine geschiedene Frau umgebracht haben, die Gerüchten zufolge zur fraglichen Zeit ein Verhältnis mit einem Polizisten hatte. Na, klingelt's jetzt?«

Ludger Brandt holte erneut tief Luft und nickte dabei.

»Ja, an so einen Fall erinnere ich mich, wenn auch sehr nebulös. Das Ganze muss doch länger als 20 Jahre her sein, oder?«

»Richtig«, bestätigte Lenz. »Und mehr als 20 Jahre hat dieser Rüdiger Bornmann auch im Knast gesessen; vielleicht ja sogar als zu Unrecht Verurteilter.«

»Aber er wurde doch verurteilt, oder irre ich mich da?«

»Nein, da liegst du ganz richtig. Aber er wurde verurteilt, weil ein ganzer Haufen Bullen gegen ihn ausgesagt hat, unter anderem auch du, Ludger. Und dafür rächt er sich vielleicht jetzt.«

»Ach, Paul, das ist doch schon so lange her«, winkte Brandt ab. »Was bringt es, heute noch in diesen alten Sachen herumzugraben? An einen Rachefeldzug glaube ich übrigens nicht.«

»Das hättest du vielleicht mit Norbert Schneider und Wolfram Humpe besprechen sollen, die jetzt aber leider nicht mehr mitreden können.«

Brandt schluckte.

»Und was, meinst du, habe ich mit der Sache zu tun?«

»Das weiß ich noch nicht, Ludger. Aber sei sicher, dass ich jeden Stein umdrehen werde, um es herauszufinden, und sei er noch so alt und ranzig. Übrigens«, schob der Hauptkommissar nach einer kurzen Pause nach, »hat es heute Morgen auch deinen Nachfolger erwischt. Er lag genauso tot auf einem Bahngleis wie vor ihm Schneider und Humpe.«

Nun hellte sich das Gesicht des ehemaligen Kriminalrats deutlich auf.

»Zwick ist tot?«

»Ja, Franz Zwick ist tot.«

»Auf die gleiche Weise ums Leben gekommen wie die beiden anderen Kollegen?«

»Genauso, ja.«

Brandt tat so, als würde er eine Weile nachdenken.

»Aber wenn deine krude Theorie stimmt, warum sollte dieser Bornmann dann Franz Zwick um die Ecke gebracht haben? Der war zu der Zeit, als die Frau ermordet wurde, doch noch gar nicht bei uns im Präsidium. Was für ein Motiv hätte Bornmann also, ihn umzubringen?«

»Das weiß ich nicht, Ludger, und, offen gestanden, hatte ich mir von dir ein paar Informationen dazu erhofft.«

Wieder vergingen ein paar Sekunden, bevor der ehemalige Polizist antwortete.

»Wenn du Informationen von mir erwartest, dann setzt du tatsächlich voraus, dass an diesen Hirngespinsten vom Racheengel Bornmann etwas dran ist. Und du setzt voraus, dass ich dich anlüge, Paul.«

Nun ließ sich Lenz sehr viel Zeit mit seiner Erwiderung, die dann jedoch ungewöhnlich heftig ausfiel.

»Das setze ich nicht voraus, Ludger«, schrie er seinen ehemaligen Vorgesetzten an, »das weiß ich! Egal, wie die Sache hier und heute aussieht, habt ihr auf jeden Fall damals diese arme Sau Bornmann in den Knast geschickt, obwohl ihr wusstet, dass er unschuldig ist.«

Die Stimme des Hauptkommissars bebte so sehr, dass er befürchtete, sich zu verschlucken.

»Also, wer von euch hat damals das Techtelmechtel mit seiner Frau gehabt? War es Nobby Schneider, oder war es doch eher Wolfram Humpe? Oder einer der anderen Kollegen, die damals vor Gericht so emsig gelogen haben?«

In diesem Moment wurde die Tür aufgerissen und Irma Brandt stürmte in den Raum.

»Es reicht!«, schrie sie. »Es reicht jetzt!«

Lenz und Hain, die beim Aufreißen der Tür ebenso zusammengezuckt waren wie Brandt, sahen die Frau mit großen Augen an.

»Raus mit euch!«, brüllte sie. »Raus!«

»Irma …«, wollte Ludger Brandt seine Frau beruhigen, doch mit der war nicht zu reden. Über ihre Wangen liefen dicke Tränen, tropften auf den Leinenstoff ihres Kleides und hinterließen dort hässliche, dicke Wasserflecken. Nachdem keiner der Besucher Anstalten machte aufzustehen, erhob sich Brandt und deutete auf die Tür.

»Ihr habt es gehört, Männer. Das Gespräch ist beendet. Also, bitte.«

»Was …«, wollte Hain einwenden, doch ein kurzer Blick seines Chefs ließ ihn verstummen.

Damit stand Lenz auf, trat auf den Flur und nahm Kurs auf die Ausgangstür. Bevor er nach der Klinke griff, drehte er sich noch einmal um und sah seinem ehemaligen Chef lange und tief in die Augen.

»Das Gespräch, wie du es nennst, Ludger, hat noch nicht mal angefangen.«

30

›Rocuronium. Also die gleiche Substanz wie bei den anderen beiden. Angela Weber‹, lautete die gerade eingegangene SMS, die Lenz seinem Partner zeigte und danach das Telefon wieder in seiner Sakkotasche verschwinden ließ.

»Was uns aber leider nicht weiterbringt bei unseren bisher untauglichen Versuchen, den Mord an Zwick ins richtige Verhältnis zu den anderen beiden zu setzen. Obwohl wir nun wissen, dass alle drei demselben Killer zum Opfer gefallen sind, stolpern wir zumindest bei der Nummer drei unserer Liste im tiefen Nebel herum. Oder fällt dir dazu was Besseres ein?«

Lenz stocherte lustlos in seinen Nudeln vor sich herum und schüttelte dabei den Kopf.

»Nein, das kriege ich auch nicht rund. Wir wissen, dass die Räuberpistole mit dem Russen, die Ludger uns aufgetischt hat und die uns fast das Leben gekostet hätte, eine einzige Verarsche war, was allein schon dadurch verifiziert ist, dass der Russe schon lange im Jenseits war, als Zwick dran glauben musste.«

»Und ich kriege einen echten Hals«, ergänzte Hain, »wenn ich darüber nachdenke, dass dieses Arschloch uns dort hingeschickt hat, obwohl er ganz genau wusste, dass dieser Arkadjew nicht die Bohne mit den beiden Morden zu tun hatte.«

Lenz ließ mürrisch die Gabel auf den Tisch fallen und wischte sich mit der Serviette über den Mund.

»Das vermittelt uns immerhin einen Eindruck davon, wie wichtig ihm diese ganze Scheiße sein muss.«

Hain tupfte sich ebenfalls den Mund ab und warf das

Papiertuch auf seine fast unangetasteten Spaghetti Carbonara.

»Also, mein lieber Paul, dann fassen wir mal zusammen. Wir haben einen höchst Verdächtigen, der allerdings bis zum Beweis des Gegenteils als so behindert zu gelten hat, dass er die Taten technisch unmöglich ausführen konnte; und der außerdem das beste Alibi der Welt hat, weil er nämlich rund um die Uhr von Bullen bewacht wird.«

Lenz winkte ab.

»Die Figuren, die da vor seinem Haus im Auto gesessen haben? Denen würde Bornmann vermutlich auch dann noch entwischen, wenn er blind, taub und gleichzeitig gelähmt wäre. Und die Sache mit seiner Behinderung ist zumindest strittig.«

»Einverstanden«, stimmte Hain zu. »Bliebe weiterhin die Frage, woher er sich das Gift, dieses Rocuronium, beschafft haben könnte. Wie Dr. Franz so treffend erwähnt hat, kann man das Zeug nicht einfach im Internet bestellen.«

»Auch wahr. Trotzdem glaube ich, dass Bornmann es geschafft hat.«

»Du zweifelst nicht ein Iota mehr daran, dass er der Täter ist, oder?«

»Nein. Das steht für mich wirklich fest.«

»Dann lass uns zu ihm fahren und ihn uns wenigstens mal ansehen. Vielleicht kriegt er ja Angst, wirft seine Krücken weg und wir können ihn, einfach so, einkassieren.«

Der junge Oberkommissar drückte die Brust heraus, hob den Kopf und machte mit den Armen eine theatralische Geste.

»Fall gelöst, Hain und Lenz die Helden des Tages.«

»Du Spinner«, grinste Lenz.

»Nein, Paul, ich meine es ernst. Wir fahren hin und fragen

ihn einfach ein bisschen aus. Wenn er nicht mit uns reden will, kriegen wir das vermutlich schneller mit, als uns lieb sein dürfte.«

Der Hauptkommissar dachte eine Weile nach.

»Schön«, erwiderte er schließlich, »führen wir ein informelles Gespräch mit Rüdiger Bornmann.«

Damit kramte er ein paar Geldscheine aus der Hosentasche und warf einen davon auf den Tisch.

»Polizeipräsident Bartholdy wird uns dafür vermutlich den Arsch aufreißen, aber was soll uns das schon stören. Regeln wir ab Montag eben wieder den Verkehr auf der Holländischen Straße.«

»Aber ich kriege die Trillerpfeife«, schob Hain hinterher.

*

Sie parkten den Mazda etwa 100 Meter vom Eingang zu dem Hochhaus entfernt, in dem sich Bornmanns Wohnung befand, und gingen den Rest zu Fuß. Auf der anderen Straßenseite erkannten sie in einem zivilen Dienstwagen ein Überwachungsteam, diesmal ein anderes als am Tag zuvor, das sie jedoch keines Blickes würdigte. Hain ging voraus und hielt seinem Boss die Tür zum Fahrstuhl auf, den sie im fünften Stock wieder verließen. Kurz darauf drückte der junge Oberkommissar auf den Klingelknopf, doch es erklang kein Ton. Er drückte erneut, wieder mit dem gleichen Ergebnis.

»Wahrscheinlich abgestellt«, flüsterte Lenz und beugte den Kopf nach vorn, um das rechte Ohr an das Türblatt zu legen.

»Musik«, ergänzte er. »Also ist er vermutlich zu Hause.«

»Oder er macht uns zum Affen, so wie die Kollegen neulich«, gab Hain zu bedenken, »und sitzt in irgendeiner gemütlichen Kneipe bei einem Bier.«

»Möglich wäre es«, gab der Hauptkommissar zurück, trat einen Schritt zur Seite und hämmerte mit der rechten Faust gegen die Tür. Die Schläge klangen in dem halligen Hausflur wie Kanonenschüsse, doch das beeindruckte Lenz absolut nicht.

»Wenn er vorm Fernseher gesessen und sich die Eier geschaukelt hat, wünsche ich ihm eine gute Pumpe«, bemerkte Hain trocken, nachdem die Schallwellen sich irgendwo im Haus verloren hatten. »Ich an seiner Stelle wäre nämlich garantiert den sofortigen Herztod gestorben.«

Lenz legte, ohne zu antworten, erneut sein Ohr an das warme Holz der Tür. Noch immer dudelte leise Musik, sonst waren keine Geräusche zu hören. Dafür wurde die etwa drei Meter entfernte Tür der Nachbarwohnung vorsichtig geöffnet und ein junger Mann mit bunter Irokesenfrisur und nacktem Oberkörper wurde sichtbar.

»Was iss'n hier los?«, wollte er genervt wissen.

»Nichts, das Sie interessieren sollte«, erklärte Hain ihm. »Also zurück in die gute Stube und Tür zu, aber pronto.«

»Seid ihr Bullen?«

Der junge Oberkommissar verengte die Augen zu Schlitzen, bewegte sich langsam auf ihn zu, sah ihm dabei tief in die Augen und baute sich drohend vor ihm auf. »Sehen wir aus wie Bullen?«, zischte er.

»Irgendwie nicht«, antwortete der junge Mann ein wenig zurückhaltender.

»Also. Dann leg den Rückwärtsgang ein und kümmer dich nicht um Sachen, die dich nichts angehen.«

»Der Typ, dem ihr gerade die Tür einschlagen wolltet,

ist nicht da«, brummte der Irokese, während er sich langsam umdrehte.

»Stopp!«, befahl Hain. »Was sagst du?«

»Der Typ, also mein Nachbar, der ist nicht zu Hause.«

»Woher weißt du das?«

»Ich hab ihn vorhin weggehen hören. Seine Tür klemmt immer ein bisschen, deshalb muss er sie ziemlich doll ins Schloss reißen. Und das hat er vor einer knappen Viertelstunde gemacht.«

»Aha. Kennst du ihn?«

»Quatsch. Der Typ ist ein steinalter Krüppel, warum sollte ich den kennen?«

»Vielleicht, weil er dein Nachbar ist?«

»Ich hatte schon viele Nachbarn. Die kommen und gehen, da kann ich mich nicht um jeden von denen kümmern.«

»Coole Einstellung. Wenn er, wie du sagst, weggegangen ist, warum läuft dann die Musik bei ihm?«

»Weil die sowieso immer läuft«, winkte der Iro ab. »Ich hab es noch nie erlebt, dass er sie mal ausgemacht hätte. 24 Stunden am Tag dieser Dudelsender, das hält man garantiert nur aus, wenn man irgendwie ballaballa ist.«

»Ist er deiner Meinung nach ballaballa, dein Nachbar?«

»Klar.«

Hain warf Lenz einen kurzen Blick zu, der die Schultern hochzog.

»Dann darfst du dich jetzt in deine Kemenate zurückziehen. Und es wäre schön, wenn du beim Schließen der Tür schon vergessen hättest, dass du uns gesehen hast. In Ordnung?«

Der junge Mann überlegte einen Moment.

»Was bringt mir das denn ein?«

Hain bedachte ihn mit einem fassungslosen Blick, zog

dann jedoch ein paar Geldscheine aus der Hosentasche und reichte ihm einen Zwanziger. Der Iro griff danach, hielt ihn ins Licht und sah auf die anderen Geldscheine in Hains Hand.

»Sein brauner Kumpel da wäre mir deutlich lieber«, erklärte er mit Blick auf einen 50-Euro-Schein selbstbewusst.

Hain drehte sich wieder zu Lenz, und weil der nickte, griff er sich den blauen Schein wieder und reichte den braunen weiter.

»Mit euch kann man Geschäfte machen, Jungs. Von mir aus könnt ihr ihm jetzt die Bude auf den Kopf stellen, ich setze mir gleich den Kopfhörer auf und höre mindestens eine Stunde lang Mucke.«

Damit war er auch schon in seiner Wohnung verschwunden. Die Beamten hörten noch, wie er seine Tür mehrmals von innen abschloss, dann war an dieser Front Ruhe.

»So schnell würde ich mein Geld auch gern verdient haben«, meinte Lenz grinsend und hielt die Hand auf.

»Leck mich.«

»Wo immer und wann immer du willst. Aber sag mir vorher, wie es hier jetzt weitergeht.«

»Wie schon?«, fragte Hain leise zurück, griff in seine Sakkotasche und holte ein kleines, braunes Lederetui heraus.

»Das ist nicht dein Ernst, Thilo?«, protestierte der Hauptkommissar.

»Und ob das mein Ernst ist. Wir wissen, dass er nicht zu Hause ist, was übrigens nichts anderes bedeutet, als dass die Kollegen unten vor dem Haus eine leere Wohnung bewachen, und das sollten wir ausnutzen.«

Hain, der ein paar Jahre zuvor an einem Seminar teilgenommen hatte, in dem ein ehemaliger Knacki einem guten

Dutzend interessierter Polizisten den zerstörungsfreien Zutritt zu verschlossenen Räumen erklärt hatte, klaubte eine dünne Drahtschlinge aus dem Etui und beugte sich nach vorn.

»Thilo!«, unternahm Lenz einen letzten, ebenso hoffnungslosen wie keinesfalls ernst gemeinten Versuch.

»Geh bitte mal rüber und blockier den Fahrstuhl«, forderte Hain seinen Kollegen auf, der sich sofort und ohne großes Murren in Bewegung setzte. 30 Sekunden später standen beide vor der offenen Tür zu Rüdiger Bornmanns Wohnung.

»Wenn der Iro sich geirrt hat und er im Bett liegt und schläft, müssen wir stiften gehen und hoffen, dass er wirklich behindert ist«, flüsterte Hain und schob die Tür nach innen, die dabei ein lautes, kratzendes Geräusch von sich gab, ganz so, wie ihr Informant es beschrieben hatte. Sofort schlug den Polizisten ein merkwürdiger, süßlicher Geruch entgegen. Hain schnüffelte und fing an zu grinsen.

»Na, das ist doch mal was ganz Feines«, murmelte er anerkennend.

»Was ist hier fein?«, wollte Lenz wissen.

Hain winkte ab.

»Das verstehst du nicht.«

Damit bewegte sich der junge Oberkommissar nach vorn auf eine der drei Türen des Flurs zu, unter deren Kante Licht zu erkennen war. Viel Licht.

»Was soll das alles, Thilo? Was läuft hier?«

Hain drückte die Klinke herunter und gab der Tür mit dem Fuß einen Stoß. Schlagartig wurden sie von mehreren starken Lampen geblendet, die von der Decke hingen und Batterien von merkwürdig geformten Pflanzen grell beleuchteten.

»Das läuft hier, Paul«, deutete Hain auf das kleine Gewächshaus. »Er zieht sich hier Gras, und das nicht zu knapp.«

Lenz sah sich kopfschüttelnd um.

»Jetzt verstehe ich gar nichts mehr. Warum pflanzt der hier Marihuana an?«

»Vielleicht, weil er gern kifft, was weiß ich? Auf jeden Fall haben wir zumindest einen guten Grund für unser Hiersein, wenn er jetzt nach Hause kommen würde. Dann könnten wir ihn schon mal definitiv wegen einem Verstoß gegen das Betäubungsmittelgesetz hopsnehmen.«

»Aber das ist doch Kinderkram, Thilo«, widersprach Lenz.

»Genau, das finde ich auch. Deshalb sehen wir uns jetzt kurz um, sperren die Tür wieder von außen zu und verschwinden, als seien wir niemals hier gewesen.«

*

»Das glaube ich doch alles nicht«, entfuhr es Lenz wirklich empört, als die beiden Polizisten auf die Straße traten und sich langsam in Richtung des Mazdas bewegten. »Baut der unter den Augen von einem Dutzend Bullen eine Plantage mit Gras in seiner Bude an«, zeterte er sichtlich erschüttert.

»Was Besseres als Polizeischutz kann einem, der so was macht, doch gar nicht passieren«, erläuterte Hain seinem Kollegen, der in diesem Augenblick ruckartig stehen blieb.

»Was ist?«, wollte Hain irritiert wissen.

»Seine Bude war, bis auf das Marihuana, und das interessiert uns nun wirklich nicht, blütenweiß. Nichts, was den Eindruck untermauert hätte, dass dort ein Killer wohnt.«

»Kein Widerspruch. Aber worauf willst du hinaus?«

»Wo, wenn er denn unser Täter ist, hat er seine Morde vorbereitet? Er braucht Spritzen, dieses Rocuronium, vielleicht andere Utensilien. Wo steckt das Zeug?«

»Keine Ahnung, Paul.«

Die Durchsuchung der Wohnung hatte wirklich nicht den Hauch eines Beweises für die Theorie geliefert, dass Bornmann ihr Mörder sein könnte. Fast enttäuscht hatte Lenz diesen Umstand hinnehmen müssen.

»Ich will noch mal mit den beiden Kollegen sprechen, die ihn bewachen. Am Ende gibt es vielleicht wirklich etwas, das wir einfach nur noch nicht wissen, Thilo.«

Hain zögerte.

»Ich dachte eigentlich, dass wir ihn gleich zur Fahndung ausschreiben lassen. Einen besseren Grund als das Gras da oben in seiner Bude finden wir vielleicht nicht mehr. Und wenn wir ihn erst im Vernehmungszimmer sitzen haben, können wir ihm immer noch die Hölle heißmachen wegen der Morde.«

»Das hatte ich auch in Erwägung gezogen, aber gleich wieder verworfen. Wenn wir ihn nicht mit irgendwas Beweisbarem festnageln können, kriegen wir ihn nie.«

»Gut«, gab Hain sich einsichtig. »Fragen wir von mir aus nach, wo er sich immer so rumtreibt.«

Die beiden Polizisten, einer um die 25 Jahre, der andere etwas älter, hörten bei heruntergelassenen Seitenscheiben der Übertragung eines Fußballspiels am Radio zu. Lenz trat langsam und mit seinem Dienstausweis in der Hand auf die Beifahrertür zu.

»Guten Abend, Männer. Wie läuft es so?«

Die Köpfe der beiden jungen Beamten fuhren synchron nach rechts und starrten Lenz wortlos an.

»Hallo auch«, schickte Hain aus dem Hintergrund einen Gruß nach.

»Wir …«

»Scheißjob, so eine öde Überwachung, was?«, machte Lenz auf Kumpel.

Nun kamen die beiden zu sich und nickten.

»Können wir irgendwas für Sie tun?«, fragte der Mann auf der Fahrerseite.

»Vielleicht. Wir interessieren uns für euer Überwachungsobjekt. Nur als Zeuge, versteht sich«, schickte er schnell hinterher.

»Klar, nur als Zeuge. Was soll er denn bezeugen?«

»Nichts Wichtiges. Ist er zu Hause?«

»Klar. Wo soll er sonst sein, wenn wir hier stehen?«

»Vielleicht gibt es einen Hinterausgang?«

»Logisch gibt es einen«, gab der Mann auf der Beifahrerseite zurück. »Der wird von einem anderen Team beobachtet.«

»Klar. Sonst würde die ganze Sache ja keinen Sinn machen. Wo treibt Bornmann sich denn rum, wenn er nicht zu Hause ist?«

»Meistens in der Therme. Ansonsten geht er nicht groß aus dem Haus.«

Er zögerte.

»Doch, warten Sie. Ein paarmal war er bei seiner Schwester, die wohnt in der Rothfelsstraße.«

»Aha, in der Rothfelsstraße. Und sonst? Was treibt er sonst?«

»Wie gesagt, eigentlich gar nichts. Vermutlich liegt er zu Hause auf der Couch und glotzt irgendwelche bescheuerten Filme.«

»Möglich, ja. Welche Nummer?«

Die beiden Männer im Wagen sahen ihn verwirrt an.

»Wie, welche Nummer?«

»Die Hausnummer in der Rothfelsstraße?«

»Vier. Rothfelsstraße 4. Sie heißt übrigens Winkelmann. Rosemarie Winkelmann.«

31

Über der Stadt lag auch um kurz vor halb acht an diesem Abend noch immer eine drückende Hitze, doch es war abzusehen, dass sich bald ein Gewitter bilden würde. Auf der Fahrt zu der von dem Polizisten aus dem Überwachungsteam angegebenen Adresse konnte Lenz die elektrische Aufladung regelrecht spüren.

›P. und R. Winkelmann‹, stand auf dem verblichenen, vor langer Zeit vermutlich einmal rot gewesenen Plastikstreifen am Klingelbrett des nicht sehr einladend wirkenden Wohnblocks in der Kasseler Nordstadt. Hain drückte auf den kleinen Metallknopf daneben, trat einen Schritt zurück und machte ein erwartungsvolles Gesicht. Als nach mehr als 20 Sekunden keine Reaktion erfolgt war, wiederholte er seine Aktion. Wieder tat sich nichts.

»Wo wollen Sie denn hin?«, hörten die beiden Polizisten dann von oben und hoben die Köpfe. Aus einem Fenster im zweiten Stock lugten das Gesicht und die Schulterpartie einer Frau, die in ihrem Leben hoffentlich schon bessere Tage gesehen hatte.

»Zu Frau Winkelmann.«

»Die ist nicht da.«

»Und was ist mit Herrn Winkelmann?«, wollte Hain mit einem Blick auf das P. auf dem Klingelbrett wissen.

»Der ist tot. Gestorben. Vor gut einem Vierteljahr.«

»Wissen Sie vielleicht«, fragte Lenz nach oben, »wo wir Frau Winkelmann finden können?«

Sie sah auf die Uhr an ihrem Arm.

»An der Arbeit. Die Rosi hat Nachtschicht.«

»Sie kennen sich gut?«

»Ja, klar. Wir sind gut befreundet. Wir wohnen ja auch schon mehr als 30 Jahre zusammen hier im Haus.«

»Aha. Wo arbeitet Ihre Freundin denn?«

»Es haben auch schon Leute gedacht, dass sie meine Tochter wär. Ich bin aber nur zwölf Jahre älter«, erklärte sie, ohne auf die Frage des Polizisten einzugehen.

»Interessant. Wo, sagten Sie, arbeitet Frau Winkelmann?«

»Im Krankenhaus.«

Die beiden Polizisten tauschten einen unschlüssigen Blick aus.

»Und seit dem Tod ihres Mannes lebt Frau Winkelmann allein?«

Die Frau mit den Armen auf der Fensterbank nickte.

»Klar. Mit wem soll sie denn sonst noch zusammenleben?«

»Kennen Sie Frau Winkelmanns Bruder?«

Sie nickte.

»Wer kennt den nicht?«

»War er in den letzten Wochen mal hier?«

Nun veränderte sich der Gesichtsausdruck der Frau schlagartig.

»Sind Sie von der Polizei?«, wollte sie nach einer kurzen Pause des Überlegens bärbeißig wissen.

Lenz nickte. Sie schwieg.

»Was ist nun? Hat Frau Winkelmann mal Besuch gehabt von ihrem Bruder?«

»Hmm.«

»Wann zuletzt?«

»Keine Ahnung. Wirklich nicht. Ich bin nämlich nicht eine von denen, die den ganzen Tag am Fenster hängen.«

Damit verschwand ihr Kopf.

»He, he«, rief Hain laut, »bitte gehen Sie noch nicht weg! Hallo! Bitte!«

Nun wurde ihr Oberkörper wieder sichtbar.

»Was wollen Sie denn noch?«

»Sie sagten vorhin, dass Frau Winkelmann im Krankenhaus arbeiten würde. Wissen Sie, was genau sie dort macht?«

»Klar. Sie ist Krankenschwester.«

»Geht's vielleicht auch etwas genauer?«

»Warum wollen Sie das denn überhaupt wissen?«

»Das erkläre ich Ihnen gleich. Aber erst verraten Sie mir, was genau Frau Winkelmann im Krankenhaus macht.«

»Versprochen?«

»Ja, versprochen.«

Auf der anderen Seite des Hauseingangs wurde, ebenfalls im zweiten Stock, ein weiteres Fenster geöffnet, und ein grauhaariger Mann von Mitte 70 und ungesund roter Gesichtsfarbe tauchte auf.

»Was soll denn das Krakeele hier? Könnt ihr nicht einfach mal die Schnauze halten?«

Hain beachtete ihn nicht.

»Bitte! Was genau macht Frau Winkelmann im Krankenhaus?«

»He, ich komm euch gleich runter, wenn das nicht aufhört!«, brüllte der Mann von der anderen Seite.

»Halt's Maul, Horst«, schrie sie nun von Fenster zu Fenster, »und verzieh dich wieder in deinen Saustall, aber dalli, sonst komm ich dir nämlich mal da rüber!«

Hain sah fassungslos von einer Seite zur anderen.

»Sie ist OP-Schwester, oben im Klinikum«, teilte sie ihm nun mit. »Was sie da jetzt ganz genau machen muss, weiß ich auch nicht, aber manchmal erzählt sie schon von ziemlich üblen Operationen und so.«

Sie sah nach unten, wo der junge Mann, gefolgt von dem älteren, gerade die Tür eines kleinen roten Wagens aufriss.

»He«, wetterte sie enttäuscht, »das ist unfair! Erst groß was versprechen und dann nicht halten!«

*

»Wir suchen eine Rosemarie Winkelmann, die angeblich hier arbeiten soll.«

Der Pförtner hinter dem Sicherheitsglas an der Einfahrtsschranke zum Klinikum Kassel griff zu einer Kladde und blätterte darin. Vorwärts, rückwärts und wieder vorwärts.

»Moment«, murmelte er, »wir haben hier so neue Listen bekommen, da muss ich mich erst mit zurechtfinden.«

Wieder fuhr sein Finger in einer Auflistung aufwärts und abwärts.

»Komisch, ich finde sie gar nicht. Und Sie sind sich sicher, dass die Frau hier arbeitet?«

»Ja, sie arbeitet ganz sicher hier.«

»Sinkelmann … Sinkel …«

»Nein!«, rief Hain wie elektrisiert. »Nicht Sinkelmann! Winkelmann, mit W wie Wilhelm am Anfang. W!«

»Ach so. Winkelmann.«

Er schlug wieder die erste Seite des Dossiers auf und startete seine Suche dort erneut. Hain hätte aus der Hose hüpfen können.

»Ah«, deutete er nun auf das Papier. »Da haben wir sie schon. Rosemarie Winkelmann. Ist auf der Unfallchirurgie.«

Sein Arm fuhr nach oben und wollte den Polizisten die Richtung weisen.

»Da müssen Sie …«

Er stockte, weil Hain schon losgerannt war, ohne seine Erklärung abzuwarten.

»Die haben es aber eilig«, murmelte er beleidigt.

Es dauerte keine zwei Minuten, bis die beiden sich zu Rosemarie Winkelmann durchgefragt hatten. Die komplett in Grün gekleidete, etwa 55-jährige Frau saß mit ein paar Kollegen ihres Teams und einer Zigarette in der Hand in einem Ruheraum, als die Kripobeamten anklopften. Sie war leicht zu erkennen, weil sie die einzige Frau im Zimmer war.

»Frau Winkelmann?«, sprach Lenz sie behutsam an.

»Ja«, erwiderte sie mit fester Stimme.

»Können wir Sie kurz sprechen?«

»Worum geht es?«

Der Hauptkommissar sah in die Runde.

»Es ist etwas … Familiäres.«

»Ich komme«, erwiderte sie, drückte ihre Zigarette in den Aschenbecher und stand auf.

»Aber bitte nicht so lang«, rief einer der ebenfalls in Grün gekleideten Männer, offenbar ein Arzt, Lenz zu. »Wir erwarten gleich ein Polytrauma, und ohne unsere Rosi können wir nicht anfangen.«

Die drei gingen ein paar Schritte über den Flur und blieben schließlich vor einer Liege stehen. Lenz und Hain kramten ihre Dienstausweise heraus und stellten sich vor.

»Was genau machen Sie hier im Krankenhaus, Frau Winkelmann?«, fragte Lenz ohne große Einleitung.

»Warum wollen Sie das wissen?«

»Weil es mich interessiert. Also?«

Sie legte die Stirn in Falten und fixierte einen imaginären Punkt an der weiß gestrichenen Wand.

»Ich bin mir nicht sicher, ob ich Ihnen auf Ihre Fragen antworten muss, Herr Kommissar«, erwiderte sie schließlich.

»Sie müssen jetzt und hier nicht auf unsere Fragen antworten, so viel kann ich Ihnen schon sagen. Wir könnten Sie dann allerdings aufs Präsidium mitnehmen.«

Nun wanderten ihre Augen hilflos von einem der Polizisten zum anderen. Sie schluckte.

»Ich bin Anästhesiepflegerin.«

»Das heißt«, mischte Hain sich ein, »dass Sie für Narkosen zuständig sind.«

Rosemarie Winkelmann nickte.

»Dann muss ich Ihnen sicher nicht erklären, was Rocuronium ist, oder?«

»Nein. Ich weiß, was Rocuronium ist.«

»Gibt es hier im Klinikum einen Fehlbestand an Rocuronium?«

»Das weiß ich nicht«, erwiderte sie leise.

»Ich habe Sie nicht verstanden, Frau Winkelmann. Gibt es hier im Klinikum einen Fehlbestand an Rocuronium?«

»Es tut mir leid, aber das weiß ich wirklich nicht.«

Hain trat etwas näher an sie heran.

»Wir werden auf der Stelle eine Inventur der Rocuroniumbestände hier im Haus durchführen lassen, Frau Winkelmann. Und wir werden uns alle Bestellungen der letzten Monate überaus genau ansehen; speziell interessiert uns dabei, wer wann wie viel von dem Zeug geordert hat. In der Zwischenzeit können Sie ja im Präsidium ein wenig über Ihre Haltung nachdenken.«

Er verkürzte den Abstand zu ihr um noch ein paar Zentimeter. »Also. Gibt es hier im Klinikum einen Fehlbestand an Rocuronium? Und gibt es diesen Fehlbestand, weil Sie Ihren Bruder damit versorgt haben?«

Nun lief eine erste Träne über ihr Gesicht.

»Ich möchte meinen Anwalt sprechen. Ohne ihn sage ich nichts mehr.«

»Das ist Ihr gutes Recht. Allerdings helfen Sie damit weder sich noch Ihrem Bruder, Frau Winkelmann. Es wäre deutlich besser, wenn Sie jetzt und hier reinen Tisch machen würden.«

Sie schüttelte den Kopf.

»Sie verstehen das nicht. Bitte, lassen Sie mich jetzt in Ruhe.«

Damit wollte sie zurück in den Raum gehen, in dem die Beamten sie gefunden hatten. Hain drängte sich an ihr vorbei, versperrte ihr den Weg und zog ein Paar Handschellen aus einer Tasche am Gürtel.

»Sie verstehen leider den Ernst der Lage noch nicht, in der Sie sich befinden«, eröffnete der Oberkommissar ihr. »Wir nehmen Sie nämlich jetzt und hier wegen Beihilfe zum Mord an drei Menschen fest. Möchten Sie sich noch etwas anderes anziehen?«

Der Blick der Frau senkte sich und blieb starr auf die stählernen Fesseln in der Hand des Polizisten geheftet.

»Nein … Bitte!«

Der Arzt, der die Polizisten vorher um Beeilung gebeten hatte, streckte den Kopf aus dem Zimmer und warf einen erleichterten Blick auf Rosemarie Winkelmann.

»Gut, dass du hier bist, Rosi. Das Polytrauma ist angekommen, wir müssen sofort los.«

Sie sah Hain fragend an, der wiederum einen Blick mit Lenz tauschte. Der Hauptkommissar schüttelte den Kopf.

»Es tut mir leid, aber Ihre Mitarbeiterin muss uns begleiten. Wir sind von der Polizei und …«

»Das ist völlig ausgeschlossen«, fauchte der Arzt die Polizisten an. »Ohne Frau Winkelmann können wir nicht operieren. Worum geht es eigentlich hier?«

Wieder sprang der Blick der Frau zwischen den Polizisten hin und her, doch Lenz blieb unerbittlich.

»Suchen Sie sich bitte jemand anderen, der Ihnen assistiert. Wie Sie sicher sehen, ist Frau Winkelmann ohnehin im Augenblick nicht in der Lage, in einem Operationssaal zu stehen.«

Nun brachen bei Rüdiger Bornmanns Schwester alle Dämme. Sie riss die Hände vors Gesicht, fing an zu schluchzen, fiel zunächst auf die Knie und kurz darauf komplett zu Boden.

*

»Geht's wieder?«, wollte Lenz wissen.

»Ja«, hauchte Rosemarie Winkelmann tonlos. »Es geht wieder.«

Der Hauptkommissar und die Frau saßen in einem Behandlungszimmer. Sie auf der Untersuchungsliege, er auf einem Stuhl. Hain stand vor der Tür und versuchte, ihre noch immer völlig aufgebrachten Kollegen zu beruhigen. Der Tumult war nicht zu überhören.

»Sie haben Ihren Bruder mit Rocuronium versorgt?«

Sie nickte.

»Und Sie wussten, was er damit vorhatte? Was er damit machen würde?«

Wieder ein Nicken.

»Warum? Sie wussten, dass Ihr Bruder damit Menschen töten würde.«

»Die… Diese Menschen hatten es verdient zu sterben.«

»Sind Sie wahnsinnig?«, platzte es aus Lenz heraus. »Sie

und Ihr Bruder erdreisten sich, so mir nichts, dir nichts über das Leben von Menschen zu richten?«

»Ich habe ihm nur das Rocuronium besorgt. Mehr nicht.«

»Es bleibt trotzdem bei dem ziemlich schweren Vorwurf der Beihilfe zum Mord. Wollen Sie das nicht verstehen?«

»Ich möchte jetzt mit meinem Anwalt sprechen. Sofort.«

Lenz hätte der Frau am liebsten eine Ohrfeige verpasst, konnte sich jedoch gerade noch beherrschen. Stattdessen stand er auf und trat ganz dicht an Rosemarie Winkelmann heran.

»Das können Sie machen, von mir aus auch sofort. Aber vorher erzählen Sie mir, wo wir Ihren Bruder finden.«

»Das weiß ich nicht. Und wenn, würde ich es Ihnen nicht sagen. Es muss zu Ende gebracht werden, so oder so.«

»Was muss zu Ende gebracht werden?«

Die Züge der Frau spannten sich. Ihr Gesicht hatte nun etwas Verhärmtes, Unbarmherziges.

»Meinen Anwalt, bitte.«

Rosemarie Winkelmann verweigerte in der Folge jegliche Zusammenarbeit mit den Polizisten. Ihr Blick war starr auf die Wand gerichtet, die Haltung eindeutig. Hain sorgte dafür, dass sie von der Besatzung eines Streifenwagens aufs Präsidium gebracht wurde.

»Nicht zu glauben«, zeigte sich der Oberkommissar im Anschluss bass erstaunt, nachdem er in das Behandlungszimmer zurückgekehrt war, in dem Lenz am Fenster stand und das bedrohlich wirkende Farbenspiel des aufziehenden Gewitters beobachtete. »Ich kann nicht glauben, dass sie bei so was mitgemacht hat.«

»So geht es mir auch. Aber wir wissen viel zu wenig über sie, um wirklich was dazu sagen zu können. Gibt es schon etwas zu Bornmann?«

»Nein. Die Fahndung nach ihm läuft auf Hochtouren, bis jetzt allerdings ohne Erfolg. Hat seine Schwester noch irgendwas erwähnt, das uns vielleicht weiterhelfen könnte?«

»Nein, sie hat ab einem bestimmten Moment gar nicht mehr geredet. Aber vorher hat sie gesagt, dass es zu Ende gebracht werden müsse. So oder so.«

»Und was heißt das?«

Lenz zuckte mit den Schultern.

»Was weiß ich? Vielleicht schnappt sich ihr Bruder gerade den Nächsten, den er für seine ungerechtfertigte Haft verantwortlich macht.«

Die beiden Polizisten sahen sich schockiert an.

»Ach, du Scheiße«, murmelte Lenz und stürmte auch schon aus dem Zimmer.

32

Irma Brandt lag neben ihrem schlafenden Mann auf dem Sofa und starrte auf den Fernseher, doch das laufende Programm fand keinen Zugang zu ihrem Gehirn. Draußen tobte ein heftiges Sommergewitter, der Regen schlug gegen die großen Fensterflächen des Wohnzimmers.

Was mache ich hier eigentlich?, fragte sie sich. Wie kann ich seelenruhig hier liegen, wenn rund um uns herum die Welt in Trümmer zu fallen droht?

Ludger, ihr Mann, zuckte, schüttelte sich kurz und schreckte hoch. Offenbar hatte er geträumt.

»Wie spät ist es?«, wollte er mit verschlafenen Augen wissen.

»Viertel nach neun. Du hast mehr als zwei Stunden geschlafen.«

»Ich bin aber auch fertig gewesen, Irma.«

»Ja, Ludger«, erwiderte die Frau leise, »wir sind nicht mehr die Jüngsten. Vielleicht sollten wir endlich …«

»Bitte, nicht schon wieder«, unterbrach er sie sanft und legte seinen rechten Zeigefinger auf ihren Mund.

»Aber wir können doch nicht …«

»Doch, wir können, Irma. Wir müssen jetzt zusammenhalten, dann packen wir das. Wie wir es die ganzen Jahre über immer gepackt haben.«

In diesem Moment schreckte die Frau wegen eines Geräuschs hoch und machte sich von ihm frei.

»Was ist los?«, fragte Brandt verwirrt.

»Da war ein Geräusch. Hast du es nicht gehört?«

Er schüttelte den Kopf.

»Nein, im Augenblick höre ich nun einmal nicht so viel.«

»Aber ich bin ganz sicher«, erklärte sie panisch. »Bitte, Ludger, da ist jemand am Haus.«

»Irma, das war bestimmt nur ein Donner. Und der Fernseher ist auch nicht gerade leise«, setzte er mit Blick auf die Flimmerkiste hinzu.

»Doch, ich irre mich nicht. Bitte, Ludger, hol deine Waffe und sieh nach. Ich fürchte mich.«

»Ich habe keine Waffe mehr, Irma!«

»Ach, du meine Güte, das habe ich ja ganz vergessen. Was machen wir denn jetzt?«

Brandt stemmte sich ungelenk in die Senkrechte und wäre dabei fast ins Straucheln geraten, weil sein Blutdruck in den Keller gegangen war und ihm schwindelig wurde. Dann hatte er sich gefangen und trat um das Sofa herum.

»Ich gehe mal nachsehen, vielleicht steht irgendwo im Haus ein Fenster offen. Von wo kam denn das Geräusch?«

Sie zuckte hilflos mit den Schultern.

»Das weiß ich nicht genau. Aber ich bin sicher, dass ich etwas gehört habe. Vielleicht kam es ja aus dem Keller.«

»Dann fange ich dort an zu suchen. In Ordnung?«

»Mir wäre es lieber, du würdest mich nicht allein lassen, Ludger.«

»Dann musst du entweder mitkommen oder ich bleibe hier. Was ist dir lieber?«

Irma Brandt überlegte einen Moment.

»Nein, ich bleibe hier oben. Und du sei bitte vorsichtig, ja?«

»Ach, mein Mädchen. Wenn du nur nicht immer so furchtbar schreckhaft wärst.«

Der ehemalige Polizist wandte sich ab, ging mit schlurfenden Schritten auf die Zimmertür zu und war ein paar Augenblicke später im Flur verschwunden. Dort bog er nach links ab, öffnete die Kellertür und schaltete das Licht ein. Leise brummend, um, wie der Arzt es ihm geraten hatte, das Fiepen in seinen Ohren zu übertönen, machte er sich auf den Weg nach unten. Dort sah er zunächst in der Waschküche nach, doch weder stand eines der hoch liegenden, vergitterten Fenster offen noch gab es Spuren eines Einbruchs. Kopfschüttelnd zog er die Tür hinter sich wieder ins Schloss und betrat eine kleine Abstellkammer. Auch hier das gleiche Bild. So ging es weiter, bis er alle Räume des Kellers inspiziert hatte. Missmutig und noch immer leise brummend, stieg er die Treppen hinauf und verließ den Keller.

»Alles klar da unten«, beschied er seiner Frau im Vorübergehen durch die angelehnte Wohnzimmertür, was sie mit einem ängstlichen, kaum vernehmbaren Laut der Zustimmung kommentierte.

»Danke, Ludger«, brummte Brandt leise, weil der Ärger über die Ängstlichkeit seiner Frau in ihm immer weiter anstieg. Aber so war das mit ihr schon immer, dachte er, während er gemächlich durch die Küche und das sich anschließende Nähzimmer trabte. Auch hier gab es keine besonderen Ereignisse zu vermelden. Wieder ein wenig entspannter, drückte er die Klinke zu seinem Büro herunter, schob die Tür nach innen und tastete nach dem Lichtschalter, doch noch während seine Hand auf dem Weg dorthin war, wusste er, dass in dem Raum irgendetwas nicht stimmte. Er musste einen Augenblick warten, bis die einzelne Energiesparlampe über seinem Kopf genügend Helligkeit abgab und seine Augen sich wieder von dunkel an hell gewöhnt hatten; dann jedoch entdeckte er das etwa faustgroße Loch in beiden Scheiben des Doppelfensters, fein säuberlich mit einem Glasschneider direkt neben dem Griff herausgeschnitten, durch das der Regen in fetten Tropfen ins Innere drang und sich auf der Fensterbank und dem Boden sammelte. Irritiert sah er sich um und nahm die hässlichen, schlammverschmierten Abdrücke wahr, die auf dem Schreibtisch und dem Laminat des Fußbodens zu erkennen waren.

»Irma!«, rief er laut und stürmte zurück in Richtung Wohnzimmer. Als er an der Flurecke angekommen war und mit der rechten Hand nach der Türklinke greifen wollte, rutschte er aus und schlug der Länge nach hin. Und noch im Fallen wurde ihm der Grund für seinen Sturz bewusst: Er war auf schlammigem, dreckigem Wasser ausgerutscht. Wasser, das jemand ins Haus getragen hatte, der unbefugt durch das Bürofenster eingedrungen war und sich nun vermutlich im Wohnzimmer aufhielt.

»Irma!«, schrie er aus Leibeskräften, rappelte sich schwerfällig hoch, brachte mit patschenden Schritten die zwei Meter bis zur Tür hinter sich und schob sie nach innen. Dort sah er seine Frau auf dem Sofa sitzen. Über ihren Mund zog sich ein Streifen breiten, grauen Klebebandes, die Hände hielt sie hinter dem Rücken verborgen. Ihr gegenüber saß ein grauhaariger Mann von etwa 60 Jahren, der mit einer Pistole auf den Kopf der gefesselten Frau zielte.

»Kommen Sie herein, Herr Kriminaldirektor«, sagte der Besucher freundlich, »und nehmen Sie bitte Platz.«

33

Hain trieb den kleinen Japaner, so schnell es ging, durch die Stadt, doch das war an diesem Abend alles andere als leicht, weil das Wasser in Sturzbächen über die Straßen rann. Aus allen Gullydeckeln, die sie passierten, schoss eine braune, unansehnliche Brühe empor. Die Scheibenwischer des Mazdas schafften es nicht, die Wassermassen zu verdrängen, obwohl sie in der höchsten Stufe arbeiteten.

»Was für eine Scheiße ist das denn?«, fluchte Hain lautstark, doch bei Lenz auf dem Beifahrersitz kam nur unverständliches Gemurmel an, weil die Worte des Oberkommissars vom Geprassel des Regens auf dem dünnen Stoffdach übertönt wurden.

»Was sagst du?«, schrie der Hauptkommissar.

»Dass ich solch ein Unwetter noch nie erlebt habe«, entgegnete Hain in der gleichen Lautstärke und stieg auf die Bremse, weil die Ampel am Auestadion auf Rot sprang und der Querverkehr sich im Anschluss quälend langsam über die Kreuzung bewegte.

Etwas mehr als zwei Minuten danach hatten die Polizisten das Haus ihres ehemaligen Chefs erreicht, sprangen aus dem Wagen und hetzten auf das Vordach des Eingangs zu. Obwohl beide ihre Sakkos über den Kopf gezogen hatten, waren sie schon auf der Hälfte des Weges komplett durchnässt. Kurz bevor sie das schützende Glas über der Tür erreicht hatten, zuckte ein greller Blitz auf und tauchte das Haus und den Vorgarten für einen Sekundenbruchteil in gleißende Helligkeit. Das gleichzeitig losbrechende Donnergrollen hatte etwas zutiefst Beängstigendes.

»Mir läuft die Brühe voll in die Schuhe«, schnaubte Hain,

legte beide Hände an die Schläfen und sah durch das satinierte Glas der Scheibe.

»Licht. Es ist also jemand zu Hause.«

»Das wäre ja mal eine gute Nachricht«, ergänzte Lenz und legte den Finger auf den Klingeltaster.

Im Innern erklang leise ein Gong, der trotz des Regens auch vor der Tür zu hören war. Sie warteten 20 Sekunden, dann startete der Hauptkommissar einen weiteren Versuch. Keine Reaktion.

Wieder fuhr der Zeigefinger nach vorn und drückte, diesmal mehrfach, doch das Ergebnis blieb das gleiche.

»Ich versuche es hier weiter, du gehst hinten rum«, beauftragte Lenz seinen Kollegen.

»Das war ja klar«, formulierte Hain so etwas wie einen Protest, machte sich jedoch, ohne zu zögern, auf den Weg und bog kurz darauf an der Hausecke ab. Lenz drückte wieder und wieder auf den Klingelknopf, obwohl er längst nicht mehr damit rechnete, etwas zu erreichen.

Es dauerte knapp eine halbe Minute, dann tauchte sein Kollege an der gleichen Stelle wieder auf, an der er verschwunden war. In der rechten Hand lag eine Dienstwaffe.

»Er ist hier«, flüsterte er.

»Wer? Ludger?«

»Nein, Bornmann. Auf der Rückseite ist ein Fenster beschädigt, und Irma liegt gefesselt im Wohnzimmer auf dem Boden.«

»Heilige Scheiße!«, zischte Lenz und griff nach seiner Pistole. Hain steckte seine Waffe zurück und griff nach dem Lederetui in seiner Sakkotasche.

»Ich versuche, die Tür hier vorn zu öffnen. Was Besseres fällt mir gerade nicht ein, weil ich keine Lust habe, in eine Kugel oder was ähnlich Unangenehmes zu laufen.«

»Passt schon.«

Der Oberkommissar nestelte etwa eine Minute mit verschiedenen Hilfsmitteln an dem Schloss herum, dann zog er vorsichtig den Knauf zurück. Ein leises Klacken folgte.

»Und?«, wollte Lenz ungeduldig wissen.

»Pssst«, machte sein Kollege, steckte die Utensilien zurück in das Futteral, legte es neben dem Eingang ab und griff wieder zu seiner Waffe. Dann spannte er sich und versuchte, die Tür so langsam wie möglich nach innen zu schieben, was ihm jedoch nicht gelang. Ein unter der Kante schleifendes Steinchen verursachte einen hohen, quietschenden Ton.

»Scheiße«, hauchte er, nahm jedoch den Druck auf den Knauf nicht zurück. Aus dem Haus hörten die beiden Polizisten leise Musik.

»Ich zuerst«, flüsterte Hain, bedeutete seinem Chef, ihm Deckung zu geben, und betrat vorsichtig den Flur. Mit schnellen, katzenhaften Bewegungen und ständig schussbereiter Waffe spähte er hinter die Tür und erreichte im Anschluss mit ein paar Schritten den Durchgang zum Wohnzimmer. Der Oberkommissar hörte nun neben der Musik ein leises Stöhnen. Lenz hatte sich auf der anderen Seite der angelehnten Tür positioniert, hielt seine Waffe mit ausgestreckten Armen vor dem Körper und gab Hain zu verstehen, dass nun er den Raum zuerst betreten würde. Sein Kollege nickte, brachte sich ebenfalls in Position und schob mit einer schnellen Bewegung des linken Beins das Holzblatt nach vorn. Lenz stürmte in das Zimmer, machte sich dabei klein, indem er fast in die Knie ging, fuhr nach rechts und beschrieb mit der schussbereiten Waffe eine 180-Grad-Drehung, wobei er den Raum grob abscannte.

Als Hain hinter ihm auftauchte, war schon klar, dass außer Irma Brandt und ihnen niemand mehr im Wohnzimmer anwesend war.

Die Frau lag zwischen dem Sofa und dem Sideboard, der Kopf wies zur Wand. Aus ihrem mit Gewebeband verklebten Mund drang ein leises Stöhnen. Hain sprang zu ihr hinüber, drehte sie auf den Rücken und sah in ihre Augen, während Lenz die Tür sicherte.

»Nicht so schlimm«, konstatierte der Oberkommissar leise, kam wieder hoch und deutete auf den Flur.

»Zuerst müssen wir sicherstellen, dass hier nicht noch ein böser Bube sein Unwesen treibt«, raunte er und setzte sich in Bewegung.

Sie untersuchten zunächst das Erdgeschoss, danach die obere Etage und zum Schluss den Keller. Als klar war, dass außer der Frau und ihnen niemand mehr im Haus war, rannten sie zurück ins Wohnzimmer.

Hain riss der Frau mit einer schnellen Bewegung das Klebeband vom Mund, was sie mit einem spitzen Aufschrei quittierte, der jedoch ihr Jammern nur für ein paar Sekundenbruchteile unterbrach.

»Irma!«, rief Lenz, der auf der anderen Seite kniete. »Irma, hörst du mich?«

Sie sah mit glasigen Augen in sein Gesicht.

»Ludger!«, schrie sie laut auf.

»Nein, ich bin nicht Ludger«, widersprach der Hauptkommissar, der hörte, wie Hain im Hintergrund mit der Einsatzzentrale telefonierte.

»Irma«, sprach er die Frau erneut an, und diesmal erkannte sie ihn.

»Ludger ist weg«, stammelte sie. »Er war hier.«

»Wer war hier?«, wollte Lenz wissen. »Bornmann?«

Sie nickte schwach.

»Bornmann war hier und hat Ludger mitgenommen?«

Irma Brandt schloss die Augen und fing an zu schluchzen.

»Ja.«

»Wann war das?«

Ihr fielen die Augen zu. Offenbar hatte Bornmann sie betäubt.

Lenz holte aus und schlug ihr leicht ins Gesicht.

»Irma, wann hat Bornmann Ludger mitgenommen?«

»Ich wollte das nicht«, murmelte sie. »Ich wollte es doch nicht.«

Lenz hatte schon wieder den Arm gehoben, ließ ihn jedoch wieder sinken.

»Was wolltest du nicht, Irma?«

»Ludger ist weg«, schluchzte sie nun wieder.

Der Hauptkommissar griff ihr unter den Kopf, hob ihren massigen Körper an und nahm sie behutsam in den Arm.

»Was wolltest du nicht, Irma?«

»Das alles. Ich wollte doch nur meinen Ludger nicht verlieren.«

Hain hatte seinen Notruf beendet und stand nun neben Lenz.

»Der Notarztwagen ist unterwegs.«

»Gut.«

»Soll ich dich mit ihr allein lassen?«

»Nein.«

Die Frau blinzelte mit den Augen und zuckte ein paarmal.

»Irma! Nicht wieder einschlafen!«

»Aber ich bin so müde«, gab sie schwach zurück.

»Du kannst gleich schlafen, aber vorher musst du mir erzählen, was du nicht wolltest. Wolltest du nicht, dass die Exfrau von Bornmann dir Ludger wegnimmt?«

Ihr Kopf bewegte sich langsam auf und ab. Hain, der die Szene mit wachsender Betroffenheit beobachtete, warf seinem Boss einen entsetzten Blick zu.

»Paul! Sie weiß nicht, was sie redet.«

»Doch«, widersprach Irma Brandt mit leeren Augen und matter Stimme. »Ich weiß es ganz genau.«

»Irma«, wollte Lenz nun fast sanftmütig von ihr wissen, »hast du sie an dem Tag gesehen, an dem sie gestorben ist?«

»Hör auf, Paul!«, forderte Hain.

Lenz warf ihm einen tödlichen Blick zu.

»Halt deinen Mund, Thilo, oder mach dich raus.«

In der Ferne hörten sie die ersten Sirenen der Einsatzwagen.

»Sie weiß nicht, was sie sagt, Paul, und vor Gericht könntest du es eh vergessen. Also …«

Irma Brandt schlug die Augen auf, sah zuerst den jungen Oberkommissar an und dann Lenz. Über ihre Wangen liefen dicke Tränen, als sie zu sprechen begann.

»Ich habe sie an diesem Abend nicht nur gesehen, ich habe sie auch zur Rede gestellt und gefragt, warum sie mir den Mann wegnehmen will«, flüsterte sie. »Es war doch noch keine acht Stunden her, seit ich beim Frauenarzt war und erfahren hatte, dass ich schwanger bin.«

Sie schluchzte. Lenz befürchtete, sie würde gleich wieder wegdämmern, deshalb wiegte er sie sanft hin und her wie ein Kleinkind, bei dem man allerdings damit in der Regel das Gegenteil erreichen wollte.

»Ich war mit unserem dritten Kind schwanger«, fuhr sie

schließlich fort, »und diese Frau wollte mir trotzdem und ohne mit der Wimper zu zucken meinen Mann wegnehmen. Es hat sie gar nicht interessiert, als ich sie gebeten habe, die Finger von Ludger zu lassen. Pech gehabt, das waren ihre einzigen Worte.«

Das Jaulen der Sirenen kam immer näher, doch Lenz wollte nun die ganze Wahrheit hören.

»Hast du die Frau erwürgt, Irma?«, fragte er eine Spur zu laut. Aus Irma Brandts Augen liefen noch immer Tränen, doch aus ihrem Mund kamen keine Worte mehr. Der Hauptkommissar schüttelte sie leicht, doch ohne Erfolg. Sie war nicht mehr in der Lage, ihm zu antworten.

*

Thilo Hain lehnte mit dem Hintern an der Fahrertür seines Mazdas und sah angefressen aus. Endlos angefressen. Sein Blick traf sich mit dem von Lenz, der dem Polizeipräsidenten gegenüberstand und ihm berichtete, warum Rüdiger Bornmann aller Wahrscheinlichkeit nach die drei Polizisten umgebracht und was sich im Haus des ehemaligen Kriminalrats abgespielt hatte. Dann löste sich sein Chef von Bartholdy und kam langsam auf ihn zu.

»Das hättest du nicht machen dürfen, Paul«, murmelte der junge Oberkommissar.

»Warum nicht?«

»Sie steht unter irgendwelchen Drogen oder Medikamenten. Außerdem hat sie einen Schock. Das, was sie erzählt hat, kann vor keinem Gericht der Republik verwendet werden.«

Lenz stellte sich neben seinen Partner, verschränkte die Arme vor der Brust und ließ den Kopf nach vorn sinken.

»Ich will es gar nicht an die große Glocke hängen, Thilo.

Wir beide haben es gehört und wir beide wissen, dass sie die Wahrheit gesagt hat. Ludger hatte was mit der Exfrau von Bornmann, und Irma hat sie erwürgt. So weit, so schlecht.«

»Und was sagt Bartholdy dazu?«

»Wozu?«

»Zu deinen Erkenntnissen über Wahrheit, Motiv und Tatverdacht.«

»Warum sollte er was dazu sagen? Er weiß nichts davon.«

»Du hast ihm nichts …?«

Lenz schüttelte den Kopf.

»Nein, habe ich nicht.«

»Warum nicht?«

Der Hauptkommissar dachte mit Blick auf die regennasse, blaulichtdurchzuckte Szenerie vor dem Haus lange nach.

»Ich weiß es nicht, Thilo. Ich weiß es wirklich nicht.«

»Du bringst mich immer wieder zum Staunen, mein Freund.«

»Das ist doch schon mal was.«

Es entstand eine längere Pause.

»Meinst du, Ludger lebt noch?«

»Keine Ahnung. Im Augenblick ist jeder Bulle in der Gegend, der aufrecht gehen kann, auf der Suche nach ihm. Jeder Eisenbahntunnel wird überwacht, genauso wie sämtliche Straßen und Plätze. Ludgers Mobiltelefon liegt drin auf der Flurgarderobe, deshalb brauchen wir nicht zu versuchen, es zu orten. Also, was sollten wir noch machen?«

»Ja, was sollten wir noch machen?«, wiederholte Hain die Frage leise. »Obwohl, als du eben drüben bei Bartholdy gestanden hast, bin ich in meinem Kopf die verschiedenen

Möglichkeiten durchgegangen, die Bornmann sich zurechtgelegt haben könnte.«

»Und?«

»Na ja, wie es aussieht, will er seinen Opfern das größtmögliche Leiden zumuten, bevor sie endlich sterben dürfen. Mit der Bahn dürfte das im Augenblick schwer werden, weil wir alle Tunnel überwachen.«

»Er könnte es diesmal auf freier Strecke veranstalten. Oder Ludger in den Kofferraum eines Autos werfen und weiter weg fahren.«

»Das sind alles mögliche Szenarien. Nur leider helfen diese Gedanken uns nicht weiter. Wir suchen nach ihm, und wenn wir Glück haben, finden wir ihn, bevor …«

»Bevor der gute Ludger dran glauben muss«, vollendete Hain seinen Satz. »Während ich vorhin so nachgedacht habe, ist mir der Gedanke gekommen, dass Bornmann es an einem der Orte machen könnte, die damals eine Rolle gespielt haben. Der Gerichtssaal zum Beispiel. Oder die Wohnung, in der sie umgebracht wurde.«

»Aber wie sollte er sich Zutritt zu dem Gerichtssaal verschaffen? Oder der Wohnung? Das sind alles Gedanken, die man sich machen kann, die uns jedoch nicht wirklich weiterhelfen.«

»Da muss ich dir jetzt leider recht geben. Irgendwie erscheint das in der Retrospektive ein bisschen wie Aktionismus. Aber ich kann jetzt nicht einfach nach Hause fahren und mich ins Bett legen, das schaffe ich nicht.«

Er machte ein trauriges Gesicht.

»Egal, was passiert ist und was er uns in den letzten Tagen zugemutet hat, wir haben immerhin ein paar Jahre mit ihm zusammengearbeitet. Du noch einige mehr als ich.«

»Ich weiß«, erwiderte Lenz abwesend.

»Was ist mit dir?«, wollte sein Kollege wissen.

Lenz ließ sich mit seiner Antwort ein paar Sekunden Zeit.

»Ich habe gerade an Horst Kohler denken müssen, den Schließer.«

»Ja, und?«

»Mir ging durch den Kopf, was er über Bornmann und den Herkules gesagt hat. Kannst du dich erinnern?«

»Dieses pathetische Gequatsche, wie er es nannte?«

»Genau das.«

»Ja, klar kann ich mich daran erinnern. Warum?«

Wieder dachte Lenz ein paar Augenblicke nach.

»Was, wenn das gar kein pathetisches Gequatsche gewesen wäre? Wenn sich Bornmanns Schicksal wirklich dort oben entscheiden würde?«

»Dann könnte das bedeuten, dass wir ihn dort finden. Aber ich …«

»Unken kannst du später, Thilo«, wurde er von seinem Boss unterbrochen. »Jetzt fahren wir da hoch und sehen uns um.«

»Du bist der Meister«, erwiderte der Oberkommissar, doch in seiner Stimme lagen jede Menge Zweifel.

34

Der Herkules, das imposante, weithin sichtbare Wahrzeichen hoch über der Stadt Kassel, empfing die Beamten mit einer wohlriechenden Mischung aus frischem Sommerregen und dem Duft der vielen Blumen in den Beeten auf dem Gelände.

Hain hatte den Mazda ganz am Anfang des riesigen Parkplatzes auf der Rückseite des gewaltigen Bauwerks abgestellt, den Rest des Weges hatten die beiden Polizisten zu Fuß hinter sich gebracht. Nun standen sie vor dem Oktogon, dem Unterbau der eigentlichen Statue, und sahen hinauf.

»Wo soll man hier anfangen zu suchen?«, fragte der Oberkommissar unentschlossen.

»Am besten sehen wir erst mal im Oktogon nach und wenden uns dann der Pyramide zu.«

»Vermutlich ist das jetzt alles abgeschlossen.«

Lenz warf ihm einen warnenden Blick zu.

»Hör auf zu unken. Oder besser, fang nicht schon wieder an damit.«

Der Hauptkommissar sprang auf die freiliegende Außentreppe, stürmte hinauf und hatte ein paar Sekunden später das Innere des achteckigen Unterbaus erreicht, auf dem sowohl die Pyramide als auch die Herkulesskulptur thronten. Hain folgte ihm etwas langsamer, wobei er seinen Blick über das gegenüberliegende Waldstück kreisen ließ. Sie durchkämmten in entgegengesetzten Richtungen den dunklen, allein von seiner Erscheinung schon Respekt einflößenden Bau und trafen sich etwas später vor dem Aufgang zur Besucherplattform wieder. Hain sah sich das Schloss der schweren, mit Metall verblendeten Tür an und winkte ab.

»Das kannst du vergessen, Paul. Solche Schlösser standen nicht auf dem Lehrplan meiner Panzerknackerausbildung.«

»Vielleicht«, gab Lenz zurück, »brauchen wir die heute gar nicht«, womit er vorsichtig die riesige, kalte Klinke herunterdrückte und an der Tür zog, die ihm langsam und schwerfällig entgegenkam.

»Scheiße«, murmelte Hain, griff nach seiner Waffe, schob sich ein Stück in die Dunkelheit des Treppenaufgangs und lauschte.

»Nichts«, flüsterte er und trat wieder vor die Tür. »Vielleicht hat nur jemand vergessen abzuschließen.«

»Am Arsch hängt der Hammer. Der ist da oben«, brummte Lenz, »mit oder ohne Ludger.«

»Dann wollen wir mal«, erwiderte sein Kollege leise und schob sich erneut nach vorn und in die Dunkelheit. Dort wartete er ein paar Sekunden, in denen sich seine Augen an die Umgebung gewöhnten. Lenz stellte sich neben ihn und sah nach oben, wo die matten Konturen einer in die runde Außenwand eingelassenen Wendeltreppe sichtbar wurden.

»Ich glaub's ja nicht«, murmelte der Hauptkommissar.

»Sei froh, dass es kein Fahrstuhl ist«, bemerkte Hain in Anspielung auf die Fahrstuhlphobie seines Chefs trocken, um sich im Anschluss, so leise es ihm möglich war, Stufe für Stufe nach oben zu schrauben. Es dauerte gefühlte Stunden, und Lenz musste sich immer wieder zwingen, den Blick nicht nach unten zu richten, weil er befürchtete, sich beim Anblick des in der Mitte freien Aufgangs vor Angst in die Hosen zu machen.

Nun griff sein Kollege an seinen Arm und bedeutete ihm, stehen zu bleiben. Dann fasste der Oberkommissar sich an die Nase und deutete nach oben. Lenz zuckte mit den Schultern.

»Riechst du nicht das Gras?«, flüsterte Hain ihm ins Ohr.

Wieder ein Schulterzucken.

»Da oben ist einer, der Gras raucht.«

Nun nahm auch Lenz den süßlichen Geruch wahr. Dass es sich dabei um Marihuana handelte, hätte er allerdings nicht auf Anhieb gewusst. Dann drang ein Stöhnen zu ihnen herunter.

Hain sah nach oben und schätzte ab, wie weit sie noch vom Ausgang zur Besucherterrasse entfernt sein könnten. Sechs Meter, vielleicht acht, mehr nicht. Wieder drang Marihuanageruch zu ihnen durch, und diesmal hatte Lenz das Gefühl, er könne auch den dazugehörigen Rauch sehen. Hain stieg, die Pistole auf den Ausgang gerichtet, langsam weiter nach oben, hatte kurz darauf die vorletzte Stufe erreicht und ging in die Knie. Lenz kauerte sich neben ihn.

»21 Jahre, vier Monate und sechs Tage«, sagte ein Mann mit leiser, aber drohender Stimme.

»21 Jahre, vier Monate und sechs Tage habe ich wegen Ihnen unschuldig im Gefängnis gesessen. Das ist eine lange, lange Zeit.«

Die Polizisten konnten ein feines Knistern hören, doch bevor sie einordnen konnten, was hinter dem Geräusch steckte, zuckte ein Blitz auf. Erschrocken drückten sie sich ein wenig dichter an die Wand. Der Donner ließ einige Sekunden auf sich warten, krachte dann jedoch mit solch aberwitziger Lautstärke in den Aufgang, dass Lenz für einen Augenblick befürchtete, sein Trommelfell würde platzen. Nun klatschten die ersten Regentropfen auf die Terrasse. Hain, dessen Klamotten noch klamm waren vom vorigen

Guss, fluchte tonlos und drehte sich zu seinem Kollegen um. Mit der linken Hand deutete er an, dass er nach vorn rücken und um die Ecke sehen wollte.

»Ich warte auf den nächsten Blitz«, flüsterte er.

Lenz nickte.

Während der Wartezeit, die ihnen endlos erschien, drangen immer wieder Wortfetzen zu ihnen vor, die jedoch wegen des stärker werdenden Regens nicht zu verstehen waren. Dann zuckte ein weiterer Blitz auf. Hain spannte sich, beugte seinen Körper nach vorn und wartete. Im Donner, der folgte und der ebenso ohrenbetäubend laut war wie der vorherige, wollte der junge Oberkommissar seinen Kopf um die Ecke recken und für einen Sekundenbruchteil auf die von den Scheinwerfern der Herkulesbeleuchtung hell ausgeleuchtete Terrasse spähen, hatte jedoch eine winzige Kante übersehen, die vor seinen Füßen aus dem Boden ragte und an der er hängen blieb und das Gleichgewicht verlor.

Er konnte sich zwar abrollen, um einer Verletzung zu entgehen, aber nicht verhindern, dass sein Körper etwa zwei Meter neben dem Ausgang zur Wendeltreppe austrudelte und zum Liegen kam. Seine Waffe segelte im hohen Bogen davon.

Lenz hatte die ganze Aktion seines Kollegen mit schreckgeweiteten Augen verfolgt und, nachdem er die fliegende Pistole gesehen hatte, innerhalb von Zehntelsekunden die Entscheidung getroffen, seine Deckung im Treppenhaus aufzugeben und ebenfalls auf die Terrasse zu stürmen. Deshalb umfasste er den Griff seiner Waffe noch ein wenig fester und setzte sich in Bewegung. Was er sah, nachdem er um die Ecke herum war, raubte ihm den Atem.

Ludger Brandt stand an der vorderen Kante des Simses der Begrenzungsmauer; das Gesicht des ehemaligen Kriminalrats wies nach vorn, auf den über 30 Meter hohen Abgrund zu. Sein gesamter Körper war bis zur Unterkante der Nase mit braunem Paketband umwickelt, sodass er weder die eng an der Hüfte anliegenden Arme noch die Beine oder auch nur die Füße bewegen konnte; auch war es ihm offenbar nicht möglich, das Hüftgelenk zu knicken. Seine Erscheinung hatte etwas von einer Mumie, die jedoch nicht in einem Sarg lag, sondern in einem Winkel von etwa 15 Grad nach vorn geneigt über der Kante verharrte, nur von einem dünnen Kunststoffseil gehalten, dessen Ende irgendwo am Oberkörper eines Mannes auslief, der etwa zwei Meter davon entfernt stand und seelenruhig an einem Joint zog. Obwohl weder Lenz noch Hain jemals ein Foto von Rüdiger Bornmann gesehen hatten, war ihnen sofort klar, mit wem sie es zu tun hatten.

»Hände hoch, Bornmann!«, schrie der Hauptkommissar deshalb.

Rüdiger Bornmann, der sich nach Hains Sturz in Richtung des Eingangs gedreht hatte, wandte den Kopf ein paar Grad nach links und sah Lenz belustigt ins Gesicht.

»Guten Abend, meine Herren Polizisten. Was verschafft mir die Ehre?«

Während der ehemalige Strafgefangene sprach, hatte Hain sich nach vorn gerobbt, nach seiner Waffe gegriffen und zielte nun auf dessen Kopf. Bornmann sah ihn grinsend an.

»Sie glauben nicht, welchen Gefallen Sie mir mit diesem Schuss tun würden. Also, nur zu!«

Der junge Oberkommissar warf seinem Chef einen fragenden Blick zu, doch Lenz zögerte. Im gleichen Moment nämlich hatte Bornmann sich eine Winzigkeit auf Brandt zubewegt, was dessen Gleichgewicht sofort um einige

Grade in Richtung Abgrund verschob. In diesem Augenblick erkannte Hain auch den Grund dafür.

Vor Ludger Brandts Bauch baumelte ein schwerer Stein oder etwas Ähnliches, der einen gewissen Zug nach unten entwickelte, und, sobald Bornmann sich auf den hilflos dastehenden pensionierten Polizisten zubewegte, für sein Kippen sorgen würde. Allerdings war mit der wilden Konstruktion auch unweigerlich Bornmanns Absturz verbunden.

»Machen Sie keinen Quatsch, Mann, und gehen Sie rückwärts!«, rief Hain, doch der mit Jeans, Cowboystiefeln und Lederjacke bekleidete Mann schenkte der Aufforderung keine Beachtung und zog noch einmal genussvoll an seinem Joint.

»Was, nur zu meiner Information, wollen Sie denn machen, wenn ich Ihrem Befehl nicht nachkomme?«, fragte er mit dunkler, sonorer Stimme. »Wollen Sie mich dann erschießen?«

Damit trat er wieder ein paar Zentimeter näher an Brandt heran, dessen Winkel zum Abgrund sich dadurch natürlich wieder zu seinen Ungunsten veränderte.

»Nein«, schrie Lenz auf, »tun Sie das nicht! Bitte nicht!«

»Warum sollte ich das nicht tun? Dieser Drecksack ist maßgeblich dafür verantwortlich, dass ich die schönsten Jahre meines Lebens im Knast verbringen musste. Er und seine Kumpane.«

»Wir wissen, Herr Bornmann, dass Sie seinerzeit unschuldig verurteilt wurden. Aber Sie machen jetzt nichts besser, wenn Sie einen weiteren Menschen umbringen.«

»Ach«, erwiderte Rüdiger Bornmann mit enervierender Ruhe, »auf einen mehr oder weniger kommt es doch jetzt auch nicht mehr an. Wegen der drei anderen würde ich sowieso nie mehr ungesiebte Luft zum Atmen kriegen.«

»Das ist doch noch gar nicht raus«, log Hain, der noch immer auf den Kopf des Mannes zielte.

»Schlechter Versuch«, tadelte der laut loslachende Bornmann, bei dessen Bewegungen sich jeweils auch der Körper von Brandt mitbewegte, zog noch einmal an seinem Joint und warf den Rest über die Brüstung.

»Warum haben Sie Zwick umgebracht?«, wollte Lenz wissen. »Er hatte garantiert mit der Sache von damals nichts zu tun.«

»Franz Zwick«, echote der Mann mit der Lederjacke. »Guter, gerader Polizist. Nur leider nicht daran interessiert, einen alten Mordfall wieder aufzurollen, bei dem ein Unschuldiger als Opferlamm geschlachtet wurde.«

»Sie haben ihm davon erzählt?«

»Mehrmals. Mehrmals bin ich bei ihm gewesen und habe ihn gebeten, sich der Sache noch einmal anzunehmen. Leider war er sehr renitent, was das anging. Und er hat mich beleidigt, was wiederum mich ein wenig renitent ihm gegenüber hat werden lassen.«

»Aber …«, wollte Lenz weiterfragen, wurde jedoch von Bornmann sanft unterbrochen.

»Aber warum«, äffte der den Tonfall des Hauptkommissars nach, »sind Sie denn nicht zu mir gekommen? Ich hätte Ihnen ganz bestimmt mein Ohr geschenkt, und nicht nur das. Ich hätte, und das schwöre ich, die ganze Scheiße von damals noch einmal aufgerollt.«

»Ja!«

Bornmann lachte heiser auf.

»Ich kenne Sie zwar nicht, aber ich kaufe Ihnen das auch nicht ab. Im Zweifel siegt nämlich immer der Bullenkorpsgeist.«

»Das stimmt nicht.«

»Ich glaube nicht, dass ich diese Frage weiter mit Ihnen diskutieren möchte, meine Herren«, erwiderte Bornmann trocken mit einer Geste in Richtung des hilflosen Ludger Brandt. »Und deshalb muss ich Sie jetzt bitten, uns beide allein zu lassen.«

»Was genau passiert dann?«

»Och, eigentlich nicht viel. Ich werde, genau wie ich es mit den anderen gemacht habe, mit ihm ein Gespräch darüber führen, wie das ist, einer Situation völlig hilflos ausgeliefert zu sein. Wie es ist, keine Kontrolle mehr zu haben.«

Wieder sein heiseres Lachen.

»Ich bin ein Spezialist auf diesem Gebiet, wie Sie sicher schon herausgefunden haben dürften; immerhin kann ich auf mehr als 21 Jahre Erfahrung in völliger Hilflosigkeit zurückblicken.«

Es entstand eine kleine Pause.

»Mensch, Bornmann«, bewegte Hain sich einen Schritt auf den Exsträfling zu, was dieser mit einer ruckartigen Bewegung quittierte, die Brandt eine weitere, negative Veränderung seiner Position bescherte. Der pensionierte Polizist gab einen entsetzten Laut von sich, aus dem seine Todesangst mit jeder Frequenz herauszuhören war. Hain zog sich augenblicklich wieder zurück.

In Lenz' Gehirn fielen die Gedanken mit atemberaubender Geschwindigkeit übereinander her, jedoch war keiner dabei, der zu einer Verbesserung von Ludger Brandts Lage beigetragen hätte. Sie konnten natürlich auf Bornmann schießen, doch er nahm es als relativ sicher an, dass Brandts Gewicht dann beide in die Tiefe reißen würde. Er schätzte noch einmal die Distanz zu dem Seil ab, das zwischen den beiden gespannt war. Fünf Meter, vielleicht sechs. Keine Chance also für eine koordinierte, erfolgversprechende Aktion wie etwa einen Hechtsprung. Bornmann musste einfach nur einen Meter auf die Kante zutreten, den Rest würde die Schwerkraft übernehmen.

»Wollen Sie wirklich sterben?«, hörte der Hauptkommissar nun seinen Kollegen neben sich fragen.

Erneut eine kurze Pause.

»Nein«, erwiderte Bornmann dann ebenso bestimmt wie überzeugend. »Und das brauche ich auch gar nicht mehr. Ich bin nämlich schon vor langer, sehr langer Zeit gestorben, und nur noch auf der Erde geblieben, um diesen Abend zu erleben. Um dabei zu sein, wenn sein Leben ebenfalls zu Ende geht.«

Er wandte sich nach rechts und betrachtete den Mann auf der Brüstungskante.

»Tja, und jetzt heißt es endgültig Abschied nehmen, Ludger.«

Damit machte er einen Schritt auf die Terrassenmauer zu, und noch bevor Lenz oder Hain hätten reagieren können, hatte sich das Seil, das zwischen ihm und Brandt gespannt war, so weit gelockert, dass der ehemalige Polizist das Gleichgewicht verlor und langsam, wie in Zeitlupe, nach vorn kippte. Im letzten Moment, in dem er für die Polizisten sichtbar war, wurde sein Körper in eine leichte Rotation versetzt, und Lenz hatte den Eindruck, er hätte noch einmal in die Augen seines langjährigen Chefs blicken können. Dann verschwand das merkwürdige menschliche Paket aus seinem Blick. Das Seil spannte sich, Bornmann wurde ruckartig und mit aberwitziger Geschwindigkeit an die Mauer gezogen, im gleichen Sekundenbruchteil nach oben geschleudert und verschwand mit einem lauten, kehligen, an ein tödlich verwundetes Tier erinnernden Schrei in der Tiefe.

35

Kassel, ein paar Tage später.

»Wie war es?«, fragte Thilo Hain.

»Wie Krankenbesuche so sind.«

Der Hauptkommissar nahm einen großen Schluck Cola und stellte seinen Becher danach wieder auf den Tisch. Die beiden saßen in der Abendsonne vor dem Amerikaner am Bahnhof und nahmen einen Snack. Lenz konnte von seinem Platz aus den Eingang zum Präsidium sehen.

»Sie ist völlig durch den Wind. Aber wer will es ihr verdenken, schließlich hat sie gerade ihren Mann verloren. Nach 28 Jahren Ehe.«

»Und obendrein ihr ganzes bisheriges Leben«, fügte Hain hinzu.

»Wie meinst du das?«

»Na ja, vermutlich wird nun der ganze Fall von damals wieder aufgerollt. Es würde mich zumindest sehr wundern, wenn nicht.«

»Was sollte das bringen, diese alte Geschichte wieder aufzuwärmen?«

Hain sah seinen Boss konsterniert an.

»Jetzt muss ich aber mal zurückfragen, wie du das meinst.«

»Ludger ist tot, Thilo, Bornmann ebenfalls. Nach Meinung der Medien hat ein ehemaliger Strafgefangener Rache an ein paar Polizisten genommen, die ihn vor vielen Jahren in den Knast gebracht haben. Die genauen Hintergründe haben bis jetzt, wenn ich es richtig verstanden habe, niemanden interessiert, und ich vermute, daran wird sich auch nichts mehr ändern.«

»Aber Irma hat doch …«

»Irma hat was?«, bremste Lenz seinen Kollegen. »Sie hat ein bisschen dummes Zeug geredet, nachdem Bornmann mit der falschen Dosierung, nämlich zu wenig von dem Schlafmittel, versucht hatte, sie ins Reich der Träume zu schicken. Außer dir und mir hat glücklicherweise niemand diesen Unsinn gehört; also, was sollte schon groß dabei herauskommen, wenn wir den Fall neu aufrollen? Am Ende wäre Ludgers Andenken im Arsch, wovon wiederum niemand etwas hätte.«

Er lehnte sich zurück und betrachtete das taubengrau angestrichene Gebäude des Polizeipräsidiums.

»Wir haben ein paar Jahre mit Ludger als Chef zugebracht. Manche davon waren in Ordnung, andere nicht ganz so. Und in diesen ganzen Jahren wusste niemand, dass er eine Leiche im Keller hat. Dabei lass ich es mal bewusst dahingestellt, ob nun er oder die gute Irma Bornmanns Frau auf dem Gewissen hat. Ich hätte nicht mit ihm tauschen wollen, ganz sicher nicht.«

Er beugte sich nach vorn, trank die Cola aus und knüllte den Becher zusammen.

»Für mich ist der Fall damit erledigt. Wenn du es anders sehen solltest, weißt du ja, wo in deinem Schreibtisch du die entsprechenden Formulare findest.«

Hain dachte eine Weile nach.

»Hast du Maria davon erzählt?«

Der Hauptkommissar nickte.

»Die ganze verdammte Geschichte hab ich ihr erzählt.«

»Und was sagt sie?«

»Sie würde es nicht anders machen.«

»Ist das nicht aber eine Fortsetzung dieses Korpsgeistes, den wir nicht wollen?«

»Darüber habe ich auch mit ihr gesprochen, und sie sagt, dass es diesmal nicht um Korpsgeist ginge, sondern um einen Kollegen. Korpsgeist, hat sie mich aufgeklärt, diene dazu, die Polizei als Einheit zu schützen; in diesem Fall geht es jedoch um das Andenken eines Kollegen.«

Wieder nahm sich Hain ein paar Sekunden Zeit, bevor er antwortete.

»Das ist eine ziemlich verschissene Wortklauberei, wenn du mich fragst, Paul.«

»Sehe ich genauso. Aber es hilft kolossal, die komischen Gedanken im Hirn zu beruhigen.«

Wieder eine längere Pause.

»Meinst du, ich sollte es auf die gleiche Weise probieren?«, fragte Hain schließlich.

»Mit Carla darüber reden?«

Der Oberkommissar winkte ab.

»Hab ich längst. Nein, ich meine, mich dieser Wortklauberei zu bedienen.«

»Probier's aus. Dann wirst du sehen, ob es funktioniert.«

»Mach ich. Wobei ich mir schon ernsthaft die Frage stelle, warum ich mich mit Formularen beschäftigen sollte, die besser in der Schublade aufgehoben sind.«

»Gute Entscheidung«, lobte Lenz.

»Wo wir gerade bei Maria sind«, nahm Hain eine Weile später den Faden wieder auf. »Wie geht es ihr denn?«

»Geht so. Das Hämatom hat sich über die gesamte linke Gesichtshälfte ausgebreitet, weshalb sie angeblich mindestens ein Jahr lang nicht vor die Tür gehen will. Allerdings muss ich zugeben, dass sie im Augenblick wirklich gruselig ausschaut.«

»Aber es gibt nichts Neues wegen des Typen, der sie überfallen hat?«

Der Hauptkommissar schüttelte den Kopf.

»Nein, bis jetzt läuft es auf einen der vielen ungeklärten Raubüberfälle hinaus«, erwiderte er mit in Falten gelegter Stirn.

»Wenn ich dich so ansehe, kommt mir der Gedanke, dass du persönlich nicht so wirklich daran glaubst.«

»Erich hat, seit die Sache passiert ist, vier Mal bei ihr angerufen und wollte sie davon überzeugen, sich die Scheidung noch einmal durch den Kopf gehen zu lassen. Genau so hat er es dann auch zu ihr gesagt: Lass es dir bitte noch einmal durch den Kopf gehen. Und einmal, hat sie mir erzählt, hat er von den Gefahren gefaselt, denen man sich aussetzt, wenn man sich scheiden lässt. Natürlich hat er es, als Maria ziemlich aufgebracht nachgefragt hat, wie er das denn meine, sofort auf die finanziellen Gefahren bezogen, aber wir sind relativ sicher, dass er hinter dem Überfall steckt, in welcher Form auch immer. Nur solange es nicht zu beweisen ist, halten wir gepflegt unseren Mund, weil Maria vermutet, dass er sofort mit einer Anzeige wegen übler Nachrede oder Verleumdung auf der Matte stehen würde.«

»Dann ist es in diesem Fall leider wie in vielen anderen auch, Paul. Wenn etwas nicht wirklich kugelsicher zu beweisen ist, sollte man im Zweifelsfall lieber mal die Fresse halten.«

»Ich bin immer wieder erstaunt«, bemerkte Lenz süffisant, »mit welcher Leichtigkeit du große Worthülsen verschießen kannst, Thilo.«

»Nicht wahr?«, antwortete Hain, wobei ihm die Andeutung eines Lächelns über das Gesicht huschte.

ENDE

Weitere Krimis finden Sie auf den folgenden Seiten und im Internet: www.gmeiner-verlag.de

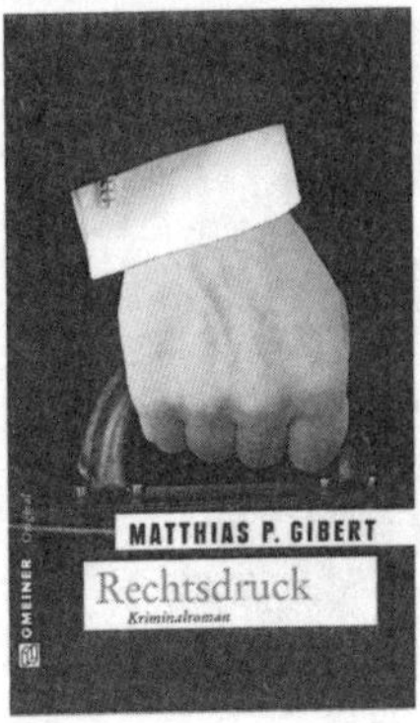

MATTHIAS P. GIBERT

Rechtsdruck

366 Seiten, Paperback.
ISBN 978-3-8392-1130-4.

FALSCHE FÄHRTEN? Gerold Schmitt, ein arbeitsloser Autolackierer mit Kontakten zur rechten Szene, wird brutal zusammengeschlagen. Er überlebt nur knapp. Schmitt glaubt, dass es sich um den Racheakt einiger Türken handeln könnte, mit denen er Ärger hatte.

Wenig später werden in der Kasseler Nordstadt ein türkisches Ehepaar und ihr zwölfjähriger Sohn brutal ermordet. Die Ermittlungen konzentrieren sich auf den ältesten Sohn der Familie, da dieser kurz zuvor einen heftigen Streit mit dem Vater hatte. Doch bald kommen Hauptkommissar Paul Lenz ernsthafte Zweifel, ob er wirklich die richtige Spur verfolgt …

MATTHIAS P. GIBERT

Schmuddelkinder

372 Seiten, Paperback.
ISBN 978-3-8392-1084-0.

GESTOHLENE KINDHEIT Baunatal, Nordhessen. Der pensionierte Erzieher Dieter Bauer wird durch einen Schlag auf den siebten Halswirbel getötet. Am Abend des nächsten Tages wird Ruth Liebusch tot aufgefunden – ebenfalls eine ehemalige Erzieherin, ebenfalls getötet durch einen Schlag auf den siebten Halswirbel. Und es gibt noch eine Gemeinsamkeit zwischen den Opfern: Beide waren in den 70er Jahren im Karlshof tätig, einem berühmt-berüchtigten Jugendheim südlich von Kassel.

Kommissar Paul Lenz vermutet einen Serienkiller. Was ihn jedoch verwirrt: Die Morde haben beinahe zur gleichen Zeit, räumlich weit voneinander entfernt stattgefunden …

GMEINER

Wir machen's spannend

MATTHIAS P. GIBERT
Kammerflimmern

326 Seiten, Paperback.
ISBN 978-3-89977-776-5.

SKANDALTRÄCHTIG Dezember 2007. Wolfgang Goldberg, Justiziar der Industrie- und Handelskammer Kassel, wird erhängt in einem Wald bei Kassel gefunden. In derselben Nacht brennt sein Haus ab. Schnell ist klar, dass er das Opfer eines Verbrechens wurde.

In das Blickfeld der Ermittler um Hauptkommissar Paul Lenz rückt Siegfried Patzke. Der ehemalige Werkstattbesitzer hatte Goldberg bedroht. Nun ist er spurlos verschwunden. Im Zuge der weiteren Ermittlungen entdecken Lenz und seine Männer, dass das Büro des Justiziars abgehört wurde. Außerdem finden sie heraus, dass er in engem geschäftlichen Kontakt zu einem dubiosen Versicherungsmakler stand.

Lenz spürt, dass der Mord nur die Spitze des Eisbergs ist. Er ist einem ausgewachsenen Skandal auf der Spur und seine Gegner scheinen übermächtig …

MATTHIAS P. GIBERT
Nervenflattern

323 Seiten, Paperback.
ISBN 978-3-89977-728-4.

KUNST IM FADENKREUZ In Kassel geschehen kurz hintereinander zwei tragische Unfälle – jedenfalls scheint es zunächst so. Ein anonymer Brief an den Oberbürgermeister der Stadt lässt jedoch erhebliche Zweifel an der Zufälligkeit der Ereignisse aufkommen – und urplötzlich steckt Kommissar Paul Lenz mitten in einem brisanten Fall: Die Documenta, bedeutendste Ausstellung für zeitgenössische Kunst der Welt, wird durch einen Anschlag mit einem hochgiftigen Nervenkampfstoff bedroht. Und mit ihr die Einwohner der Nordhessischen Metropole und die zahlreichen Ausstellungsbesucher.

GMEINER

Wir machen's spannend

HARALD PFLUG
Tschoklet

370 Seiten, Paperback.
ISBN 978-3-8392-1198-4.

BESATZUNGSGEBIET Karlsruhe 1945. Captain John Edwards, Leiter einer Scoutpatrouille der 7. US-Armee, macht sich kurz nach der Kapitulation Deutschlands mit seiner Truppe auf den Weg nach Karlsruhe. Unterwegs werden zwei seiner Soldaten erschossen. Anschließend versucht ein Unbekannter, das Fahrzeug des Offiziers mit einer Panzermine auszuschalten. Der Versuch misslingt. Edwards und seine Leute wissen nicht, warum man ihnen nach dem Leben trachtet. Bis sie in der ehemaligen Panzerkaserne in Schwetzingen erste Hinweise auf den Täter bekommen …

WILDIS STRENG
Ohrenzeugen

366 Seiten, Paperback.
ISBN 978-3-8392-1191-5.

ALLES HASENREIN? Der Hohenloher Bauer und passionierte Kleintierzüchter Rudolf Weidner wird nachts vor seinem Hasenstall mit einer Axt erschlagen. Die einzigen Zeugen sind 25 Deutsche Riesenschecken. Neben der Leiche wird eine Taschenuhr entdeckt, in die ein Datum eingraviert ist. Heiko Wüst und Lisa Luft, die ermittelnden Kommissare, hören sich zunächst unter den Hohenloher Kleintierzüchtern um, doch auch die Witwe ist verdächtig. Der Tod ihres Mannes berührt sie kaum, da er nicht nur dem Alkohol zugeneigt war, sondern auch wegen seiner Hasen kaum noch Zeit für die Familie hatte …

GMEINER

Wir machen's spannend

Unsere Lesermagazine

2 x jährlich das Neueste aus der Gmeiner-Bibliothek

DIN A6, 20 S., farbig

10 x 18 cm, 16 S., farbig

24 x 35 cm, 20 S., farbig

GmeinerNewsletter

Neues aus der Welt der Gmeiner-Romane

Haben Sie schon unsere GmeinerNewsletter abonniert? Monatlich erhalten Sie per E-Mail aktuelle Informationen aus der Welt der Krimis, der historischen Romane und der Frauenromane: Buchtipps, Berichte über Autoren und ihre Arbeit, Veranstaltungshinweise, neue Literaturseiten im Internet und interessante Neuigkeiten.

Die Anmeldung zu den GmeinerNewslettern ist ganz einfach. Direkt auf der Homepage des Gmeiner-Verlags (www.gmeiner-verlag.de) finden Sie das entsprechende Anmeldeformular.

Ihre Meinung ist gefragt!

Mitmachen und gewinnen

Wir möchten Ihnen mit unseren Romanen immer beste Unterhaltung bieten. Sie können uns dabei unterstützen, indem Sie uns Ihre Meinung zu den Gmeiner-Romanen sagen! Senden Sie eine E-Mail an gewinnspiel@gmeiner-verlag.de und teilen Sie uns mit, welches Buch Sie gelesen haben und wie es Ihnen gefallen hat. Alle Einsendungen nehmen automatisch am großen Jahresgewinnspiel mit attraktiven Buchpreisen teil.

GMEINER

Wir machen's spannend

Alle Gmeiner-Autoren und ihre Romane auf einen Blick

MAINKA, MARTINA: Satanszeichen **MISKO, MONA**: Winzertochter • Kindsblut **MORF, ISABEL**: Satzfetzen • Schrottreif **MOTHWURF, ONO**: Werbevoodoo • Taubendreck **MUCHA, MARTIN**: Seelenschacher • Papierkrieg **NAUMANN, STEPHAN**: Das Werk der Bücher **NEEB, URSULA**: Madame empfängt **ÖHRI, ARMIN / TSCHIRKY, VANESSA**: Sinfonie des Todes **OSWALD, SUSANNE**: Liebe wie gemalt **OTT, PAUL**: Bodensee-Blues **PARADEISER, PETER**: Himmelreich und Höllental **PARK, KAROLIN**: Stilettoholic **PELTE, REINHARD**: Inselbeichte • Kielwasser • Inselkoller **PFLUG, HARALD**: Tschoklet **PITTLER, ANDREAS**: Mischpoche **PORATH, SILKE / BRAUN, ANDREAS**: Klostergeist **PORATH, SILKE**: Nicht ohne meinen Mops **PUHLFÜRST, CLAUDIA**: Dunkelhaft • Eiseskälte • Leichenstarre **PUNDT, HARDY**: Friesenwut • Deichbruch **PUSCHMANN, DOROTHEA**: Zwickmühle **ROSSBACHER, CLAUDIA**: Steirerblut **RUSCH, HANS-JÜRGEN**: Neptunopfer • Gegenwende **SCHAEWEN, OLIVER VON**: Räuberblut • Schillerhöhe **SCHMID, CLAUDIA**: Die brennenden Lettern **SCHMITZ, INGRID**: Mordsdeal • Sündenfälle **SCHMÖE, FRIEDERIKE**: Lasst uns froh und grausig sein • Wasdunkelbleibt • Wernievergibt • Wieweitdugehst • Bisduvergisst • Fliehganzleis • Schweigfeinstill • Spinnefeind • Pfeilgift • Januskopf • Schockstarre • Käfersterben • Fratzenmond • Kirchweihmord • Maskenspiel **SCHNEIDER, BERNWARD**: Flammenteufel • Spittelmarkt **SCHNEIDER, HARALD**: Räuberbier • Wassergeld • Erfindergeist • Schwarzkittel • Ernteopfer **SCHNYDER, MARIJKE**: Matrjoschka-Jagd **SCHÖTTLE, RUPERT**: Damenschneider **SCHRÖDER, ANGELIKA**: Mordsgier • Mordswut • Mordsliebe **SCHÜTZ, ERICH**: Doktormacher-Mafia • Bombenbrut • Judengold **SCHUKER, KLAUS**: Brudernacht **SCHULZE, GINA**: Sintflut **SCHWAB, ELKE**: Angstfalle • Großeinsatz **SCHWARZ, MAREN**: Zwiespalt • Maienfrost • Dämonenspiel • Grabeskälte **SENF, JOCHEN**: Kindswut • Knochenspiel • Nichtwisser **SPATZ, WILLIBALD**: Alpenkasper • Alpenlust • Alpendöner **STAMMKÖTTER, ANDREAS**: Messewalzer **STEINHAUER, FRANZISKA**: Sturm über Branitz • Spielwiese • Gurkensaat • Wortlos • Menschenfänger • Narrenspiel • Seelenqual • Racheakt **STRENG, WILDIS**: Ohrenzeugen **SYLVESTER, CHRISTINE**: Sachsen-Sushi **SZRAMA, BETTINA**: Die Hure und der Meisterdieb • Die Konkubine des Mörders • Die Giftmischerin **THIEL, SEBASTIAN**: Die Hexe vom Niederrhein **THADEWALDT, ASTRID / BAUER, CARSTEN**: Blutblume • Kreuzkönig **THÖMMES, GÜNTHER**: Malz und Totschlag • Der Fluch des Bierzauberers • Das Erbe des Bierzauberers • Der Bierzauberer **TRAMITZ, CHRISTIANE**: Himmelsspitz **ULLRICH, SONJA**: Fummelbunker • Teppichporsche **VALDORF, LEO**: Großstadtsumpf **VERTACNIK, HANS-PETER**: Ultimo • Abfangjäger **WARK, PETER**: Epizentrum • Ballonglühen • Albtraum **WERNLI, TAMARA**: Blind Date mit Folgen **WICKENHÄUSER, RUBEN PHILLIP**: Die Magie des Falken • Die Seele des Wolfes **WILKENLOH, WIMMER**: Eidernebel • Poppenspäl • Feuermal • Hätschelkind **WÖLM, DIETER**: Mainfall **WYSS, VERENA**: Blutrunen • Todesformel **ZANDER, WOLFGANG**: Hundeleben